Jutta Michels

SPURENSUCHE

Carl Schünemann Verlag

Alles, was geschieht und uns zustößt, hat seinen Sinn,
doch es ist oft schwierig, ihn zu erkennen.
Auch im Buch des Lebens hat jedes Blatt zwei Seiten:
Die eine schreiben wir Menschen selber mit unserem Planen,
Wünschen, Hoffen, aber die andere füllt die Vorsehung,
und was sie anordnet, ist selten so unser Ziel gewesen.

Eljâs ebn-e Jussef Nizâmî
persischer Epiker des 12. Jahrhunderts

Prolog

Bremen 1930

Meinen Hausiererkoffer auf den Rücken geschnallt, schlenderte ich vom Bremer Rathaus durch die Böttcherstraße hinunter zur Weser. Die ungewöhnliche Architektur aus Sand- und Backsteinen löste in mir Befremden aus. Die einstmals ärmliche Gasse hatte sich völlig verändert. Alles war neu, eigenartig gebaut und herausgeputzt. Es musste ein Vermögen verschlungen haben, aus den baufälligen Häusern wieder passable Gebäude zu machen. Manch marode Bausubstanz war gänzlich entfernt und durch neue Materialien ersetzt worden. Viele kleine Läden und Handwerksbetriebe gingen dort ihren Geschäften nach. Mittendrin ein Museum mit verbogenen Wänden und Spielereien an der Fassade. Jedes Mal versetzte mich diese Gasse in Erstaunen. Ein einfacher Mann wie ich, der täglich um sein Brot kämpfen musste und auch sonst nicht viel von der Kultur wusste, verstand den Sinn dieser Straße nicht. Aber das kümmerte mich auch nicht weiter. Für mich war es einfach die kürzeste Verbindung aus der Innenstadt zur Weser, wo sich mein Lieblingslokal befand.

Am Abend zuvor war ich dort dem Lumpenhändler begegnet. Überall in den Schankstuben und auf der Straße hatte man ordentlich gefeiert. Die Befreiung des Rheinlands – die Tilgung der deutschen Schmach im Krieg – machte uns neue Hoffnung auf ein normales Leben. Gleichzeitig spürten zumindest wir einfachen Menschen auf der Straße jedoch die sich verschärfende wirtschaftliche Situation. Der Lumpenhändler und ich hatten bei einem Bier beschlossen, Bremen am kommenden Tag gemeinsam zu verlassen und in Richtung Sottrum zu ziehen.

Mit seinem einfachen Pferdegespann fuhren wir durch die Straßen. Auf dem Leiterwagen sammelte der Lumpenhändler alles, was er zu Geld machen konnte. Laut wiederholte er seinen Reim und läutete eine große Handglocke dazu:

Eisen, Lumpen, Knochen und Papier,
ausgefallene Zähne sammeln wir!

Augenblicklich waren wir von unzähligen Kindern umringt, die ihre kleinen gesammelten Schätze vorzeigten. Jedes erhoffte sich, einige Pfennige für das Angebotene zu erhalten. So zog sich der Weg, aber die Stopps störten mich nicht. Für einen Hausierer wie mich war es eine günstige Mitfahrgelegenheit. In Bremen verkaufte ich stets die Eier, Würste, Marmeladen und andere Lebensmittel, die ich vom Land mitbrachte. Einen Teil meines Verdienstes investierte ich dann wiederum in Waren zweiter Wahl, die ich in einer kleinen Bremer Manufaktur erwarb. Diese Dinge veräußerte ich in den Dörfern. Wenn möglich, zog ich einen Tauschhandel vor, denn Geld bedeutete in dieser Zeit wenig.

Von Hofstelle zu Hofstelle arbeiteten wir uns langsam vor. Der Lumpenhändler sammelte die Dinge, die nicht mehr benötigt wurden, um sie einer anderen Verwendung zuzuführen. Im Gegensatz dazu bot ich meine neuen Haushaltswaren feil. In meinem Handelskoffer steckte, säuberlich eingenäht in vielen kleinen Taschen, ein durchaus beachtliches Warensortiment.

Neben den Scheren, Messern und Töpfen bot ich Schnürsenkel unterschiedlicher Länge, Farbe und Breite, Omas Schuhwichse, Zündhölzer und Kerzen sowie wohlduftende Seifen und Wässerchen für die Hausfrau an. Auch Bürsten, Tuben und Kalender gehörten zu meinem Angebot. Für den leichteren Transport des Koffers hatte ich feste Riemen daran angebracht. Diese legte ich über die Schultern und trug den Koffer auf dem Rücken. Dadurch hatte ich beide Hände zum Mundharmonikaspielen frei.

Der Lumpensammler mochte sich nicht beklagen. Seine Geschäfte liefen recht zufriedenstellend. Doch für mich wurden die Zeiten schlechter, das spürte ich nur allzu deutlich. Der mobile Handel war die letzte Möglichkeit, mich finanziell über Wasser zu halten, ohne der Armenkasse zur Last zu fallen. Früher war ich immer willkommen gewesen, brachte ich doch mit meinen Waren auch die neuesten Gerüchte und Geschichten aus der Stadt mit. Der letzte Schick in Sachen Mode, Skandale unter den Mächtigen oder die neuesten Erfindungen. Mein Spektrum an Geschichten war groß. Heutzutage war fast jeder mit sich selbst beschäftigt und die Kauflust hatte stark nachgelassen. Trotzdem rief auch ich meinen Spruch laut in die Welt hinaus:

Horcht, ihr Leute, eilt herbei,
habt die Taler auch dabei,
denn ich biete meine Waren feil!

Ahausen in den 1990er-Jahren

»Nicht weit von hier ist jemand ermordet worden. Den Täter hat man aber nie gefasst!«, flüsterte der alte Mann ihr zu und sah sie bedeutungsvoll an. Sie zuckte zurück angesichts der erschreckenden Mitteilung und des alkoholschwangeren Atems ihres Gegenübers. Der ältere Herr beugte sich noch weiter über den Kaffeetisch zu ihr herüber. Er übertrat ihre persönliche Grenze, den gewissen Abstand, den man zu Mitmenschen normalerweise wahrte. Sie konnte nicht weiter ausweichen, die Rückenlehne des Essstuhls ließ ihr keinen Bewegungsspielraum mehr. Dann spürte sie zu ihrem Erschrecken auch noch seine raue Hand auf der ihren.

»Ich meine ja nur, weil Sie doch so ganz alleine dort drüben im Wald wohnen«, fügte er vorgeblich besorgt hinzu und zwinkerte mit dem linken Auge. Er genoss den Moment. Sie schwieg, blickte ihn irritiert an und hoffte, dass er seine Hand zurückziehen würde. Die Berührung war unangenehm und zudringlich, fast schon übergriffig. Damit hatte sie auf dieser Feier nicht gerechnet. Obwohl sie im Grunde überhaupt keine Vorstellung davon gehabt hatte, womit sie rechnen sollte. Die Einladung zum Geburtstagskaffee ihrer Nachbarin hatte sie überrascht. Noch niemals zuvor war sie zu einem 85. Geburtstag eingeladen gewesen. In ihrer Familie wurde man nicht so alt. Ein weißes Alpenveilchen in Händen war sie als letzter Gast zu dem Kaffeekränzchen erschienen. Sie fand eine lustige Geburtsgesellschaft vor, die, so ließen die geleerten Likörflaschen auf der Kaffeetafel vermuten, dem Alkohol schon reichlich zugesprochen hatte. Mathilde hatte auf dem letzten freien Stuhl Platz genommen, wo ein unberührtes Gedeck mit Goldrand für sie bereitstand. Die Anwesenden beobachteten sie dabei genau. Doch insgesamt war die Stimmung angenehm, man begegnete ihr freundlich und aufgeschlossen. Nur der ältere Herr, der ihr am Tisch gegenübersaß, hatte sie eingehend gemustert und nun offensichtlich großen Spaß daran, Mathilde mit seinen Andeutungen zu erschrecken.

Was will er? Testen, ob ich ängstlich bin, überlegte Mathilde und beschloss, sich auf keinen Fall einschüchtern zu lassen. Die anderen Anwesenden kannten sich wahrscheinlich schon seit einer Ewigkeit und pflegten einen engen Kontakt. Entsprechend angeregt verliefen die Gespräche, die sich fast ausschließlich um die jüngsten Ereignisse im Dorf drehten. Allerdings war Mathilde aufgefallen, dass immer wieder auch kleine Andeutungen fielen, und die Sticheleien zeigten, dass hier Menschen zusammensaßen, die mehr voneinander wussten, als so manchem lieb war. Nur mit ihr konnten die Gäste nicht so recht etwas anfangen.

»Herrenschneider, hör auf mit diesen alten Geschichten!«, forderten dennoch gleich mehrere der Anwesenden den älteren Herrn unisono auf.

»Mädchen, hör nicht auf das Gerede eines dummen, alten Mannes. Erzähl uns lieber, wie du nach Ahausen gekommen bist«, sprach sie eine der Frauen aus der Kaffeerunde an. Mathilde betrachtete die kleine, gedrungene Person. Sie wirkte lebendig und agil und ihr gutmütiges Gesicht blickte Mathilde aufmunternd an. Ihre Hände waren von der Landarbeit rissig und spröde. Trotzdem hatte die freundliche Frau sich ordentlich herausgeputzt. Mit einer bunten Bluse, blauem Wollrock, Nylonstrümpfen und einfachen Schuhen mit kleinem Absatz verströmte sie ein schlichtes Gefühl von Lebensfreude, das ansteckend wirkte. Mathilde hatte die Bäuerin bereits einige Male auf einem der Höfe im Dorfkern gesehen, wenn sie mit ihrem Fahrrad zum Dorfladen gefahren war. Der kürzeste Weg zum Laden führte zwischen den alten Hofstellen hindurch.

Dankbar nahm Mathilde das Gespräch auf. Die Bezeichnung »Mädchen« schluckte sie herunter. Sie entzog dem Mann, der offenbar einmal Herrenschneider gewesen war, ihre Hand, lächelte und versuchte, eine kurze, unverbindliche Antwort auf die Frage zu geben. Dass ihr Mann Thomas sie mit einer anderen Frau betrogen und sie Bremen deshalb fluchtartig den Rücken gekehrt hatte, um wieder Boden unter den Füßen zu bekommen, ging hier niemanden etwas an.

Mathilde hatte eine sportliche Figur, schulterlange blonde Haare und ein interessantes Gesicht, aus dem besonders die türkisblauen Augen hervorstachen. Sie war Mitte dreißig und in den letzten Jahren geschäftlich sehr aktiv gewesen. Mit ihrem Mann hatte sie die Entwicklung ihrer gemeinsamen Softwarefirma vorangetrieben. Leider hatte sich die Verbindung von Privatleben und Beruf als wenig erfolgreich erwiesen. Sie hatte mehr als ein halbes Jahr gebraucht, bis sie realisierte, dass sie nicht mehr die einzige Frau im Leben ihres Mannes war. Trotz mehrfacher Aussprachen konnte sie ihm nicht verzeihen, zumal er sie auch dabei wiederholt belogen hatte. Thomas wollte diese Affäre offensichtlich nicht beenden. Hals über Kopf war sie aus dem gemeinsamen Haus ausgezogen. Nach Ahausen hatte sie dann der Zufall geführt.

»Zufall? Na so was. Was soll das denn bedeuten?«, fragte eine andere sofort mit kritischem Unterton. Mathilde versuchte dennoch, freundlich zu reagieren. Schließlich musste sich hier niemand mit einer Fremden befassen. Mathilde fühlte sich an manchen Tagen schon sehr einsam. Sie hatte gehofft, hier ein wenig aus der Isolation herauszukommen, und wollte das Ihre dazu beitragen. Sie überlegte, welche Gründe sie preisgeben wollte.

»Begonnen hat es mit einer Anzeige im Weser-Kurier«, sagte sie. »Ich wollte Bremen unbedingt verlassen und etwas ganz Neues beginnen. Da erschien mir ein Häuschen auf dem Lande genau die richtige Lösung zur richtigen Zeit.«

»Kleines Wochenendhaus auf großem parkähnlichen Grundstück in Ahausen bei Rotenburg zu vermieten.« Ohne weiter nachzudenken, hatte sie sich entschieden, bei dem Inserenten der Anzeige anzurufen. Ein kleines Haus auf dem Lande, nicht zu weit entfernt von Bremen, von ihren Freundinnen. Auch durfte es nicht zu teuer sein. Zwar hatte Thomas ihr im Zuge ihrer Auseinandersetzungen einen gewissen Geldbetrag in Aussicht gestellt, sich über die genaue Höhe aber nicht geäußert. Und da sie ihn als nicht besonders großzügig kannte, machte sie sich nicht allzu große Hoffnungen.

Es war das fünfte Haus gewesen, das sie sich innerhalb weniger Tage angesehen hatte, und es war das kleinste. Die fünfzig Quadratmeter kleine Hütte im Wald entbehrte jeden Komforts. Sie lag auf einer Lichtung inmitten von hochgewachsenen Kiefern, deren harziger Geruch in der Luft hing. Von der Straße aus nahm man sie nur wahr, wenn man um ihre Existenz wusste oder in der Dunkelheit das Licht durch die Fenster drang. Der Besitzer, ein Bremer Geschäftsmann, hatte sie höflich, aber sehr reserviert vor dem Mietobjekt begrüßt. Es hatte ihn wohl seltsam angemutet, dass eine junge Frau beabsichtigte, alleine an diesen fremden Ort mitten im Wald zu ziehen. Das hatte er auch während der Besichtigung mehrfach formuliert. Doch sie hatte ihn jedes Mal beruhigt und ihm versichert, dass sie keine ängstliche Person sei. Auch ihr Name sagte das: Mathilde – die mächtige, die kraftvolle Kämpferin. Auch wenn in der Schule einige Kinder über ihren altertümlichen Namen gelacht hatten, sie liebte ihn und war überzeugt, dass er viel über sie selbst aussagte.

»Ich komme sehr gut alleine zurecht und weiß, was ich mir

zumuten kann und was ich besser unterlasse«, erklärte sie ihm nachdrücklich. Das zurückhaltende Nicken des Besitzers zeigte jedoch, dass er nicht gänzlich überzeugt war.

Der kurze Rundgang durchs Haus zeigte, dass regelmäßig Reparaturen und Instandhaltungsmaßnahmen durchgeführt worden waren. Alles machte einen guten und trockenen Eindruck. Kein unangenehmer Geruch von Moder oder Feuchtigkeit drang in ihre Nase, während ihr ein kleiner Schlafraum, ein großer Wohnraum mit Koch- und Essecke sowie das Bad und der Kriechkeller gezeigt wurden. Dort unten befand sich die Wasserpumpe, denn das Haus hatte eine eigene Wasserversorgung mit bester Wasserqualität, wie der Vermieter mit Stolz in der Stimme anmerkte.

Das Häuschen hatte ihr auf Anhieb gefallen, der große Garten tat sein Übriges dazu. Besonders die Fensterfront auf der Südseite, durch die man einen wunderbaren Blick in die Natur hatte, gefiel ihr. Obwohl es nur einen einzigen alten Holzofen zum Beheizen der Hütte gab, entschloss sich Mathilde, das Haus zu mieten. Auch die einsame Lage am Waldrand inmitten der Natur erschien ihr reizvoll und nicht angsteinflößend.

Das Haus war möbliert, aber die Ausstattung entsprach in keiner Weise ihrem Geschmack. Außerdem hatte sie eigene Möbel, die sie liebte und die sie um sich haben wollte. Doch das war zunächst zweitrangig.

Das Gespräch war während des Gangs über das Grundstück immer vertrauter geworden und schließlich hatte der Besitzer von früher erzählt, als er und seine Familie regelmäßig die Wochenenden hier draußen verbracht hatten. Dies war nun schon lange her, trotzdem oder gerade deswegen lag eine Spur von Trauer in seiner Erzählung. Er kämpfte seit Jahren mit dem Gedanken, sich von dem Haus mit all seinen Erinnerungen zu trennen. Seine Frau und die zwei Kinder hatten das gemeinsame Haus in Bremen vor vielen Jahren verlassen und zeigten kein Interesse an Ahausen. Darum hatte er sich nun dazu durchgerungen, das Haus zu inserieren.

Vielleicht verband sie das Schicksal, verlassen worden zu sein, zumindest entwickelte sich eine aufrichtige Sympathie zwischen Mathilde und dem Bremer Geschäftsmann, der ihr Vater hätte sein können. Sie würde sich die Hütte in dem Tempo aneignen, in dem er loslassen konnte. Und tatsächlich hatte sie nach diesem Gespräch die Hausschlüssel bekommen, wenn auch vorläufig nur zur Probe. Den endgültigen Mietvertrag wollte er erst abschließen, wenn sie nach zwei Monaten immer noch alleine im Wald leben wollte. Der Vermieter rechnete anscheinend fest damit, dass sie binnen weniger Tage angsterfüllt das einsam gelegene Waldgrundstück verlassen und ein neues Domizil suchen würde. Doch Mathilde war geblieben und hatte schließlich ihre Sachen nachgeholt.

Ein leichter Knuff in die Rippen holte sie ins Jetzt zurück. »Und wieso Ahausen?«

Mathilde entschuldigte sich und begann zu erzählen.

»Ich bin aus Bremen, aber ich kenne Ahausen schon seit meiner Kindheit. Ich bin früher oft mit meinen Eltern an den Wochenenden zur wunderbaren Ahauser Mühle gefahren und im Wald hier spazieren gegangen. Im Winter sind wir manchmal auf dem Mühlteich Schlittschuh gelaufen. Ich weiß noch genau, dass die Wirtin immer Früchtepunsch in einem großen, dampfenden Topf zur Eisfläche brachte und mit einer Handklingel die Eisläufer herbeiläutete. Bei der Kälte waren wir natürlich dankbare Abnehmer.«

»Ja, die hat das Café ja ganz lange gehabt. Das hat sie von ihren Eltern übernommen«, warf die Gastgeberin ein und nickte.

»Einmal«, fuhr Mathilde fort, »ist mein Vater zu dicht an das Wehr herangefahren, das Eis brach und er stand bis zum Bauch in dem eiskalten Mühlteich. Zum Glück ist der Teich ja nicht tief. Aus eigener Kraft herausgekommen ist er trotzdem nicht, dafür war der Untergrund viel zu schlickig. Bei jeder Bewegung hat er die Schlittschuhe nur tiefer in den Morast gewühlt. Und von den anderen Eisläufern hat sich niemand in die Nähe der Bruchstelle getraut. Und dann ist jemand mit einem Seil in der Hand aus der Gaststube gekommen und hat es ihm zu geworfen, nachdem sie es am Brückengeländer der Staustufe festgebunden hatten. Das Seil hing, wie man uns sagte, nur dafür den gesamten Winter neben der Tür im Schankraum. Und als mein Vater es endlich aus dem Eisloch herausgeschafft hatte, da ist sofort seine Hose gefroren und er konnte sich kaum bewegen. Darum hat die Wirtin ihn in die warme Schankstube gebracht und er musste sich vor allen die Hose ausziehen. Er hat eine Tasse heißen Tee, eine Wolldecke und einen kuscheligen Platz am prasselnden Kaminfeuer bekommen. Die Hose wurde zum Auftauen und Trocknen ans Feuer gehängt und zwei Stunden später fuhren wir glücklich über den guten Ausgang dieses Abenteuers nach Bremen zurück.« Mathilde lachte bei der Erinnerung daran und auch die anderen stimmten ein.

»Dann sind Sie ja doch nicht völlig fremd hier«, bemerkte der Herrenschneider zufrieden. »Aber Sie haben keinen Mann, der auf sie aufpasst?«, fuhr er fort. »Ich habe jedenfalls noch keinen dort drüben bei Ihnen entdecken können.«

»Nein, und das mit dem Aufpassen ist auch wirklich nicht notwendig. Das schaffe ich schon alleine«, entgegnete Mathilde etwas ärgerlich. »Offensichtlich achtet man in dieser Straße ja auch sowieso sehr aufeinander«, sprach sie weiter und hoffte, dass er den Wink verstand.

»Ja, wir passen hier ganz genau auf. Gesindel gibt es ja reichlich auf der Welt«, mischte sich nun eine der Frauen in die Unterhaltung ein, die Frau des Herrenschneiders. Offensichtlich hatte sie den Wink mit dem Zaunpfahl nicht verstanden. »Den Besitzer von dem Haus, in dem sie jetzt wohnen, kennen wir auch sehr gut«, fuhr sie fort. »Der ist ja ganz speziell, aber trotzdem ein netter Mensch. Finden Sie nicht auch?« Erwartungsvoll sah sie Mathilde durch ihre dicken Brillengläser an und glich dabei einer alten Eule. Doch Mathilde dachte gar nicht daran, dieses Thema zu vertiefen, und blieb die Antwort schuldig. Also plapperte die Frau weiter: »Der ist ja ein Geschäftsmann gewesen, auch aus Bremen. Aber die Frau ist ihm abhandengekommen und die Kinder haben wir auch schon lange nicht mehr hier gesehen. Dabei hat er sich für seine Frau immer richtig was einfallen lassen. Zu einem ihrer Geburtstage hat er doch tatsächlich mal einen Geigenspieler engagiert. Der fiedelte im Garten herum zu Kerzenschein und einer piekfein gedeckten Tafel. Da saßen die beiden ganz alleine im Wald und aßen ein Menü zur Musik. Erinnerst du dich noch daran?«, wandte sie sich an ihren Gatten und stieß ihm ihren knöchrigen Ellenbogen in die Seite. Dieser nickte still. »Wir sind extra noch mal los und haben unseren kleinen Abendspaziergang wiederholt«, fuhr sie fort, »so eine Vorstellung im Wald, das gibts hier ja nicht oft!«

Die Neugier wohnt also auf der anderen Straßenseite, dachte Mathilde und war froh, dass sie nicht viel von sich und ihrem Vermieter preisgegeben hatte. Beobachtet werden wollte sie schon gar nicht. Vielleicht sollte sie als Nächstes blickdichte Gardinen anschaffen, falls die beiden auch bei ihr Anlass zu weiteren »Spaziergängen« sahen. Um dem Gespräch eine andere Richtung zu geben, warf sie nun ihrerseits ein, dass sie das Geburtstagskind durch seine Spaziergewohnheiten kennengelernt hätte. Sie hatte die ihr damals noch unbekannte alte Dame eines Tages auf ihren Gehstock gestützt über ihr Waldgrundstück spazieren sehen. »Ich habe am Fenster in der Essecke gesessen und bei einem Kaffee in die Natur geguckt, als plötzlich jemand die Einfahrt heraufkommt. Ich war erstaunt über den vermeintlichen Besuch, aber noch erstaunter war ich, als meine liebe Nachbarin am Haus vorbeilief, um am Ende des Gartens über den kleinen Wildzaun zu steigen. Anfangs glaubte ich, die mir unbekannte Dame hätte versehentlich diesen Weg gewählt und ihn mit einem anderen Waldweg verwechselt. Später sah ich sie im Vorgarten des Nachbarhauses bei der Gartenarbeit und dann fast täglich auf ihrem Weg über mein Grundstück. Also habe ich sie einfach eines Tages abgepasst, so lernten wir uns kennen und kamen ins Gespräch. Dabei erklärte sie mir, dass sie seit Jahren diesen kurzen Spaziergang über das Nachbargrundstück mache. Es würde sie auch nicht stören, dass die Holzhütte wieder bewohnt sei, im Gegenteil, darüber sei sie sehr erfreut. Sie sei keine neugierige Person, die im Privatleben der anderen herumspioniere. Sie wiche nur niemals von dem gewohnten Weg ab, damit man sie im Notfall schnell finden könne. Und so habe ich jetzt natürlich auch ein wachsames Auge auf meine liebe Nachbarin«, schloss Mathilde ihre Erzählung und blickte in die Runde. Alle hatten ihr belustigt zugehört. Ihre Nachbarin nickte zustimmend und bestätigte Mathildes Erzählung. Dabei lächelte sie ihr vertraulich zu.

Ein kurzes Schweigen stellte sich ein und als es gerade unangenehm zu werden drohte, erhielt Mathilde ungefragt das Rezept für den selbst gemachten Eierlikör, der sich zuvor in den bereits geleerten Flaschen befunden haben musste. Sie deutete dies als Versuch, sie in der Runde der Dörfler willkommen zu heißen.

»Ein gutes Rezept für eine fröhliche Runde, nehme ich an«, sagte sie schmunzelnd.

»Das ändert aber nix daran, dass hier schon mal jemand ermordet wurde«, warf der Herrenschneider erneut in den Raum und blickte Mathilde herausfordernd an.

Er war eine mickrige Erscheinung mit schmalen Schultern und schütterem Haar. Die Haut zeigte viele Altersflecken, deutlich zeichneten sich verdickte Krampfadern an den Unterarmen ab. Die Fingergelenke zeigten Schwellungen. Nur die Augen ihres Gegenübers blitzten vielsagend und ließen erahnen, dass dieser Mann es in jungen Jahren faustdick hinter den Ohren gehabt hatte.

Also schön, dachte sie. »Wen hat man hier ermordet?«, fragte Mathilde und versuchte, seine Haltung zu imitieren.

Erfreut über ihre Aufmerksamkeit, beugte er sich wieder zu ihr. »Das können Sie ja nicht wissen«, begann der Alte genüsslich. Obwohl nun alle schwiegen und zu ihm schauten, sah er sie verschwörerisch an. »Nicht weit von hier, kurz vor den Wümmewiesen, ist mal einer ermordet worden. Und den Täter hat man bis heute nicht gefasst! Ich meine ja nur, weil Sie doch so alleine hier im Wald leben«, wiederholte er sich und fuhr dann mit leiser Stimme fort: »Das kann nämlich schon ganz schön einsam sein hier draußen.« Mit bedeutungsvollem Blick wartete er auf ihre Reaktion. Seine Augen strahlten angesichts der Freude, seine mörderische Geschichte doch noch zum Besten geben zu können. Dabei ruhten seine Hände leicht zitternd auf dem Tischtuch.

Mathilde dachte noch über eine passende Antwort nach, als einer der Anwesenden den alten Mann auf Platt tadelte: »All Lüüd mööt starven! Siet de Dood op de Eer is, büst du dien Leevdaag nich mehr seker!«

Das sorgte für Heiterkeit in der Runde.

»De Dood söcht sik sien Uursook!«, bestätigte ein anderer Gast und leerte vorsichthalber das Likörglas, ehe ihm der Tod dieses Vergnügen womöglich nahm.

»Mensch, Schneiderlein, du musst doch nicht immer wieder mit der gleichen alten Geschichte ankommen! Du verschreckst mir ja die junge Frau. So übel ist das hier in Ahausen nämlich gar nicht«, intervenierte die Gastgeberin und reichte noch ein Gläschen Likör in die Runde. »Verstehen Sie denn überhaupt Plattdeutsch?«

Mathilde schüttelte den Kopf. Sicherlich konnte sie das eine oder andere Wort übersetzen, aber ganze Sätze oder gar Unterhaltungen verstand sie nicht.

»Dat is jo wiet un siet bekannt, dat wi meist Plattdüütsch snackt op't Land«, ergänzte einer der Gäste und hob sein Glas in die Runde.

»Mir scheint, ich muss Partei ergreifen für unsere junge Freundin aus der Stadt. Es ist mein Geburtstag. Und ich wünsche mir, dass wir niemanden ausschließen. Deshalb bitte ich euch inständig, das Platt jetzt mal sein zu lassen.«

»Jo, mookt wi!«, lachte einer der Gäste und fing sich sogleich einen strengen Blick der Gastgeberin ein.

»Ja, ja«, tadelte sie mit einem Zwinkern und schenkte noch eine Runde Likör aus.

Für Mathilde war es ein unterhaltsamer und aufschlussreicher Nachmittag geworden, ganz entgegen ihren Befürchtungen. Einige Gäste hatten ihre Neugier erregt, das hatte sie nicht erwartet. Der kleine Herrenschneider mit seiner kauzigen Frau, beide waren bereits weit über achtzig Jahre alt, das schicke Ehepaar von Gegenüber mit den beiden Hunden, die ökologisch angehauchten Nachbarn mit dem tollen Gemüsegarten, zwei alte Damen aus dem Ort sowie der Witwer ihrer besten Freundin – eine wunderbare Mischung. Mathilde hatte im Lauf des Nachmitttages Neuigkeiten über den Dorfladen, geplante Bauvorhaben, drohende Insolvenzen, Hochzeiten, Geburten, Todesfälle und allerlei Gerüchte erfahren. Und auch wenn sie sich die vielen genannten Personen und Namen kaum einprägen konnte, hatte sie sich dadurch sehr aufgenommen gefühlt. Die angebotenen Torten hatten wunderbar geschmeckt und sie hatte viel zu viel davon gegessen. Am Ende hatte sie sich sogar dazu hinreißen lassen, nach den Rezepten zu fragen, obwohl sie gar nicht backen konnte.

Doch die folgende Nacht war furchtbar. Ständig wachte sie auf. Ob es an dem Kuchen, dem Likör oder an dem hellen Vollmond lag, vermochte sie nicht zu sagen. Aber jedes Mal schoben sich unangenehme Gedanken zu dem Todesfall in ihr Bewusstsein. War hier wirklich jemand ganz in der Nähe ermordet worden? In den kurzen Schlafphasen erlebte sie dramatische Szenen. Ein Mörder schlich in der Nacht umher. Er trug eine Axt mit sich und hieb auf die Holzwand ihrer Hütte ein. Mühelos zerschlug er die Holzverkleidung, ein großes Loch entstand. Ihr fehlte der Mut zur Flucht, so versteckte sie sich in ihrer Not unter dem Bett und wagte nicht zu atmen. Der Fremde drang ins Innere ein. Seelenruhig durchsuchte die finstere Gestalt ihr Haus, kam ihr immer näher. Er betrat das Schlafzimmer, wo sie bewegungslos unter dem Bett ausharrte. Fast berührte er sie mit den Fußspitzen …

In diesem Moment erwachte Mathilde durch ihren eigenen Schrei. Einen kurzen Augenblick brauchte sie, um sich zu orientieren und zu realisieren, dass alles nur ein Traum gewesen war. Schweißgebadet lag sie in ihrem Bett und atmete schwer. Niemand außer ihr war hier. Alles war gut! Sie atmete durch, die Angst verflüchtigte sich. Aber was wäre, wenn wirklich jemand um das Haus schlich? Wie sollte sie sich dann verhalten? Bislang hatte sie nicht in Betracht gezogen, dass sich jemand in böser Absicht hier draußen herumtreiben könnte. Spöttisch scherzte sie für gewöhnlich im Kreise ihrer städtischen Freunde, dass jeder, der hier draußen auf ein Opfer wartete, eines natürlichen Todes sterben musste, da so selten jemand vorbeikam. Anscheinend zeigte die Erzählung des Herrenschneiders aber doch Wirkung. Zumindest musste sie zugeben, dass neben der Mischung aus viel Likör und Kuchen auch diese Mordgeschichte ihr die Nachtruhe raubte. Es war das erste Mal, dass Mathilde in bitterer Art und Weise vor Augen geführt wurde, wie einsam und alleine sie hier draußen tatsächlich lebte.

Sie fröstelte und stand auf. Der Mond schien wunderbar, als sie aus dem Schlafzimmerfenster schaute. Das silbrig kalte Licht, die langen Baumschatten, darüber der fast volle Mond am Himmel, nichts daran war beängstigend. Sie legte sich wieder ins Bett, um weiterzuschlafen.

»Du hast es verdammt schön hier«, beruhigte sie sich selbst, »lass es dir nicht kaputt machen durch irgendwelche komischen Geschichten.« Sie kuschelte sich tief in ihre warme Bettdecke und genoss die Stille und den Frieden. Kein Autolärm, niemand schlug die Garagentür zu oder sang in trunkenem Zustand überflüssige Lieder, um dann laut scheppernd eine Glasflasche zu zerschmeißen, so wie sie es aus der Stadt kannte. Eine Weile lauschte sie mit geschlossenen Augen in die Stille hinein. Sie war fast perfekt. Ab und zu hörte man das Rufen eines Nachtvogels. Gedanken kamen und gingen wieder. Sie ließ die letzten Jahre mit Thomas Revue passieren. Es waren gute Zeiten für sie beide gewesen, die unwürdig zu Ende gingen. Unerwartet tiefe Trauer um das Verlorene traf sie. Die Tränen liefen seitlich an ihrem Gesicht herunter, kitzelten sie am Ohr und tropften in das Kopfkissen. Die Trauer war in den einsamen Nächten stets stärker als am Tage, wenn sie sich ablenken konnte. Sie war fast wieder eingeschlafen, als sie erneut hochschreckte. Es waren eindeutig Schritte in der Stille zu hören. Jemand näherte sich der Holzhütte. Der nächtliche Besucher musste bereits ganz dicht am Haus sein, denn nur dort war der Weg gepflastert. Auf dem weichen Waldboden hätte sie die Schritte nicht hören können.

»Scheiße!«, flüsterte sie ganz leise, wischte die noch nicht getrockneten Tränen mit ihrem Schlafanzugärmel ab und setzte sich in der Dunkelheit auf. Mit weit aufgerissenen Augen spähte sie durch das Schlafzimmerfenster, das sich direkt über ihrem Bett befand. Es war niemand zu sehen, doch die Schritte kamen langsam näher. Sie setzte sich so hin, dass man sie von außen durch das Fenster nicht wahrnehmen konnte. Was sollte sie jetzt tun? Sie war aus ihrem Albtraum erwacht, doch nun schien er weiterzugehen. Ehrenwerte Absichten konnte sie bei so einem nächtlichen Besuch nicht erwarten. Nicht nach der Erzählung der Herrenschneiders. Oder wollte ihr womöglich jemand Angst machen? Nein, beschloss sie, einen solch üblen Scherz traute sie niemandem der Geburtstagsgäste zu. Blieb also die Frage, wer sich hier nachts herumtrieb und worum es dem nächtlichen Besucher ging. Doch im Grunde war es egal. Hektisch überlegte Mathilde, wie sie unbemerkt zu ihrem Telefon in der Essecke gelangen und wen sie zu dieser nachtschlafenden Zeit anrufen könnte. Alle Menschen, die ihr einfielen, lebten viel zu weit weg für einen Notruf. Am ehesten würde sie das Paar von nebenan aus dem Bett klingeln, doch sie zögerte. Sie kannte die beiden kaum und fürchtete, sich lächerlich zu machen, falls der Besucher wieder verschwand. Zumindest konnte sie nicht mehr von dem Unbekannten überrascht werden, das war ein Vorteil. Neben ihrem Bett stand eine Wasserflasche aus Glas.

Sie griff danach und überlegte, an welcher Stelle des Gebäudes die unbekannte Person wohl versuchen würde, in die Hütte einzudringen. Wahrscheinlich hätte sie nur Chancen, den Eindringling abzuwehren, wenn sie ihren Heimvorteil nutzte. Sie kannte hier inzwischen jeden Winkel, der Fremde nicht. Sie kam also auch gut im Dunklen zurecht. Sie würde den Spieß umdrehen und den Eindringling ihrerseits überraschen. Oder fliehen, wenn sie die Gelegenheit dazu hatte. Ging sie davon aus, dass der nächtliche Besucher durch eine der beiden Türen eindrang, konnte sie ihn dort erwarten. Auf der Rückseite des Hauses führte vom Bad aus eine gut gesicherte Holztür nach draußen. Sie war mit einem Schloss und einem Riegel versehen und schwer aufzubrechen. Sollte der Einbrecher hier sein Glück versuchen, konnte sie immer noch auf der gegenüberliegenden Seite der Hütte durch die Terrassentür, die gleichzeitig als Eingangstür diente, entkommen. Wahrscheinlich würde er das noch nicht einmal bemerken, da seitlich noch ein Schuppen an die Holzhütte angrenzte, der die Sicht zur Auffahrt verdeckte. Noch lagen alle Vorteile auf ihrer Seite, überlegte Mathilde, während sie sich allmählich wieder beruhigte. Sie musste nur darauf achten, dass der Unbekannte sie nicht durch die großen Fensterscheiben wahrnahm. Dann würde sie ihm zur Not einen schmerzhaften Empfang bereiten.

Sie glitt leise aus dem Bett und bewegte sich auf allen vieren in ihrem Schlafzimmer zum Kleiderschrank, öffnete ihn leise und zog eine schwarze Leggins und einen ebenfalls schwarzen Pullover heraus. Sie legte sich auf den kalten Boden und zog sich im Liegen an. Dann lauschte sie erneut auf die Schritte. Es war nichts zu hören. Reglos blieb sie liegen, der Mond schien für wenige Augenblicke durch die Wolkendecke. Die Stille verunsicherte sie, da sie nun nicht abschätzen konnte, wo sich der Unbekannte aufhielt. Endlich setzten die Schritte wieder ein und bewegten sich in Richtung Terrasse. Ihre rechte Hand umschloss die Glasflasche. Sie richtete sich auf und schlich in ihren Wohnraum. Hier musste sie sehr vorsichtig sein, es gab mehrere Fenster und die Tür.

Der Mond schien für einen kurzen Moment quer durch das Haus hindurch und erhellte auch die Innenräume. Sie musste unbedingt das Mondlicht meiden, wenn sie nicht entdeckt werden wollte. Und sie musste ein klareres Bild davon bekommen, wo sich der Unbekannte befand, wenn sie ihm draußen nicht direkt in die Arme laufen wollte. Hinter einem kleinen Wandvorsprung in der Nähe der Terrassentür versteckte sie sich. Von hier konnte sie in den nächtlichen Garten hinausspähen. Plötzlich hörte sie ein Geräusch.

Er konnte keine drei Meter von ihr entfernt sein. Sie wagte kaum zu atmen. Der erste Schlag musste gelingen, in einem Kampf rechnete sie sich keine Chancen aus. Ihre Handflächen waren schweißnass. Sie befürchtete, die Flasche nicht halten zu können. Mehrmals wischte sie ihre Handflächen an der Hose ab. Dann erblickte sie in dem silbrigen Mondlicht einen lang gezogenen Schatten, der sich ganz langsam um die Ecke der Hütte herumschob und auf die Terrassentür zukam. Auch die Schritte waren deutlicher zu hören. Etwas war eigenartig daran. Dann verschwand der Mond wieder hinter den Wolken und totale Finsternis umgab die Holzhütte. Mathilde war schlecht vor Anspannung. Ihre Beine zitterten, sie hörte ihren Puls laut in ihren Ohren. Endlich lichtete sich die Wolkendecke erneut und Mathilde erblickte den Schatten direkt vor sich auf der Terrasse. Die Worte des Herrenschneiders kamen ihr wieder in den Sinn. Ganz in der Nähe, hatte er gesagt, war der Mord geschehen und der Mörder lief immer noch frei herum.

Ahausen in den 1990er-Jahren

Der Herrenschneider lehnte wie so oft an seinem Gartenzaun und hatte die Arme darauf abgelegt. Er glich einem in die Jahre gekommenen Raubvogel, der die Straße auf der Suche nach einer Gesprächsgelegenheit hinauf- und hinunterspähte. Stets beendete er seine kurzen Spaziergänge, indem er seine Position am Gartenzaun einnahm. Seine Frau begleitete ihn häufig, um dann ebenfalls am Zaun zu verharren. An diesem Morgen wollte Mathilde einige kleine Besorgungen im Dorfladen tätigen und heute kam ihr die Gelegenheit zu einem Gespräch gerade recht. Die Erzählung von dem Mord hatte Mathilde doch tiefer verunsichert, als sie es sich eingestehen wollte.

Wenn hier wirklich ein Mörder in Ahausen herumläuft, ist es sicherlich nicht verkehrt, mehr zu erfahren, dachte sie sich.

In der Nacht nach der Geburtstagsfeier hatte sie sich fast zu Tode gefürchtet, als sie die Schritte in ihrem Garten vernommen hatte. Die Angst hatte sie gelähmt – bis sie den Verursacher in der Dunkelheit ausgemacht hatte. Der Rehbock war ein wunderschönes Tier gewesen. Gemächlich hatte er die Blumen in ihren Pflanzenkübeln vernascht, während Mathilde sich mit der über den Kopf erhobenen Glasflasche im Inneren der Hütte zitternd auf den Schlag vorbereitet hatte.

Zielstrebig wechselte sie nun die Straßenseite und stellte sich mit ihrem Fahrrad zu den beiden Alten an den Gartenzaun in die Sonne.

»Sie haben mir vor ein paar Tagen eine sehr unruhige Nacht beschert«, begann sie ohne Umschweife das Gespräch. Der Herrenschneider und seine Frau sahen sich kurz fragend an, dann grinste er wissend.

»Ist wohl doch ein wenig unheimlich, wenn man so alleine im Wald hockt und nicht recht weiß, was um einen herum passiert ist!«, sagte der Herrenschneider, bevor seine bessere Hälfte ihm ins Wort fallen konnte. »Besonders wenn man eine Frau ist und dazu noch recht jung und ansehnlich.«

»Ich möchte mich nicht vor einem Phantom fürchten, deshalb bitte ich Sie, mir etwas mehr über diesen Mord zu erzählen«, ermunterte Mathilde ihn.

Sein Gesicht bekam einen ernsten Ausdruck, seine Frau schüttelte den Kopf. »Ist besser, du redest nicht davon. Es waren schwierige Zeiten«, mahnte sie ihn. Doch Mathilde spürte, dass es ihm ein echtes Bedürfnis war, die Geschichte zu erzählen, und lächelte ermutigend.

»Ich weiß es noch, als wäre es gestern geschehen«, begann er, ohne dem Einwand seiner Frau Beachtung zu schenken. »Es war ein Tag im April, als der Jagdpächter Runge mit seinem Fahrrad hier an unserem Haus vorbeiradelte. Es war kurz nach seinem 65. Geburtstag. Wir haben ihm noch alles Gute gewünscht. Er hatte im Dorf sogar ein kleines Schweinchen aufgetrieben, das er mit seiner Begleiterin zu allerlei Leckereien verarbeiten wollte. Das hatte ihm einer der Bauern im Tausch gegen Wertsachen überlassen. Jedenfalls hatte er kurz angehalten und mich dann noch gebeten, am nächsten Tag zu seiner Jagdhütte zu kommen, weil ich seinen guten Jagdrock flicken sollte. Also haben wir uns in der Frühe direkt nach dem Melken auf den Weg gemacht. Der Weg zur Weide führte direkt an der Jagdhütte vorbei und wir trieben unser Milchvieh vor uns her, weil der Ahauser Kuhhirte bereits dort war. Meine Frau wollte unbedingt mitkommen, weil sie hoffte, dass wir auch Frau Buchholz treffen würden. Eine feine Dame, die Herrn Runge oft in seine Jagdhütte begleitete. Aber nicht, was Sie jetzt vielleicht denken. Sie war verwitwet und Herr Runge war immer sehr vornehm den Damen gegenüber. Und Frau Buchholz erzählte gerne Geschichten aus der Stadt.

Das war damals wirklich immer etwas Besonderes. Jetzt interessiert uns das alles nicht mehr.«

»Wann genau war denn das?«, unterbrach Mathilde ihn. Das Schwein und die Erwähnung eines Kuhhirten ließen den Schluss zu, dass die Geschichte keineswegs so aktuell war, wie sie es zunächst vermutet hatte.

»Ja«, zögerte er, ehe er zugab: »Das ist schon eine Weile her. Es war kurz nach Kriegsende, 1946.«

»Und ich sag dir noch mal, dass du die alte Geschichte ruhen lassen sollst!«, fiel ihm seine Frau jetzt doch ins Wort. »Das waren sehr schwierige Zeiten!«

Mathilde spürte, wie ein gewisser Ärger in ihr Aufstieg. Auf das schwatzhafte Schneiderpaar, das ihr solche Angst eingejagt hatte, und dann auf sich selbst. Sie hätte gleich nachfragen sollen. In Anbetracht der Tatsache, dass der Krieg nun schon mehr als 50 Jahre zurücklag, brauchte sie den Mörder des Jagdpächters kaum noch zu fürchten. Selbst wenn er noch lebte, wäre er ein betagter Mann und konnte ihr nicht gefährlich werden.

Ohnehin war der Krieg für sie unvorstellbar lange her. Sie gehörte zur Nachkriegsgeneration, die die Schrecken des Krieges nur aus Erzählungen kannte. Und darüber war sie sehr froh. Ihre Großmutter zuckte noch immer erschrocken zusammen, wenn am Samstagmittag die Sirenen zum Probealarm aufheulten.

Mathilde versuchte trotzdem, wieder auf den Mordfall zu sprechen zu kommen. »Wer war denn dieser Runge und wo genau liegt seine Hütte?«, erkundigte sie sich.

»Kennen Sie den Namen nicht? Alfred Runge? Sie kommen doch aus Bremen, oder nicht? Er war eine bekannte Persönlichkeit, Architekt. Er war in Bremen an der Planung und dem Bau der Böttcherstraße beteiligt.«

Mathilde staunte. Sie hatte nicht erwartet, dass es sich bei dem Toten um eine Berühmtheit der damaligen Zeit handelte.

»Wenn Sie unserer Straße folgen, liegt kurz vor dem Ende auf der rechten Seite ein kleiner See. Man sieht ihn heute kaum noch von der Straße aus, die Wasserfläche ist stark zugewachsen. Und früher war der See auch wesentlich größer. Jetzt ist fast ein Drittel der Wasserfläche verlandet. Ursprünglich war hier überall Heidelandschaft mit einigen Wacholderbüschen. Wälder gab es hier nur wenige. Erst im Krieg wurden die Bäume von den Arbeitern angepflanzt. Heute existiert nur noch der gerade Straßenverlauf, damals teilte sich der Weg vorher. Geradeaus kam man direkt in die Wümmewiesen. Und wenn man dem schmalen Pfad nach rechts durch das einzige Stückchen Wald folgte, das es damals gab, gelangte man an der Hütte vorbei in die Weiden. Nach dem Krieg hatten wir von allem zu wenig. Die ganzen Flüchtlinge zogen durch Ahausen. Und auch für unsere Tiere war kein Heu mehr vorhanden. Ahausen hatte mehrere Kuhhirten zu dieser Zeit. Sie kamen von den Höfen und brachten täglich die Tiere zum Weiden in die Wiesen und am Abend wieder zurück ins Dorf.«

»Und was hatte es nun mit dem Mord an Alfred Runge auf sich?«, hakte Mathilde nach.

»Also, an diesem Tag haben wir uns darüber gewundert, dass die Fensterklappen der Hütte noch verschlossen waren. Das war ungewöhnlich. Runge war ein Waidmann durch und durch, den es am Morgen nicht in den Federn hielt. Außerdem hatten wir uns ja extra wegen des Jagdrocks verabredet und er war immer ein sehr gewissenhafter Mensch. Also haben wir erst unser Vieh zum Hirten gebracht. Aber auf dem Rückweg war noch alles unverändert und auf unser Klopfen reagierte niemand. Darum glaubten wir, dass er am frühen

Morgen schon sein Revier kontrollierte. Es gab viele hungrige Menschen und einige suchten ihr Heil in der Wilderei. Wir haben dann eine ganze Weile auf der Holzbank vor der Hütte gewartet. Aber es rührte sich gar nichts. Dann sahen wir sein Fahrrad, das unter dem Vordach der gegenüberliegenden Remise stand. Seine Sachen waren noch auf dem Gepäckträger. Und da waren wir dann doch ernsthaft besorgt. Das passte alles so gar nicht zu Herrn Runge. Also haben wir noch mal alles angeschaut, noch mal geklopft und dann irgendwann durch das Fenster in der Tür geguckt. Er lag da im Flur und wir dachten, er hätte vielleicht einen Herzschlag gehabt oder so. Also haben wir versucht, die Tür zu öffnen. Eigentlich dachten wir gar nicht, dass wir wirklich reinkommen würden, aber die Türe war nicht verschlossen. Und dann«, kurz zögerte er und ein leichter Schauer überlief ihn bei der Erinnerung, »dann haben wir es gesehen. Erst nur ihn, direkt hinter der Tür. Er war blutüberströmt. Es war nichts mehr zu machen.«

Der Schrecken des Anblicks stand den beiden alten Menschen noch immer ins Gesicht geschrieben, stellte Mathilde fest. Dieses Erlebnis hatte sie wirklich mitgenommen.

»Das war schon tragisch!«, sprach der Herrenschneider weiter. Offenbar hatte er sich nun wieder gefangen. »Da überlebt man den Krieg und freut sich seines Lebens und dann so etwas!« Er schüttelte sein weißes Haupt und fuhr fort: »Auf dem Tisch stand noch das Abendbrot. Auf dem Bett im hinteren Raum lag Frau Buchholz.«

Als er nicht weitererzählte, fragte Mathilde: »Können Sie sich an das genaue Datum erinnern? Wann war das?«

»Es war 1946. Im April.«

»Und wie ist er zu Tode gekommen?«, hörte sie sich fragen und wunderte sich über sich selbst. Normalerweise verabscheute sie Menschen, die sich am Leid anderer weideten.

Doch noch ehe sie sich entschließen konnte, das Gespräch zu beenden, antwortete der Herrenschneider.

»Da sag ich nichts dazu! Die Zeiten waren unruhig damals. Da sind viele schlimme Dinge passiert.«

Diese Antwort überraschte Mathilde. Wieso wollte der alte Mann, der so darauf gebrannt hatte, ihr die Geschichte zu erzählen, nun plötzlich lieber schweigen und keine weiteren Details nennen?

»Ich bin in meinem Leben noch nie so schnell ins Dorf gerannt wie an diesem Tag«, ergänzte die Frau des Herrenschneiders und schüttelte sich nun auch leicht. »Mir ist immer noch ganz schrecklich zumute, wenn ich daran denke. So etwas Furchtbares ... Daran ändert auch die Zeit nichts, die inzwischen vergangen ist.«

»Weiß man denn, wer für den Mord verantwortlich war?«, bohrte Mathilde nun doch wieder nach.

»Gehen Sie einfach auf den Friedhof«, sagte der Herrenschneider mit plötzlich matter Stimme. »Unter der größten Birke an der Turmseite der Kirche liegt ein mächtiger Stein auf einem der Gräber. Da finden Sie die letzte Ruhestätte von Alfred Runge.« Ohne ein weiteres Wort wandte er sich von ihr ab und seine Frau folgte ihm, nachdem sie Mathilde kurz zugenickt hatte. Sich gegenseitig stützend, gingen sie gemeinsam ins Haus. Ganz offensichtlich war ihr Gespräch zu Ende.

Mathilde sah sich kurz irritiert um, dann bestieg sie ihr Fahrrad und radelte in den Ort hinein. Die Unterhaltung mit ihren Nachbarn beschäftigte sie noch eine ganze Weile. Das war doch typisch für die ländliche Bevölkerung. Erst das Gespräch in eine bestimmte Richtung lenken, Interesse wecken und dann nur einen Teil des Wissens preisgeben. Immerhin wusste sie nun, dass viel Zeit seit dem Mord vergangen und das Opfer in Ahausen bestattet worden war. Es gab keinen

Grund, sich vor dem Mörder von damals jetzt noch zu fürchten. Und mehr musste sie ja auch gar nicht wissen. Was interessierte sie schon das Gerede des Alten, der sich ganz offenkundig wichtig machen wollte.

Fast wäre sie vom Fahrrad gestürzt, als sie, in ihre Gedanken versunken, in ein besonders tiefes Schlagloch im Radweg fuhr. Kurz blieb sie stehen, um sich vom Schreck zu erholen. Sie sah die Straße entlang. Ob dieser Runge auch auf diesem Weg mit seinem Fahrrad ins Dorf gefahren war, ging es ihr durch den Kopf. Bestimmt waren hier damals nur Sandwege gewesen und mit Sicherheit keine Teerstraße mit Radweg daneben. Überhaupt fragte sie sich, wie es damals wohl in Ahausen ausgesehen hatte. Vielleicht ließen sich ja alte Fotos aus dieser Zeit ausfindig machen. Mathilde liebte alte Schwarz-Weiß-Fotografien. Die Welt machte darauf für sie immer so einen intakten und ruhigen Eindruck. Nicht so hektisch und laut wie heute. Insgeheim war sie manchmal von einer Sehnsucht erfüllt, die sie natürlich niemals stillen konnte. Zeitreisen waren schließlich noch nicht erfunden. So blieben ihr nur die Träumereien rund um solche kleinen Momentaufnahmen von vergangenen Zeiten.

Manchmal fühlte sie sich in Ahausen aber tatsächlich zurückversetzt. Jetzt zum Beispiel, auf der menschenleeren Straße, trotz des Teers, oder wenn sie mit ihrem Fahrrad über das alte Kopfsteinpflaster radelte. Wenn sie nicht genau hinsah, konnte sie sich vorstellen, wie es damals gewesen sein könnte. Alte Eichen säumten die Dorfstraße, Vogelzwitschern, ein Summen und Zirpen, der leichte Wind in den Bäumen und Büschen. Vielleicht erledigte sie deshalb auch kleinere Einkäufe so gerne in dem Dorfladen an der Hauptstraße. Meist lohnte es sich dafür auch nicht, in das zehn Kilometer entfernte Rotenburg zu fahren. Aber es war mehr als das, überlegte sie, während sie ihren Weg fortsetzte. Sie mochte das Gefühl, dass an diesem Ort die Zeit stehen geblieben war.

Die große Fensterfront ermöglichte von der Straße aus einen ungehinderten Blick in das Ladeninnere. Hohe Regale bildeten enge Gassen. Dosen, Gläser und Tüten standen am vorderen Regalrand, dahinter blieb reichlich Platz. Es gab immer nur wenige Stücke eines Produktes, dafür aber eine relativ große Auswahl. Im hinteren Teil des Ladens stand außerdem ein Tresen, an dem man Teigwaren, Wurst und Käse bekam. Und neben Lebensmitteln fand man hier auch Außergewöhnliches fernab des täglichen Bedarfs vor. Alte Gewürzregale aus den Fünfzigern, ein Sammelsurium an Dekorationsartikeln, Handarbeitsgarne sowie die passenden Nadeln dazu. Eine merkwürdige Auswahl an alten Romanheften hing schlapp in einem drehbaren Zeitschriftenständer. Der Laden hatte zwei nebeneinanderliegende Türen, die in verschiedene Richtungen zu öffnen waren. Ein- und Ausgang waren so klar definiert. Betrat man den Laden, musste man ein Drehkreuz passieren. Mathilde hatte schon öfter gesehen, wie es einfach zur Seite geschoben wurde, damit auch die älteren Kunden mühelos passieren konnten. Sie fragte sich jedes Mal, warum man es nicht ganz entfernte, es wirkte für sie ohnehin völlig deplatziert. Es verhinderte viel mehr das leichte Betreten des Ladens als eine eventuelle Flucht von Ladendieben. Und wie viele Ladendiebe mochte es an diesem friedlichen Ort überhaupt geben? Doch dann fiel ihr wieder ein, dass dieser Ort ganz offensichtlich nicht immer so friedlich gewesen war. Sie gab einen Seufzer von sich, als sie nach einem der Einkaufskörbe hinter dem Drehkreuz griff.

Sie sah sich im Laden um und stellte fest, dass sie die einzige Kundin war. Das bedeutete, dass sie an der Kasse für ein längeres Gespräch festgehalten werden würde. Sie wohnte zwar noch nicht so lange in ihrem kleinen Walddomizil, aber sie wusste bereits, dass der »Landfunk« hier besonders gut funktionierte. Jeder Kunde musste durch die »Gesprächsschleuse« an der Kasse und so dauerte es eben manchmal ein bisschen länger mit dem Bezahlen. Aber das schien hier niemanden zu stören. Im Gegenteil, auch innerhalb der Warteschlange unterhielt man sich eifrig und schließlich bekam ja auch jedermann alles mit. Vielleicht waren Informationen hier sogar das wichtigste Handelsgut. Und was man an der Kasse nicht besprechen oder im wahrsten Sinne des Wortes loswerden konnte, brachte man einfach an der Pinnwand neben dem Ausgang unter. Die Dorfbewohner machten davon zumindest reichlich Gebrauch. Putzhilfen, entlaufene Katzen, alte Fahrräder oder Kleidungsstücke, Veranstaltungen und Angebote für die Hausaufgabenhilfe oder Hundebetreuung – ein in ihren Augen durchaus skurriles Spektrum. Nachdem sie einen Liter Milch erworben und der interessierten bis zuweilen neugierigen Ladeninhaberin halbherzig Rede und Antwort gestanden hatte, betrat sie, einem Impuls folgend, den Friedhof. Dieser lag direkt neben dem Dorfladen. Die eiserne Pforte quietschte leise beim Öffnen, dann stieg Mathilde die Stufen zum Friedhof hinauf. Er lag im spätsommerlichen Sonnenlicht und sie war die einzige Besucherin. In der Mitte des Kirchhofs stand eine aus Rotziegeln gemauerte Dorfkirche mit einem Glockenturm an der Westseite. Durch ihn gelangte man in das Kirchenschiff. Die Gräber verteilten sich um das Gebäude und sie schritt die geraden Reihen ab. Dabei achtete sie auf die hohen Bäume. Tatsächlich entdeckte sie eine besonders große Birke neben dem Kirchturm und steuerte auf diese zu. Niedrige Büsche darunter verbargen den Großteil einer dicken Grabplatte. Mathilde kniete sich neben den mächtigen Stein. Mit der flachen Hand entfernte sie die darauf liegenden Blätter und teilte die Zweige des Buschwerks, bis die Inschrift lesbar wurde. In großen eingemeißelten und schwarz gefärbten Buchstaben stand dort der Name Alfred Runge, darunter seine Lebensdaten: geboren am 25.04.1881, gestorben am 27.04.1946. Er war tatsächlich nur zwei Tage nach seinem Geburtstag zu Tode gekommen. Die Grabplatte war gewaltig. Kein anderes Grab hatte so einen mächtigen Stein. Er musste ein Vermögen gekostet haben.

Während Mathilde so vor dem Stein hockte, spürte sie, wie ein Kribbeln in ihr aufstieg. Eine gewisse Abenteuerlust hatte man ihr schon früher nachgesagt. Und wenn sie bei einem Thema erst einmal angebissen hatte, verfolgte sie es beharrlich. Aber vielleicht war es auch einfach nur die Tatsache, dass sie nicht viel um die Ohren hatte und dankbar für alles war, was sie von ihren persönlichen Problemen ablenkte. Es gab kein linderndes Medikament gegen Kummer; zu viel Süßes ruinierte die Figur und Alkohol hielt sie auch für keine akzeptable Lösung. Blieb also das Mittel der Ablenkung.

Und jetzt, das wurde ihr mit einer gewissen Euphorie klar, war ihr Interesse geweckt. Sie wollte mehr über diesen Mann und seinen Tod in Ahausen erfahren. Ein Projekt gegen den Trennungsschmerz. Entschlossen nickte sie der Grabplatte zu und kehrte zu ihrem Fahrrad zurück.

Es dauerte einige Zeit, bis sie mit dem Text zufrieden war. Sie hatte ihn unzählige Male geändert, immer die abrupte Reaktion des Schneiderpaares vor Augen. Am Ende schrieb Mathilde schlicht und einfach: »Wer kann sich an den Architekten Alfred Runge erinnern und mir von ihm erzählen? Bitte haben Sie keine Scheu, mich anzurufen.« Unten hatte sie kleine Abschnitte mit ihrer Telefonnummer versehen, die man sich einfach abreißen konnte. Zufrieden radelte sie erneut ins Dorf, um den Zettel möglichst schnell aufzuhängen.

Sie befürchtete, ansonsten ihre Entscheidung doch wieder zu revidieren. Im Vorbeifahren grüßte sie ihre Nachbarn zur Linken, die in ihrem Ökogarten das Unkraut bekämpften.

Wirklich ein hübscher Ort, dachte sie wieder einmal, während sie die Rotziegelhäuser im Ortskern passierte, die alle dicht beieinanderlagen. Die alten Zweiständerhöfe zeigten noch ihre ursprüngliche Bauform. Das Haupthaus stand in der Mitte, rechts und links lagen Ställe oder eine Remise. Fast vor jedem Hof standen kleine Gruppen von alten Eichen. Ein kleiner Bach durchzog plätschernd das Dorf.

Anders als am Vormittag war der Dorfladen nun gut besucht. Also reihte Mathilde sich artig in die Schlange an der Kasse ein. Sie hatte sich gescheut, nur wegen des Zettels zu kommen, und so noch ein paar Eier gekauft, die sie am Morgen, wie sie der Kassiererin sagte, vergessen hätte. »Aber das passte eigentlich ganz gut, ich würde nämlich gerne einen Zettel an die Pinnwand hängen, wenn das okay ist«, sagte sie mit einem fragenden Lächeln.

»Natürlich«, sagte ihr Gegenüber freundlich. »Ich gebe Ihnen Tesafilm, dann können Sie ihn dort einfach aufhängen.« Sie fragte nicht nach, was Mathilde anbieten oder suchen wollte. Doch Mathilde war sicher, dass sie es nachlesen würde, sobald sie selbst den Laden verlassen hatte. Sie suchte nach einem freien Platz auf dem Brett genau in Augenhöhe. Ihr Aufruf sollte von möglichst vielen Menschen wahrgenommen werden. Und sie hatte Glück: Genau in der Mitte des Brettes konnte sie ihr Ersuchen platzieren.

Als sie sich vor dem Laden auf ihr Rad setzen wollte, bemerkte sie den platten Hinterreifen. Auf dem Weg hierher war der Reifen noch in Ordnung gewesen. Schimpfend untersuchte sie den Reifen. Das Ventil war lose und ohne Luftpumpe würde sie die zwei Kilometer nach Hause schieben müssen. »Mist«, fluchte sie und haute mit der flachen Hand auf den Sattel. Ihre gute Laune war direkt wieder verflogen.

In diesem Augenblick verließ ein kleiner älterer Herr das Geschäft. Er blickte zu ihr herüber und erkannte ihre missliche Lage. Spontan reichte er ihr die Luftpumpe seines Rads.

»Sie müssen entschuldigen, dass ich Ihnen den Reifen nicht aufpumpen kann, aber meine Finger sind heute mal wieder stark angeschwollen und zu nichts zu gebrauchen.« Er lächelte Mathilde entschuldigend an und zeigte ihr seine in der Tat geschwollenen Hände.

»Danke für die Luftpumpe, die ist mir schon eine große Hilfe. Das Aufpumpen bekomme ich selbst hin«, entgegnete sie und machte sich sofort an die Arbeit. Sie drehte das Ventil wieder fest und füllte den Reifen mit einigen kräftigen Pumpstößen. Dann prüfte sie, ob das Ventil hielt. Es schien keine Luft mehr zu entweichen und so gab sie dem kleinen Mann die Luftpumpe zurück.

»Vielen Dank noch einmal. Jetzt muss ich mein Rad nicht nach Haus schieben.«

Er nahm die Luftpumpe wieder entgegen und befestigte sie an seinem Fahrradrahmen. Dann wandte er sich ihr erneut zu. Es dauerte einen kurzen Augenblick, aber sie sah ihm an, dass er noch etwas sagen wollte. Also lächelte sie ihn an und wartete geduldig ab.

»Sie interessieren sich für den Architekten Runge?«

»Ja«, sagte sie, etwas überrascht von dieser Wendung. Mit einer so schnellen Antwort auf ihren Zettel hatte sie nicht gerechnet.

»Was genau möchten Sie denn wissen? Sie haben da ja so einen Zettel am Brett befestigt, auf dem steht, dass Sie gerne etwas zu Alfred Runge wissen möchten«, forschte er nach.

»Mich interessiert, was er für ein Mensch war und wie der

arme Mann hier zu Tode kam. Außerdem habe ich mich gefragt, wie es ihn nach Ahausen verschlagen hat und ob man etwas über das Motiv für die Tötung weiß. Der Herrenschneider hat da so einiges angedeutet und ich bin zugegebenermaßen ein bisschen neugierig geworden«, versuchte sie, ihr Anliegen zu erklären.

»Der Herrenschneider«, sagte der kleine Mann wissend. Dann musterte er sie und fragte: »Wann hat er Ihnen davon erzählt?« Also erzählte Mathilde ihm von der Geburtstagfeier.

»Es war eine schwierige Zeit, an die sich viele nicht gerne erinnern, wissen Sie? Darum bin ich erstaunt, dass er Ihnen gegenüber ... Aber andererseits lässt ihn diese Geschichte nicht mehr los. Bei mir ist das etwas anderes«, erklärte er. »Ich lese sehr gerne in alten Schriften oder Büchern. Auch mit den Geschehnissen des Zweiten Weltkriegs und besonders mit der Ahauser Geschichte habe ich mich intensiv beschäftigt. Manche im Dorf spotten über mich und behaupten sogar, dass es mir nicht guttut, die Nase so häufig in Bücher zu stecken.«

Er räusperte sich und schwieg kurz. Mathilde dachte schon, dass sie nicht mehr erfahren würde, doch dann fuhr er fort: »Als Alfred Runge ermordet wurde, war ich noch ein Jugendlicher. Ich hatte Glück gehabt, ich musste im Krieg nicht zum Volkssturm. Einige meiner Schulkameraden hat es kurz vor Kriegsende getroffen und sie mussten einrücken. Ein paar kamen nicht zurück. Aber das mit Herrn Runge war nach dem Krieg, 1946.«

»Heißt das, dass Sie Runge noch kennengelernt haben und sich an ihn erinnern können, obwohl es schon ein halbes Jahrhundert her ist?«, fragte Mathilde aufgeregt nach.

»Alle Dorfkinder von damals haben sehr gute Erinnerungen an Alfred Runge. Er war ein äußerst großzügiger Mensch, der

Kinder sehr mochte. Wenn in Bremen Freimarkt war, lud er immer einige Jungen und Mädchen aus dem Dorf dazu ein und fuhr mit ihnen hin. Er spendierte nicht nur die Fahrt, sondern auch alles auf dem Freimarkt. Es war ein großes Glück, wenn man mitfahren durfte. Vor dem Krieg ist er sogar einmal mit uns zum Weihnachtsmärchen ins Bremer Theater gegangen. Und in jedem Jahr bekamen wir in der Schule von Herrn Runge ein Buch geschenkt. Er legte großen Wert auf eine gute Bildung und versuchte, uns das Lesen mit spannenden Büchern nahezubringen. Bei mir hat es funktioniert, ich lese gerne und viel«, fügte er schmunzelnd hinzu.

»Haben Sie die Bücher noch?«, erkundigte sich Mathilde.

»Aber ja, eines der Bücher habe ich mit Sicherheit aufbewahrt. Es hat eine persönliche Widmung von ihm, zum Weihnachtsfest 1940. Wir Kinder mochten ihn sehr. Alfred Runge war ein passionierter Jäger. In der Jagdzeit machten wir uns gerne nützlich. Wenn er Treibjagden veranstaltete, liefen wir als Treiber durch das Revier. Wir schlugen mit Holzlöffeln auf Metalltöpfe und schrien aus Leibeskräften. So trieben wir das Wild vor uns her auf die Jäger zu, wissen Sie. Nach der Jagd, wenn die Strecke gelegt worden war, gab es für alle Beteiligten ein deftiges Essen im Ahauser Hof. Manchmal bekamen wir dann noch ein Buchgeschenk extra dazu. Doch besonders freuten wir uns, wenn Alfred Runge sich wieder einmal den Spaß erlaubte, den Tieren im Kälberstall kleine Geschenke um den Hals oder an die winzigen Hörner zu hängen. Das hat er ein paarmal gemacht und es war jedes Mal ein lustiges Unterfangen, den Tieren die Geschenke wieder abzunehmen«, erinnerte er sich.

»Und herrschte dann nicht große Betroffenheit, als Runge hier ermordet wurde? Er scheint ja wirklich sehr beliebt gewesen zu sein«, unterbrach sie seine Erzählung.

»Es waren schwere Zeiten damals«, erklärte der kleine Mann mit dem Fahrrad und schaute Mathilde ernst an. »Der Tod war allgegenwärtig. Viele Menschen hatten Schreckliches erlebt und waren froh, dass der Krieg zu Ende war. Man bedauerte Alfred Runges Tod ganz gewiss, aber Gewalt war damals nicht ungewöhnlich, fast schon an der Tagesordnung. Es herrschte eine allgemeine Verzweiflung und Hilflosigkeit. Jeder war mit seinen eigenen Problemen beschäftigt.«

»Wie ist er denn ums Leben gekommen?«, forschte sie weiter nach. Der kleine Mann zögerte einen Moment, ließ das Fahrrad in seiner Hand einmal vor und wieder zurück rollen. Dann sah er Mathilde eindringlich an und fuhr fort: »Man sagt, dass Alfred Runge von marodierenden Polen in seiner Jagdhütte erschlagen wurde, als er versuchte, den Diebstahl seines Rads zu verhindern. Zwei Tage vor seinem Tod soll er einen Polen bei einem Diebstahlversuch erwischt haben. Angeblich schlug Runge den Polen mit einem Stock in die Flucht, so heftig, dass dieser einige Blessuren davontrug. Dieser Pole soll dann später in Begleitung weiterer Polen zurückgekehrt sein …«

Die Art, wie er den Satz verhallen ließ und mit der er das »Man sagt« betont hatte, ließen Mathilde aufhorchen. »Glauben Sie, dass es um Rache für die Schläge ging oder es ein erneuter Versuch war, in den Besitz des Rades zu kommen?«

»Dazu kann ich nichts sagen«, stellte der kleine Mann fest. Er zögerte kurz. »Ich bin mir nicht einmal sicher, ob sich alles wirklich so abgespielt hat.«

»Ist der Mord denn nicht richtig untersucht worden?«, hakte sie nach.

»Es hat eine kleine Untersuchung des Tatortes gegeben. Das Polizeiwesen funktionierte noch nicht wieder richtig. Die englischen Besatzer hatten alle Hände voll zu tun, die

Infrastruktur des Landes wieder aufzubauen. Auf einen toten Deutschen mehr oder weniger kam es wohl nicht wirklich an.«

»Gab es denn überhaupt eine Polizeistation in Ahausen?«

»Doch, doch, wir hatten immer eine kleine Polizeiwache in der Mühlenstraße. Dem letzten Polizisten aus dieser Zeit fehlte eine Hand. Hatte er im Kriegseinsatz an der Ostfront verloren. Körperlich konnte er sich nicht durchsetzen und auch sonst war er seit seiner Verletzung nicht sehr engagiert. Aber es hätte auch nichts genutzt, wenn er mehr Interesse an diesem Fall gezeigt hätte. Die Militärpolizei der Besatzer hatte hier die Befugnisse. Und die Staatsanwaltschaft wurde nur selten hinzugezogen. Ob es in diesem Fall so war, kann ich nicht mit Bestimmtheit sagen.«

»Wenn so etwas geschieht«, überlegte Mathilde laut, »dann gibt es im Dorf doch bestimmt Gerüchte darüber, oder?«

Der kleine Mann sah ihr lange in die Augen. »Ich denke, ich habe Ihnen für heute genug erzählt. Aber eines möchte ich Ihnen noch mit auf den Weg geben: Es gibt hier noch einige Leute, die es gar nicht gut finden werden, wenn Sie sich zu sehr für die alten Geschichten aus der Zeit des Dritten Reichs interessieren. Die Vergangenheit kann man nicht mehr ändern, trotzdem muss man in einem Dorf weiterhin zusammenleben. Vergessen Sie das nicht, wenn Sie Ihre Erkundigungen einholen.«

Mit erstaunlicher Geschicklichkeit schwang sich der kleine Mann über die Stange auf sein Herrenfahrrad und ließ sie einfach stehen. Seine Beine waren viel zu kurz, um im Sitzen vom Sattel aus den Boden zu erreichen. Aber er trat mit erstaunlicher Kraft in die Pedale und man merkte ihm an, dass er ein sehr geübter Radfahrer war. Dabei schätzte Mathilde ihn auf ungefähr 70 Jahre. Nachdenklich blickte sie hinter ihm her. Hatte er sie warnen wollen? Oder war sein gut gemeinter Rat damit zu erklären, dass die ältere Generation über diese Zeit grundsätzlich lieber schwieg?

Es verging eine ganze Woche, niemand rief sie wegen der Mordsache Runge an. Das frustrierte Mathilde, stachelte sie aber gleichzeitig auch an. Sie hatte das Gefühl, auf eine Mauer des Schweigens zu treffen. Und das hieß für sie, dass hinter dieser Geschichte mehr stecken musste. Doch sie war abgelenkt mit der weiteren Einrichtung ihrer Hütte. Sie erwartete Besuch und wollte ein gemütliches Heim präsentieren können. So war es schließlich Freitagabend, ohne dass sie weitere Informationen bekommen hatte.

Susan war eine gute Freundin aus alten Studienzeiten und sie hatte sich für einen Übernachtungsbesuch angekündigt. Es war der erste Besuch seit ihrem Einzug. Bis jetzt hatte sie alle Freunde abgeblockt und sich komplett eingeigelt.

»Nett hast du es hier, aber ein bisschen einsam. Stört dich das überhaupt nicht?«, fragte Susan, während sie Mathildes neues Heim fachmännisch begutachtete. Die kleinen Spielereien, die Mathilde aus den Knochenfunden auf dem Grundstück angefertigt hatte, amüsierten sie.

»Du hast hier draußen ja einen recht morbiden Humor entwickelt«, lachte Susan, als sie das Mobile aus Rehrippen betrachtete. Das Wetter war ausgesprochen schön und bei einem ausgedehnten Spaziergang in der Abendsonne erzählten sie sich die wichtigsten Neuerungen, die das Leben für sie in letzter Zeit bereitgehalten hatte. Susan verstand sehr gut, warum Mathilde Bremen den Rücken gekehrt hatte, um hier zur Ruhe zu kommen.

»Ich glaube aber, bei mir hätte dein Vermieter recht behalten«, sagte Susan und bedachte die Lage des Hauses. »Ich hätte es hier wahrscheinlich nicht mal eine Woche ausgehalten, so mitten im Wald und ohne direkte Nachbarn. Die hören dich doch gar nicht, wenn du um Hilfe rufst. Ich denke, dass ich mich hier nachts allein zu Tode fürchten würde. Ich bin nicht mal sicher, wie ich die Nacht heute überstehe«, fügte sie mit einem Lachen hinzu. »Ich brauche die Stadt mit ihren Lichtern und Geräuschen.«

»Ach, mach dir da mal keine Sorgen, ich bin ja bei dir«, gab Mathilde zurück, während sie sich bei ihr einhakte. Dann liefen sie eine Weile schweigend nebeneinanderher.

»Also, mein Vermieter ist schon ein seltsamer Kauz«, begann Mathilde noch einmal von den letzten Monaten zu erzählen. »Er besteht zum Beispiel darauf, dass ich die Wasserhähne nur ganz leicht zudrehe, damit das Gewinde nicht überdreht. Er hat mir die richtige Technik mindestens dreimal gezeigt. Er dreht den Wasserhahn immer bis zum beginnenden Widerstand und dann einen Hauch zurück. ›Aber nur so viel, dass es nicht tropft!‹«, imitierte Mathilde seine tiefe Stimme. »Na ja, ganz falsch liegt er vermutlich nicht. Immerhin sind im Badezimmer noch die originalen Wasserhähne aus der Bauzeit. Das gibt seiner Theorie irgendwie recht. Das sind immerhin schon mehr als dreißig Jahre.« Auch bei den Handtuchhaltern hatte er eine eigene Theorie. Er hatte die beiden Stangen neben dem Waschbecken auf einen Winkel von genau 45 Grad gespreizt. »Damit die Luft gut zirkulieren kann und die Handtücher besser trocknen«, hatte er sein Vorgehen erklärt und die Einhaltung bei den Folgebesuchen sogar kontrolliert. Eigentlich hätte Mathilde sich das natürlich verbeten. Doch sie hatte schnell erkannt, dass sein zwanghaftes Verhalten ihm half, den Alltag zu überstehen. Und so tat sie ihm den Gefallen und präparierte an den Freitagabenden vor seinen Besuchen alles in seinem Sinne. Anfangs machte er sich Sorgen um die junge Frau, die so alleine und ohne direkte Nachbarn im Wald wohnte. Aber seit die Probezeit vorbei war und Mathilde auch ihre eigenen Möbel mitgebracht hatte, kam er nur noch selten zu seinen Stippvisiten.

»Wir müssen morgen früh also nicht vorsichtshalber ein drittes Gedeck auf den Frühstückstisch stellen?«, fragte Susan lachend. Sie konnte die merkwürdige Geschichte ganz offensichtlich kaum glauben.

»Ich weiß selbst nicht genau, wieso ich das alles so mitgemacht habe. Vielleicht weil ich ihn und das Haus so mag. Aber morgen frühstücken wir auf jeden Fall alleine«, schloss Mathilde nun ebenfalls lachend ihren Bericht und Susan hakte sich fester bei ihr unter. So liefen sie im Gleichschritt den Sandweg entlang.

»Gibt es hier draußen noch mehr eigenartige Dinge, von denen ich wissen sollte?«, erkundigte sich Susan eigentlich mehr im Scherz. Doch Mathilde überlegte, ob sie ihr von dem Mord berichten sollte. Nach kurzem Zögern schilderte sie den Geburtstag der alten Dame von nebenan und wie sie dort von dem Mord an dem Bremer Architekten erfahren hatte. Im Gegensatz zu ihr konnte Susan mit dem Namen Alfred Runge sofort etwas anfangen.

»Der Alfred Runge von Runge & Scotland? Von der Böttcherstraße? Der ist hier gestorben?«, fragte Susan ungläubig. »Ich wusste gar nicht, dass er ermordet wurde. Dabei habe ich mich mit seiner Arbeit sogar recht ausführlich beschäftigt.«

Natürlich kannte Susan Alfred Runge, wenn er ein bedeutender Architekt in Bremen gewesen war. Sie war ebenfalls Architektin und hatte sich vor einigen Jahren selbstständig gemacht. Ihr Spezialgebiet war die Sanierung von Altbauten unter besonderer Berücksichtigung energetischer Aspekte. Susan war eine große dunkelhaarige Frau, die großen Wert auf ihr Äußeres legte. Sie kleidete sich stets stilvoll, egal ob elegant oder sportlich, immer passte alles bis ins Detail zueinander. Sie interessierte sich grundsätzlich für alles und konnte sich das meiste sehr genau einprägen. Das bewunderte Mathilde an ihr. Nicht dass Mathilde nicht auch an vielen Dingen interessiert war, aber ihr Gedächtnis funktionierte nur punktuell so gut wie Susans. Nun wunderte Mathilde sich, dass sie nicht gleich darauf gekommen war, ihre Freundin zu fragen.

»Du hast dich doch sicher schon intensiver mit der Böttcherstraße beschäftigt, oder?«, hakte Mathilde nach.

»Ja, sicher. Um die Böttcherstraße kommt man in Bremen ja kaum herum, besonders wenn man vom Fach ist. Für Bremen ist es wirklich ein Glück, dass dieses Ensemble erhalten wurde. Das war ja gar nicht so selbstverständlich, dass man nach dem Krieg so etwas wiederaufgebaut hat, obwohl es so viele Baustellen und wichtige Aufgaben gab. Und jetzt ist es ein Magnet für Touristen aus aller Welt«, erklärte Susan ihr begeistert und fügte an: »Aber das weißt du als alte Bremerin ja selbst, oder?«

»Na ja, ich kenne die Böttcherstraße natürlich«, entschuldigte Mathilde ihre Unwissenheit mit einem Schulterzucken. »Allerdings habe ich mich bisher nicht für die Geschichte dazu interessiert. Mir gefallen einfach die Atmosphäre und die netten Geschäfte. Du weißt ja: Ich liebe Schaufensterbummel, die machen Spaß und kosten nichts.«

Susan lachte. »Ja, das hast du schon während der Schule draufgehabt. Ich habe immer mein Geld ausgegeben, während du dich einfach sattgesehen hast. Und am Ende musste ich mir Geld von dir leihen und kam mit lauter unnützem Kram nach Hause. Manchmal verfalle ich diesem Kaufrausch heute noch, auch wenn ich mich wirklich bemühe, mich zu beherrschen. Schrecklich!«

Sie lachten beide. »Dafür waren die Geschäftsleute nie so gut auf mich zu sprechen«, erwiderte Mathilde schmunzelnd, »die mochten dich deutlich lieber.«

Die Dämmerung brach langsam herein und Mathilde schlug vor, zu ihrem kleinen Heim im Wald zurückzukehren und etwas zu essen.

»Kann ich die Tür abschließen?«, fragte Susan, sobald sie die Hütte betreten hatten. Je mehr es draußen dämmerte, desto unruhiger wurde sie.

»Hast du keine Vorhänge?«, fragte sie besorgt. »Wenn es draußen so dunkel und hier drinnen alles hell erleuchtet ist, kann dich doch jeder beobachten, ohne dass du es merkst. Stört dich das gar nicht?«

Mathilde bezweifelte, dass sich ein Spanner in diese Einsamkeit verirrte. Doch dann fiel ihr wieder ein, wie sehr sie die nächtliche Begegnung mit dem Rehbock erschreckt hatte. Vielleicht wären Gardinen keine schlechte Idee. Außerdem fand sie es eine nette Idee, mal wieder shoppen zu gehen. So könnte Susan sie auch bei der Stoffauswahl beraten.

Während der vorbereitete Kartoffelauflauf im Ofen garte, öffnete Mathilde eine Flasche Rotwein. »Dem Merlot bist du also treu geblieben«, stellte Susan fest und hielt ihr ihr Glas entgegen. Sie stießen mit den dickbauchigen Rotweingläsern auf ihr Wiedersehen an und setzten sich in die Essecke an den Tisch. Mathilde entzündete einige Kerzen und löschte dann die Deckenlampe. Die Holzhütte war klein, aber besonders im Licht der Kerze von schlichter Gemütlichkeit. Wilde Schatten tanzten an den weiß getünchten Wänden, verursacht durch den flackernden Kerzenschein. Die besondere Atmosphäre nahm nun auch Susan gefangen, die eine moderne Stadtwohnung ihr Zuhause nannte.

»Kannst du mir noch ein bisschen was über die Böttcherstraße erzählen, Susan?«, griff Mathilde den Gesprächsfaden von ihrem Spaziergang wieder auf.

»Du weißt doch: Ich spreche über nichts lieber als über alte Häuser«, erwiderte Susan lachend. »Bist du schon mal im Paula Modersohn-Becker-Haus gewesen und hast das Museum besucht?«, begann Susan. Mathilde nickte stumm und war froh, dass sie wenigsten mit ein wenig kulturellem Interesse aufwarten konnte. »Dann ist dir da in einer Mauernische vielleicht ein massiger Bronzekopf aufgefallen, ein kahlköpfiger und nicht besonders freundlich dreinschauender Mann. Im Handwerkerhof. Das ist eine Plastik von Bernhard Hoetger, die Ludwig Roselius zeigt. Hoetger hat ihm allerdings nicht sehr geschmeichelt mit seiner bildhauerischen Darstellung, finde ich. Dabei hatte er Roselius einiges zu verdanken. Die Idee der Böttcherstraße geht auf Ludwig Roselius zurück. Sagt dir dieser Name etwas?«, fragte Susan und fuhr auf Mathildes Zögern hin fort: »Er war der Sohn des Kaffeehändlers Diedrich Roselius, der 1902 angeblich wegen übermäßigem Kaffeegenuss mit nicht einmal 60 Jahren starb. Wegen des vielen Koffeins, sagt man. Er soll angeblich mehr als 30 Tassen Kaffee am Tag getrunken haben. Etwas verrückt … Aber jedenfalls musste sein Sohn Ludwig völlig überraschend im Alter von 28 Jahren die Firma übernehmen. Der Verdacht, dass Koffein am frühen Tod seines Vaters schuld war, führte dazu, dass Ludwig Roselius intensiv auf dem Gebiet des Entkoffeinierens forschte. Es war klar, dass Koffein keinerlei Aroma oder so aufwies, sondern nur leicht bitter schmeckte. Also meinte er – ganz zu Recht –, dass es möglich sein müsste, dem Kaffee das Koffein zu entziehen, um die Verträglichkeit zu steigern, ohne dabei den Geschmack zu beeinträchtigen. Er gilt als Erfinder des koffeinfreien Kaffees und hat sich sein Verfahren patentieren lassen. Damit wurde er zu einem der erfolgreichsten Unternehmer seiner Zeit. Wäre nicht der Erste Weltkrieg mit dem wirtschaftlichen Einbruch dazwischengekommen, wäre Ludwig Roselius sicher zu einem der vermögendsten Männer der Welt avanciert. Kaffee HAG ist dir doch ein Begriff, oder?«

»Oh ja! Den hat meine Oma immer getrunken, um ihr Herz zu schonen.«

»Ja genau. Und dieser Kaffee kommt aus Bremen. Genauer eben aus dem Hause Roselius. Und er hat damit eine wirkliche Weltmarke geschaffen. Er war …«

Mit einem Schrei unterbrach Mathilde ihre Freundin und stürzte fluchend auf den Ofen zu. Der Auflauf hatte bereits eine dunkelbraune Färbung angenommen, die ins Schwarze zu wechseln drohte. Mathilde konnte kochen, was sie wollte, es gelang ihr nur selten. Aufläufe gab es bei ihr nur in zwei Varianten: verbrannt oder fast roh. Schnell zog sie die Auflaufform heraus und stellte sie auf den Untersetzer auf dem Tisch.

»Sieht jetzt auch ein bisschen nach Kaffee aus, so auf der Oberseite«, frotzelte Mathilde, die froh war, dass die Kruste noch dunkelbraun und nicht ganz schwarz war. Sie stellte Teller und Besteck auf den Esstisch und mit mehreren Gläsern Rotwein genossen sie ihr Abendessen trotzdem.

»Möchtest du vielleicht eine Tasse Kaffee nach dem Essen?«, fragte Mathilde und kam so wieder auf ihre Unterhaltung über Ludwig Roselius zurück.

»Ach, wenn du schon fragst, gerne.«

»Aber Kaffee HAG habe ich nicht«, scherzte sie. Allerdings hoffte sie schon, dass Susan nun bald von Roselius auf Alfred Runge zu sprechen kommen würde. Susan wusste weiß Gott viel, aber sie genoss es auch, ihr Wissen in epischer Breite darzulegen. Und Mathilde hatte in der Vergangenheit einige Male den Fehler begangen, Susan darum zu bitten, sich kurz zu fassen. Ihre lapidare Antwort war jedes Mal gleich gewesen: »Mit unseriösem Halbwissen gebe ich mich nicht ab und ich gebe es auch nicht weiter!« Damit war alles zwischen ihnen geklärt. Wenn sie etwas wissen wollte, dann wurde sie von Susan umfassend informiert. Sie hoffte inständig, dass sie bald an dem Punkt angelangt waren, der sie interessierte. Wie genau sah die Verbindung zwischen Alfred Runge und Ludwig Roselius aus?

»Macht nichts, ich habe keine Angst vor Koffein. Nicht bei einer Tasse. Durchschnittlich trank man zu Roselius' Zeiten übrigens nur zwei Tassen Kaffee am Tag. Inzwischen sind wir in Deutschland bei vier Tassen Kaffee pro Tag angelangt. Aber Roselius verkaufte nicht nur den Kaffee, sondern auch das extrahierte Koffein an die Industrie. Synthetisch konnte man das erst in den Dreißigern herstellen. Darum war die Industrie auf natürliches Koffein angewiesen. Doch das Geheimnis seines wirtschaftlichen Erfolges lag vor allem darin, dass Ludwig Roselius völlig neue Wege in der Vermarktung beschritt. Wie erfolgreich er war, siehst du ja selbst: Du hörst Kaffee HAG und denkst an koffeinfreien Kaffee. So wie man manchmal nach einem Tempo fragt, wenn man ein Taschentuch braucht. Roselius hat den Markenkaffee mit einer einheitlichen Aufmachung und einem einheitlichen Preis Anfang des letzten Jahrhunderts auf den Markt gebracht. Das brachte natürlich einen hohen Wiedererkennungswert und die Strategie ging auf. Kaffee HAG wurde eine der beliebtesten Marken.«

»Was hat das jetzt mit Runge zu tun?«, unterbrach Mathilde Susans Erzählung nun aber doch. Sie konnte ihre Ungeduld nicht länger zügeln.

»Dazu komme ich gleich!«, antwortete Susan allerdings nur leicht gereizt. »Mir ist wichtig, dass du verstehst, was für eine Persönlichkeit dieser Roselius war. Von seinen Freunden wurde er manchmal auch bewundernd ›König Ludwig‹ genannt. Und ich denke, dass diese Bezeichnung durchaus auf einen Teil seiner Persönlichkeit zutrifft. Er war nämlich nicht nur ein erfolgreicher Geschäftsmann, sondern auch sehr an Kultur und Kunst interessiert. Die Entstehung der Böttcherstraße und die Idee, die sich hinter diesem Straßenzug verbirgt, kann man nur nachvollziehen, wenn man sich mit der Person von Ludwig Roselius intensiv beschäftigt. Er war einer der Marketingpioniere in Deutschland und nutzte modernste Propagandamethoden, um für seine Erzeugnisse zu werben. Die Verpackungen für seinen Kaffee HAG ließ er von seinem Freund Eduard Scotland gestalten, der ein prominenter Vertreter des Jugendstils war. Aber Scotland war nicht nur Designer, sondern auch Architekt, so wie Runge. Die beiden lernten sich während ihrer Ausbildung an der nordischen Bauhochschule kennen und gründeten 1904 das Runge & Scotland Architektur- und Baugeschäft in Bremen. Der Kontakt zu Ludwig Roselius basiert auf der Heimatbewegung, die damals entstand. Ihre Mitglieder hatten sich dem Schutz der norddeutschen Kultur- und Naturlandschaft verschrieben. Und da hast du deine Verbindung von Runge zu Roselius. Runge und Scotland bildeten ein kreatives Team, das auf mehreren Ebenen für Ludwig Roselius von Nutzen war. Außerdem teilten sie seine politischen Überzeugungen. Runge war in dem Gespann der Praktiker und Handwerker, während Scotland eher der Künstler war.«

Mathilde war zugegebenermaßen wieder einmal beeindruckt von Susans Wissen. Dennoch war sie ungeduldig. »Aber wie ist Roselius denn überhaupt dazu gekommen, die Böttcherstraße zu bauen?«

»Die Böttcherstraße war schon im Mittelalter eine wichtige Verbindung von der Innenstadt zur Weser. Der Name kommt daher, dass dort damals die Böttcher, also die Fassmacher, angesiedelt waren. Und dieser Beruf verlor durch die Industrialisierung immer mehr an Bedeutung. Genauso wie die Schlachte als Hafen. Darum war die Gasse um 1900 in einem ziemlich üblen Zustand. Zwei Frauen, denen das Haus Nummer 6 gehörte, kamen trotzdem mit Roselius ins Geschäft und verkauften ihm das Gebäude. Erst nutzte er es als Firmensitz, ehe er beschloss, in dieser Straße eine Stadt in der Stadt zu bauen. Er wollte den Wert der traditionellen Kunst und des Kunsthandwerks der Region präsentieren und modern darstellen. Viele hielten es für eine ziemlich verrückte Idee von Roselius, die so entstandene Böttcherstraße als ein Werbemittel für seine Firma einzusetzen. Aber er war davon überzeugt, dass die Bauten für sich selbst sprechen würden und das Erleben der Gasse nachhaltigen Eindruck auf die Besucher machen würde. Und er hat sein Ziel ja auch erreicht. Die Straße ist heute eine der wichtigsten touristischen Sehenswürdigkeiten der Stadt.«

Mathilde war fasziniert. Obwohl sie aus den Erzählungen bereits herausgehört hatte, dass Runge anscheinend zur gesellschaftlichen Oberschicht der damaligen Zeit gehört hatte, ergab sich für sie nun ein neues Bild. Die Bekanntschaft mit einem Mann wie Roselius, dazu noch die zeitliche Nähe zum Zweiten Weltkrieg … Vielleicht hatte es sich gar nicht um einen Raubmord gehandelt. Womöglich gab es einen politischen Hintergrund. Das würde die Nachforschungen wahrscheinlich erschweren. Der kleine Mann mit dem Fahrrad hatte es ihr ja auch schon recht deutlich gesagt: Nachforschungen über diese Zeit stießen auf wenig Verständnis. Doch wenn Alfred Runge eine bekannte Persönlichkeit und somit eine öffentliche Person gewesen war, dann konnte sie vielleicht in Archiven oder sogar einfach in der Bibliothek etwas über ihn und Ludwig Roselius herausfinden. Sie merkte, dass Susan ihr noch viel mehr über die Böttcherstraße, Roselius und Runge erzählen könnte und wollte, doch Mathilde vertröstete sie auf den morgigen Tag. Das üppige Essen und der Wein machten sie ganz schläfrig. Und auch Susan gähnte herzhaft.

Schnell richtete Mathilde das Sofa als Bett her und führte Susan in die Eigenarten ihres neuen Heimes ein: »Duschen kannst du nur kurz, dann wird das Wasser kalt. Es gibt leider nur ein Warmwassergerät, das fünf Liter fasst. Und du musst es gut mit kaltem Wasser mischen, sonst verbrennst du dich.«

Bei dieser Aussicht beschloss Susan, am nächsten Tag in ihrer eigenen Wohnung zu duschen, und überließ Mathilde das Warmwasser.

»Und, wie hast du geschlafen?«, erkundigte sich Mathilde am nächsten Morgen.

»Ehrlich, ich bin einfach zu sehr Stadtmensch. Ich bin ständig aufgewacht und habe mich jedes Mal zu Tode erschrocken, wenn draußen etwas geknackt oder geschnarrt, geheult, gefaucht oder gegurrt hat. Von wegen Stille im Wald … Hier ist ja wohl deutlich mehr los als in Bremen!«

Mathilde sah ihre Freundin schmunzelnd an. Tatsächlich wirkte sie etwas übernächtigt.

»Du siehst jedenfalls aus, als wenn du deinen Kaffee heute sehr, sehr gerne mit Koffein nimmst«, sagte Mathilde grinsend und reichte ihr die Tasse. Da Susan auch am Wochenende arbeitete und ein Besprechungstermin in Bremen anstand, musste sie früh wieder fahren. Bevor sie sich verabschiedete, nahm sie Mathilde allerdings das Versprechen ab, dass diese sie baldmöglichst in ihrer Stadtwohnung besuchen käme.

Offensichtlich hatte Susan doch ernsthafte Befürchtungen, dass Mathilde hier draußen völlig vereinsamte oder gar in

Gefahr war. Doch diese brannte nun umso mehr darauf, ihre Nachforschungen fortzuführen. Im Grunde hatte sie von Susan nicht viel über Runge erfahren, aber seine Verbindung zu Roselius und zur Böttcherstraße hatten sie in ihrer Neugier bestätigt. Was hatte es mit dem Mord an Alfred Runge auf sich? Warum reagierten der Herrenschneider und seine Frau mit Schweigen auf die Frage nach der Todesursache? Vor allem, wenn der Fall doch so klar und die Täter Plünderer gewesen waren? Irgendetwas passte da gar nicht zusammen, das spürte Mathilde jetzt noch deutlicher.

1939

Den Weg nach Bremen würde ich künftig nicht mehr auf mich nehmen. Überall auf den Litfaßsäulen und Plakatwänden Parolen der NSDAP. Hitlers Konterfei umrahmt von markigen Sprüchen – Führer wir folgen dir, alle sagen Ja.

Nein, nicht alle. Ich konnte nicht Ja sagen, aber mich fragte auch niemand. Ich stand auf der falschen Seite des Lebens, daran konnte ich nichts ändern. Die Gesetzeshüter warteten geradezu auf einen wie mich, einen Habenichts, der sein Geld auf der Straße verdiente. In der Stadt hatte ich wenige Kontakte und somit keine Möglichkeiten, einen sicheren Schlafplatz oder einen Unterschlupf für einige Tage zu finden. Auf dem Land dagegen fand ich überall abseits der großen Straßen ein Plätzchen.

Deutschland befand sich erneut im Krieg. Die Generalmobilmachung war schnell vonstattengegangen. Die Deutsche Armee war in Polen einmarschiert. Aber ich konnte nicht an den großen Sieg glauben. Mir genügte das Elend, das der letzte große Krieg über uns gebracht hatte, auch wenn ich die Greuel nur aus den Erzählungen meiner Onkel kannte. Der eine hatte ein Auge und zwei Finger der rechten Hand verloren, der andere nach einer Verwundung einen Teil seines Verstandes. Ich erinnerte mich noch allzu lebendig daran, wie Letzterer zitternd am Küchentisch meiner Eltern saß, unfähig, seine Gliedmaßen zu kontrollieren. Die Behandlung, die mein Onkel nach der Verwundung in verschiedenen Kliniken erfahren hatte, diente lediglich dem Ziel, ihm den angeblich mangelnden Patriotismus auszutreiben, ihn wieder funktionstüchtig zu machen und so schnell wie möglich an die Front zurückzuschicken. In den Nächten wachte ich oft von seinen Schreien auf, wenn er die Kriegsschrecken im Traum wieder und wieder durchlebte. Und auch meinem anderen Onkel war es nicht besser ergangen. Er hatte schließlich den Freitod gewählt, »sich dem Dienste am Vaterland entzogen«, wie man uns in einem harschen Schreiben mitteilte.

Nein, ein Krieg war meine Sache nicht. Ich wollte mit all diesem kriegerischen Gehabe nichts zu tun haben. Mein Reisekoffer war wohlgefüllt, ich hatte vieles anzubieten. Meine letzten Waren hatte ich erfolgreich verkauft oder gegen Lebensmittel eingetauscht und nur die Dinge behalten, die ich auf dem Land gut würde verkaufen können oder die mir für den Eigengebrauch nützlich erschienen. Am Ortsrand war ich wie gewohnt von Hof zu Hof gelaufen, immer einen wachsamen Blick auf die Dorfstraße werfend, ob sich mir andere Personen auffällig näherten. Ich zog dabei das linke Bein hinter mir her, als ob es steif sei, um allen unbequemen Fragen oder gar Forderungen aus dem Wege zu gehen. Ich hatte nicht vor, mich zur allgemeinen Wehr- oder Arbeitsdienstpflicht zu melden. Und für alle Fälle trug ich ein extra geschärftes Messer in meiner Anzugjacke. Die lange Klinge durchstach mühelos die Haut von Rindern. Und so würde sie, wenn nötig, auch meiner Verteidigung dienen.

Der Winter schien einen milden Verlauf zu nehmen. Zeitweise fror es in den Nächten, aber Schnee fiel kaum. Ständig war ich in Sorge, auf eine Personenkontrolle zu treffen. Abseits der großen Straßen folgte ich in der Dämmerung einem schmaleren Sandweg, den Blick fest auf den Boden gerichtet, damit ich nicht in ein Loch trat. Meine Lederschuhe waren durchnässt, der eine Absatz krumm abgelaufen und die Schuhbänder mussten dringend ausgetauscht werden. Sobald ich das angestrebte Nachtquartier erreicht hätte, würde ich mich daranmachen und die Schnürsenkel erneuern. Schließlich hatte ich eine größere Auswahl davon in meinem Koffer. Mein Ziel vor Augen schritt ich zügig voran, als ich durch laute Rufe aufgeschreckt wurde. Eine Sportschule der SA hielt in dieser Gegend seit einigen Tagen ihre Geländeübungen ab, so hatte es mir einer der Bauern berichtet, bei dem ich meine Waren angeboten hatte. Und den SA-Ausbildern wollte ich nun wirklich unter keinen Umständen begegnen.

Tatsächlich kam mir nun eine Abteilung der Sportschule entgegen. Langsam durchquerten die Männer das aufgeforstete Heideland. Durch die Rufe hatte ich sie jedoch bemerkt, bevor sie mich entdecken konnten. Leise zog ich mich mit meinem Gepäck in das Unterholz am Wegesrand zurück. Ich tastete mit den Füßen vorsichtig den Untergrund ab, um ja kein verräterisches Geräusch zu erzeugen oder zu Fall zu kommen. Unter höchster Anspannung zog ich mich Schritt für Schritt aus ihrem Sichtfeld zurück. Dank meiner dunklen Kleidung verschmolz ich im Dämmerlicht mit der Umgebung. Noch hatten sie mich nicht entdeckt. Ich mochte mir gar nicht ausmalen, was mit mir geschehen würde, wenn sie mich hier aufgriffen und kontrollierten. Ich war nicht im Besitz gültiger Papiere. Die Dokumente, die ich besaß, waren gestohlen und hielten nur einer oberflächlichen Kontrolle stand. Der arme Teufel, dem ich sie abgenommen hatte, lebte nicht mehr. Doch mit seinem Tod hatte ich nichts zu tun. Der unglückliche Kerl hatte sich im Suff neben die Landstraße gelegt und zeigte kaum noch Lebenszeichen, als ich ihn dort fand. Die Nächte waren viel zu kühl, um ohne Schutz dort draußen zu nächtigen. Es war ein Leichtes gewesen, die Geldbörse und die Ausweispapiere an mich zu bringen. In dieser Zeit war sich jeder selbst der Nächste und mein Gewissen stellte ich mit der Erkenntnis ruhig, dass er es andersherum sicherlich genauso gehandhabt hätte. Glücklicherweise kannte ich in dieser Gegend jeden Schlupfwinkel, jede Abkürzung und die meisten Höfe. Nicht jedem der Dorfbewohner konnte ich vertrauen, aber es gab immer wieder barmherzige und gottesfürchtige Menschen, die mir wohlgesinnt waren. Nun kam es mir zupass, dass ich all die Jahre immer wieder neue Wege erkundet hatte, aber auch die alten regelmäßig gegangen war.

So entkam ich dem Trupp unerkannt und schlug einfach einen anderen Weg ein. Allerdings brauchte ich jetzt dringend eine Bleibe, in der ich sicher war. Ich hatte ein Gebäude vor Augen, das abseits gelegen und bei meinen letzten Besuchen in dieser Gegend unbewohnt gewesen war. Ich wartete, bis die Dunkelheit sich ganz über die Landschaft gesenkt hatte, erst dann ging ich weiter. Früher war ich stolz Mundharmonika spielend und immer mit einem frechen Spruch auf den Lippen durch das Land spaziert. Heute blickte ich mich ängstlich um. Was waren das bloß für Zeiten?

Es regnete inzwischen in Strömen und ich begegnete keiner Menschenseele. Schließlich erreichte ich den ersehnten schmalen Trampelpfad, der in die Wiesen hineinführte. Ich atmete erleichtert auf. Augenblicklich lief ich so schnell wie möglich meines Weges, ohne weitere Vorsicht. Auch mein Bein zog ich nicht mehr nach. Ich war ohne Kontrolle davongekommen und nun würde mir bestimmt niemand mehr begegnen. Nicht in dieser einsamen Ecke, nicht bei diesem Sauwetter.

Mein Anzug klebte mir nass am Körper und die Schuhe quietschten bei jedem Schritt. Es gab keine trockene Stelle mehr an mir. Und noch lag gut eine Stunde Weg vor mir, bis ich mein Ziel erreichen würde. Die Schuhe saugten sich bei jedem Schritt an dem morastigen Untergrund fest. Ich hatte die Wiesen durchquert, indem ich mich langsam vorantastete, um nicht von dem Pfand abzuweichen. Endlich erreichte ich trotz der widrigen Umstände mein Ziel. Es war der ideale Platz für mich. Ein winterfestes, abgelegenes Gebäude, von dem gleich mehrere Pfade in unterschiedliche Richtungen führten. Vorsichtig näherte ich mich, schließlich bestand doch die Möglichkeit, dass das Haus inzwischen wieder bewohnt war. Meinen Koffer verbarg ich am Fuße der ansteigenden Zuwegung hinter einem Busch, damit ich zur Not schnell wieder das Weite suchen konnte.

Das Haus stand auf einer Anhöhe. Die hölzernen Fensterläden waren geschlossen und es herrschte völlige Stille. Ich umrundete das Haus mehrfach, lauschte auf Geräusche und versuchte vergeblich, die Fensterläden zu öffnen. Dann klopfte ich an die Haustür, mein Messer hatte ich in der Anzugtasche verborgen, aber griffbereit. Mein Puls hämmerte in den Schläfen und verursachte mir Kopfschmerzen. Inständig hoffte ich, dass niemand auf mein Klopfen reagieren würde. Nachdem ich immer lauter und energischer mit meinen Fingerknöcheln gegen die Eingangstür gepocht hatte, beschloss ich, das Türschloss mit einem Dietrich zu öffnen. Vorsorglich hatte ich das Werkzeug aus dem Koffer herausgenommen und ebenfalls in der Innentasche meines Anzugs verborgen. Ohne Spuren zu hinterlassen, gelang es mir innerhalb weniger Sekunden, mir Zutritt zu verschaffen, denn dieses Schloss öffnete ich nicht zum ersten Mal. Allerdings waren meine Aufenthalte zuvor nur von äußerst kurzer Dauer gewesen. Stets war ich schon am nächsten Tag wieder meiner Wege gezogen. Diesmal hatte ich andere Pläne. Wieder lauschte ich in die Stille des Hauses hinein. Nichts regte sich.

Der muffige Geruch abgestandener Luft schlug mir entgegen. Hier war schon lange nicht mehr gelüftet worden, stellte ich erleichtert fest. Wahrscheinlich hatte ich selbst das Gebäude als Letzter betreten. Ich beeilte mich und holte meine Habe aus dem Versteck in das Haus hinein, damit ich eine Kerze entzünden und mich umschauen konnte. Alles war unverändert. Ich stand in einem großen Raum mit eingebauten Etagenbetten, die rechts und links an der Wand befestigt waren. Fleckige Matratzen lagen darin, zerfressen von Mäusen, die überall ihren Kot hinterlassen hatten. Dicker Staub überdeckte die Einrichtung, am Boden lagen unzählige tote Fliegen. Am gegenüberliegenden Ende des Hauses befand sich die Küche mit Handwasserpumpe und Küchenhexe. Der Ofen schien in Ordnung zu sein, sogar das Ofenrohr steckte noch in dem dazugehörigen Schornstein. Ich betätigte den Schwenkhebel der Wasserpumpe, aber außer einem quietschenden Geräusch kam nichts. Wenn ich länger bleiben wollte, würde ich sie reparieren müssen.

Bei meinem Rundgang hinterließ ich eine Wasserspur, da es aus meiner Kleidung heraustropfte. Allmählich spürte ich die aufsteigende Kälte auch in meinen Gliedern. Dennoch musste ich noch einmal nach draußen, um auch den kleinen Anbau in Augenschein zu nehmen. Ich hoffte, dort ein wenig Brennmaterial vorzufinden. Der windschiefe Holzunterstand lehnte sich an einer Seite an das Gebäude an. Aus der Innentasche meines nassen Anzugs zog ich erneut den Dietrich hervor und ertastete das Schloss mit den Fingerspitzen. Wenige geschickte Handgriffe genügten und die verrostete Kettenhalterung löste sich. Neben einigen Holzknüppeln entdeckte ich hocherfreut gepresste Torfballen, die ich gut für die Befeuerung des Ofens nutzen konnte. Ich ergriff einige Holz- und Torfstücke, verdeckte sie mit meiner Jacke, um sie vor dem Regen zu schützen, und rannte zurück ins Haus. Während der Nacht und bei diesem Wetter konnte ich wohl ein Feuer riskieren, ohne Gefahr zu laufen, dadurch aufzufallen, überlegte ich. Aus meinem Koffer entnahm ich Zündhölzer und innerhalb weniger Augenblicke brannte ein behagliches Feuer im Ofen. Ich entledigte mich meiner durchnässten Kleidung und zog meine Ersatzunterhose sowie mein zweites Hemd an. Zum Schluss wechselte ich noch die Strümpfe und streifte meine Winterhose über. Die nassen Sachen legte ich über einen dreibeinigen Stuhl, den ich dicht an den Ofen heranstellte. Meine Decke breitete ich auf einem der Betten aus und rollte mich hinein. So behaglich hatte ich es lange nicht mehr gehabt. Wenige Minuten später schlief ich erschöpft ein.

Ahausen in den 1990er-Jahren

Irgendjemand hatte den Zettel von der Pinnwand entfernt. Heruntergefallen sei er jedenfalls nicht, versicherte die Ladeninhaberin Mathilde. Das erklärte vielleicht, warum niemand angerufen hatte. Die Ladenbesitzerin konnte ihr nichts Näheres dazu sagen. Sie hatte keine Beobachtung gemacht. Die Tatsache, dass jemand den Zettel hatte verschwinden lassen, bestätigte die Aussage des kleinen Mannes mit dem Fahrrad. Offensichtlich störte sich tatsächlich jemand im Dorf daran, wenn man sich nach Runge erkundigte und somit an alte Zeiten rührte. Die freundliche Ladenbesitzerin bot Mathilde ein Blatt Papier und einen schwarzen Stift an. Trotzig schrieb Mathilde den gleichen Wortlaut erneut nieder und brachte ihr Gesuch wieder an der Pinnwand des Ladens an. So leicht ließ sie sich nicht davon abbringen, Erkundigungen über Runge einzuholen.

Auf dem Rückweg ging sie ins Gemeindebüro der Kirche. Dort bat sie die Gemeindesekretärin darum, das Sterberegister aus den Jahren 1945 und 1946 einsehen zu dürfen. Es waren nur wenige Seiten. In diesen Zeiten starb man fern der Heimat. Nach kurzem Suchen fand sie den Eintrag. Er war handschriftlich in Sütterlin verfasst und schwer zu lesen.

»Architekt Alfred«, dann folgten drei weitere Eintragungen von Vornamen, die sie nicht entziffern konnte, »Runge, Bremen, Kirchbachstraße«. Sein Alter war mit 65 Jahren angegeben, daneben die Geburts- und Sterbedaten. Der Eintrag hatte den Zusatz »ermordet in seiner Ahauser Jagdhütte am 27.4.1946«, war aber erst am 31.5.1946 vorgenommen worden. Warum dieser große Zeitabstand, überlegte Mathilde. Mehr war dort über ihn nicht notiert. Sie blätterte einige Male hin und her. Die meisten Personen waren offensichtlich eines natürlichen Todes gestorben. Lungensucht, Auszehrung oder Altersschwäche fand sie häufig. Dann bemerkte sie einen Eintrag zu zwei jungen Mädchen, bei denen im Januar 1946 ebenfalls der Vermerk »ermordet« stand. Ellen Karla Otto, Hilfsschwester aus Königsberg, 16 Jahre, und Hanni Bartels, Schneiderin aus Zossen, 18 Jahre. Damit waren es schon drei Mordfälle in Ahausen innerhalb weniger Monate.

Wieder spürte Mathilde dieses Kribbeln. Vielleicht gab es einen Zusammenhang und sie waren alle drei Opfer eines Serienmörders geworden, der in der Umgebung um Ahausen sein Unwesen getrieben hatte. Vom Krieg verrohte Gestalten, psychotische oder sadistische Menschen hatte es mit Sicherheit viele gegeben. Und das Motiv? Vielleicht brauchten diese Menschen kein Motiv für Gewalt. Außerdem hatte es nach dem Krieg sicher viele Ziellose gegeben, Menschen, die nicht in ihre alte Heimat zurückkehren konnten oder wollten. Dazu Tausende Kriegsgefangene und Zwangsarbeiter, die nicht wussten, wohin sie sich wenden sollten. Auffällig war, dass die beiden Mädchen nicht aus der Gegend stammten und auch Runge nur bedingt als Ahauser betrachtet werden konnte. Hatte es etwas damit zu tun? Und hieß das vielleicht, dass ein persönliches Motiv damit ausschied? Allerdings fragte sich Mathilde, ob ein und derselbe Mörder wirklich sowohl Frauen als auch Männer als Opfer auswählte.

Die drei interessanten Eintragungen schrieb Mathilde sich ab, dankte der Sekretärin und verließ das Pfarrbüro. Beim Hinausgehen traf sie auf den Pastor und stellte sich vor. Er war klein von Statur, Mitte 50 und wirkte freundlich. Er erinnerte sie mit seinem schwarzen Umhang ein klein wenig an eine Fledermaus. Der Pastor reagierte sehr herzlich auf die Bekanntschaft mit Mathilde und lud sie direkt ein, doch an den Veranstaltungen der Kirchengemeinde teilzunehmen. Mathilde war nicht getauft und bislang hatte Religion in ihrem Leben kaum eine Bedeutung gehabt. Vielleicht bot sich in diesem Rahmen aber eine gute Möglichkeit, weitere Bekanntschaften im Dorf zu knüpfen, überlegte sie und versprach, in der nächsten Woche an der Probe des Gospelchors teilzunehmen. Dann nutzte sie die Gelegenheit und erklärte ihm, warum sie das Sterberegister der Kirche eingesehen hatte. Der Pastor hörte zu und schwieg. Einen Moment überlegte ihr Gegenüber, doch dann berichtete er, dass im Januar 1946 eine Gruppe Jugendlicher aus Hellwege auf dem Weg zum Konfirmandenunterricht in Ahausen die beiden Mädchen tot aufgefunden hatte.

»Sie lagen mit Reisig abgedeckt auf halber Strecke zwischen beiden Dörfern in einem Waldstück. Da, wo von der Hauptstraße der schmale Weg in Richtung Ahauser Mühle abzweigt. Wissen Sie? Sie haben da vermutlich unbemerkt fast zwei Monate gelegen. Die beiden Mädchen stammten nicht von hier und waren Ende 1945 mit einem Zug aus der Berliner Gegend hergekommen. Sie hatten sich erst auf dem Kohlenzug kennengelernt. Beide hatten versucht, aus der russisch besetzten Zone herauszukommen. Sie hatten, soweit es bekannt ist, vor, bei Verwandten von Hanni Bartels nach Unterkunft und in den Nachbarorten auch nach Arbeit zu fragen. Sie hatten sich an einem Nachmittag im November 1945 zu Fuß von Unterstedt über Ahausen auf den Weg nach Hellwege gemacht. Dabei müssen sie auf ihren Mörder getroffen sein. Vielleicht waren es auch mehrere Personen, die ihnen Gewalt antaten. Damals hieß die Ecke dort nur ›Poleneck‹, weil sich öfter Menschen dort verbargen und Diebstähle oder Raube begingen.« Mathilde horchte auf. Wieder tauchten in der Erzählung raubende Polen auf. War der Mord an Runge vielleicht doch einfach nur eine tragische Nachkriegsgeschichte?

»Und woher weiß man, dass es Polen waren? Wurden sie gefasst?«, unterbrach Mathilde den Pastor. »Oder hat man das einfach nur stellvertretend für alle Menschen verwendet, die an diesem Ort ihr Unwesen trieben?«

Der Pastor nickte abwägend. »Ich denke, dass es schon viele Übergriffe von ehemaligen polnischen Gefangenen oder Zwangsarbeitern gegeben hat. Angesichts des Unrechts, das damals geschehen ist, verwundert das ja auch nicht besonders. Aber ich glaube, dass Sie durchaus recht haben mit ihrer Vermutung. Die Polen waren eine Art Sündenbock, sie wurden von der Bevölkerung hier für viele Missetaten verantwortlich gemacht. Das ist sicherlich einfacher, als die Schuldigen im eigenen Kreis zu suchen.« Kurz schwieg er, griff dann aber wieder die Geschichte der beiden Mädchen auf. »Jedenfalls war das Schicksal der Mädchen längere Zeit unklar. Die Verwandten aus Unterstedt hatten sie zurückerwartet und stellten Fragen. Aber niemand konnte sich ihr Verschwinden erklären, bis die Konfirmanden die Leichen fanden. Durch den strengen Winter waren ihre Körper noch gut erhalten und so konnten die Mädchen einwandfrei identifiziert werden. Kurz nachdem ich mein Amt als Pfarrer hier in Ahausen angetreten hatte, erzählte mir einer der damaligen Konfirmanden von dieser schrecklichen Geschichte.«

»Wissen Sie etwas darüber, wie die beiden zu Tode kamen?«, forschte Mathilde gespannt nach.

»Die Leichen wiesen unzählige Messerstiche auf, als ob jemand seine ganze Wut an den armen Mädchen ausgelassen hatte. Eine sehr grausame Geschichte. Die Tat wurde nicht aufgeklärt und ich glaube, man hat noch nicht einmal Ermittlungen angestellt. So war das damals. Man hat sie auf dem Ahauser Friedhof zu Grabe getragen, aber ihre Gräber sind inzwischen aufgelöst.«

Mathilde dankte ihm für die Informationen und wiederholte ihr Versprechen, in der nächsten Woche zum gemeinsamen Singen zu erscheinen.

Auf dem Heimweg kreisten ihre Gedanken wie wild. Gab es einen Zusammenhang? Der Abzweig, an dem die Toten aufgefunden worden waren, führte nicht nur zur Ahauser Mühle, sondern in seiner Verlängerung auch in das Wochenendgebiet. Mathilde schätzte, dass es maximal drei Kilometer von der Fundstelle bis zu dem Ort waren, an dem Runges Hütte nach den Beschreibungen des Herrenschneiders stand.

Poleneck, überlegte sie wieder. Eine Bezeichnung, die sich eindeutig gegen diesen Personenkreis richtete und im Grunde ja bereits klarmachte, wer für Verbrechen in dieser Gegend per se verantwortlich war. Wie unglaublich einfach. Aber auch wirklich wahr? Vielleicht wäre es sinnvoll, nach konkreten Verbrechen in der Region zu suchen, die eindeutig von Polen begangen worden waren. Sicherlich hatte es Racheakte gegeben. Wer konnte es, das hatte ja auch der Pastor schon angedeutet, den Kriegsgefangenen verdenken? Aber es war natürlich auch sehr bequem, sie für alle Taten verantwortlich zu machen.

In den kommenden Tagen begann Mathilde, Notizen anzulegen. Akribisch hielt sie nicht nur Inhalt, sondern auch die Gesprächspartner sowie Ort und Datum der Gespräche schriftlich fest. Auch ihre Fragen und Gedanken zum Gehörten sammelte sie.

Sie hatte sich eine Freizeitkarte vom Landkreis Rotenburg zugelegt und radelte fast jeden Nachmittag damit durch die Natur. Felder, Wälder, kleine Moorgebiete und Wiesen wechselten einander ständig ab. Sie beobachtete Tiere mit ihrem Fernglas und fing an, mithilfe eines Bestimmungsbuches die

Vogelwelt zu erkunden. Die Schönheit der norddeutschen Landschaft nahm sie gefangen. Einziges Manko war und blieb in Mathildes Augen das wechselhafte Wetter. Wenn man sie wirklich ärgern wollte, dann gelang es mit der Bemerkung, dass es kein schlechtes Wetter gebe, sondern nur falsche Kleidung. Für Mathilde gab es sogar sehr verkehrtes Wetter, selbst wenn man nur durch die Fenster in den Garten schaute. Bei Dauerregen machte es einfach keinen Spaß! Sie fuhr am liebsten bei Sonnenschein los.

In ihrer Karte hatte sie auch den ungefähren Fundort der Mädchenleichen markiert. Sie kannte die Stelle gut, ihr Vater hatte früher auch diese Abzweigung benutzt, wenn sie zur Mühle gefahren waren. Wo genau die Hütte von Runge lag, wusste sie dagegen leider nicht. Aber der Herrenschneider hatte ihr einen See und einen schmalen Pfad nicht allzu weit von ihrem Heim entfernt beschrieben. Sie hatte bei einer ihrer Radtouren danach geschaut, den Weg aber nicht gefunden. Sie schätzte dennoch, dass man zu Fuß nicht mehr als eine halbe Stunde brauchte, und nahm sich vor, Näheres über den genauen Standort herauszufinden – von wem auch immer. Bereits viermal hatte jemand ihren Zettel im Dorfladen von der Pinnwand entfernt. Trotzdem schwor die Ladenbesitzerin, nichts davon mitbekommen zu haben. Mathilde wusste nicht mehr genau, ob sie ihr das glauben konnte. Allerdings schienen alle dort ausgesprochen freundlich zu sein. Inzwischen kannte man sich und Mathilde hielt hin und wieder sogar freiwillig einen kurzen Plausch.

Einen Versuch noch, beschloss Mathilde, und klebte den fünften Zettel mit gleichem Inhalt an die gewohnte Stelle. Wenn er wieder entfernt werden würde, musste sie sich etwas Neues einfallen lassen. Unzufrieden kehrte sie in ihr

Waldhaus zurück. Sie fühlte sich provoziert. Wer auch immer für das Abreißen des Zettels verantwortlich war, wenn er glaubte, sie so aufhalten zu können, irrte er sich. Leider fehlte ihr ein anderer Ansatz.

Zu Hause blinkte der Anrufbeantworter. Mehrere Anrufe in Abwesenheit, wie sie erstaunt feststellte. Seit ihrer Trennung hatte sie sich stark zurückgezogen und ihr Telefon klingelte nur selten. Darum tippte sie auf Susan und lag richtig damit. Susan wollte sie nur an ihre Verabredung erinnern. Außerdem, erzählte sie, hätte sie sich noch einmal mit Alfred Runge beschäftigt. Davon wollte sie ihr persönlich mehr erzählen, wenn sie sich treffen würden.

»Lass uns das nicht aus den Augen verlieren, du Einsiedlerin. Melde dich«, flötete Susan und Mathilde musste lachen. Sie freute sich über die kompetente Unterstützung. Ein wenig hatte sie darauf gehofft, als sie Susan von dem Runge-Mord erzählt hatte. Bereits zu Studentenzeiten hatten sie ihre Leidenschaft für historische Geheimnisse geteilt.

Anrufer Nummer zwei hatte sofort wieder aufgelegt und keine Nachricht hinterlassen. Die Stimme des dritten Anrufers war die eines ihr unbekannten Mannes: »Lass die Vergangenheit ruhen, sonst geht's dir schlecht! Wir wissen, wo du wohnst!«

Mathilde starrte auf den Anrufbeantworter. Ungläubig betätigte sie erneut die Abspieltaste. Wieder drohte ihr der fremde Anrufer. Die Stimme sagte ihr nichts. Es war, schätzte sie, ein eher älterer Mann, vielleicht fünfzig, eher noch älter. Noch einmal spielte sie die Nachricht ab. Die Reaktion auf den neuesten Zettel an der Pinnwand des Dorfladens hatte ja nicht lange auf sich warten lassen. Offenbar reichte es dem Unbekannten langsam. Man wollte sie einschüchtern. Also, schloss sie für sich, gab es da etwas, das zu erkunden sich lohnte.

Wie mutig bin ich? Lasse ich mich verängstigen oder ignoriere ich diesen dummen Anruf? Sie überlegte. Wie ernst musste sie diesen anonymen Einschüchterungsversuch nehmen? Der Schreck saß jedenfalls tief. Sie schaute über die Schulter in den Garten hinaus. Mit ein paar schnellen Schritten war sie an der Terrassentür und prüfte, ob sie verschlossen war. Vorsichtshalber drehte sie den Schlüssel gleich zweimal herum und schloss danach auch alle Fenster.

Hunde, die bellen, beißen nicht, hatte ihre Mutter immer gesagt. Aber sie waren trotzdem angsteinflößend. Unsicher stand sie im Raum. Schließlich atmete sie laut aus und spürte, wie die Furcht aus ihr wich. Nun machte sich Ärger breit. Wieder ging sie zum Anrufbeantworter, spielte die Nachricht erneut ab. Er sprach von »wir«. Entweder wollten gleich mehrere Leute ihre Nachforschungen unterbinden oder er machte sich wichtig, wollte ihr noch mehr Angst machen. Das war jedenfalls kein missglückter Streich oder schlechter Scherz. Hier wollte definitiv jemand verhindern, dass sie weiter an diese alte Geschichte rührte. Jemand, der nicht erkannt werden wollte und keine sachlichen Motive hatte, sonst hätte er seinen Namen genannt und sich erklärt.

Inzwischen war sie wirklich wütend. Was dachte sich dieser Mensch eigentlich dabei, sie zu bedrohen? Hier versuchte jemand, Macht über sie und ihr Handeln zu bekommen.

»Nicht mit mir! Das funktioniert nicht, mein Lieber!«, sprach sie in die Stille hinein. Und von einer verbalen Drohung zu wirklicher Gewaltanwendung war es normalerweise ein großer Schritt. Es sei denn, kurz zögerte sie, es sei denn, jemand hatte diese Hemmschwelle bereits überschritten und Gewalt gegen andere Menschen ausgeübt. Das konnte sie natürlich nicht ausschließen. Die Reaktion des Anrufers auf ihr Interesse an Runge empfand sie als heftig und völlig überzogen. Es blieb abzuwarten, was geschehen würde, wenn sie ihre Nachforschungen fortsetzte. Er hatte wohl nicht mit ihrem Trotz gerechnet. Mathilde hatte jetzt weniger Angst als vielmehr wirklich schlechte Laune.

»Was bildete sich dieser Kerl eigentlich ein? Ist das hier die übliche Art und Weise damit umzugehen, wenn einem was nicht in den Kram passt? Mir passt das hier nämlich auch überhaupt nicht. Arschloch!« Sie setzte sich an den Esstisch, schimpfte noch einen Moment lang und fing dann an zu schreiben: »Lieber Anrufer, eine Stimme ist wie ein Fingerabdruck: einzigartig. Danke also für die Nachricht auf meinem AB. Ich überlege noch, ob ich dich anzeige.« Sie dachte kurz darüber nach, ob sie ihren Namen darunterschreiben sollte, entschied sich dann aber dagegen. Sie schwang sich auf ihr Rad und fuhr erneut zum Laden. Dort pinnte sie die neue Nachricht direkt neben ihr Gesuch. Der Unbekannte hatte es also gesehen, aber noch keine Gelegenheit gehabt, es unbemerkt zu entfernen. Die Ladenbesitzerin schaute sie verdutzt an, als sie ohne Gruß und ohne einzukaufen wieder hinausstürmte. Aus den Augenwinkeln bemerkte Mathilde, dass die Frau sofort die Nachricht las, sie aber nicht entfernte.

Mathilde hatte sehr impulsiv gehandelt, ohne sich Gedanken über die möglichen Folgen zu machen, wie ein trotziges Kind. »Mein Lieber, bei mir bist du an der falschen Adresse mit deinen Drohgebärden!«, murmelte sie vor sich hin. Doch blauäugig durfte sie mit dieser Situation auch nicht umgehen. Als sie zurückkam, rief sie Susan an und erzählte ihr von der aktuellen Entwicklung. Susan reagierte sehr erschrocken angesichts der unverhohlenen Drohung.

»Du musst dich schützen, Mathilde! Es ist so einsam bei dir da draußen. Wenn wirklich was passiert, ist niemand in der Nähe …«, sagte Susan eindringlich. Gemeinsam überlegten sie am Telefon, wie eine Schutzmaßnahme aussehen könnte. Fürs Erste beschloss Mathilde, Bewegungsmelder am Haus anzubringen. Darüber hatte sie ohnehin schon nachgedacht. Wenn sie jede Seite mit so einem Gerät ausstattete, konnte sich niemand unbemerkt anschleichen. Und sie selbst musste sich, wenn sie in der Dunkelheit nach Hause kam, nicht mehr blind vortasten, um nicht vom Weg abzukommen. Sie hatte sich bereits mehrfach in einem der Rhododendren verfangen.

Am nächsten Tag fuhr Mathilde mit ihrem Wagen nach Rotenburg und besorgte vier Bewegungsmelder inklusive der notwendigen Befestigungen und Kabel. Der freundliche Verkäufer des Baumarktes zeigte ihr die verschiedenen Modelle und erklärte ihr ausführlich die Montage.

Selten hatte Mathilde so stolz auf eine von ihr geleistete Arbeit geschaut wie an diesem Tag. Sie hatte tatsächlich alles alleine montiert und angeschlossen. Nun legte sie die Winkel fest, die von den Geräten erfasst werden sollten. Dabei überschnitten sich die Radien ein wenig, damit es keinen toten Winkel gab.

Am gleichen Abend überprüfte sie die Einstellung der Bewegungsmelder. Sie näherte sich dem Gebäude von allen Seiten und löste jedes Mal mindestens eine der vier Lampen aus, bevor sie die Hütte erreichte. Dann testete sie verschiedene Varianten der Annäherung. Mal machte sie sich besonders klein, dann bewegte sie sich ausgesprochen langsam. Erfolglos suchte sie hinter verschiedenen Bäumen Deckung, während sie sich an das Holzhaus heranschlich. Jedes Mal erhellte grelles Licht aus einem der Scheinwerfer die Dunkelheit, zeigte an, von welcher Seite sie sich näherte.

Hoffentlich beobachtet mich bei dieser Aktion niemand, sonst glauben die wirklich, dass mich die Einsamkeit hier draußen seltsam werden lässt, dachte Mathilde lachend.

Zufrieden goss sie sich ein Glas Wein ein und überlegte sich ihre weiteren Schritte. Da sich durch ihren Aufruf im Dorfladen nichts ergeben hatte, musste sie anderweitig Informationen suchen.

Einige Tage später machte sie sich auf den Weg zum Bürgermeister und bat um Einsicht in die Gemeindeprotokolle der Jahre 1933 bis 1945. Sie hatte erwartet, dass sie sich mühsam durch eine Vielzahl von Gemeindeprotokollen würde lesen müssen. Doch es gab für diesen Zeitraum nur zwölf Einträge. Alle waren äußerst kurz gehalten und die meisten stammten aus dem Jahr 1933. Ungläubig blätterte sie im Ahauser Gemeindebüro in dem Protokollbuch vor und zurück. Mathilde untersuchte das Buch genau, doch es schienen keine Seiten entfernt worden zu sein.

»Warum gibt es nur so wenige Eintragungen aus der Zeit von 1933 bis 1945?«, fragte sie den anwesenden Bürgermeister. Vor und nach dieser Zeit waren viele Gemeinderatssitzungen erfasst worden. Sie hatte gehofft, aus den Gemeindeprotokollen etwas mehr über die Zeit des Nationalsozialismus in Ahausen zu erfahren. Was sie vorfand, war enttäuschend. Der Gemeinderat beschäftigte sich mit ausstehenden Steuerschulden eines Mühlenbesitzers, verzichtete jedoch auf weitere rechtliche Schritte. Ein Nachtwächter wurde im Juli 1933 für ein Jahr eingestellt. Das Mitführen eines Hundes in der Zeit von 23 Uhr am Abend bis 4 Uhr in der Frühe als wünschenswert erklärt. Eine Danksagung an die Feuerwehren der umliegenden Gemeinden war formuliert und die Anschaffung einer neuen Motorspritze der Marke Tischer-Görlitz beschlossen worden. Die Ablehnung der Erhöhung einer Bürgersteuer von 100 auf 500 Prozent im Jahre 1934 konnte Mathilde ebenfalls dort nachlesen.

Alles belangloses Zeug, dachte sie enttäuscht. Sie versuchte, ihren Frust zu verstecken, und fragte: »Gibt es noch weitere Aufzeichnungen aus dieser Zeit?«

Es konnte doch nicht sein, dass aus dieser historisch so brisanten Epoche nur derart lapidare Aufzeichnungen existierten. Hatte man die Eintragungen womöglich einfach verschwinden lassen? Mathildes Misstrauen war geweckt.

»Nein, das ist alles, was hier niedergeschrieben wurde«, erklärte der Bürgermeister ihr und blickte sie forschend an. Er schien ihre Verwirrung zu spüren und bot seine Hilfe an.

»Schauen Sie hier«, begann er und zeigte auf eine Eintragung vom 8. Juli 1935. »Der Gemeinderat hatte einfach nicht mehr die Befugnisse, die er ursprünglich innehatte. Nach der Machtergreifung der NSDAP im Januar 1933 wurden schnell die politischen Weichen gestellt. Bereits zwei Jahre später wurde das Gemeindeverfassungsrecht im Sinne des nationalsozialistischen Staats geändert. Einen demokratisch frei gewählten Gemeinderat gab es nicht mehr. Die Gemeinderäte wurden durch einen Beauftragten der NSDAP bestimmt und die Stellung der NSDAP so flächendeckend im Deutschen Reich verankert.«

Mathilde schaute auf die Eintragung, auf die er sie hingewiesen hatte. Sie war im Gegensatz zu den vorherigen in Sütterlin geschrieben und Mathilde konnte nur mit Mühe einige Worte entziffern. Aber so wie der Bürgermeister es erzählt hatte, war es natürlich logisch, dass es kaum Protokolle gab.

»Man hatte in den folgenden Kriegsjahren aber auch anderes zu tun, als Protokolle zu verfassen«, ergänzte der Bürgermeister seine Erklärung. »Möchten Sie trotzdem noch in den Unterlagen weiterlesen?«

Sie bejahte. Ihr Hauptinteresse lag ja ohnehin auf dem Jahr 1946, auch wenn sie danach nicht sofort hatte fragen wollen.

Die Handschriften waren wieder gestochen scharf und ebenmäßig, die Eintragungen nicht mehr in Sütterlin. Im März 1946 stieß sie endlich auf eine Eintragung, die den Namen Runge enthielt. Dabei ging es um die Verlängerung der Fischereirechte im Ahauser Revier, die dem bisherigen Pächter Runge für 175 Reichsmark zuzüglich 300 Reichsmark für die Gemeindekasse zugesprochen wurden. Eine Spur seines Lebens offenbarte sich, gab ihr das irrationale Gefühl, Alfred Runge nähergekommen zu sein. Hoffnungsvoll forschte sie weiter. Doch zu den Todesfällen konnte sie keine Eintragung finden, weder zu Runge noch zu den beiden ermordeten Mädchen.

Eine Notiz vom September 1946 erregte dann aber unerwartet erneut ihre Aufmerksamkeit: Die Gemeinde Ahausen war vom Landratsamt aufgefordert worden, für die neue Militärregierung ein anständiges Sofa frei Haus zu liefern. Der Beschluss des Rates dazu lautete, dass ein Sofa bei einem der ältesten NSDAP-Mitglieder zu beschlagnahmen sei. Beauftragt mit der Ausführung wurden zwei Bauern des Ortes, die größeren Höfen vorstanden. Mathilde schmunzelte. Die Tatsache, dass der Name des ältesten NSDAP-Mitgliedes, womit wahrscheinlich der Zeitpunkt des Parteieintritts und nicht das Lebensalter gemeint war, nicht festgehalten wurde, verriet einiges über die Art und Weise, wie die Dorfgemeinschaft agierte. Offensichtlich war die Nennung des Namens nicht notwendig, die Beteiligten wussten auch so, um wen es sich handelte. Und Außenstehende, vermutete Mathilde, ging das in den Augen der Ahauser nichts an. Bei wem das Sofa wohl konfisziert worden war? Der Bürgermeister zuckte mit den Schultern, als sie ihn fragte. Von diesem Vorgang habe er keine Kenntnis. Dann, überlegte Mathilde, war seine eigene Familie wahrscheinlich nicht davon betroffen gewesen.

»Der Krieg war vorbei und die Menschen im Ort mussten weiter miteinander klarkommen. Die Klugen haben einen Schlussstrich unter die Vergangenheit gezogen«, sagte er mit einem Achselzucken.

»Und ist so auch die Entnazifizierung in Ahausen gelöst worden?«, erkundigte Mathilde sich ungläubig.

»Na ja, die Besatzer haben selbstverständlich versucht herauszubekommen, wer treuer Parteianhänger war und sich etwas zu Schulden kommen lassen hat. Aber sie haben es nicht herausfinden können. Niemand aus dem Dorf ist zum Judas geworden«, erzählte er ihr stolz. »Schriftliche Aufzeichnungen über die Parteizugehörigkeit sind in den Kriegswirren verloren gegangen. Was gewesen ist, kann man nicht mehr rückgängig machen. Wem hätte das also genützt? Nach dem Krieg wurde hier jede Hand für den Wiederaufbau gebraucht. Es waren harte Zeiten, die Felder mussten bestellt werden, da musste man zusammenhalten.«

Während Mathilde zu Hause am Küchentisch ihre Notizen aus dem Gespräch mit dem Bürgermeister machte, schüttelte sie ungläubig den Kopf. Dass die Landbevölkerung zum Pragmatismus neigte, war ihr nicht entgangen. Eine Aufarbeitung der Geschichte schien hier niemand für notwendig gehalten zu haben. Aber ob das wirklich an der Not gelegen hatte? Oder war die Wahrheit schlicht und einfach zu unbequem gewesen? Für Mathilde passte das besser in das Bild, das sie bislang von den Dorfbewohnern gewonnen hatte. Viele waren freundlich und für ein kleines Geplauder zu haben. Doch kaum jemand erzählte Näheres über die eigene Familie. Dafür fragte man viel. Regelrecht verhört fühlte sich Mathilde nach einigen Begegnungen. Ihr war es nicht in die Wiege gelegt oder anerzogen worden, einen Schutzwall um die Familie zu ziehen. Für sie gehörte eine Streitkultur zum Leben dazu, es war legitim, auch in der Öffentlichkeit unbequeme Dinge anzusprechen und Auseinandersetzungen zu führen.

Wie an jedem Abend lief sie einmal um ihr Haus herum, um die Bewegungsmelder zu überprüfen. Alles schien in Ordnung zu sein. Es war spät geworden und Mathilde ging zu Bett. Aber in ihrem Kopf schwirrten so viele Gedanken herum, dass sie lange wach lag. Zweimal leuchtete in dieser Nacht hinter dem Haus das Licht auf. Mathilde schaute in die Dunkelheit hinaus, konnte aber niemanden entdecken. Dann schlief sie ein. Sie träumte häufig und in dieser Nacht begegneten ihr zwei junge Mädchen im Traum, die in der Dämmerung eine Straße entlangeilten. Sie trugen warme, lange Wollmäntel und hatten ihre Kragen gegen die Kälte hochgeschlagen. Im nächsten Moment sah sie die beiden im Dreck liegen. Tote Augen starrten zu ihr auf, als sie sich über sie beugte. Dann schmiss jemand Blätterstreu über die blassen Gesichter. Nach und nach verschwanden die Körper unter einer dichten Schicht von Laub und Ästen. Mathilde versuchte herauszufinden, wer sich dort ganz in ihrer Nähe aufhielt. Offensichtlich nahm er sie nicht wahr und sie konnte ihn ebenfalls nicht erkennen. Alles, was sie sah, war ein schemenhafter Umriss. Dann entfernte sich der Unbekannte in Richtung Hellwege. Am Wegesrand wischte er noch ein großes blutverschmiertes Messer im feuchten Gras ab und steckte es so gesäubert vorne in den Hosenbund. Schließlich verlor sie ihn aus den Augen. Sie wandte ihren Blick wieder auf die Stelle, wo die toten Mädchen lagen. Nichts deutete auf das gerade geschehene Verbrechen hin. Die Stille der Nacht hatte die Hilfeschreie der armen Kreaturen vollständig verschluckt. Eine Weile stand sie bewegungsunfähig da, dann endete der Traum abrupt.

In der restlichen Nacht verfiel Mathilde in einen traumlosen Tiefschlaf. Einige Male leuchteten draußen die Bewegungsmelder auf, doch Mathilde bemerkte davon nichts. Auch den nächtlichen Besucher, der sich äußerst vorsichtig dem Holzhaus näherte und durch die Fensterscheiben spähte, registrierte sie nicht.

Am nächsten Tag lag ein brauner DIN-A4-Umschlag in ihrem Briefkasten. In der linken oberen Ecke stand in schwungvollen Buchstaben eine Bremer Adresse. Auf Susan war Verlass. Wenn sie ihre Mithilfe anbot, dann meinte sie es ernst. Mathilde setzte sich mit dem Umschlag an den Frühstücktisch und öffnete das Kuvert. Es enthielt einige Blätter, die mit einer Büroklammer zusammengeheftet waren, davor lag eine handschriftliche Notiz: »Meine Liebe, es ist noch nicht viel, was ich über deinen oder sollte ich lieber sagen: unseren Architekten herausfinden konnte. Hier hast du jedenfalls schon mal das Ergebnis meiner Suche u. a. im Böttcherstraßenarchiv. Ich bin in den nächsten Wochen beruflich viel unterwegs. Ich melde mich, wenn ich zurück bin. Dann in Ruhe mehr, spätestens, wenn du zu mir kommst. Wir sollten dringend einen Termin ausmachen. Sei lieb gegrüßt! Deine Susan«

Neugierig begann Mathilde zu lesen. Die erste Kopie enthielt in mehreren Spalten eine Reihe von Namen und Adressen des Buchstabens R. Darüber stand die Seitenzahl 321. Es handelte sich um die Seite eines Bremer Adressbuchs aus dem Jahr 1940, so jedenfalls war es handschriftlich auf der Rückseite vermerkt. In der mittleren Spalte fand sie an oberster Stelle den Namen Alfred Runge, »Architekt Kirchbachstr. 213 Inh. d. Fa. Runge & Scotland«.

Die Adresse stimmte mit dem Eintrag im Kirchenbuch überein. Mathilde legte das Blatt beiseite, es folgten zwei Briefe.

Der erste war mit Schreibmaschine getippt worden. Mathilde stutzte. Das Schreiben war erst wenige Monate zuvor verfasst worden und richtete sich mit den Worten *Lieber Alfred Runge* direkt an den Ermordeten. Was war das denn für ein Brief, gut fünfzig Jahre nach Runges Tod geschrieben?

»Hm«, machte Mathilde und schaute auf den Absender am Ende des Briefs. Ihr Frühstück vor sich hatte sie ganz vergessen. Eine Marie Adelheid Prinzessin Reuß-zur Lippe hatte diesen Brief offensichtlich verfasst. Durch den Titel der Absenderin sah Mathilde sich in ihrer Annahme bestätigt, dass Runge zu gesellschaftlich höheren Kreisen Bekanntschaften pflegte. Mathilde begann interessiert zu lesen.

Kommt man vom Bremer Marktplatz am Schütting vorbei in Bremens »heimliche Hauptstraße«, die Böttcherstraße, so weiß man als Eingeweihter, dass die ganze rechte Seite von den Architekten Runge und Scotland gestaltet wurde. Scotland war hochbegabt, Alfred Runge aber zudem ein geniales Original, dem ein kleines Denkmal zu setzen, es mich drängt. Der kauzige Junggeselle hatte sich – ich meine es war in der Scharnhorststraße – ein Haus auf Stelzen gebaut, in das man von einer Außentreppe hineinkletterte, und sie dann hinter sich hochziehen konnte.

Hatte es in Bremen wirklich so ein seltsames Haus gegeben? Sie musste Susan danach fragen. Runge faszinierte Mathilde immer mehr. Anscheinend war er ein Wanderer zwischen den Welten gewesen, der sich in honorigen Kreisen ebenso bewegte wie zwischen Bauern. Adel, Geschäftsleute und die Menschen vom Land, mit allen schien er gut ausgekommen zu sein. Bis auf eine Ausnahme Und die galt es zu ergründen.

Alfred war ein großer Waidmann. Worüber ich aber erzählen möchte war sein winziges (5 x 5 m) Jagdhaus in Ahausen an einem wunderbar verkrauteten See in tiefster Einsam-

keit, wo sich die seltensten Vögel tummelten. Alfreds Freund, Ludwig Roselius, bat ihn: ›Bring meinem Patenkind Heike Reuß weidmännisches Jagen bei und lass ihn bei dir seinen ersten Bock schießen‹. So geschah es, daß Heike in den großen Ferien nach Ahaus fuhr und unter Alfreds Leitung seinen ersten Rehbock mit prächtigem Gehörn schoß.

Es dauerte einen Moment, bis sie begriff, dass Heike männlich war. Sie hatte noch nie gehört, dass man den Namen auch für einen Jungen nehmen konnte. Doch aus den folgenden Zeilen ging eindeutig hervor, dass es sich um den Sohn der Briefschreiberin handelte. Diese war offenbar vierzehn Tage lang allein in der Hütte verblieben, nachdem ihr Sohn zum Militärdienst einberufen worden war. Alfred Runge war nur an den Wochenenden gekommen und so hatte die Prinzessin eine wunderbar ruhige, aber auch sehr einsame Zeit dort draußen verbracht. Sie hatte in der ganzen Zeit niemanden sonst zu Gesicht bekommen, wie sie schrieb. Wenn das der Wahrheit entsprach, musste das Häuschen wirklich so abseits liegen, wie ihr erzählt worden war. Die Wahrscheinlichkeit, dass jemand dort zufällig vorbeilief, überlegte Mathilde, musste gegen null tendiert sein. Doch sie wusste auch, dass die Kühe regelmäßig aus dem Dorf heraus und an der Hütte vorbei in die Wümmewiesen getrieben worden waren. So hatte es der Herrenschneider erzählt. Wieso erwähnte die Prinzessin das nicht? Nahm sie keine Notiz von den einfachen Bauern? Spätestens im Krieg hätte die gute Frau bestimmt ihre Meinung geändert, überlegte Mathilde. Denn wer sich mit den heimischen Bauern gut stellte, der musste selten hungern. Mathilde nahm sich fest vor, noch einmal beim Herrenschneider nach einer genauen Wegbeschreibung zu fragen und sich die Hütte möglichst bald selbst einmal genau anzuschauen.

Am Ende ihres Briefes beschrieb die Prinzessin das schreckliche Ende von Alfred Runge, ihrem Gönner:

Das Ende 1945. Eines Morgens fand man Alfred Runge tot auf der Schwelle seines Hauses nach offensichtlichem Kampf. Eine Freundin von ihm, die sich in seine Einsamkeit geflüchtet hatte, lag mit ihrem kleinen Sohn erschossen vor dem Bett ihres Zimmers. Wer waren die Mörder? Wahrscheinlich Polen aus einem Arbeitslager in einiger Entfernung. Alfred hatte die kostbare Uhrensammlung zur Sicherheit nach Ahausen gebracht, die die Polen durchs Fenster gesehen haben müssen. Lieber Alfred Runge! Hab Dank für alles, was du mir und meinem Sohn getan hast. Sei unvergessen!

Dieser Brief löste ein starkes Unbehagen in Mathilde aus. Hinter der offensichtlichen Wortwahl schwang noch etwas Verborgenes mit. Alte Gefühle, die nicht öffentlich werden durften, vielleicht eine Affäre. Sie spürte, dass es hier um mehr ging als um ein spätes Denkmal für einen Freund. Eine Freundin, die sich in seine Einsamkeit geflüchtet und ein Kind mitgebracht hatte. Wie hatte die Briefschreiberin dies gemeint, seine Einsamkeit? Ging es der Prinzessin um den abgelegenen Ort oder um Runges Gefühlswelt? War er trotz seiner gesellschaftlichen und wirtschaftlichen Stellung einsam gewesen? Oder hoffte die Briefschreiberin das nur? Da die erwähnte Frau ein vermutlich junges Kind dabeihatte, dürfte sie selbst ebenfalls noch recht jung gewesen sein. Machte sie das attraktiv und zu einer Bedrohung für alte Liebesverhältnisse? Vielleicht sogar für das von der Prinzessin und Runge? Von einem erschossenen Kind hörte Mathilde durch diesen Brief zum ersten Mal. Der Herrenschneider hätte dieses wichtige Detail doch sicherlich nicht ausgelassen. Dennoch musste sie sich danach erkundigen, nur um sicher zu sein. Und dann gab es noch eine Ungereimtheit: Runges Ende, wenn man seinen

Tod so bezeichnen mochte, kam im April 1946 und nicht 1945. Eine Weile rätselte Mathilde, es musste das Kriegsende mit dieser Datumsangabe gemeint sein. Aber es war zumindest eine eigentümliche Formulierung, die eine gewisse Irritation in ihr auslöste.

Die Briefschreiberin spekulierte, dass Polen die Täter gewesen waren, so wie es auch im Dorf erzählt wurde. Bislang hatte nur der kleine Mann mit dem Fahrrad Mathilde gegenüber seine Zweifel an diesem Tathergang geäußert. Allerdings unterschieden sich das Motiv und die Todesursache hier von denen, die sie in Ahausen gehört hatte. Während im Dorf das Gerücht kursierte, dass Alfred Runge sein Rad verteidigte und dadurch zu Tode kam, wurde in dem Brief eine kostbare Uhrensammlung als Motiv genannt. Da die Verfasserin des Briefes als Gast in der Hütte gewesen war, hatte sie vielleicht die erwähnte Uhrensammlung persönlich gesehen.

Mathilde machte ein Geräusch des Unwillens. Der ganze Brief hatte etwas ziemlich Klischeehaftes. Sie konnte es nicht genau erfassen, aber die Art und Weise, wie die Prinzessin über Runge, den Kämpfer, und die geflüchtete Freundin schrieb, ließ bei ihr das Bilder eines alten und stark nationalsozialistisch geprägten Geschlechterverständnisses entstehen. Auch die Polen als Übeltäter behagten Mathilde nicht. Man durfte bei der Bewertung des Briefes nicht vergessen, dass die Propaganda der NS-Zeit das Denken und Handeln der Menschen über einen langen Zeitraum bestimmt hatte. Darin wurden die slawischen Völker als minderwertig und moralisch nicht integer diffamiert. Wie gerne glaubte man bei einer solch verwerflichen Tat und einem persönlichen Verlust dann wohl daran, dass diese »Untermenschen« auch dafür verantwortlich waren? Es passte sicherlich gut in die Lebenswelt der Schreiberin. Anderseits war der Brief mit viel

Abstand verfasst worden. Mathilde ergänzte ihre Aufgabenliste im Kopf, sie musste mehr über diese Prinzessin herausfinden. Sicherlich gab es Tausende Kriegsopfer mit Rachegedanken, so wie es Tausende unbelehrbare Deutsche gab, die den Verlust des Krieges nicht verwinden konnten und an den vermeintlichen Idealen des Nationalsozialismus festhielten.

Interessant war auch die genannte Todesursache. Nicht erschlagen, sondern durch einen oder mehrere Schüsse wurden die drei Opfer in dieser Darstellung getötet. Der kleine Mann mit dem Fahrrad hatte gesagt, dass man von erschlagen gesprochen hatte, da war Mathilde sicher. Doch wie kam die Prinzessin dann darauf? Sie musste auf jeden Fall eine andere Quelle gehabt haben. Sie wusste von den vermeintlichen polnischen Tätern, aber nicht, dass diese ihre Opfer erschlagen haben sollten. Susan hatte das Wort »erschossen« in dem Brief dick unterstrichen und mit einem Sternchen versehen. Ihr war es also auch aufgefallen.

Was hatte der Herrenschneider noch gesagt? Mathilde stand auf und holte sich ihre Notizen. Gar nichts. Er hatte betont, dazu nichts sagen zu wollen. Dabei hatte er Runge doch gefunden. Mathilde hielt diesen Punkt schriftlich fest, ehe sie sich wieder den Papieren von Susan zuwandte. Sie blätterte weiter und fand als letzte Kopie einen Auszug aus einem alten Erlass der Besatzer beigefügt. Die Kopie war kaum lesbar, anscheinend war das Original stark verschmutzt gewesen. Mühsam entzifferte Mathilde die Überschrift.

»Kontrollratsbefehl Nr. 2, Einziehung und Ablieferung von Waffen und Munition vom 7. Januar 1946

Zwecks Entwaffnung der Bevölkerung und Förderung der öffentlichen Sicherheit in Deutschland erläßt der Kontrollrat folgenden Befehl:«

Wieso hatte Susan ihr das kopiert?

Eine Liste mit mehreren Punkten, die das Tragen und den Gebrauch von Waffen und Munition in der Nachkriegszeit regeln sollten. Mathilde übersprang die ersten Punkte. Neben zwei Sätzen zu Punkt 6 und dem Absatz zu Punkt 7 hatte Susan jeweils ein Sternchen gemacht: »Dieser Befehl erstreckt sich auf alle natürlichen und juristischen Personen und Personenvereinigungen.« Und weiter: »Der Ausdruck ›Waffen und Munition‹ umfaßt Feuerwaffen jeglicher Art, einschließlich Jagdgewehre, Munition aller Art, Explosivstoffe und Seitenwaffen aller Art.« Unter siebtens folgte, welche Konsequenzen man bei Zuwiderhandlung zu befürchten hatte: »Wer diesem Befehl nicht nachkommt, setzt sich rechtlicher Verfolgung aus, wobei bis auf Todesstrafe erkannt werden kann.«

Ein Pfeil bedeutete Mathilde, das Blatt zu wenden. Auf der Rückseite hatte Susan den Text noch handschriftlich um einige Informationen ergänzt: »Durch die Proklamation Nr. 2 des Alliierten Kontrollrates vom 20. September 1945 wurden alle deutschen militärischen oder paramilitärischen Verbände und Organisationen aufgelöst. Mit dem Befehl Nr. 1 war den Deutschen schon vorher das Tragen von Uniformen, Orden und Auszeichnungen verboten worden. Anfang 1946 wurde (siehe Vorderseite) durch den Alliierten Kontrollrat jeglicher Besitz von Waffen und Munition unter Strafe gestellt. Das galt allerdings nicht für Zivilpersonen der alliierten Streitkräfte!«

Mathilde ließ den Zettel sinken. Wie passte das nun wieder zusammen? Wie war Runge erschossen worden, wenn niemand mehr eine Waffe besaß? Niemand außer den Besatzern, wie Susan auch festgestellt hatte. Natürlich war es außerdem nicht wirklich möglich, alle Waffen einzusammeln. Jemand wie Runge hätte vermutlich seine Waffen ohne Schwierigkeiten behalten können. Für ihn wäre es sicher ein Leichtes gewesen, sein Jagdgewehr hier draußen zu verstecken. Immerhin war die Jagd wichtiger Teil der Lebensmittelbeschaffung. Und das Risiko, dabei erwischt zu werden, war so weit draußen wahrscheinlich kalkulierbar gewesen. Gefährlicher erschien es Mathilde dagegen, mit einer Waffe durch Nachkriegsdeutschland zu reisen. Sicherlich konnte man eine kleine Pistole unauffällig in der Kleidung verbergen, leichter jedenfalls als ein Jagdgewehr. Aber die Gefahr, erwischt zu werden, wäre doch relativ hoch gewesen. Warum hätten die vermeintlich hier herumstreichenden Polen so ein Risiko eingehen sollen?

»Ein großes Thema waren nach Kriegsende die sogenannten ›Displaced Persons‹, Ausländer, die während des Krieges – meist als Zwangsarbeiter – ins Deutsche Reich verschleppt wurden und nicht mehr in ihre Heimat zurückkehren konnten oder wollten. Gegen sie richteten sich viele Ressentiments, man sah sie als arbeitsscheue Vagabunden, zwielichtige oder gar kriminelle Gestalten, die sich mitunter in Gruppen zusammentaten. Woher die Ansicht kam, dass diese Menschen und unter ihnen besonders die Osteuropäer, vor allem die Polen, für so viele Verbrechen verantwortlich waren, konnte ich nicht herausfinden. Statistisch signifikante Belege dafür gibt es, soweit ich weiß, zumindest nicht.«

Wenn stimmte, was Susan hier schrieb, dann hätten sich diese Leute doch sicherlich sehr umsichtig bewegt. Andererseits war es natürlich nicht ausgeschlossen, dass sie sich als Ausgestoßene am Rand von Dörfern aufhielten, hier nach Wertsachen und Nahrungsmitteln schauten, die sie leicht und gefahrlos erbeuten konnten. Sie erregten jedoch auch Aufmerksamkeit, wenn man sie sah. Das Mitführen einer Waffe hätte für diese Personen also vielleicht ein deutlich höheres Risiko bedeutet. Allerdings schienen diese Menschen es mit dem Gesetz nicht allzu ernst zu nehmen und sich vor den

Konsequenzen nicht zu fürchten. Vielleicht wäre so eine Person dann zum Einsatz einer Waffe fähig und bereit gewesen. Diese Geschichte wurde immer wirrer.

Wieder nahm sie den Brief zur Hand. Gerne hätte sie mehr über die Beweggründe der Prinzessin und ihr persönliches Verhältnis zu Runge erfahren. Was hatte sie veranlasst, diesen doch recht wundersamen Brief zu schreiben? Sie tippte mit dem Stift darauf herum und griff nach ihrer Tasse. Angewidert verzog sie das Gesicht, der Kaffee war kalt. Seufzend erhob sie sich, goss das ungenießbare Getränk in den Ausguss und räumte die Frühstückssachen ab. Dabei entdeckte sie ihre alte Nachbarin, die gerade ihren täglichen Spaziergang begonnen hatte. Wie üblich kletterte sie am Ende des Waldgrundstücks über den kleinen Wilddraht und verschwand in Richtung Straße. Mathilde lächelte. Sie hatte die alte Dame wirklich ins Herz geschlossen. Sie hatte Mathilde erzählt, dass sie als Flüchtlingsfrau hier in Ahausen gestrandet war. Allerdings erst im Herbst 1946, sodass sie zu den Ereignissen im April des Jahres keine Aussage machen konnte. Über den Runge-Mord, wie Mathilde das Verbrechen für sich nannte, wollte sie sich nicht äußern. Das stände einer Zugezogenen nicht gut zu Gesicht, hatte sie Mathilde wissen lassen.

Mathilde ging zurück zum Tisch und ordnete die Papiere. Dabei entdeckte sie, dass noch eine weitere Fotokopie in dem Umschlag steckte, die sie nicht mit herausgezogen hatte.

»Damit du weißt, wie du die Prinzessin politisch einordnen musst!«, hatte Susan in roter Tinte oben auf dem Blatt vermerkt. Außerdem hatte sie dahinter in Klammern die Lebensdaten vermerkt: »(geboren 1895, gestorben 1993)«

Mathilde staunte. Die Prinzessin hatte zwei Weltkriege überstanden und ein stattliches Alter erreicht. Sie betrachtete den Brief, der am 10. Februar 1951 an den amerikanischen

Hohen Kommissar John J. McCloy geschickt worden war – »in einer deutschen Angelegenheit«.

Es waren nur wenige Zeilen, aber diese ließen keinen Zweifel daran, dass es sich bei der Prinzessin um eine jener Personen handelte, die Mathilde mit dem Begriff »unbelehrbar« bezeichnete. Sie las den Brief zweimal durch und schüttelte verständnislos den Kopf.

Tief erschüttert durch die Tatsache, daß sieben von 28 zum Tode verurteilten Landsberger sogenannten »Kriegsverbrecher« trotz der erwiesenen Fragwürdigkeit der Nürnberger Urteile und trotz aller Proteste und Eingaben in- und ausländischer Stellen weiterhin verurteilt bleiben, bitte ich Sie, – falls Sie wirklich der Ansicht sind aus irgendwelchen Gründen auf diese Opfer nicht verzichten zu können, – mich als Stellvertretung für eine der sieben hinzurichten und zwar für den unter ihnen, der die meisten Kinder durch seinen Tod vaterlos machen würde.

Ich bin eine alte Nationalsozialistin, und es ist ein Versprechen gemäß, das ich 1930 dem Reichsführer SS gegeben hatte, meine Aufgabe, für die Angehörigen der SS zu sorgen, wo und wie es mir möglich wäre. Dies Versprechen, in den glücklichen Tagen der Hoffnung auf ein schöneres besseres Deutschland gegeben, habe ich stets zu halten versucht und will es auch nun in den Tagen tiefsten deutschen Leides halten, dem Liede entsprechend, das wir damals in mancher Feierstunde miteinander gesungen haben:

»Wenn alle untreu werden, so bleiben wir doch treu …
Ich stehe Ihnen jederzeit zur Verfügung.«
Gez. Marie Adelheid Reuß-zur Lippe

Ahausen in den 1990er-Jahren

Fast jedes Mal, wenn Mathilde im Dorf unterwegs war, begegnete ihr nun der kleine Mann mit dem Fahrrad. Sie hatte den Eindruck, dass er ständig die Dorfstraße hinauf- und wieder hinunterfuhr, bis sich die Gelegenheit zu einem Gespräch ergab. Schließlich fasste sie sich ein Herz und lenkte ihr eigenes Rad in seine Richtung. Der kleine Mann schien erfreut über die Möglichkeit zum Plausch. Allerdings wollte Mathilde nicht gleich mit der Tür ins Haus fallen und blieb bei unverfänglichen Themen. Doch er hatte sie schon durchschaut. Nach einem Geplänkel über das Wetter fragte er mit einem Augenzwinkern, ob sie noch immer Detektiv spiele. Sie lachte und antwortete etwas vage, dass sie noch immer an allem interessiert sei, das ihr die Ahauser Geschichte näherbringen könnte.

Der kleine Mann nickte. »Wissensdurst ist wunderbar. Ich hätte auch studieren und nicht Bauer werden sollen, wäre es nach meinem alten Dorfschullehrer gegangen. Aber das Schicksal wollte es wohl anders. Mein Vater ist früh gestorben und so musste ich den elterlichen Hof weiterführen.«

»Wie alt waren Sie, als ihr Vater starb?«, erkundigte sich Mathilde, ehe sie schnell ergänzte: »Wenn ich fragen darf.«

»Ach, ich war noch jugendlich, keine 17 Jahre alt.« Ein kurzer Moment der Stille folgte, dann berichtete der kleine Mann mit dem Fahrrad wieder von seinen Kindheits- und Jugenderlebnissen, die sehr stark durch die nationalsozialistische Zeit geprägt waren. Und er erzählte vom Leben im Dorf. Zu jeder Hofstelle konnte er etwas zum Besten geben, stammte er doch selbst von einem der Vollhöfe.

Sie hatten bestimmt mindestens eine Dreiviertelstunde so gestanden, als er sich verabschieden wollte.

Jetzt oder nie, dachte sich Mathilde und hielt ihn zurück: »Ich habe vor einigen Tagen versucht, Alfred Runges Hütte zu finden …«

»Erfolglos?«, fragte er sie mit einem Schmunzeln.

»Ich dachte, vielleicht können Sie mir den Weg zeigen?« Mathilde war etwas irritiert über seine Reaktion.

»Hm«, machte er unbestimmt. »Man hat Ihnen offenbar nicht erzählt, dass das Haus nicht mehr steht?«

»Nein«, sagte Mathilde enttäuscht. Sie hatte darauf gehofft, sich selbst ein Bild machen zu können. »Sei's drum, würden Sie mir trotzdem den Weg zeigen? Ich würde einfach gerne sehen, wo das alles damals passiert ist.«

Zunächst reagierte der kleine Mann zurückhaltend. Doch dann willigte er ein, am nächsten Tag um 10 Uhr bei ihr am Waldhaus vorbeizuschauen und ihr den Weg zum alten Standort der Hütte zu zeigen.

Pünktlich erschien er vor Mathildes Heim und stieg mit einiger Mühe von seinem Herrenrad herunter. Er sollte lieber ein Rad benutzen, das keine Stange in der Mitte hat, schoss es Mathilde bei diesem Anblick in den Sinn. Jedes Mal befürchtete sie, dass er zur Seite kippen könnte, falls er nicht schnell genug sein Bein hinten über Sattel und Gepäckträger bekam. Doch er war erstaunlich geschickt und hielt das Gleichgewicht stets im letzten Moment. Sie bot ihm noch einen Kaffee an, aber er lehnte ab. Also holte Mathilde ihr Fahrrad aus dem Schuppen und sie machten sich gemeinsam auf den Weg in Richtung Wümmewiesen.

Sie hatten etwas weniger als einen Kilometer gemeinsam auf der Straße zurückgelegt, als auf der rechten Seite ein kleines Waldstück begann. Mächtige Kiefern, Birken und Eichen standen hier. Einige Hundert Meter weiter endete das Waldstück und gab den Blick auf einen Acker frei. Der kleine Mann stieg von seinem Rad ab und deutete auf die gegenüberliegende Seite des Ackers. Mathilde kam neben ihm zum Stehen und blickte in die angezeigte Richtung.

»Heutzutage kann man den See da hinten nur noch erahnen. Er ist stark verlandet. Der See war zu Alfred Runges Zeiten wesentlich größer und Birken gab es auch nur wenige. Früher wuchs hier nicht so viel. Es war eine typische Heidelandschaft mit niedriger Vegetation. Dahinter ist eine größere Moorfläche.«

Mathildes Blick folgte seiner Armbewegung.

»Der Hügel hier ist in der letzten Eiszeit entstanden, als die Eismassen Sand und Steine auftürmten« Er lehnte sein Fahrrad an einen Baum und sie folgte ihm entlang einer Furche am Rand des Ackers. Endlich gelangten sie an das sumpfige Seeufer. Es gab wirklich kaum noch freie Wasserfläche, alles war wild bewachsen. Aus dem moorigen Seewasser ragten Baumreste heraus. Einige Wasservögel flüchteten vor ihnen in den Schilfgürtel. Von einer Hütte war nichts zu sehen. »Wo stand denn jetzt die alte Runge-Hütte?«, erkundigte sich Mathilde, während sie sich umblickte und den Ort auf sich wirken ließ.

»Sehen Sie die Einbuchtung da vorne links? Wo das Gelände zum Ufer hin etwas ansteigt, da ungefähr hat sie gestanden. Gegenüber gab es eine kleine Remise mit einem Pferdestall, der aber kaum genutzt wurde. Zwischen den Gebäuden hindurch führte der Melkpad, der hier über die Sanddüne in die Wümmewiesen verlief.«

Mathilde betrachtete die große Sanddüne.

»Heute können Sie die Düne nur noch erahnen«, er zeigte auf einen bewaldeten Hügel, der den Blick auf die Wümmewiesen versperrte. »Im Zweiten Weltkrieg mussten die Kriegsgefangenen hier Bäume anpflanzen, vorher gab es hier kaum

Forste. Nur das hier vorne ist ein altes Stück Wald. Früher führte die Zuwegung zur Jagdhütte in einem Bogen erst durch dieses Waldstück und dann in einem weiten Bogen zwischen der Jagdhütte und der Remise über die Düne bis in die Flussniederung.«

»Stand die Jagdhütte hier ganz alleine?«, erkundigte sich Mathilde, die ihren Blick weiter schweifen ließ. Versteckt zwischen den hohen Bäumen standen nun viele kleine Wochenendhäuser in der Umgebung.

»Nein, die Jagdhütte stand zwar alleine am See, aber da oben, an der höchsten Stelle der Sanddüne, stand ein weiteres Gebäude. Im Dorf hieß das Haus Sanderburg. Wir können es uns gerne anschauen, es steht noch immer dort.«

»Ja, sehr gerne. Können Sie mir denn vielleicht noch verraten, was mit der Hütte geschehen ist? Wurde sie nach dem Mord abgerissen?«

Der kleine Mann schüttelte den Kopf. »Nein, nein. Man hat nach dieser ganzen Sache mit Herrn Runge und seiner Begleiterin Kriegsflüchtlinge darin untergebracht. Wohnraum war damals auch in Ahausen knapp. Leider ist dann durch einen Brand alles zerstört worden. Die armen Leute konnten nichts retten. Später schob man die Reste der Hütte einfach mit einem Frontlader an die Seite.«

Mathilde horchte auf. Der kleine Mann hatte, genau wie der Herrenschneider, nur eine Begleiterin erwähnt, kein Kind.

»Wer war das zweite Opfer?«, erkundigte sich Mathilde.

»Dazu kann ich nicht viel sagen. Es war eine Frau aus der Stadt, die häufiger hier war und ab und zu auch ihre Kinder mitbrachte. Glücklicherweise waren die beiden am Tag des Mords nicht hier draußen.«

»Es waren nur Alfred Runge und seine Begleiterin hier, sagen Sie. Sind Sie da ganz sicher?«

Der kleine Mann nickte. »Ja, da bin ich mir ganz sicher. Sonst können Sie aber den Herrenschneider noch einmal danach fragen.«

Überflüssig, dachte Mathilde. Das hätte er sicherlich erwähnt. »Und Sie sind sicher, dass die Hütte genau da vorne stand?«, forschte sie stattdessen nach.

»Ganz sicher. Schauen Sie sich den Uferverlauf genau an. Da vorne macht das Ufer eine kleine Biegung und das Gelände steigt sanft an. Das war immer so und ist auch so geblieben, auch wenn aus der Heide erst eine Wiese und nun ein Acker geworden ist.« Dann forderte er Mathilde auf, sich direkt an die Wasserkante zu begeben und den Erdboden in diesem Bereich genauer zu untersuchen. Sie folgte seiner Anweisung und starrte auf das Erdreich am ehemaligen Ufer. Der Boden war uneben und mit unterschiedlichsten Pflanzen überwuchert. Mit ihrer Schuhspitze scharrte sie im Erdreich und legte dabei einen zerbrochenen Ziegelstein frei. Je mehr Erde sie beiseiteschob, desto mehr Steine und Scherben wurden sichtbar. Schließlich stieß sie sogar auf ein weiß-blaues Fliesenfragment. Sie bückte sich hinab und betrachtete es. Der kleine Mann hatte absolut recht, dies war die richtige Stelle.

Diesmal schoben sie ihre Fahrräder, während sie am Fuß der Sanddüne entlanggingen. Unzählige Insekten schwirrten umher und ein wunderbarer Sommerduft stieg Mathilde in die Nase. Am Ende der Düne zeigte der kleine Mann auf ein rotes Holzgebäude, das am höchsten Punkt errichtet worden war. Mathilde konnte das Haus mehr erahnen als sehen, da die üppige Vegetation die Sicht sehr einschränkte.

»Ist das Haus bewohnt?«, fragte Mathilde. Ohne weitere Worte lehnte der kleine Mann sein Rad an einen gemauerten Pfeiler und öffnete das Gartentor. Sie folgten der steil ansteigenden Auffahrt, die sich in einer lang gezogenen Rechtskurve emporschlängelte. Am Ende des Wegs gelangten sie auf eine große Lichtung. Zu ihrer Linken erblickte Mathilde ein reetgedecktes Gebäude, das offensichtlich neuer war. Dahinter befand sich ein kleines mit Folie abgedecktes Schwimmbecken. Den meisten Platz nahm das große rote Holzhaus ein, das sie bereits von unten entdeckt hatte. Ein seltsamer Turm überragte das Gebäude. Auf der Turmvorderseite hing eine große Glocke mit einem langen, dicken Tau daran. Beides wirkte auf den ersten Blick völlig deplatziert und Mathilde konnte den Sinn der Konstruktion nicht erschließen. Über eine Terrasse gelangte man zum Eingang, der aus zwei Flügeltüren bestand. Fragend blickte sie ihren Begleiter an, der sich offensichtlich sehr gut auskannte.

»Sie waren schon öfter hier, oder?«

Der kleine Mann nickte und bemerkte: »Das ist wohl wahr. Wir Dorfkinder waren früher oft hier, aber meistens heimlich. Es war unser Abenteuerspielplatz, ein geheimer Treffpunkt, von dem unsere Eltern nichts erfahren durften.«

»Woher kommt der seltsame Name: Sanderburg?«, forschte Mathilde weiter nach.

»Ein Dr. Sander hat sie hier als erstes Wochenendhaus gebaut. Die übrigen Wochenendhäuser, die hier ringsum stehen, sind alle viel später dazugekommen. Ich war damals noch ein Kind, es muss Anfang der Dreißiger gewesen sein. Dr. Sander war ein eigenwilliger Kauz, der durch einen Tauschhandel in den Besitz des Grundstückes gekommen sein soll. Zwei Bauern aus dem Dorf hatten im Ersten Weltkrieg jeweils ein Bein verloren. Dr. Sander war Orthopäde und fertigte ihnen für die Überlassung der Grundstücke moderne Beinprothesen an. So zumindest wird die Geschichte im Dorf erzählt. Ob sie wahr ist, kann ich aber nicht sagen. Wenn sie stimmt, muss man sagen, dass es für die Bauern ein ziemlich gutes Geschäft war.

Die unfruchtbare Sanddüne hatte landwirtschaftlich eh keine große Bedeutung, aber wieder einigermaßen gut zu Fuß zu sein und somit besser arbeiten zu können, war quasi unbezahlbar. Man erzählt, dass Dr. Sander das Meer liebte, daher baute er sein Wochenendhaus wie ein Schiff. Die Küche glich einer Kombüse, die Bettnischen waren mit Steuerbord und Backbord benannt. Der Turm fungierte als Ausguck. Heute ist von seiner Idee nicht mehr viel übrig geblieben. Die nachfolgenden Besitzer haben viel verändert. Auch die hohen Bäume haben die Atmosphäre hier oben völlig verändert. Damals konnte man von hier aus Rotenburg sehen.«

Mathilde schaute sich um, doch die Aussicht war durch Büsche und Bäume verstellt. Nur in Richtung Wümme hatte man die Vegetation niedrig gehalten, sodass sie weit über die Wiesen schauen konnte.

»Es ist wirklich sehr schön hier oben, obwohl ich Rotenburg jetzt nicht mehr sehen kann«, stellte Mathilde fest.

»Während des Zweiten Weltkrieges sind wir Kinder häufig hierhergekommen. Das Haus stand damals leer. Wir sind den Turm raufgeklettert und haben zugeschaut, wie in Rotenburg die Flugzeuge gestartet sind. Wir konnten mit geschlossenen Augen die einzelnen Flugzeugtypen anhand ihrer Motorengeräusche unterscheiden. Der Flugplatz in Rotenburg hatte damals tatsächlich eine große Bedeutung für die Fliegerstaffeln des Dritten Reiches. Angeblich waren sogar mal Teile des Richthofengeschwaders dort stationiert. Täglich starteten und landeten Dutzende Bomber und Jäger. Ich kann mich noch genau an die Bombardierung des Rotenburger Flugplatzes durch die Alliierten erinnern. Ab 1943 nahmen die Tieffliegerangriffe hier zu. Wenn der Wind richtig stand, konnten wir die Sirenen aus Bremen hören. Dann blieben uns noch 15 Minuten, bis die Fliegerverbände Ahausen erreichten.

In der Regel war das Dorf nicht Ziel der Angriffe. Aber der Flugplatz in Rotenburg wurde wiederholt bombardiert. Wir Kinder hingen oben im Turm an den Öffnungen und schauten zu, wie die Bomben auf Rotenburg fielen. Gefährlich wurde es für uns nur, wenn die Fliegerverbände zurückkehrten. Manche reduzierten dann das Gewicht ihrer Maschinen, indem sie die verbliebenen Bomben einfach über der Landschaft abwarfen, bevorzugt natürlich über bewohntem Gebiet, um den Feind zu schwächen. Manchmal griffen die Tiefflieger auf dem Rückweg hier an. 1944 wurden ein Kuhhirte und zwei Milchkühe in den Wümmewiesen erschossen. Der arme Junge hatte noch versucht, unter einer der Kühe Schutz zu finden, am Ende waren beide tot.«

»Kam er hier aus dem Dorf?«, fragte Mathilde betroffen.

»Ja, er kam von einem der Höfe und er war mein bester Freund. Eigentlich hätte ich an diesem Tage die Kühe hüten müssen, aber bei uns wurde geschlachtet und jede Hand gebraucht.« Der kleine Mann schaute sie sehr ernst an. Mathilde schwieg. Ob man einen Krieg überlebte, hing sicherlich von vielen Zufällen ab. Es gab keinen Grund, sich Vorwürfe zu machen, und dennoch spürte sie, dass der kleine Mann in diesem Moment überlegte, wie alles gekommen wäre, wenn er die Kühe gehütet hätte. Es waren sehr persönliche Dinge, die er ihr anvertraute. Seine Sensibilität erstaunte sie und sie schenkte ihm ein mitfühlendes Lächeln. Als das Schweigen unangenehm zu werden drohte, wechselte sie das Thema.

»Konnte man das Jagdhaus von Alfred Runge von hier oben aus sehen?«

Der kleine Mann deutete mit dem rechten Arm in Richtung Seeufer. »Da unten waren wir vorhin. Die Jagdhütte war von hier oben sehr gut zu sehen. Allerdings waren die Häuser weit genug auseinander, sodass man nur wenig von den Nachbarn mitbekam. Mit einem Fernglas hatte man allerdings alles bestens im Blick. Wir Kinder haben natürlich nicht nur den Flugplatz beobachtet, sondern auch den Jagdpächter. Für uns war alles interessant, was hier draußen geschah. Es hatte so wenig mit unserem gewohnten Dorfleben zu tun. Bei Alfred Runge gingen sehr wichtige Persönlichkeiten ein und aus.«

»Wen meinen Sie?«, unterbrach sie ihn. »Können Sie mir Namen nennen? Wer hat ihn hier besucht?«

Der kleine Mann nickte nachdenklich. Nach kurzem Zögern fuhr er fort. »Die Jagd hatte Alfred Runge nicht alleine gepachtet, sondern mit einem Dr. Bauer zusammen, der auch ein erfahrener Jäger war. In Afrika hat er mehrmals Großwildjagden unternommen und in seinem Jagdgewehr war der Unterkiefer eines Löwen eingelassen. Wir Kinder durften uns die mächtigen Zähne des Löwen einmal anschauen und ich durfte sie sogar vorsichtig berühren. So große Fangzähne hatte ich niemals vorher zu Gesicht bekommen. Wir hatten als Treiber eine Jagd begleitet. Nachdem die Strecke ausgelegt und reichlich mit Schnaps begossen worden war, kamen hinterher alle im Ahauser Hof zu einer gemeinsamen Mahlzeit zusammen. Dr. Bauer war ziemlich groß und stämmig. Er hatte sein Gewehr geschultert und wir Kinder standen staunend um ihn herum. Er konnte unglaublich spannende Geschichten über seine Afrikareisen erzählen und wir hingen jedes Mal gebannt an seinen Lippen, um ja nichts zu verpassen. Leider hatte er nicht oft die Muße, uns davon zu berichten. Er war auch sehr viel seltener da als Herr Runge.«

Mathilde stellte sich die aufgeregten Dorfkinder vor, wie sie an den Lippen des Großwildjägers hingen und den spannenden Jagdgeschichten aus dem fernen Afrika lauschten. Selbst für sie wäre eine Großwildjagd ein sehr aufregendes Ereignis, auch wenn sie den Spaß am Töten von Lebewesen überhaupt nicht nachvollziehen konnte. Doch das Flair ferner Länder übte auch auf sie einen großen Reiz aus. Und damals galt, dass wer hier im Dorf geboren wurde, in der Regel auch blieb oder sich in die Nachbardörfer verheiratete. Urlaubsreisen machte man zu den Verwandten und nicht auf einen fernen Kontinent. Nur wenige verließen ihre Heimat freiwillig. Heimatliebe war der Landbevölkerung hier näher als Fernweh, das galt ihren Eindrücken nach noch heute.

Der kleine Mann überlegte kurz und fuhr fort. »Ein anderer Gast war Ludwig Roselius, den hat man im Dorf häufiger gesehen. Er war ein bedeutender Bremer Kaffeehändler. Ist Ihnen ›Kaffee HAG‹ ein Begriff?«

Mathilde dachte schmunzelnd an Susans Vortrag und nickte. »Oh ja, von Roselius habe ich schon viel gehört!«

»Wir Kinder bewunderten den prächtigen Wagen, mit dem Roselius durch den Ort fuhr. Das Auto war stets auf Hochglanz poliert und der Lack glänzte in der Sonne. Er brachte auch häufig Gäste mit. Oft Leute, die für ihn arbeiteten. Aber es gab auch Besucher, die der Niedersachsenrunde angehörten. So wie Runge und Roselius.«

»Was ist das, die Niedersachsenrunde?«, unterbrach Mathilde ihn.

»Die Niedersachsenrunde war eine Heimatbewegung, die um 1900 einsetzte. Ihr Ziel war die Wahrung des niedersächsischen Kulturgutes. Eines der wichtigsten Anliegen war, die Schönheit der Natur vor den Einflüssen der wachsenden Städte und Industrien zu bewahren. Viele einflussreiche Persönlichkeiten unterstützten das.«

Mathilde war wieder einmal beeindruckt davon, wie gut er sich in allem, was auch nur entfernt mit Ahausen und seiner Geschichte zusammenhing, auskannte. »Und wie ist diese Bewegung politisch einzuordnen?«

Der kleine Mann zuckte mit den Schultern. Es dauerte einen Moment, bis er antwortete. Anscheinend suchte er nach der richtigen Formulierung. »Die Heimatbewegung sollte dem Schutz der Heimat dienen und war somit doch eindeutig deutsch-national geprägt, allerdings nur bedingt fremdenfeindlich ausgerichtet. In erster Linie ging es den Mitgliedern um die Erhaltung der niedersächsischen Traditionen und nicht um die Ausgrenzung oder Vernichtung fremder Kulturen oder Rassen. Darin unterschieden sie sich von den Nationalsozialisten. Auch sie wollten einen Idealzustand, was den Menschen und seine Lebenswelt anging, erreichen. Aber sie forderten nicht zu Angriffen oder zur Vernichtung auf.« Seine Sätze klangen wie aus einem Lehrbuch. Er formulierte nicht seine eigenen Gedanken, sondern gab etwas wieder, was er vermutlich irgendwo gelesen hatte.

»Sie scheinen sich ja sehr intensiv mit diesem Thema befasst zu haben.«

»Ja, das ist richtig. Wie gesagt, ich lese viel!«

Es war erstaunlich, bislang hatte der kleine Mann auf jede Frage eine Antwort parat gehabt. Sein Wissen passte für Mathilde nicht so recht zu seiner Erscheinung. Er wirkte auf sie eher typisch bäuerlich. Obwohl er klein und recht schmächtig war, hatte sie das Bild eines handwerkenden, anpackenden Menschen vor Augen, wenn sie ihn sich in jungen Jahren vorstellte. Sie sah ihn auf seinem Hof stehen und arbeiten. Aber damit hatte sie sich ganz offensichtlich geirrt, er musste mindestens genauso begeistert in Bücher eingetaucht sein.

Sie hatten die ganze Zeit vor der Sanderburg gestanden und nun sah sie sich noch einmal um. Scheinbar gab es hier nichts mehr zu entdecken. Auch der kleine Mann schien nicht länger bleiben zu wollen. Gemeinsam liefen sie die Auffahrt wieder hinunter.

»Gibt es sonst noch was zur Sanderburg zu erzählen?«, griff Mathilde das Gespräch wieder auf. Lachend erzählte er ihr: »Viele Jahre später, als das reetgedeckte Gebäude und der Pool zur eigentlichen Sanderburg hinzukamen, sind die Kinder aus dem Dorf wieder gerne hergekommen. Wenn die Besitzer nicht da waren, hat niemand sie weggescheucht und es war einfacher, als ins Freibad nach Sottrum zu fahren. Natürlich gab es auch hin und wieder Ärger mit den Nachfolgern von Dr. Sander. Die waren nicht besonders begeistert davon, dass ihr Pool von den Dorfkindern genutzt wurde.«

»Kommen die Kinder denn heute auch noch her?«, erkundigte sich Mathilde.

»Nein, heute ist das wohl etwas anderes. So was macht man heute nicht mehr, oder? Außerdem wissen die meisten gar nicht, dass dieses Schwimmbecken hier oben existiert. Heute sind die Wege ja auch kein Problem mehr und es treffen sich nicht nur die Kinder aus dem Dorf. Früher war das noch anders. Da war das hier einfach herrlich für die Kinder. Allerdings sind immer mal wieder Tiere in das Becken gefallen und ertrunken. Dann mussten sie warten, bis der Eigentümer endlich das Wasser austauschte. So lange gingen alle an die Wümme, aber das war bei Weitem nicht so schön. Damals wurden noch die Abwässer eingeleitet.«

Seine Erinnerungen waren so klar und detailliert, dass sie keinen Zweifel an ihrem Wahrheitsgehalt hatte. Die Kriegsjahre waren auch für die Kinder prägend gewesen, aber es hatte auch unbeschwerte Zeiten gegeben. Sie freute sich, dass sie jemanden gefunden hatte, der ihr davon erzählte und sie eintauchen ließ. Ihr Gegenüber hing offenbar seinen Erinnerungen nach. Schweigend liefen sie die Einfahrt hinunter, wo der kleine Mann zielstrebig zu seinem Fahrrad ging.

»Sie finden doch zurück?«

Als sie nickte, bestieg er in seiner eigenwilligen Technik sein Rad, verabschiedete sich kurz und radelte davon. Sie schaute ihm nachdenklich hinterher. Ein Blick auf ihre Uhr verriet ihr, dass sie zwei Stunden unterwegs gewesen waren. Zu Hause musste sie sofort alles aufschreiben, damit sie nichts vergaß. Ihr Gedächtnis funktionierte nicht so gut wie das von Susan oder dem kleinen Mann und sie hatte Angst, Einzelheiten zu vergessen, die ihr später vielleicht noch wichtige Hinweise geben konnten.

Auf dem Rückweg gab sie sich trotzdem ganz dem Sonnenschein und der Natur hin. Sie genoss die nur von Vogelgezwitscher durchbrochene Stille und die Wärme auf ihrer Haut. Alles deutete darauf hin, dass es ein guter Tag werden würde. Am Nachmittag wollte sie noch einmal an den See zurückkehren und einen Lageplan anfertigen. Ob sie noch weitere Überreste des alten Hauses finden konnte? Vielleicht wären auch ein paar Fotos hilfreich, überlegte Mathilde und beschloss, ihre Kamera mitzunehmen.

Als sie ihre Hütte erreichte, entdeckte sie im Briefkasten einen einzelnen Brief ohne Marke und Absender. Mathilde nahm ihn heraus und öffnete den relativ dicken Umschlag. Zu ihrem Ärger erkannte sie beim Auseinanderfalten des Papiers ihre Zettel, die sie an der Pinnwand im Dorfladen aufgehängt hatte. Sonst befand sich nichts im Umschlag. Jemand war hier gewesen und hatte den Brief in ihren Briefkasten geworfen. Sie war hier leicht erreichbar und derjenige, der sich an ihren Nachforschungen stieß, ließ sie das auf seine Art spüren.

Sie musste nachdenken und kochte sich eine Tasse Tee. Dann setzte sie sich an ihren Lieblingsplatz am Tisch in der Fensternische und schaute hinaus auf ihr Waldgrundstück. Alles wirkte so friedlich, aber es war wirklich eine einsame Lage. Bekäme sie ungebetenen Besuch, würde es niemandem auffallen. Und die Bewegungsmelder funktionierten nur im Dunkeln. Aber jetzt war der Unbekannte am Tag gekommen. Er hatte also damit rechnen müssen, dass sie ihn beim Einwerfen des Briefes in ihren Briefkasten bemerken würde. Es sei denn, er wusste, dass sie nicht da war. Wurde sie beobachtet? Sie musste wachsam bleiben und sich selbst schützen. Aber ihre Recherchen würde sie auf gar keinen Fall einstellen! Warum auch? Nur weil sich irgendjemand im Dorf daran stieß und mit ihrem Verhalten nicht einverstanden war? Oh nein, so einfach brachte sie niemand von etwas ab. Eigentlich stachelte es sie sogar noch an.

Sie überlegte. Welche Absicht mochte der Unbekannte verfolgen? Hatte sie es womöglich sogar mit dem Mörder von damals zu tun? Sie begann zu rechnen. Mal angenommen, der Mörder war jung gewesen, jugendlich. Sie überlegte kurz und entschied sich dann, von einem Teenager auszugehen. Der wäre jetzt zwischen sechzig und siebzig Jahren alt. Mathilde zögerte. Den Anrufer hatte sie auf mindestens fünfzig, eher älter geschätzt. Trotzdem glaubte sie nicht wirklich, dass es der Täter von damals war. Welche Absicht verfolgte der Anrufer dann aber? Wusste er, wer der Täter war und wollte ihn schützen? War das der viel gepriesene Zusammenhalt im Dorf? Dann war es vielleicht ein Fehler gewesen, ihr Interesse an dem Fall im Ort bekannt zu machen. Allerdings hatte sie mit einer so eindeutig ablehnenden Reaktion auch nicht gerechnet.

Sie beschloss, erst einmal keinen weiteren Aufruf im Dorfladen aufzuhängen. Stattdessen würde sie noch einmal mit dem Schneider-Ehepaar sprechen. Vielleicht konnten sie ihr noch mehr über die Identität von Runges ebenfalls ermordeter Begleiterin verraten. Vielleicht konnten sie Klarheit in die Frage nach dem toten Kind bringen. Und vielleicht konnten sie so ein Motiv liefern. Eifersucht zum Beispiel, überlegte sie. Zumindest war sie sicher, dass das Motiv die Anzahl der möglichen Täter von alleine reduzieren würde. Dass Polen die Mörder gewesen sein sollten, überzeugte Mathilde nicht so ohne Weiteres. Es passte einfach zu gut in das fremdenfeindliche Bild der damaligen Zeit. Zusätzlich nährten die widersprüchlichen Schilderungen des Tathergangs ihren Verdacht, dass hier etwas ganz und gar nicht stimmte.

Ahausen in den 1990er-Jahren

Die Wochen vergingen hier draußen wie im Flug. Obwohl sich Mathilde fest vorgenommen hatte, mehr über Runge herauszufinden, musste sie nun erkennen, dass sie mit Tausend Kleinigkeiten beschäftigt gewesen war, ohne sich weiter um den Fall zu kümmern.

An diesem Morgen stand ihr Vermieter das letzte Mal unverhofft im Garten hinter der Holzhütte. Er parkte direkt neben Mathildes Auto in der Einfahrt und begann mit seinem Reinigungsritual: Den Wagen mit Wasser anfeuchten, mit Schwamm und Schaum reinigen, abspritzen mit dem Gartenschlauch und anschließend den Lack mit einem weichen Tuch polieren. Dann die Fußmatten an einer kräftigen Kiefer ausschlagen und lüften.

Nachdem Mathilde aufgestanden war, fröstelte sie. Sie hatte eine unruhige Nacht gehabt, die Temperaturen fielen nun merklich. Die Kälte machte sich auch im Haus bemerkbar. Abends legte sie sich eine Wärmflasche ans Fußende, damit sie besser einschlafen konnte. Doch auch diese Maßnahme half nur bedingt. Eigentlich wünschte sie sich, der Einsamkeit der Nächte zu entkommen. Statt Wärmflasche hätte sie lieber wieder einen Mann in ihrem Bett gehabt. Doch der Männermarkt in ihrer Altersklasse schien leer gefegt und nach einem Älteren stand ihr wahrlich nicht der Sinn. Ihre Freundinnen scherzten manchmal, dass es in Zukunft besser werden würde.

»Mit fünfzig werden die Karten neu gemischt, wart's nur ab. Dann suchen alle nach neuen Lebenswegen. Dann läuft die Karriere, die Schulden fürs Haus sind abbezahlt und die Kinder aus dem Haus. Dann geht wieder was!«, sagten sie. Und der Blick auf die Scheidungszahlen gab ihnen recht. Doch eigentlich wollte Mathilde nicht so lange warten. Sportlich, schlank und ohne Altlasten sollte er sein. Und im Idealfall klopfte er einfach an ihre Türe.

»Träum weiter«, schalt sie sich und knüllte ein Stückchen Zeitungspapier zusammen. Schnell entfachte sie ein Feuer im Ofen. Kaum hatte ihr Vermieter den aufsteigenden Rauch bemerkt, klopfte er an die Terrassentür. Es war nicht ganz das, was sie sich eben noch ausgemalt hatte, aber sie freute sich dennoch über seinen Besuch und lud ihn zu einer Tasse Kaffee ein, die sie gerade frisch aufgebrüht hatte.

Ihr Vermieter stammte aus einer angesehenen Bremer Familie, die über vier Generationen eine Baufirma betrieben hatte. Er selbst hatte das Baugeschäft nicht übernommen. Geschwister hatte er keine, daher lag es nahe, das Baugeschäft zu veräußern. Trotzdem konnte er sich an vieles aus früheren Zeiten erinnern, da sein Großvater und Vater ihn häufig zu den Baustellen mitgenommen hatten. Es war einen Versuch wert, überlegte Mathilde, vielleicht hatte er von dem Mord an Runge gehört und konnte sie mit neuen Informationen ein Stück weiterbringen. Außerdem war er seit mehr als zwanzig Jahren im Besitz dieses Wochenendhauses. Bestimmt hatte er während dieser Zeit auch Kontakt zu den Nachbarn gehabt. Nach dem üblichen Small Talk-Geplänkel sprach Mathilde ihn also direkt auf Alfred Runge an.

In der Tat erinnerte sich ihr Vermieter daran, dass sein Großvater mit der Firma Runge & Scotland sogar zusammengearbeitet hatte. Auch dass Runge in Ahausen umgekommen war, überraschte ihn nicht. Vielleicht hatte der Herrenschneider ihn auf die gleiche Art und Weise über den Mord in Kenntnis gesetzt, wie er es bei ihr getan hatte.

»Die beiden jungen Architekten Runge und Scotland hatten sich durch die Gründung ihres Baugeschäftes im Jahr 1904 in

Bremen selbstständig gemacht«, begann er seine Erzählung. »Ihr Firmensitz war in der gleichen Straße, in der auch mein Großvater sein Geschäft hatte. Besonders in der Anfangszeit vermittelte er Kunden an die beiden Firmengründer, wenn seine Auftragsbücher voll waren. Irgendwann gab es dann aber eine Auseinandersetzung zwischen meinem Großvater und Alfred Runge. Worum es dabei ging, kann ich nicht sagen. Beide waren sehr dominante Persönlichkeiten, die sich nicht gerne etwas sagen ließen oder nachgaben. So endete die Zusammenarbeit im Streit. Danach hatten sie nicht viel miteinander zu tun. Während der Weltwirtschaftskrise Ende der Zwanziger durchlief das Baugeschäft meines Großvaters einen stetigen Niedergang. Anfangs hatte er bis zu 30 Leute beschäftigt, am Ende war es nur noch einer. Bei Runge & Scotland war es anders. Beide hatten an der nordischen Baufachschule studiert und sich danach dem Bau von Landhäusern in Bremen und Umgebung gewidmet. Sie sprachen eine zahlungskräftige Klientel an. Alfred Runge übernahm dabei den praktischen Bereich als Bauleiter, Eduard Scotland den künstlerischen. Er hat sogar die Ausstattung von Luxuskabinen für den Norddeutschen Lloyd entworfen. Und durch die Bekanntschaft mit Ludwig Roselius haben sie zahlreiche Aufträge bekommen.« Er hielt kurz inne und schaute sie fragend an. Schnell nickte sie ihm aufmunternd zu und er fuhr fort: »Ihren wichtigsten und umfangreichsten Auftrag erhielten die beiden auch von ihm. Von 1921 bis 1934 waren sie an der Planung und Realisierung der Böttcherstraße beteiligt. Ich gebe es ungerne zu, aber meinem Großvater war der Erfolg der beiden ein Dorn im Auge. Später entspannte sich ihr Verhältnis dann aber wieder. Unser Familienbetrieb widmete sich mehr und mehr dem Straßenbau, auch ein bisschen aus der Not heraus. Von Runge und Scotland hat mein Großvater nie einen Auftrag vermittelt bekommen. Seine Firma ist dann auch nicht mehr so groß geworden wie vor der Wirtschaftskrise. Die Fertigstellung der Böttcherstraße hat mein Großvater übrigens noch miterlebt. Er hat darin aber nur irgendwelche Spinnereien gesehen. Und wäre es nach ihm gegangen, hätte man vieles sofort wieder abgerissen.«

»Und teilen Sie die Auffassung Ihres Großvaters?«, erkundigte sich Mathilde.

»Natürlich nicht. Aus heutiger Sicht ist die Böttcherstraße ein einmaliges kulturhistorisches Denkmal. Allerdings habe ich mich bisher nicht wirklich intensiv damit beschäftigt. Was ich darüber weiß, kommt noch aus der Schulzeit und die liegt, wie Sie sich denken können, schon einige Zeit zurück. Allerdings kann ich mich noch daran erinnern, wie die Böttcherstraße nach den Bombardierungen von 1945 aussah. Kaum ein Stein stand mehr auf dem anderen. Nach den Angriffen sind wir Kinder durch die Straßen gelaufen. Es war unfassbar, wie sich die Stadt verändert hatte. Ein paar Mal hatte ich sogar Schwierigkeiten, wieder nach Hause zu finden. Es gab ja kaum noch Orientierungspunkte. Obwohl ich damals so klein war, habe ich die Bilder noch immer vor Augen. Besonders nachts. Dann höre ich das Sirenengeheul, das Pfeifen der fallenden Bomben. Manchmal glaube ich dann fast, noch die Erschütterungen der Einschläge zu spüren. Ich habe manchmal das Gefühl, dass diese Erlebnisse immer präsenter sind, je älter ich werde.«

Mathilde nickte stumm, sie konnte sich die Schrecken dieser Zeit kaum ausmalen. Sie wusste aus Erzählungen, wie der Krieg für ihre Großeltern verlaufen war, auch wenn darüber nur selten gesprochen worden war. Erst mit zunehmendem Alter hatte ihre Großmutter sich geöffnet, von ihren quälenden Erinnerungen berichtet, die sie nachts wieder und wieder heimsuchten. Auch in ihrer Familie hatte sich eine Tragödie abgespielt, die sie als Kind sehr betroffen gemacht hatte. Ein Cousin ihres Vaters hatte sich auf dem Dachboden des elterlichen Hauses erhängt. Die Familie fand den Toten am gleichen Tag und stand unter Schock. Die Polizei hatte damals Ermittlungen aufgenommen, da nicht geklärt werden konnte, wie der Tote sich die vom Balken herabhängende Schlinge ohne Aufstieghilfe um den Hals gelegt hatte. Die Verdächtigungen lasteten schwer auf der Familie, die letztlich daran zerbrach. Die genauen Umstände waren bis heute unklar. Darüber zu sprechen, galt als Tabu.

Matthilde schüttelte die Erinnerung ab und auch ihr Vermieter schien mit seinen Gedanken nicht in dieser Zeit verweilen zu wollen. Schnell wechselte er das Thema und fragte nach Mathildes Zukunftsplänen. Schließlich ergriff er ihre Hand, um ihr mitzuteilen, dass er von nun an nicht mehr nach Ahausen kommen würde. Sein Haus wäre bei ihr in guten Händen und er müsse nun endgültig davon Abschied nehmen, es sei anders zu schwer für ihn. Und für Notfälle gäbe es ja das Telefon. Er drückte ihre Hand, die er die ganze Zeit über gehalten hatte, und drehte sich dann mit einem Seufzer wortlos um. Mathilde hörte die Tür ins Schloss fallen, noch ehe sie wusste, wie sie reagieren sollte. Als sie an den kleinen Weg vor dem Haus kam, konnte sie nur noch das Auto verschwinden sehen.

Lange stand sie dort und dachte über seine Erzählung nach. Die Welt war doch ein Dorf. Auch die Vorfahren ihres Vermieters hatten Alfred Runge gekannt. Es war einfach unglaublich.

Plötzlich spürte Mathilde eine Wehmut in sich aufsteigen. Ihr Vermieter war ein sehr eigener Mensch und die Begegnungen mit ihm hatten stets einen sonderbaren Charakter. Doch nun, da war sie sicher, würde sie ihn vermissen.

In was für eine Geschichte war sie da nur hineingeraten? Es erschien ihr eigentlich schon verrückt genug, dass sie sich überhaupt in diese alte Mordsache gestürzt hatte. Und nun wurde es immer eigenartiger. Überall und bei jedem, mit dem sie sprach, schienen sich Spuren zu ergeben, die auf die eine oder andere Weise zu Alfred Runge führten. Mathilde glaubte fest daran, dass das Leben vorbestimmt war und jeder Mensch den Verlauf der Dinge lediglich in einem kleinen Rahmen beeinflussen konnte. Hatte das Schicksal also für sie eine Rolle in dieser Sache vorgesehen? Es waren einfach zu viele Zufälle. Die Vergangenheit wurde vor ihrem inneren Auge jedenfalls mit jedem Detail lebendiger und Mathilde war wild entschlossen, alles zusammenzufügen. Selbst ihr Vermieter hatte nun einen kleinen Beitrag geleistet, ihr die Person Runge besser verständlich zu machen.

Da sie an diesem Punkt gedanklich aber wieder nicht weiterkam, widmete sich Mathilde der Arbeit in ihrem Garten. Wenn sie in der Natur war, konnte sie ganz abschalten und über gar nichts nachdenken. So waren in kürzester Zeit überall auf dem Grundstück kleine Plätze entstanden, die Mathilde nach ihren Vorstellungen gestaltet hatte. Zuerst hatte sie sich eine Hängematte gekauft und diese an einem sonnigen Platz zwischen zwei hochgewachsenen Kiefern aufgehängt. Wenn sie hier lag, konnte sie das Ziehen der Wolken beobachten, dem vielstimmigen Gezwitscher der Vögel lauschen und sich von ihnen in einen entspannten Mittagsschlaf singen lassen. Während sie in den Nächten häufig von Albträumen heimgesucht wurde, waren diese Nickerchen traumlos und tief.

Bei einem ihrer heiß geliebten Bummel über die Flohmärkte in der Region hatte sie eine verwitterte alte Sitzbank entdeckt und diese abgeschliffen, mit alten Bauernmustern bemalt, lackiert und am Ende des Grundstücks für ihre Nachbarin aufgestellt. »Als kleiner Dank für den fantastischen Kuchen an Ihrem Geburtstag und Ihre freundliche Aufnahme hier im Dorf. Dank Ihnen fühle ich mich hier sehr viel heimischer«, hatte Mathilde ihr lächelnd erklärt und mit Freude gesehen, dass die alte Dame das Rastangebot tatsächlich immer wieder gerne annahm.

Mathilde war selbst erstaunt gewesen, wie viel Spaß sie an diesen handwerklichen Arbeiten hatte. So war nach der Bank ein von Feldsteinen eingefasster Feuerplatz entstanden, für den sie nun Sitzplätze bauen wollte. Ihr schwebten Hocker aus alten Baumstämmen vor. Im Dorfladen hatte sie einen Zettel aufgehängt und statt nach Runge nun nach einer kleinen Kettensäge zum Leihen gefragt. Und diese Dinge funktionierten im Dorf wirklich unkompliziert.

Noch ehe sie den Laden verlassen hatte, hatte einer ihrer Nachbarn ihr Gesuch gelesen und Mathilde angeboten, am Abend vorbeizukommen. Er habe eine kleine und eine große, sie könne selbst schauen, welche sie bräuchte.

So wurde ihr nur kurz der Gebrauch erklärt und am nächsten Tag störte ausnahmsweise mal Mathilde nun die Ruhe im Wald. Begeistert sägte und sägte sie. Nach getaner Arbeit betrachtete sie ihr Werk stolz.

»Gut gemacht«, sagte sie laut zu sich selbst. Noch vor wenigen Monaten hätte sie sich niemals getraut, eine Kettensäge zu benutzen.

Verschwitzt ging sie zurück in ihre Hütte. Der Anrufbeantworter blinkte. Susan hatte sich während ihrer Sägeaktion bei ihr gemeldet und ihr für den nächsten Tag geplantes Treffen kurzerhand doch nach Ahausen verlegt. Mathilde hatte sich darauf gefreut, mal wieder wie in guten alten Zeiten durch Bremen zu bummeln, aber nun war sie wirklich neugierig, was Susans Sinneswandel verursacht hatte. Die Nachricht klang sehr geheimnisvoll. Sie wählte Susans Nummer, konnte sie aber nicht erreichen. So hinterließ sie ihrerseits nur eine kurze Bestätigung und brachte vor dem Einkauf für den Besuch auch gleich die Kettensäge zurück.

Die beiden Frauen strahlten sich an, umarmten sich und Mathilde mochte Susan gar nicht mehr loslassen. Freunde zu treffen, hatte hier draußen eine viel größere Bedeutung bekommen, als es in der Stadt der Fall gewesen war. Dort kam man auch mal spontan vorbei, auf dem Lande vergewisserte man sich, dass jemand zu Hause war. Die Wege waren zu weit, um sie umsonst zu machen. Das Leben verlief hier draußen langsamer, dafür aber auch intensiver. Mathilde vermisste nichts, nur ganz selten mal eine große Badewanne.

Immerhin hatte sie so schon alles vorbereiten können. Sie drückte Susan ein Tablett mit Kluntjes, Sahne, zwei Teetassen und einem Stövchen in die Hand und goss das kochende Wasser über den ebenfalls bereits parat stehenden Tee. Susan brachte alles zum Tisch und ging dann zu ihrer Tasche. Mit einem geheimnisvollen Lächeln zog sie eine Klarsichthülle hervor, winkte damit in Mathildes Richtung und legte sie dann ebenfalls auf den Tisch. Susan hatte nur Andeutungen gemacht, als sie ihren Besuch ankündigte, aber genau damit hatte sie Mathildes Neugier heftig geschürt.

»Erst Tee trinken oder erst Unterlagen anschauen?«, eröffnete Susan das Gespräch lächelnd.

»Auch wenn es mir nicht leichtfällt, lass uns erst Tee trinken und du erzählst mir dabei, was es bei dir Neues gibt. Ich freue mich so, dass du da bist! Ich hätte mich auch auf Bremen gefreut, aber hier Besuch zu bekommen, ist doch noch mal was Besonderes für mich. Manchmal ist es schon ein wenig einsam hier draußen.«

»Also um es kurz zu machen: Mir geht es gut und es gibt nichts Neues an der Männerfront, falls du darauf anspielst. Und das ist auch gut für dich. Darum hatte ich nämlich Zeit, mich um deinen oder sagen wir mal unseren Fall zu kümmern. Das erzähle ich gleich«, sie klopfte auf die Papiere vor sich. »Aber ich möchte natürlich auch erst wissen, was du Neues zu berichten hast. Hat sich bei dir ›etwas‹ ergeben?«, fragte Susan und griff nach ihrer Teetasse.

In knappen Worten erzählte Mathilde Susan zunächst von ihrem Wechsel aus dem Kirchenchor in die Laufgruppe der Gemeinde. Sie hatte es eine kurze Zeit im Chor probiert, aber sich dann doch umentschieden.

»Klar, in der Laufgruppe sind bestimmt auch mehr Männer«, sagte Susan und knuffte sie in die Seite.

Mathilde grinste sie an. »Vielleicht.« Dann erzählte sie Susan von ihrem Gespräch mit dem kleinen Mann mit dem Fahrrad und regte an, am nächsten Morgen einen Spaziergang zum See zu machen, damit Susan auch eine Vorstellung von dem Ort bekam.

»Ja, gerne. Toll, dass du solche Hilfe bekommst. Ich hatte wirklich Sorge, dass es für die Dorfbewohner ein Problem wäre, wenn du in ihrer Vergangenheit herumstocherst.«

»Na ja, ich merke schon einen gewissen Widerstand«, sagte Mathilde seufzend. »Mein Gefühl sagt mir insgesamt aber, dass manche Menschen sich gerne öffnen möchten und über die Ereignisse von damals sprechen wollen. Vielleicht wollen sie im Alter damit abschließen und es kommt jetzt die Wahrheit aus ihnen heraus. Leider kann ich noch nicht unterscheiden, wie objektiv die einzelnen Berichte sind. Ich müsste wohl noch mehr Leute finden, die mit mir sprechen möchten. Dann kann ich versuchen, aus der Schnittmenge der Geschichten eine Version zu bekommen, von der ich annehmen kann, dass sie der Wahrheit recht nahekommt. Vielleicht ist es dafür sogar ein Vorteil, dass ich zugezogen und mit niemandem hier im Ort verwandt bin.«

»Mag sein. Das Gedächtnis lässt mit der Zeit natürlich auch nach. Und den Verdrängungsmechanismus vieler Menschen darf man nicht unterschätzen. Das heißt ja nicht unbedingt, dass jemand dich absichtlich anlügt. Aber das kennt doch jeder, dass die Wahrheit dem eigenen Wunschdenken angepasst wird. Wahrscheinlich war das der einzige Weg, wie die Menschen nach den schrecklichen Kriegszeiten überhaupt wieder ein normales Leben führen konnten. Und außerdem interessierst du dich doch eh für alles von früher. Bestimmt ist unter den ganzen halb wahren Geschichten ziemlich viel Spannendes. Vielleicht gibt dir einiges sogar mal einen ganz anderen Einblick, auch für die ganze Sache mit Runge.«

Mathilde nickte stumm. Sie atmete einmal durch und berichtete dann, was mit ihrem Aufruf an der Pinnwand im Dorfladen geschehen war. Susan lauschte ihr mit ungläubigem Gesicht.

»Und wie willst du dich jetzt verhalten?«, fragte sie besorgt. »Wenn jemand deinen Zettel abreißt und ihn dir in den Briefkasten legt, ist ja ziemlich klar, was damit gemeint ist, oder?«

»Ich denke auch. Da möchte jemand unbedingt, dass ich die Nachforschungen einstelle.«

Susan zog eine Dose mit Pfefferspray aus ihrer Handtasche und stellte sie vor Mathilde auf den Tisch. »Die behältst du hier. Ich besorge mir in Bremen ein neues.«

»Das ist nett von dir, aber meinst du wirklich …«

»Ja!«, unterbrach Susan sie vehement. »Du musst es ja nicht benutzen. Denk einfach nur daran, es griffbereit zu haben. Sicher ist sicher. Und wir sind vielleicht beide etwas beruhigt, wenn du nicht völlig wehrlos bist. Oder?«

»Du hast ja recht. Und diese ganze Sache ist ja auch ziemlich eigenartig. Meinst du nicht auch, dass die Reaktionen auf meinen Aufruf die Vermutung nahelegen, dass tatsächlich irgendetwas an dieser alten Geschichte dran ist, etwas das nicht bekannt werden soll?«

»Ja, das denke ich auch. Gerade darum solltest du vielleicht ein bisschen vorsichtiger sein. Ich fürchte, dass du jetzt erst recht deine Nase in diese Angelegenheit stecken wirst. In diesem Punkt sind wir uns einfach zu ähnlich. Und darum kannst du auch auf meine Hilfe zählen. Ich will genauso herausfinden, was hier damals geschehen ist. Und darum habe ich auch ein bisschen weiterrecherchiert.« Sie klopfte noch einmal auf die Hülle.

Mathilde schob das Teegeschirr zur Seite, damit Susan die mitgebrachten Unterlagen auf dem Tisch ausbreiten konnte. Neben einer Textseite befanden sich zwei alte Fotos und eine CD in der Klarsichthülle.

»Ich habe mir den Kopf darüber zerbrochen, wie man sich nach so vielen Jahren einem ungeklärten Mordfall nähern kann. Die zentrale Frage ist immer das Motiv. Deshalb sollten wir das Leben von Alfred Runge von verschiedenen Seiten beleuchten«, begann Susan, ihre Gedanken darzulegen. »Sollte er rein zufällig das Opfer eines Verbrechens geworden sein, stehen unsere Chancen, Licht in diese alte Geschichte zu bringen, schlecht. Darum denke ich, dass wir zunächst nach klassischen Motiven wie Eifersucht, Habgier, Neid, Rache oder Streit suchen müssen. Da der Mord zu einer politisch sehr brisanten Zeit geschah, sollten wir die Vergangenheit von Alfred Runge auch in Bezug auf seine politische Gesinnung unter die Lupe nehmen. War er zum Beispiel ein überzeugter Nationalsozialist? Wenn wir uns seine Bekanntschaft mit der Prinzessin Reuß-zur Lippe vor Augen führen und dabei an ihre weit über den Krieg hinausgehende Treue zur SS denken, liegt die Vermutung nahe, dass auch Runge zumindest mit den Nazis sympathisierte. Sind in seiner Baufirma Zwangsarbeiter beschäftigt gewesen oder hatte er Vorteile anderer Art, die ihm missgönnt wurden? Und was war mit seiner Begleiterin? War sie ein Zufallsopfer oder vielleicht sogar der Auslöser für die Tat? Wurde etwas gestohlen?« Susan legte ihre Überlegungen weiter dar, bis Mathilde sie unterbrach.

»Weißt du, worüber ich am meisten nachdenke in diesem Fall? Es gibt zum Tathergang und zur Todesursache verschiedene Versionen, die hier im Dorf erzählt werden. Erst hat man mir eine Variante erzählt, in der Alfred Runge in seinem Jagdhaus von marodierenden Polen erschlagen wurde, weil er den Diebstahl seines Fahrrades verhindern wollte. Allerdings hat«, sie stockte, »der kleine Mann mit dem Rad – ich kenne seinen Namen noch immer nicht – angedeutet, dass es vielleicht alles anders war. Und dann dieser Brief von der Prinzessin … Und außerdem, das hätte ich fast schon wieder vergessen, hat sich der Herrenschneider dazu ausdrücklich nicht äußern wollen. Wie kann es sein, dass man so eine wichtige Sache nicht genau weiß? Runge war ja auch nicht gerade eine unbedeutende Persönlichkeit. Er hatte hier im Dorf viele Freunde und Bekannte. Er wurde geschätzt, die Menschen hatten Respekt vor ihm. Wäre es da nicht nur logisch, wenn die Dorfbewohner ein starkes Interesse an dem Vorfall gehabt hätten und über seine Ermordung genauestens informiert werden wollten? Besonders, wo doch die beiden, die Runge gefunden haben, hier im Ort bekannt waren. Sie konnten sich den Nachfragen ja gar nicht entziehen. Was haben sie wohl damals gesagt?«

»Du sprichst jetzt von dem Herrenschneider und seiner Frau? Konntest du noch mal mit ihnen sprechen?«

Mathilde schüttelte den Kopf. »Nein, sie weichen mir anscheinend, aus. Neulich haben sie wie üblich am Zaun gestanden und ich wollte zu ihnen rübergehen, aber als sie mich gesehen haben, sind sie reingegangen.«

»Na, dann freust du dich bestimmt, dass wenigstens ich etwas für dich habe«, sagte Susan und fingerte eine alte Fotografie aus den Papieren heraus. Mit erwartungsvollem Blick schob sie sie zu Mathilde. Das Bild war offenkundig neu, obwohl das Motiv eindeutig aus einer früheren Zeit stammte. Es zeigte drei ältere Herren auf einer weißen Bank. Die drei trugen alle ähnliche Kleidung: Knickerbockerhosen aus fließendem Wollstoff, helle Jacken aus dem gleichen Material mit großen Knöpfen und Kragen, dazu derbe Wollstrümpfe und festes Schuhwerk. Der mittlere stützte sich mit beiden Händen auf einen verzierten Wanderstock. Hinter der Bank stand eine junge Frau in einem weißen Pullover mit V-Ausschnitt. Ihre Hände hatte sie auf der Rückenlehne abgestützt. Die Bank stand offensichtlich an einer Hauswand mit gemauertem Fachwerk, das von bleiverglasten Fenstern durchbrochen wurde.

Mathilde sah Susan fragend an.

»Dreh das Foto um!«, war ihre Antwort.

Auf der Rückseite standen in Druckschrift die Namen der fotografierten Personen und ein Datum. Es musste irgendwann in den 1930er-Jahren gemacht worden sein, die letzte Ziffer war undeutlich und nicht lesbar. Mathilde las: Dr. Bock (links), Ludwig Roselius mit Stock in der Mitte und Alfred Runge mit Filzhut und Brille (rechte Seite).

»Das ist ja Wahnsinn! Wo hast du das denn ausgegraben?«

»Ich hatte Glück bei meinen Recherchen, mehr möchte ich im Moment nicht verraten!«, antwortete Susan lächelnd. Dann legte sie noch zwei weitere Fotos dazu. Sie zeigten ein

Haus, das inmitten einer Heidelandschaft stand, umgeben von einigen wenigen Wachholderbüschen, Sträuchern und Birken. In der Ferne konnte man eine kleine Baumreihe erkennen. Es war die gleiche Hütte wie auf dem ersten Bild, Mathilde meinte, das Fachwerk wiederzuerkennen. Es gab jeweils ein Ober- und ein Unterfach. Die meisten waren ausgemauert, jeweils zwei Oberfächer an den sichtbaren Seiten waren jedoch mit Doppelfenstern versehen.

Es war ein hübsches Häuschen mit einem tief heruntergezogenen Reetdach, das an jeder Seite von einer halbrunden Gaube durchbrochen wurde.

»Ist das …?«, fragte Mathilde aufgeregt.

»Ja, jetzt wissen wir, wie die Hütte ausgesehen haben muss, denn die Fotos sind alle hier in Ahausen entstanden.«

Auf dem dritten Foto saß Alfred Runge alleine auf der Bank vor dem Haus, davor lag ein Jagdhund. Auf diesem Bild konnte man erkennen, dass die Bank links von der Haustür stand. Die Fenster direkt hinter der Bank hatten eine besondere Bleiverglasung. Leider konnte man nichts Genaueres erkennen, die Fotografie war zu unscharf. Rechts neben der Eingangstür hing ein Jagdgewehr mit Zielfernrohr von einem Fachwerkzapfen herab.

Begeistert betrachtete Mathilde die Bilder. Sie erkannte die Stelle am See, die der kleine Mann mit dem Fahrrad ihr gezeigt hatte. Früher musste das Jagdhaus von Weitem sichtbar gewesen sein. Sich der Jagdhütte unbemerkt zu nähern, wäre bei Tage unmöglich gewesen sein. Allerdings konnte Mathilde keine Außenlampe oder Ähnliches entdecken. Nachts war es dort damals sicherlich nicht anders gewesen als bei ihrer eigenen Hütte – bevor sie die Bewegungsmelder angebracht hatte.

Der Eingang der Jagdhütte war zur Sanddüne hin ausgerichtet. Deutlich sichtbar verlief vor dem Haus ein schmaler

Pfad, in dem Mathilde den beschriebenen Melkpad erkannte. Wahrscheinlich hatte Runge deshalb das Jagdhaus auf dieser Seite mit Fensterläden versehen, während auf der Seite zum See keine vorhanden waren. Sie erinnerte sich an die Erzählungen des Herrenschneiders. Die Läden waren an jenem Morgen verschlossen geblieben, ganz gegen die Gewohnheit des Jagdpächters.

»Lass uns morgen früh mit dem Foto zum See gehen«, meinte Mathilde, »dann zeige ich dir den genauen Standort und wir halten nach Überresten Ausschau.«

Susan nickte und rieb sich dabei die Arme. Es war kühl und dunkel geworden. Mathilde stellte zwei neue Kerzen auf den Tisch und feuerte anschließend den Ofen an. Durch die Glasscheibe in der Ofentür schimmerte eine auflodernde Flamme. Sie züngelte am Holz entlang, bis es Feuer fing. Der Schein sorgte für Behaglichkeit in der Hütte. Innerhalb kurzer Zeit strahlte der Ofen Wärme aus. Mathilde erhob sich etwas steif und ungelenk, was Susan nicht entging.

»Wirst du alt?«, neckte sie sie.

»Muskelkater. Überall. In wirklich jedem Muskel«, stöhnte Mathilde und erzählte Susan von ihrer Sägearbeit. Sie lachte und legte noch Holz nach, dann wandte sie sich erneut der ersten Fotografie zu. »Wer ist die Frau im Hintergrund?«

»Barbara Götte. Sie war lange Zeit die Sekretärin von Ludwig Roselius und hat ihn später in Berlin bis zu seinem Tod gepflegt. Roselius ist im Mai 1943 nach langer Krankheit gestorben. Nach allem, was ich von ihr weiß, muss sie eine sehr kluge Frau gewesen sein, immerhin hat sie studiert. Das war zu dieser Zeit nur wenigen Frauen vorbehalten.«

»Und wie bist du nun an dieses Foto gekommen?«, fragte Mathilde und setzte sich ächzend wieder an den Tisch.

»Ich habe in Bremen meine Fühler ausgestreckt und bin auf

einige interessante Dinge gestoßen.« Susan sortierte die mitgebrachten Unterlagen und hielt ihr schließlich eine CD hin. »Hiermit könntest du anfangen. Mach die mal an.« Mathilde drehte sich zu der kleinen Anlage um, die auf der Kommode neben dem Esstisch stand. Sie drückte Susan die Fernbedienung in die Hand und legte die CD ein.

»Dein Part. Mach an, wenn du mir verraten willst, was darauf zu hören ist.«

»Hitler auf einem Reichsparteitag im Jahr 1936«, erklärte Susan und drückte auf Play. Leise Knistergeräusche setzten ein, dann ertönte die unverwechselbare Stimme Adolf Hitlers. In sachlichem Ton sprach er: »Wir haben nichts zu tun mit jenen Elementen, die den Nationalsozialismus nur vom Hören und Sagen her kennen und ihn daher nur zu leicht verwechseln mit undefinierbaren nordischen Phrasen und die nun in irgendeinem sagenhaften atlantischen Kulturkreis ihre Motivforschungen beginnen.« Einsetzende Zustimmung und lauter werdender Applaus unterbrachen seine Rede. Dann erklang Hitlers Stimme erneut: »Der Nationalsozialismus lehnt diese Art von Böttcherstraßen-Kultur schärfstens ab.« Wieder signalisierten die Zuhörer ihre Zustimmung lautstark. Abrupt endete der kurze Mitschnitt.

»Das ist ja unglaublich!«, entfuhr es Mathilde. Sie hatte Gänsehaut. »Bitte spiel das noch mal ab. Ich möchte sicher sein, dass ich alles richtig verstanden habe.«

Es war ganz offensichtlich: Adolf Hitler missbilligte das architektonische Schaffen von Ludwig Roselius. Dabei beruhte die Böttcherstraße doch auch auf einem völkisch-nationalen Gedanken. Die scharfe Verurteilung erstaunte Mathilde.

»Wie hat Roselius auf diese Anfeindung reagiert? Immerhin ist die Böttcherstraße doch sein Lebenswerk gewesen«, fragte Mathilde Susan.

»Und gerade erst fertiggestellt, vergiss das nicht. Der Bau war 1931 abgeschlossen. Nach dieser Rede von Hitler, vom 9. September ’36, um genau zu sein, nahm die Geschichte einen merkwürdigen Verlauf. Roselius ließ am Eingang der Böttcherstraße den goldenen Lichtbringer anbringen. Das Relief zeigt den heiligen Michael im Kampf gegen einen Drachen. Roselius und Hoetger ließen anschließend verlautbaren, dass das neue Bronzerelief den Sieg des Führers Adolf Hitler über die Mächte der Finsternis darstelle. Hoetger seinerseits entschuldigte sich für sein Mitwirken bei der Entstehung der Böttcherstraße. Er erklärte, dass er aus Sehnsucht nach rein deutscher Form gearbeitet habe. Später war er für die Nationalsozialisten tätig und in Rom Mitglied der Auslands-NSDAP. Roselius muss aber auch noch anderweitig aktiv geworden sein. Was genau geschehen ist, konnte ich nicht herausfinden aber am 7. Mai 1937 wurde der Streit um die Böttcherstraße auf eine merkwürdige Art und Weise beendet. Das erst wenige Jahre alte Bauensemble wurde unter Denkmalschutz gestellt. Ich habe allerdings verschiedene Informationen zum Grund gefunden. Die einen sagen, dass diese Entscheidung auf Albert Speer zurückging, der seine schützende Hand über die Böttcherstraße hielt. Albert Speer sagt dir etwas? Hitlers ›persönlicher‹ Architekt. An anderer Stelle stand dagegen, dass die Straße als abschreckendes Beispiel erhalten bleiben sollte, als Mahnmal für entartete Kunst.«

»Das ist aber wirklich eigenartig. Gab es denn dann auch Anfeindungen gegen Runge und Scotland? Ist bekannt, welche Rolle sie in dieser Diskussion spielten?«, erkundigte sich Mathilde. Lag hier ein Motiv für den Runge-Mord? »Es kann doch möglich sein, dass im Zuge dieses Streits um die Böttcherstraße jemand einen Groll auf Runge oder die anderen Beteiligten entwickelt hat.«

Die Frauen betrachteten die zeitliche Distanz zwischen den Ereignissen. Zwischen dem Streit um die Böttcherstraße und dem Mord an Runge lagen fast zehn Jahre. Wäre Alfred Runge in diesem Zusammenhang einem der mächtigen Parteifunktionäre ein Dorn im Auge gewesen, hätte dieser sicher Mittel und Wege gefunden, ihn ohne große Probleme aus dem Weg zu schaffen. In der Auseinandersetzung um die Böttcherstraße ging es zudem, meinte Susan, vorrangig um Roselius, der für das Gesamtwerk und sein Konzept verantwortlich zeichnete. Daher hielten Susan und Mathilde einen Racheakt im Nachgang dieser Geschichte für unwahrscheinlich. Es musste, entschieden sie, ein anderes Motiv gegeben haben.

Susan beobachtete ihre Freundin, deren Gesicht ihre Gedanken wie ein offenes Buch verriet. Sie ließ ihr einige Minuten zum Nachdenken, bevor sie ein Blatt Papier vor Mathilde auf den Tisch legte und sie aufforderte zu lesen. Ludwig Roselius war im gleichen Jahr als Ehrengast bei der Eröffnung der großen deutschen Kunstausstellung in München geladen gewesen. So jedenfalls stand es auf dem Schriftstück. Offensichtlich hatte Hitler sich nicht endgültig mit dem einflussreichen Mann entzweien wollen.

»Kannst du mir die Widersprüche in dieser Sache erklären, Susan? Wieso wurde Roselius trotzdem noch so respektvoll behandelt, wenn Hitler sein Böttcherstraßenprojekt doch geächtet hatte?«

»Roselius war ein kluger Kopf und ich denke, dass auch Hitler das wusste. Roselius war ein offener Weltmann, der wirtschaftliche und persönliche Beziehungen zu vielen bedeutenden Menschen aufgebaut hatte. Er hatte also Macht und Geld, das konnte selbst Hitler nicht ignorieren. Ehrlich gesagt, hätte ich Roselius wirklich gerne kennengelernt. Er war eine widersprüchliche Persönlichkeit. Soweit ich es recherchieren konnte, muss er eine besondere Ausstrahlung gehabt haben und voller Tatendrang gewesen sein. Er zog die Menschen in seinen Bann und konnte sie für seine Sache begeistern. Er hatte es bereits geschafft, riesige Erfolge in einem für Hitler sehr wichtigen Bereich zu feiern: Propaganda. Er schuf als Erster so etwas wie ein Corporate Design, eine eigene Philosophie für ein Produkt und zugleich für seine Firma. Das war für seinen wirtschaftlichen Erfolg ein wichtiger Faktor. Und ähnlich hat es Hitler mit seiner NSDAP ja auch gemacht. Nur hatte Hitler politisch motivierte Ziele. Was ich allerdings erstaunlich finde, ist, dass Roselius, der modernen Methoden gegenüber offensichtlich so aufgeschlossen war, zugleich ein Anhänger des Germanenkults war. Er glaubte offenbar, dass dieser Kult vom versunkenen Atlantis, das er übrigens in der Nordsee vermutete, in die Welt getragen wurde. Darum gibt es auch das Haus Atlantis in der Böttcherstraße. Für ihn war dieser Glaube an eine Art Ursprungsdeutschtum zentral. Deutsch zu denken und das auch zu zeigen, war einer der Gedanken, die Roselius zum Bau der Böttcherstraße veranlassten. Die Menschen sollten die wahre Geschichte über den Ursprung des deutschen Volkes erfahren, von dem seiner Meinung nach alle Hochkulturen der Welt abstammen. Er war durch und durch ein deutsch-national denkender Mensch, aber anders als die Nationalsozialisten nicht unbedingt fremdenfeindlich. Im Umgang mit Menschen pflegte er anscheinend einen pragmatischen Stil. Wenn jemand von Nutzen war, konnte er nicht schlecht sein, zumindest nicht alles an ihm.«

»Du meinst also, dass Roselius aufgrund seiner nationalen Überzeugung kein Gegner Hitlers gewesen ist und so vielleicht noch von Nutzen für die Nationalsozialisten war?«

Susan zuckte mit den Schultern. Sie hatte sich auf ein schwieriges Terrain begeben. Eine genaue historische Einordnung konnte auch sie nicht vornehmen, wohl aber die Nähe zu den Nationalsozialisten als eindeutig feststellen. »Nach allem, was ich über Roselius in dieser kurzen Zeit herausfinden konnte, glaube ich, dass er nicht weniger autoritär eingestellt war als Hitler. Allerdings hatte er kaum Sympathien bei Hitler, da Roselius sein Geld lieber in Kunst und Kultur investierte. Er war einer der wichtigsten Kunstmäzene dieser Zeit. Anders als andere Industrielle spendete er keine großen Geldsummen für die NSDAP. In einem Buch habe ich gelesen, dass Hitler Roselius sogar einmal vorgerechnet haben soll, dass er einige Jahre eher an die Macht gekommen wäre, wenn er das Geld, das Roselius für die Erbauung der Böttcherstraße aufgewendet hatte, zur Verfügung gehabt hätte. Aber davon ließ sich Roselius offensichtlich nicht besonders beeindrucken. Im Gegenteil, er versuchte, Kunst und Künstler, die ihm am Herzen lagen, weiter zu fördern und auch zu schützen. Paula Modersohn-Becker ist ein Beispiel dafür. Als ihre Bilder der entarteten Kunst zugeordnet wurden, ließ er einen Vorhang anbringen, der die Werke verbarg. Das reichte anscheinend schon, um die Bilder vor der Vernichtung zu schützen.

Die germanische Kultur war für Roselius die allumfassende und überlegene und daraus ließ sich in seinen Augen ein Führungsanspruch ableiten, davon war Roselius fest überzeugt. Doch die germanische Kultur war nicht auf das Territorium des Deutschen Reiches beschränkt. Darum wollte er auch nicht das Deutsche Reich vergrößern, sondern den Einfluss des Germanentums in der gesamten Welt stärken. Diese Anschauung machte kriegerische Auseinandersetzungen mit anderen Staaten aber deutlich komplizierter. Wäre Roselius ebenso politisch motiviert gewesen wie Hitler, hätte es vielleicht einen deutsch-nationalen Staat mit ihm gegeben. Wahrscheinlich weniger brutal, dafür aber umso raffinierter. Ich glaube nämlich, dass Roselius insgesamt die Realität und die Folgen seines Handeln besser einschätzen konnte als Hitler.«

Das musste Mathilde erst einmal verarbeiten. Statt des Dritten Reichs unter Hitler ein germanischer Staat in Europa? Was hätte das wohl für die Geschichte bedeutet? Gleichzeitig realisierte sie, mit welchen gesellschaftlichen Kreisen sie sich bei ihren Recherchen auseinandersetzen mussten. Umso merkwürdiger erschien es ihr, dass niemand diesen Fall bisher weiter verfolgt hatte. Wieder einmal stellte sich die Frage, welche Überzeugung Runge vertreten hatte, welche Rolle er im Krieg und der nationalsozialistischen Gesellschaft gespielt hatte. Die Mitgliedschaft in der niedersächsischen Heimatbewegung und seine Nähe zu Roselius legten die Vermutung nahe, dass Runge dem nationalistischen Gedankengut nicht ablehnend gegenübergestanden hatte. Doch wie weit hatte er seine Überzeugung Dritten gegenüber vertreten? Hatte er andersdenkende Menschen denunziert oder anderweitig geschädigt? War er hier in Ahausen überhaupt als ein überzeugter Nationalsozialist wahrgenommen worden?

Sie diskutierten noch eine Weile angeregt. Susan hatte in dieser Sache ebenso Feuer gefangen wie Mathilde. Obwohl es kaum echte Hinweise gab, hatten sie beide das Gefühl, einem Geheimnis auf der Spur zu sein. Erst das Knurren von Susans Magen brachte sie zurück zu anderen Themen. Zu Fuß machten sie sich auf den Weg ins Dorf. Die Bewegungsmelder leuchteten zuverlässig auf, als sie die Waldhütte verließen und der Auffahrt zur Straße folgten. Mathilde hatte eine Taschenlampe dabei und leuchtete, sobald sie aus den Lichtkegeln herausgetreten waren, auf den Waldboden, damit sie nicht über eine der zahlreichen Wurzeln stolperten. Auf der Straße hakten sie sich ein und schritten eilig in Richtung Gaststätte, einem leckeren Abendessen entgegen.

1940

In meine kleine Kammer im Borcheler Moor konnte ich nicht mehr zurückkehren, auch wenn sich dort noch letzte Habseligkeiten befanden. Um das feuchte kleine Zimmer war es nicht schade, es glich ohnehin mehr einem Loch für Tiere denn einer menschenwürdigen Unterkunft. Ich gab sie ohne Tränen verloren. Auch die Wirtsleute würde ich nicht vermissen und sie mich nicht. Sie hatten sich meine Zuflucht und ihr Schweigen zu meiner Person reichlich entlohnen lassen, besonders seitdem die Obrigkeit die Menschen anhielt, solche wie mich zu melden oder anzuzeigen. Leider musste ich auch die letzten Erinnerungen an meine Familie dort zurücklassen. Um die Fotografien meiner verstorbenen Eltern und Geschwister tat es mir leid. Jetzt hatte ich nichts mehr, keine Menschen, die zu mir gehörten, und keine Erinnerungsstücke. Ich hatte nie geheiratet und keine Kinder gezeugt, das war nichts für mich. Während der Abwesenheit ihres Gatten hatte sich die fette Wirtin einmal zu mir ins Bett gelegt, ohne dass ich sie dazu aufgefordert hatte. Ich war erstarrt angesichts der Dreistigkeit, mit der die Frau ihre prallen Brüste an meinen Körper drückte. Ihre von der Arbeit rauen Hände suchten mein Geschlecht und als sie dieses im schlaffen Zustand vorfand, quälte sie es so lange mit ihren unsensiblen Fingern, bis es mir gelang, sie aus meinem Bett zu werfen. Danach beschimpfte und verhöhnte mich die alte Vettel, bis ich sie auch aus meiner Kammer hinausgedrängt hatte. Nach diesem widerlichen Erlebnis schob ich stets die Stuhllehne unter die Türklinke. In den letzten Monaten war ich kaum dort gewesen. Nun hatte ich entschieden, gänzlich fortzubleiben, es erschien mir ohnehin zu riskant zurückzukehren. Also streifte ich auch den Rest meiner Identität ab. Eigentlich existierte ich schon lange nicht mehr. Meinen wahren Namen nutzte ich seit

Monaten nicht mehr, seitdem ich die falschen Papiere an mich genommen hatte. Die Wirtsleute würden womöglich eine Weile auf mich warten und dann meine zurückgelassene Habe an sich nehmen – sofern sie das nicht schon längst getan hatten. Wahrscheinlich würde sich niemand für meinen Verbleib interessieren. Wir Hausierer galten nun als Ärgernis, waren eine ungewollte Personengruppe. Mit ehrlicher Arbeit konnte ich meinen Lebensunterhalt also nicht mehr bestreiten. Der Kummer über meine unglückliche Situation nagte derart an mir, dass ich sogar das Mundharmonikaspiel vernachlässigte.

Das neue Heim dagegen war ein Lichtblick. Das Gebäude war sehr geräumig und verfügte über allerlei Behaglichkeiten sowie nützliche Einrichtungen und Gegenstände für den Alltag. Über dem Erdgeschoss lag ein weiterer großer Raum, den man über eine schmale Stiege erreichen konnte. Aus diesem führte eine noch schmalere Treppe auf die offene Turmplattform hinauf. Mit großer Anstrengung öffnete ich die Bodenluke, bevor ich auf die Plattform hinausklettern konnte. Es bot sich mir ein fantastischer Blick über die Heidelandschaft. Von hier oben war es mir möglich, Passanten zu bemerken, bevor sie auch nur in die Nähe meines Unterschlupfs gelangten. Allerdings kam ohnehin nur selten jemand am Haus vorbei. In meiner unmittelbaren Umgebung, keine 200 Meter entfernt, gab es jedoch ein weiteres Gebäude. An einem Sonntag, als ich die Dorfbewohner in der Kirche wähnte, schlich ich zu diesem Haus hinüber. Es war ein kleines, aber prachtvolles reetgedecktes Haus, bei dem ich bislang keine Menschenseele beobachtet hatte. Durch die Fenster erblickte ich einige Jagdtrophäen. Geschirr stand ordentlich aufgereiht in Regalen an den Wänden. Neben dem Eingang lag eine gemütliche Sitzecke und gegenüber führte eine Zugtreppe in das obere Stockwerk. Die Tür war verschlossen und mit einem besonderen Sicherungsschloss versehen, das sich nicht so leicht würde öffnen lassen. Ich unternahm erst gar keinen Versuch in dieser Richtung. Ein Einbruchsversuch hätte nur die Wachsamkeit und das Misstrauen meiner unbekannten Nachbarn geschürt. Stattdessen durchsuchte ich das Nebengebäude, fand aber nichts von Wert. Lediglich an einem alten Feldstecher fand ich Gefallen und nahm ihn an mich. Er hing staubüberzogen an einem rostigen Nagel in der kleinen Werkstatt neben dem Stall. Sicherlich hatte ihn schon lange niemand mehr benutzt und so würde ihn keiner vermissen. Der Sandboden war festgetreten, meine Fußabdrücke waren nicht zu sehen. Trotzdem verließ ich diesen Ort vorsichtshalber in anderer Richtung und kehrte in einem großen Bogen zu meinem Versteck zurück. Nicht nur Fußabdrücke, sondern auch niedergetretene Vegetation konnten einem aufmerksamen Betrachter verraten, dass sich hier vor Kurzem jemand aufgehalten hatte. Ich musste auf der Hut sein und jederzeit mit dem Erscheinen der Besitzer oder anderer Menschen rechnen.

Drei Wochen waren seit meiner Ankunft hier vergangen, als ich durch Zufall einen winzigen Kellerraum unter der Küche entdeckte. Ein Teppich lag über der Kellerluke und war daran festgenagelt, sodass er nicht verrutschen konnte. Ich entfernte alle Spuren, die meine Anwesenheit hätten verraten können, und brachte meine gesamte Habe in den Keller. Ich schleppte auch die von Mäusen zerfressenen Matratzen hinunter in das Kellerloch und richtete mir dort einen Schlafplatz ein. Aus Feldsteinen und Brettern baute ich mir niedrige Regale. Dort hinein stellte ich meine Lebensmittel- und Wasservorräte sowie die vielen anderen Kleinigkeiten, die mir das Überleben erleichterten. Es wurde mein Versteck im Versteck, obwohl ich die Haustür mittels meines Dietrichs immer wieder hinter mir verschloss und die Fensterklappen niemals öffnete. Auch entfachte ich äußerst selten ein Feuer im Ofen. Dies kam nur bei bestimmten Wind-

richtungen und in der Dunkelheit infrage, damit mich der aufsteigende Rauch nicht verriet. Nachdem ich die Wasserpumpe komplett zerlegt, gereinigt und wieder zusammengesetzt hatte, förderte sie kaltes und glasklares Wasser in die Küche. So musste ich das Haus auch zum Wasserholen nicht mehr verlassen. Meine Furcht vor Entdeckung stieg dennoch von Tag zu Tag.

In der Morgendämmerung packte ich meine selbst gefertigte Angelausrüstung zusammen. Sie bestand aus einer langen biegsamen Weidenrute, einem krummen Metallhaken und einer dünnen reißfesten Schnur. In einem Einmachglas hatte ich Regenwürmer gesammelt, die mir als Köder dienen sollten. Im nahe gelegenen Fluss wollte ich zum ersten Mal mein Anglerglück versuchen. Einige Stunden später hatte ich fünf kleine Forellen aus dem fließenden Gewässer gezogen. In der Mittagssonne schlitzte ich die Bäuche der Fische mit meinem scharfen Messer auf, entfernte die Innereien und entschuppte sie. Sorgfältig achtete ich darauf, dass ich alle abgetrennten Fischteile aufhob und in den Fluss zurückwarf. So saß ich schließlich wieder auf einer der Stufen vor der Eingangstür und freute mich über die Aussicht auf eine üppige Mahlzeit, als ich unerwartet Stimmen vernahm. Jemand näherte sich dem Haus. Ich hatte niemanden kommen sehen und erschrak furchtbar. In Windeseile warf ich meine Habseligkeiten zusammen, eilte ins Haus und verriegelte die Tür von innen. Dann lauschte ich in die Stille des Hauses hinein. Muntere Kinderstimmen und ein klopfendes Geräusch drangen von draußen zu mir herein. Dann vernahm ich Schritte auf der Turmplattform. Die Kinder waren irgendwie hinaufgelangt. Ich befürchtete, dass sie über die Treppenstiege aus dem Obergeschoss zu mir herunterkommen und mich so entdecken würden. Verzweifelt schaute ich mich um und erblickte einen alten Besen. Leise trat ich auf die ausgetretenen Treppenstufen und schob den Besenstiel durch den Handgriff der Bodenluke, sodass dieser einen Querriegel bildete. Jetzt war die Luke von außen nicht mehr zu öffnen. Immer wieder hörte ich, wie die Kinder auf der Turmplattform herumliefen. Das Haus war hellhörig, sodass ich fast jedes Wort verstand. Offensichtlich kamen die kleinen Strolche des Öfteren hierher, ohne dass ihre Eltern davon Kenntnis hatten. Ich zog mich in das Kellerloch zurück und wartete ab. Erst als ich eine Weile nichts mehr von oben gehört hatte, traute ich mich aus meinem Versteck heraus. Vor dem Turm entdeckte ich Abdrücke im Boden, die darauf hindeuteten, dass dort eine Leiter gestanden hatte. Tatsächlich gab es eine alte Holzleiter, die krumm und schief an einer der Hauswände hing. Ich wählte den bequemeren Weg in den Turm hinauf, indem ich den Besenstiel wieder entfernte und die Treppenstufen hinaufstieg. In der Ferne erblickte ich die kleine Kindergruppe, die in Richtung Dorf zurücklief. Am Horizont starteten und landeten im Minutentakt Militärflugzeuge. Der dort befindliche Flugplatz war anscheinend von strategischer Bedeutung für die deutsche Wehrmacht und auch von großem Interesse für die neugierigen Kinder. Es war zu erwarten, dass die Kinder häufiger herkamen, um den Flugzeugen zuzuschauen. Dies konnte eine ernsthafte Bedrohung für mich bedeuten. Ich musste mich darauf vorbereiten, dass sich ihre Neugier auch auf das Haus erstrecken würde. Also entwarf ich einen drehbaren Querriegel aus massiven Holzlatten, die ich mit Schrauben aus meinem Vorrat fest verankerte. Von innen war der Riegel leicht zu öffnen, von außen war es jetzt jedoch unmöglich, die Luke anzuheben. Zufrieden und erleichtert betrachtete ich mein Werk.

Doch auch der beste Zufluchtsort konnte meinen Hunger nicht stillen. Aus der Not heraus schlachtete ich schließlich ein Kälbchen auf der Weide. Die Kuhhirten hatten das Muttertier samt Kalb auf der Weide angebunden zurückgelassen. Erst hatte ich die Kuh gemolken. Aber als sie nach mir trat, stellte ich den gefüllten Milcheimer beiseite und schnitt dem Kalb den Hals durch. Panisch bockte und taumelte das sterbende Tier hin und her, bis es zusammenbrach. Das kostbare Blut versickerte im Boden, mir musste das Fleisch genügen. Mir war bewusst, dass ich ein hohes Risiko einging, denn die Tiere standen in Sichtweite zu meinem Unterschlupf. Doch der Hunger trieb mich an. Sorgsam zerlegte ich das tote Tier und nahm so viel Fleisch mit, wie ich tragen konnte. Zweimal kehrte ich zurück, um weitere Teile zu holen. Die abgetrennten Fleischstücke pökelte ich mit reichlich Salz aus meinen Vorräten, damit sie nicht verdarben. Glücksgefühle erfüllten mich angesichts der ergatterten Fleischmenge, auch wenn ich am Ende völlig blutverschmiert war. Meine Kleidung roch nach Tod und es würde nicht einfach sein, alles wieder herauszuwaschen. Eine Woche verharrte ich im Haus, ohne es zu verlassen. Die Eigentümer des Kälbchens waren sicherlich nicht sehr erfreut über das Schicksal des Tieres und würden alles daransetzen, den Übeltäter zu erwischen. Doch es schien, als wäre das Glück in diesem Haus auf meiner Seite.

Ahausen in den 1990er-Jahren

Gegenüber der Gaststätte befanden sich die Kirche und der Friedhof. Beide lagen im Dunkel der Nacht versteckt. Die Glocke der Turmuhr schlug einmal zur halben Stunde. Mathilde warf einen Blick auf ihre Armbanduhr, bis um 22 Uhr würden sie noch etwas Warmes zu essen bekommen, es blieb ihnen also noch ausreichend Zeit. Der Ahauser Hof lag beleuchtet vor ihnen. Grobsteiniges Kopfsteinpflaster bildete eine unebene Parkfläche vor dem Gebäude, auf der einige Gäste ihre Autos abgestellt hatten. Über einem Nebeneingang auf der linken Seite befand sich der Hinweis auf den großen Saal. Eingefügte Klinker und nachträglich verschlossene Fenster- und Türöffnungen verrieten dem aufmerksamen Beobachter, dass der Ahauser Hof früher über einen Stall verfügt hatte und somit ein landwirtschaftlicher Betrieb gewesen war. Viele Landwirte verdienten sich ein Zubrot, indem sie zusätzlich eine Schankwirtschaft betrieben, die nach Arbeitsschluss geöffnet hatte. Mathilde sah das Fahrrad des kleinen Mannes an die Hauswand gelehnt, direkt neben dem zentral gelegenen Eingang. Es war nicht abgeschlossen, trotzdem würde niemand im Dorf es wagen, das Rad an sich zu nehmen. Jedermann kannte es und wusste, wem es gehörte.

Durch die bleiverglaste Eingangstür betraten sie die Gaststube. Stimmengewirr und Essensdüfte schlugen ihnen entgegen. Rustikale Gemütlichkeit erfüllte den mit Holzmöbeln ausgestatteten Raum. Hinter der langen Theke rechts von der Eingangstür herrschte geschäftiges Treiben. Getränke wurden eingeschenkt, Besteck und Servietten bereitgelegt und Essen aus der dahinter befindlichen Küche aufgetragen. An einem kleinen Tisch in der Mitte der Gaststube saß der kleine Mann und aß alleine. Freundlich begrüßten sie sich, Mathilde wünschte ihm einen guten Appetit. Die beiden Frauen nahmen am einzigen freien Tisch gegenüber der Theke Platz.

»Jetzt habe ich auch wirklich Hunger«, sagte Mathilde. »Und ich kann dir versprechen, dass du dich auf ein wirklich gutes Essen freuen kannst. Die Küche hier ist ausgezeichnet.«

Susan wählte den Spinatauflauf mit Baguette und Mathilde probierte das Zanderfilet. Sie teilten sich je eine Flasche Pinot Grigio und Mineralwasser dazu. Die Besucher um sie herum schienen sich überwiegend zu kennen. An einigen Tischen wurde Plattdeutsch gesprochen. Abgesehen vom Essen und den Getränken fühlten sich die Frauen in der Zeit um Jahrzehnte zurückversetzt.

»Kannst du dir nicht auch lebhaft vorstellen, wie hier eine Jagdgesellschaft im Anschluss an eine erfolgreiche Treibjagd tafelt?«, fragte Mathilde aufgeregt.

»Ich sehe Alfred Runge quasi am Tisch neben uns sitzen.«

Die Gaststube hatte sich nach und nach geleert. Vertieft in ein angeregtes Gespräch, hatten sie das Kommen und Gehen nur am Rande mitbekommen. Zu sehr waren sie gedanklich mit dem Mordfall Runge beschäftigt. Am Ende saßen nur noch der kleine Mann und die beiden Frauen in der Gaststube. Mathilde stellte ihm Susan vor und erzählte von den Fotografien, die diese mitgebracht hatte. Außerdem berichtete sie von ihrem Vorhaben, am nächsten Tag erneut an den See zu fahren, und fragte ihn, ob er sie nicht begleiten wolle.

Nach anfänglichem Zögern erklärte er sich bereit, am nächsten Morgen mit den beiden Frauen erneut am Seeufer auf Spurensuche zu gehen. Sicherlich erhoffte er sich, einen Blick auf die Fotografien werfen zu können. In Susans Gegenwart war er jedoch zurückhaltend und es dauerte nicht lange, bis er sich verabschiedete. Die Frauen blickten ihm durch die Fenster der Gaststätte nach. Mit seiner eigenwilligen Technik schwang er sich auf sein Herrenrad und fuhr leicht schwankend über das Kopfsteinpflaster davon.

Als er verschwunden war, wandte sich Mathilde an den Wirt hinter der Theke: »Können wir noch etwas zu trinken bekommen oder möchten Sie Schluss machen?« Sie hatten tatsächlich schon die ganze Flasche geleert.

Bereitwillig schenkte der Wirt zwei Gläser Pinot Grigio nach. Der Wirt musste um die sechzig Jahre alt sein, schätzte Mathilde, und hatte sicherlich einen Großteil seines Lebens hier in der Gastwirtschaft verbracht. Wenn jemand im Dorf gut informiert war, dann mit Sicherheit er, überlegte sie. Gleiches traf natürlich auf den Pastor, den Bürgermeister oder die Besitzerin des Dorfladens zu. Nur mit einem Unterschied: Zur Kirche und in den Dorfladen ging man in der Regel nüchtern. Und Kinder und Betrunkene sprechen immer die Wahrheit, hatte ihre Großmutter stets behauptet. Demnach musste der Wirt sehr gut über die Ereignisse im Dorf informiert sein. Es gab zwei Dinge, die ein Gastwirt beherzigen musste, wenn er seine Gastwirtschaft auf Dauer mit Erfolg betreiben wollte. Zum einen durfte er nicht mit den Gästen trinken, denn wurde der Wirt zu seinem besten Kunden, stand der Untergang kurz bevor. Und zum anderen musste er verschwiegen sein. Was am Tresen erzählt wurde, musste der Wirt für sich behalten.

»Sind Sie eigentlich ein alter Ahauser?«, erkundigte sich Mathilde trotzdem bei ihm.

Der Wirt nickte und trat hinter dem Tresen hervor. »Jawohl, ich bin hier geboren«, sagte er stolz.

»Dann kennen Sie sich doch bestimmt gut in der Dorfgeschichte aus, oder? Ist der Ahauser Hof schon lange in Familienbesitz?«

»Ja, das ist er. Wir haben früher eine Landwirtschaft betrieben und hatten Kühe, Schweine, einiges an Federvieh und

Pferde. Zu dieser Hofstelle gehörten einige Hektar Land. Einer meiner Vorfahren hatte dann die Idee, durch einen Ausschank noch ein Zubrot zu verdienen. Erst gab es nur eine kleine Schankstelle für Bier im Flur, später kamen dann kleine Imbisse und eine größere Auswahl an Getränken dazu. Und irgendwann entstand eine richtige Gaststube. Bei dem großen Brand 1933 ist unser Hof dann leider den Flammen zum Opfer gefallen.«

»Ein großer Brand?«, erkundigte sich Mathilde.

»Ja, an Pfingsten 1933 gab es eine furchtbare Feuerkatastrophe, wie sie Ahausen nie zuvor erlebt hatte. Meine Mutter hat mich damals im Kinderwagen von der brennenden Hofstelle in Sicherheit gebracht.«

»Hing der Brand mit der Machtergreifung der NSDAP zusammen?«, fragte Susan dazwischen.

»Nein, nein, damit hatte es nichts zu tun. Zwei Kinder hatten im Dorf mit Streichhölzern gezündelt, direkt neben unserer Hofstelle. Früher standen neben der Gaststätte mehrere Fachwerkgebäude eng beieinander. In dem einen wurde Material für die Dacheindeckung gelagert. Es gab damals noch kaum Ziegeldächer, man verwendete Heidekraut, Stroh oder Reet. Das trockene Material brannte wie Zunder und das Feuer breitete sich so schnell aus, dass am Ende elf Höfe komplett niederbrannten. Nur unser Saal blieb wie durch ein Wunder von den Flammen verschont.«

»Das ist ja schrecklich. Standen die Höfe denn damals dichter beieinander als heute? Oder wieso konnte der Brand sich so ausbreiten?«

»Einmal das, aber neben der Scheune, in der das Feuer ausbrach, befand sich auch eine gefüllte Räucherkammer. Die fettigen Räucherwaren fingen Feuer und die Wucht der Flammen schleuderte die brennenden Schinken und Würste auf die Dächer der Nachbarhöfe. Da fand das Feuer dann natürlich neue Nahrung, fraß sich durch die Dacheindeckung und durch die Holzbalken des Fachwerks. Es waren so viele Brände auf einmal, dass die Feuerwehr sie unmöglich löschen konnte. Das Besondere an dieser Geschichte ist aber, dass eine Magd namens Gret den großen Brand vorausgesehen hatte. Sie hatte das Zweite Gesicht. Das kam hier in der Heide des Öfteren vor. Aber sie hatte wirklich vieles vorhergesagt, was dann auch eintraf. Trotzdem konnte die Katastrophe nicht verhindert werden.«

»Das ist ja eine unglaubliche Geschichte«, entfuhr es Susan. Offensichtlich gab es in Ahausens Vergangenheit noch so einiges zu entdecken.

Da er so freimütig Auskunft über den Ort gab, sprach Mathilde den Wirt nun auf Alfred Runge an und staunte nicht schlecht, als dieser erklärte, dass Runge nach dem Brand von 1933 den jetzigen Ahauser Hof entworfen und gebaut hatte.

»Ja, wirklich«, sagte er lachend, als er ihr ungläubiges Gesicht sah. »Nachdem der erste Schock überwunden war, beauftragten meine Eltern Runge und machten sich direkt an den Neubau der Hofstelle. Diese wurde viel moderner ausgestattet als das alte Hofgebäude. Als eines der ersten Häuser erhielt der Ahauser Hof ein Wasserklosett, eine Heizung und richtige Badezimmer. Das war damals etwas so Besonderes, dass manchmal Leute zu Besuch kamen, nur um sich diese fortschrittliche Einrichtung anzuschauen. Und für meine Eltern war es ein völlig neues Wohngefühl. Ich habe es nur so kennengelernt, aber meine Mutter hat mir oft erzählt, was für ein Glück ich damit hatte. Und sie haben dann auch die Gastwirtschaft weiter ausgebaut. Es gab sogar Kinoabende im Stallgebäude. Daran kann ich mich auch noch erinnern. Es war immer furchtbar aufregend für mich. Die Menschen saßen zwischen dem Vieh auf der Diele auf Holzbänken und schauten den wöchentlich wechselnden Film. Und wir bekamen als eine der ersten Familien im ganzen Umkreis ein Telefon. Eine der Mägde war angesichts der technischen Neuerung so verunsichert, dass sie sogar nachfragte, ob sie bei jedem Telefonat eine saubere Schürze umbinden müsse«, erzählte der Wirt.

»Das ist wirklich eine wunderbare Geschichte!«, sagte Mathilde kichernd. Susan dagegen konnte gar nicht schnell genug mehr über Runge erfahren.

»Und wie ist der Kontakt zu Runge damals zustande gekommen?«, fragte sie interessiert.

»Runge war ja Jagdpächter im Dorf und auch hier ein gern gesehener Gast. Er war vermögend, freundlich, hatte gute Manieren und war ein großzügiger Mensch. Gemeinsam mit zwei Teilhabern bejagte er die Ländereien rund um die Ahauser Mühle. Dort verkehrte er auch regelmäßig mit den Mühlenbesitzern. So war es ein durchaus naheliegender Gedanke, ihn mit dem Wiederaufbau zu beauftragen. Er hat auch nicht nur unseren Hof gebaut, sondern auch einige der anderen abgebrannten Häuser. Diese Architektur gab es vorher im Dorf gar nicht. Er selbst hat sich damals immer in einem der Höfe eingemietet. Später hat er sich dann ein kleines Jagdhaus in der Nähe der Wümmewiesen gebaut. Die Hütte gibt es heute aber nicht mehr. Sein Pferd und seine Kutsche waren übrigens bei uns untergestellt, obwohl er dort draußen auch eine Remise und einen kleinen Pferdestall neben seine Jagdhütte gebaut hatte. Runge befürchtete aber, dass die Kutsche dort nicht sicher war. Darum zog er es vor, beides hier zu lassen. Wenn Kutsche und Pferd nicht benötigt wurden, durften wir sie nutzen. Genauso handhabte er es mit seinem Hund. Der verblieb auch bei uns am Hof, wenn Runge nach Bremen zurückkehrte. Zur Jagd kam er entweder mit dem Wagen von Bremen herausgefahren oder wir erhielten eine Nachricht, wann er am Bahnhof ankommen würde. Dann musste einer aus dem Dorf nach Rotenburg kutschieren, wo der nächste Zughalt war. Wenn er abends ankam, entzündete man kleine Laternen an beiden Seiten der Kutsche und sorgte für einen vorgewärmten Fußsack. Nicht selten kam er in weiblicher Begleitung, er war ja nicht verheiratet.«

»Heißt das, dass Alfred Runge ein Casanova war? Waren es immer wechselnde Bekanntschaften?«

»Ja, er mochte anscheinend die gepflegten, gut aussehenden Stadtfrauen. Und er schien auch recht beliebt beim weiblichen Geschlecht zu sein, schließlich war er auch eine gute Partie. Allerdings hat er niemals eine Frau als seine Partnerin vorgestellt. Er war da sehr diskret.«

Mathilde überlegte einen Augenblick, dann hakte sie nach: »Hatte Runge denn mal ein Verhältnis mit einer Frau von hier oder aus einem der Nachbarorte?«

»Nein, er war immer sehr korrekt. Über ein Verhältnis ist mir nichts bekannt. Die Frauen waren wohl aus Bremen oder Hamburg und kamen gerne am Wochenende mit in die Jagdhütte. Später kam er immer in Begleitung von ein und derselben Frau. Sie brachte auch öfter ihre beiden Kinder mit, ein Mädchen und einen Jungen.«

»Können Sie sich an den Namen der Frau erinnern?«

»Natürlich kann ich das, die beiden waren ja sehr oft hier in der Gaststube. Sie hieß Buchholz und kam aus Bremen. Ihr Mann war ein guter Freund von Runge gewesen, der während der Kriegszeit auf tragische Weise ums Leben gekommen sein muss, aber darüber weiß ich nichts Genaues. Und Runge war jedenfalls ein echter Ehrenmann, der sich der Familie annahm. Das galt auch für die beiden Kinder. Wie er dabei wirklich zu Frau Buchholz stand, kann ich nicht genau sagen. Ich war damals aber ja auch noch sehr klein.«

Die Frauen nickten.

»Übrigens hatte Alfred Runge zwei Schwestern, die auch häufig nach Ahausen kamen. Während des Krieges schien es ihnen dann wohl sicherer, die Stadt zu verlassen und hier Unterschlupf zu suchen. Nachdem sie zweimal ausgebombt wurden, blieben sie dauerhaft im Ort. Erst hatten sich die beiden älteren Damen auf einem Hof eingemietet, später hat Runge hinten am Auebach eine zweite Hütte aufgestellt, in die die beiden Damen einzogen. Es war eine spektakuläre Aktion, denn er ließ eine von ihm entworfene Hütte aus seinem Lager quer durch Deutschland transportieren und dann hier wieder aufbauen. Und das mitten im Krieg. 1943 war das. Meine Eltern erzählten öfter davon, dass Runge mächtig stolz auf die kleine Hütte gewesen war, weil er auf einer Baumesse mal einen Preis dafür bekommen hatte. Luftlinie sind es von hier keine 200 Meter. Sie steht noch, im Gegensatz zu Runges Jagdhütte. Die ist in den Fünfzigern abgebrannt.«

Das wussten Susan und Mathilde bereits, aber vielleicht konnte der Wirt ihnen mehr verraten.

»Kennen Sie die Ursache für den Brand?«

Er nickte und trat hinter den Tresen. Für einen kurzen Augenblick verschwand er aus ihrem Blickfeld, um dann auf einen kleinen Tritt zu steigen. Er öffnete eine der Schranktüren oberhalb der Arbeitsfläche und zog ein dickes Buch heraus. Damit kam er zum Tisch der beiden Frauen zurück und legte es vor ihnen hin. Geschickt blätterte er von Seite zu Seite. Es enthielt unzählige eingeklebte Zeitungsartikel aus der Region. Endlich deutete er mit dem Zeigefinger auf einen ausgeschnittenen Zeitungsschnipsel. Darin wurde beschrieben, dass durch ein Feuer am 20. April 1958 eine kleine reetgedeckte Jagdhütte an einem See in Ahausen abgebrannt war. Die dort einquartierte Flüchtlingsfamilie verlor ihr gesamtes Hab und Gut.

»Wann haben Sie angefangen, Zeitungsartikel zu sammeln?«, erkundigte Mathilde sich beim Wirt.

»Erst nach dem Krieg, ich glaube mit fünfzehn. Von der Jagdhütte oder Runge wird nicht mehr viel zu finden sein, falls Sie danach fragen wollten.« Er legte das Buch wieder oben in den Schrank zurück. Kaum hatte er sich vom Tisch entfernt, flüsterte Susan Mathilde aufgeregt ins Ohr: »Hast du auf das Datum geachtet? Der 20. April, das war Hitlers Geburtstag. Das kann doch kein Zufall sein, dass Runges Jagdhütte ausgerechnet an diesem Tag in Flammen aufgeht.«

Der Wirt kehrte mit einem runden Tablett zurück an den Tisch und Susan verstummte. Als kleinen Absacker hatte er drei Schnapsgläser mit Korn gefüllt, die er nun vor sie auf den Tisch stellte.

»Einer ist erlaubt!«, meinte er und hob sein Glas. Die Frauen stießen mit ihm an und tranken das Glas in einem Zug leer.

»Gab es denn irgendwelche Besonderheiten bei diesem Brand von Runges Hütte?«, erkundigte sich Susan neugierig.

»Dazu kann ich nichts sagen«, erwiderte der Wirt. »Ich weiß nur, dass die Flüchtlinge gleich nach ihrer Einquartierung einige Kisten mit erlesenem Wein fanden, die sie im Dorf gegen alles Mögliche eintauschten. Allerdings haben sie nie verraten, wo sie die Kisten fanden. Der Runge war ein richtiger Macher und ein Organisationstalent«, brachte der Wirt das Gespräch von sich aus wieder auf den Jagdpächter zurück. »Er hat vielen Menschen hier geholfen. Unser Saal war bis unter die Decke mit Wertsachen der Flüchtlinge vollgestopft. Runge hatte die Aufsicht darüber. Sogar die Bremer Tageszeitung lagerte ihre Papierrollen hier bei uns, damit sie bei den Bombardierungen nicht verloren gingen.« Der Wirt schien in allerbester Erzähllaune zu sein. Mathilde hoffte, dass er auch auf die Frage nach Runges Ermordung nicht verstummen würde. Kaum hatte sie die entsprechende Frage gestellt, bekam der Wirt jedoch einen sehr ernsten Gesichtsausdruck. Es sei eine furchtbare Geschichte gewesen, die für viel Aufsehen im Dorf gesorgt habe. Eine richtige polizeiliche Untersuchung habe es nicht gegeben. Es seien durchaus Polizisten zum Tatort gerufen worden, doch die hätten nicht viel unternommen.

»Sie dürfen aber auch nicht vergessen, dass im April 1946 noch immer eine Art Ausnahmezustand herrschte. Die Alliierten übertrugen zu dieser Zeit allmählich wieder einige Rechte und Pflichten auf ausgewählte Deutsche, doch der Polizeiapparat funktionierte noch nicht richtig. Die Entnazifizierung war eines der wichtigsten Themen. Insgesamt herrschte noch ein ziemliches Chaos. Das haben wir hier auch reichlich zu spüren bekommen. Nach dem Krieg hatten wir hier im Ahauser Hof viele Evakuierte aus Bremen und Hamburg. Wir hatten Tag und Nacht geöffnet, schier endlose Flüchtlingstrecks zogen durch den Ort. Wer nach fünf Uhr am Nachmittag hier ankam, durfte bleiben, die anderen mussten weiterziehen. Anfangs wurden die Trecks noch von Kindern mit Blumen empfangen, später nicht mehr. Aus jedem zweiten Fenster des Ahauser Hofes schauten Ofenrohre. Das gesamte Geschirr und Besteck wurde an die Flüchtlinge verteilt, die gar nichts hatten. Alleine bei uns fanden sechs Familien Unterschlupf, die so ausgestattet wurden. Aber im Grunde war jeder so mit sich selbst und seinen eigenen Problemen beschäftigt, dass man nur wenig Aufmerksamkeit für das Schicksal anderer aufwenden konnte. Und nach dem Krieg herrschte Angst vor Plünderungen. Meine Eltern vergruben zum Beispiel Kristallgläser, Porzellan und Silberbesteck im Garten. Darüber legten sie einen Misthaufen an, damit dort nicht gesucht würde.« Er schnaubte bei der Erinnerung daran. Und Susan nutzte die kleine Pause sofort: »Woran ist Runge denn gestorben?«

»Man sagt, er sei von Polen erschlagen worden, die sein Fahrrad stehlen wollten. Außerdem ist er nicht allein ermordet worden. Die Frau Buchholz ist ebenfalls zu Tode gekommen. Glücklicherweise waren die Kinder nicht dabei. Alfred Runge wurde hier im Ahauser Hof aufgebahrt. Der Sarg stand oben in einem der Zimmer über der Diele. Es war eine sehr große und feierliche Beerdigung. Die gesamte Gaststätte war mit Trauergästen gefüllt. Ich erinnere mich noch gut daran.«

Mathilde verspürte wieder dieses Unbehagen. Auch hier wurden sie mit der Polenvariante abgespeist. Der Wirt hatte bestimmt noch mehr über den Fall gehört, als er erzählte.

»Ist es denn erwiesen, dass der Mord so stattfand? Oder gibt es noch andere Hinweise auf die Todesursache?« So, nun war es heraus und sie wartete auf eine Reaktion.

Er musterte sie durchdringend. »In der Tat hat es viele Gerüchte gegeben«, seine Augen verengten sich kaum merklich, »aber ich kann dazu nichts sagen!« Er erhob sich. »Ich würde jetzt gerne kassieren, ist schon spät.«

Die Frauen nickten und Mathilde zückte ihr Portemonnaie. Er dankte ihr mit einem knappen Murmeln für das üppige Trinkgeld und begleitete sie bis zur Tür. Er schien es nun recht eilig damit zu haben, Feierabend zu machen. Ehe er die Tür hinter ihnen schloss, hielt er kurz inne. »Wenn ich Ihnen einen Rat geben darf, dann lassen Sie die Toten ruhen. Es gibt hier immer noch Menschen, die sehr empfindlich darauf reagieren, wenn man sie nach diesen Zeiten befragt.« Damit klappte die Tür zu. Also machten sich die Frauen auf den Weg durch die Dunkelheit.

»Interessant«, sagte Susan nur und Mathilde stimmte ihr zu. Sie waren da einer Sache auf der Spur und sie würden nicht locker lassen, darin waren sie sich einig.

Die Luft war kühl und klar. Immer mehr Wolken verdunkelten das Mondlicht. Die Straßenbeleuchtung erlosch um Mitternacht, danach lag das Dorf bis zum Morgen in völliger Finsternis. Der kleine Spaziergang zurück zu Mathildes Waldhütte tat gut. Mathilde schaltete die Taschenlampe ein, damit sie sich orientieren konnten. »Jetzt haben wir das echte 1946-Feeling«, witzelte Mathilde, die ihre Freundin fest unterhakte. Den Rest des Weges gingen sie schweigend nebeneinanderher, jede in ihre Gedanken vertieft.

Ohne die Taschenlampe wäre die Auffahrt zu Mathildes Holzhütte nur schwer auszumachen gewesen. Als sie sich der Waldhütte näherten, flammten die Bewegungsmelder auf. Sie waren so hell, dass das grelle Licht die beiden Frauen im ersten Moment blendete. Susan atmete erleichtert auf, als sie endlich die Haustür hinter sich verschlossen.

»Dass du das aushältst. Hast du keine Angst, wenn du in der Dunkelheit nach Hause kommst? Ich würde wahnsinnig werden, wenn ich hier alleine wäre und die Lampen gingen an.«

»Nein, inzwischen habe ich mich daran gewöhnt. Wer sollte ein Interesse daran haben, mir hier aufzulauern?«

»Du bist naiv. Hat dir nicht ein Unbekannter deine Zettel vom Dorfladen in den Briefkasten geworfen. Vielleicht kommt derjenige noch auf andere Idee, um dich einzuschüchtern.«

»Dafür habe ich ja jetzt dein Pfefferspray!«

»Ja, und das hast du immer dabei, stimmt's?«

Mathilde schaute beschämt beiseite. Das Pfefferspray stand auf dem Nachttisch neben ihrem Bett. Aber heute waren sie ja auch zu zweit unterwegs gewesen, das war schließlich eine völlig andere Situation.

Susan duschte unter dem spärlichen Wasserstrahl, während Mathilde das Sofa zum Schlafen herrichtete. Der Ofen war noch warm und für die Nacht würde die Temperatur ausreichen. Außerdem waren sie beide so müde, dass sie sofort schlafen gehen wollten. Doch trotzdem lag Susan auch in dieser Nacht noch eine ganze Weile wach. Sie lauschte auf die Geräusche von draußen. Ein Käuzchen und andere unbekannte Laute drangen an ihr Ohr. Die totale Dunkelheit bedrückte sie. In der Stadt gab es immer eine Lichtquelle, die das Dunkel durchbrach. Nachdem sich jedoch längere Zeit nichts regte, dämmerte sie ein und erwachte am anderen Morgen erst, als ein köstlicher Kaffeeduft in ihr Bewusstsein drang. So tief und entspannt hatte sie lange nicht mehr geschlafen. Doch Mathilde hielt neben dem köstlichen Kaffee auch eine erschreckende Nachricht bereit. Als sie zum Brötchenholen ins Dorf radeln wollte, hatte sie es entdeckt: Frische Fußspuren rund um das Haus verrieten, dass in der Nacht jemand hier herumgeschlichen war. Sie beide hatten davon nichts bemerkt. Die Abdrücke waren tief in den feuchten Boden eingedrückt und das grobe Profil der Sohlen gut sichtbar. Die Spur führte um die gesamte Hütte herum und zu jedem Fenster. Der Unbekannte hatte offensichtlich hineingeschaut und sie eventuell auch beobachtet. Das Licht der Bewegungsmelder hatte den Besucher offensichtlich nicht ferngehalten.

Verunsichert wandte sich Mathilde an ihre Freundin: »Kannst du dir vorstellen, dass wir beide das Aufflammen der Lichter nicht bemerkt haben?« Susan schüttelte schweigend den Kopf.

»Schade, dass wir anhand der Spur nicht sagen können, wann sie entstanden ist«, meinte Mathilde. »Vielleicht war er ja am helllichten Tag hier und wir haben die Abdrücke einfach nur übersehen.«

Zum Vergleich stellte Mathilde einen ihrer Schuhe in die Spur. Sie hatte Schuhgröße 40 und ihr Schuh versank in dem Abdruck geradezu. Der nächtliche Besucher musste mindestens drei oder vier Nummern größere Füße haben.

»Deine Anwesenheit hat den Typen bestimmt irritiert. Dein Wagen steht ja gut sichtbar in der Einfahrt.«

Vielleicht hat der Unbekannte deshalb von weiteren Aktionen Abstand genommen. Susans Betroffenheit war groß. Gleichzeitig empfand sie es als paradox, dass ausgerechnet ihre Anwesenheit eine abschreckende Wirkung gehabt haben sollte. Es war wohl eher ein schlechter Witz. Gewissenhaft verriegelten sie die Haustür, nachdem sie alle Fenster überprüft und fest verriegelt hatten. Erst dann brachen sie zum See auf.

Der kleine Mann mit dem Fahrrad erwartete sie bereits am Seeufer. Das Rad hatte er an eine Birke gelehnt, da der Fahrradständer immer noch fehlte.

»Ich habe ein wenig nachgedacht und vielleicht ist das hier ja hilfreich.« In seiner rechten Hand hielt er einen kleinen Notizzettel, den er Mathilde zur Begrüßung überreichte. Es standen mehrere Namen darauf und jeweils in Klammern dahinter, in welcher Beziehung sie zu Alfred Runge gestanden hatten. Demnach gab es in Ahausen noch eine Frau, die in ihrer Jugend als Haushaltshilfe in Runges Haushalt tätig gewesen war. Sie sei bereits über neunzig Jahre alt, aber, so betonte der kleine Mann, auf ihren Verstand und ihr Gedächtnis sei Verlass. Er habe Mathilde vorsichtshalber angekündigt, damit die alte Dame nicht misstrauisch auf ihren Besuch reagierte. Die anderen Namen gehörten zu Männern, die sich bereit erklärt hatten, mit Mathilde über die damalige Zeit und Alfred Runge zu sprechen. Offensichtlich hatte der kleine

Mann beschlossen, ihr bei ihrer Recherche zu helfen, und nutzte dafür nun seine Kontakte im Ort. Sie war ihm wirklich dankbar. Je öfter sie mit ihm sprach, umso mehr erstaunte er sie. Es war gut, einen Helfer an der Seite zu haben, der auch die Verhältnisse im Dorf richtig einschätzen konnte, besonders nach dem Schreck am Morgen. Sie selbst war noch viel zu unwissend. Sie fragte sich auch, ob es einen Zusammenhang zwischen dem unbekannten Besucher und ihrem Gespräch mit dem Wirt gab.

Doch statt danach zu fragen, zog sie das Foto von der Jagdhütte aus dem Umschlag und zeigte es dem kleinen Mann.

»Na so was!«, rief er aus. »Ganz rechts, das ist Alfred Runge, genauso wie ich ihn auch in Erinnerung habe. Er trug stets seinen grünen Filzhut, wenn er draußen unterwegs war. Die Bank, auf der die Herrschaften sitzen, ist übrigens die sogenannte Rungebank. Sie wurde von der Firma Runge & Co. Gartenmöbel entworfen und patentiert. Ursprünglich gründete Alfred Runge nämlich 1908 mit seinem Bruder Rudolf und mit Eduard Scotland eine Gartenmöbelfirma in Osnabrück, wo sie nach eigenen Entwürfen Gartenmöbel herstellten. Die beiden Brüder haben sich allerdings sehr schnell verkracht, sodass Alfred Runge 1911 aus der Firma ausstieg und sich sogar bei der Konkurrenz bewarb. Soweit mir bekannt ist, hatten die Brüder danach überhaupt nichts mehr miteinander zu tun.«

»Die Konkurrenz zu nutzen, um den Bruder zu schädigen, ist aber kein feiner Charakterzug!«, merkte Mathilde empört an. Der kleine Mann nickte zustimmend.

Da er weiter nichts mehr sagte, hielt Mathilde ihm auch das zweite und das dritte Foto hin.

»An den Jagdhund kann ich mich auch noch erinnern. Er hieß Treu oder Flott, da bin ich mir nicht mehr so sicher.

Wenn Runge zurück in die Stadt fuhr, blieb der Hund immer bei den Wirtsleuten vom Ahauser Hof.«

»Lassen Sie uns doch versuchen, den Standort des Hauses anhand der Fotos noch mal möglichst genau zu bestimmen«, meinte Mathilde und ging zum Seeufer. Die anderen folgten ihr. Immer wieder verglichen sie die Fotografien und den Uferstreifen des Sees. Nach einigen Minuten waren sie sicher, die Stelle gefunden zu haben. Es war genau der Punkt, den der kleine Mann Mathilde auch beim letzten Mal gezeigt hatte.

»Können Sie uns das Innere der Jagdhütte beschreiben?«, fragte Mathilde. Einen Augenblick besann sich der kleine Mann, dann machte er den Vorschlag, dass sie den Grundriss mittels eines kräftigen Asts auf den Sandboden zeichnen könnten. Diese Idee begeisterte die beiden Frauen, sodass Susan sofort begann, in dem nahen Kiefernwäldchen einen geeigneten Ast zu suchen.

Als Erstes schritten sie ungefähr fünf Meter in die eine und sechs in die andere Richtung ab, um den äußeren Grundriss festzulegen. Dabei bemerkten sie, dass das Erdreich an einigen Stellen stark aufgewühlt worden war.

»Sind das Wildschweinspuren?«, erkundigte sich Susan. Doch der kleine Mann schüttelte den Kopf. »Hier hat wohl jemand gegraben, würde ich sagen. Warum oder wonach, kann ich Ihnen allerdings auch nicht sagen.«

Also schenkten sie den Spuren keine weitere Beachtung. An den abgeschrittenen Hausecken steckten sie kleine Zweige in den Sandboden. Dann zogen sie die Außenlinien. Der kleine Mann überlegte einen Moment, dann übernahm er den Stock, um die Raumaufteilung zu zeichnen.

»Hier mittig war der Eingang.« Er zog zwei rechtwinklige kurze Striche über die Grundrisslinie. »Trat man hinein, gelangte man in eine Art Wohndiele. Hier zur Linken befand sich eine Essecke mit eingebauter Eckbank, einem massiven Holztisch und einigen Holzschränken. Der Ofen stand zentral in der Hausmitte. Über eine Zugtreppe gelangte man aus diesem Vorraum in das Obergeschoss. Meistens war die Treppe aber in der Decke arretiert, da sie viel Platz wegnahm. Rechts neben der Eingangstür befand sich eine winzige Küche, die durch ein dünnes Mauerwerk abgetrennt war.« Der kleine Mann zeichnete die Wände, während er sprach. »Sie verfügte über eine eigene Wasserpumpe und ein Spülbecken mit Ablauf.« Er bestimmte die ungefähre Position, so wie er die Einrichtung in Erinnerung hatte. »Ob das Schmutzwasser in den See geleitet wurde, kann ich nicht sagen. Aber an die Fliesen in der Küche habe ich gute Erinnerungen. Runge hat mir mal eine der quadratischen Fliesen geschenkt, die wir zu Hause dann als Untersetzer benutzt haben. Er hatte sie selbst entworfen und in den Zwanzigerjahren in den Niederlanden von Hand bemalen lassen. Sie ähneln in ihrem Aussehen den typischen Delfter Kacheln. Auf weißem Grund wurde mit blauer Lasur das Motiv aufgebracht, allerdings fehlte ihnen in den vier Ecken die Ornamentik, die die Delfter Kacheln haben.«

»Haben Sie die Fliese aufgehoben?«, wollte Susan wissen »Die würde ich mir zu gerne mal anschauen.«

»Nein, das nicht, aber es gibt hier in Ahausen bestimmt noch welche davon. Vielleicht in dem Haus, in dem seine Schwestern wohnten. Es waren Bremer Motive: das Rathaus, der Schütting und so. Die gesamte Küche war mit diesen Fliesen ausgestattet und ich weiß noch, dass einige sogar unterschiedliche Schriftzüge hatten, obwohl sie das gleiche Motiv zeigten.«

Mathilde dachte an das Fliesenfragment, das sie am Uferrand gefunden hatte. Es passte genau zu der Beschreibung des kleinen Mannes.

»Strom gab es hier draußen doch sicherlich nicht, oder? Und fließendes Wasser ja wahrscheinlich auch nicht. Wie fand hier die Versorgung statt?«, erkundigte sich Susan.

»Das Wasser wurde draußen vorgepumpt und dann mit einer Handpumpe in die Küche gefördert. Ob es aus dem See oder einem Brunnen stammte, weiß ich nicht. Strom hat es hier keinen gegeben. Abends wurden Tranlampen oder Kerzen angezündet. Gekocht und gebacken wurde auf einer Küchenhexe. Geheizt wurde die Jagdhütte mit einem Holzofen. Deshalb verlief der Schornstein auch hier an der Küchenwand nach oben zum Dach hinaus. So konnte man die zwei Öfen an denselben Schornstein anschließen.« Der kleine Mann zeichnete den Schornstein ein. Die zweite Hälfte des Grundrisses unterteilte er in zwei gleich große Räume. »Hier waren die Schlafräume. Aber in diesem fehlte eine kleine Ecke«, er zeichnete ein kleines Quadrat in den imaginären Raum. »Hier befand sich die Toilette, die man allerdings nur von außen betreten konnte.« Geschickt zeichnete der kleine Mann auch noch die ungefähre Position der einstigen Türen ein. Es war eine kleine Hütte gewesen, gerade mal 30 Quadratmeter Grundfläche. Als er fertig war, standen sie zu dritt innerhalb der Zeichnung und versuchten, sich das Haus vorzustellen.

»Was waren oben für Räumlichkeiten?«, fragte Mathilde.

»Ein Clubzimmer mit schweren Sesseln und kostbaren Dingen. Überhaupt hatte Herr Runge hier viele Wertsachen.«

»Sind Sie öfter im Haus gewesen? Sie haben anscheinend gute Erinnerungen daran«, fragte Susan.

»Nein, oft war ich nicht hier, aber es war eben etwas ganz Besonderes, eingeladen zu werden. Im Obergeschoss war ich nie, das kenne ich nur aus Erzählungen. Das Hausmädchen kann Ihnen da sicher mehr erzählen. Ihr Name steht auf dem Zettel, den ich Ihnen vorhin gegeben habe.«

Susan hatte inzwischen versucht, auch die Position der Fenster in die Außenwände einzuzeichnen. Leider zeigten die Fotos nur drei Seiten der Hütte, aber durch die Innenräume ergab sich die Lage der Fenster, wenn man davon ausging, dass jeder Raum eine natürliche Lichtquelle gehabt hatte.

»Putzig, dass man den Zugang zur Toilette nicht vom Inneren des Hauses geplant hatte«, meinte Mathilde.

»Können Sie sich an ein Bad oder so etwas in der Art erinnern?«, fragte Susan. »Nein, ein Badezimmer hat es nicht gegeben. Man wusch sich am Waschbecken in der Küche oder mithilfe einer großen Zinkwanne, in der man stehen konnte. Im Sommer konnte man im See baden.«

Es war wirklich ein idealer Standort für eine Hütte, wenn man die Ruhe und die Natur liebte. Oder die Jagd.

Mathilde drehte sich in dem Grundriss und sah sich um. Die Sanderburg oben auf der Düne musste man damals gesehen haben, wenn man aus der Eingangstür trat. Im Umkehrschluss bedeutete das, dass die Bewohner der Sanderburg vermutlich gut informiert darüber waren, was hier unten vorging. Mit einem Fernglas hätte man die Eingangstür gut beobachten können, ohne selbst bemerkt zu werden.

»Wollen wir noch einmal am Ufer nach Überresten der Fliesen suchen?«, schlug Mathilde vor.

»Dafür brauchen Sie mich doch nicht mehr?«, fragte der kleine Mann. Beide Frauen verneinten und er verabschiedete sich. Kurz bevor er in seiner eigenwilligen Technik das Fahrrad bestieg, sah er sie noch einmal ernst an. »Im Dorf ist inzwischen überall bekannt, dass Sie nach Runge und der alten Geschichte fragen, und nicht jedem gefällt das! Machen Sie sich darauf gefasst, dass es auch unfreundliche Reaktionen auf Ihr Interesse geben kann.«

Die beiden Frauen versicherten ihm, dass sie diplomatisch vorgehen würden, und dankten ihm noch einmal von Herzen für seine Unterstützung, ehe sie sich dem Ufer zuwandten. Bereits nach wenigen Minuten hatten sie Erfolg. Reste der roten Ziegelsteinausmauerung schauten aus dem Erdreich hervor. Offensichtlich hatte man den gesamten Schutt einfach in den See geschoben. Sie fanden auch einzelne Reste der besagten Fliesen. Sie fühlten sich wie Detektive und waren aufgekratzt. Bevor sie gingen, übertrug Mathilde die große Zeichnung auf dem Sandboden möglichst maßstabsgetreu auf ein kleines Stück Papier. Auch die Lage des Sees, den Weg, wie er heute und damals verlief, sowie die Sanddüne mit der Sanderburg hielt sie für ihre Unterlagen fest. Zufrieden traten die beiden Frauen den Rückweg zu Mathildes Waldhütte an. Sie waren ein gutes Stück weitergekommen. Mithilfe der Fotografien und der Grundrisszeichnung konnten sie konkrete Vorstellungen von den Gegebenheiten damals entwickeln.

Es war später, als sie gedacht hatten, und Susan musste sich direkt auf den Rückweg nach Bremen machen. Sie hatte die Planung für die Restaurierung eines alten Hauses in Schwachhausen übernommen und sollte zum ersten Mal ganz alleine die Projektleitung für alle Gewerke übernehmen. Mathilde begleitete ihre Freundin zu ihrem Wagen.

»Das ist etwas, um das ich dich echt beneide«, meinte Susan zum Abschied und lachte. »Du musst hier niemals nach einem Parkplatz suchen und Runde um Runde drehen.«

»Schade, dass du schon losmusst!«

»Ja, finde ich auch. Aber ich werde so viel wie möglich recherchieren und dir sofort sagen, wenn ich etwas Wichtiges gefunden habe. Wer weiß, was in den Bremer Archiven noch so versteckt ist. Und du sagst mir auch, wenn du hier weitergekommen bist, ja?«

Nachdem Susan gefahren war, richtete Mathilde das Sofa wieder her und erledigte den Abwasch. Gründlich wischte sie den Tisch ab und legte die Unterlagen in die Schublade zurück. Dann überlegte sie, wie sie weiter vorgehen wollte. Vermutlich wäre es am einfachsten, sich an die Liste zu halten, die ihr der kleine Mann gegeben hatte. Er war wirklich ein Glücksfall für sie, doch heute schien er besorgt gewesen zu sein. Dass es gewisse Widerstände geben würde, wenn sie sich nach Begebenheiten während des Nationalsozialismus erkundigte, hatte Mathilde erwartet. Dabei war es nicht ihr Anliegen, Menschen für ihr Verhalten zu einer politisch so schwierigen Zeit zur Rechenschaft zu ziehen. Sie wusste aus eigener Erfahrung, wie schwierig es sein konnte, sich gegen eine Mehrheit zu stellen, auch wenn man davon überzeugt war, dass man recht hatte oder etwas Ungerechtes geschah. Allerdings fand sie, dass man aus seinen Fehlern lernen und versuchen sollte, dazu zu stehen. Das erwartete sie auch von ihren Mitmenschen. Aber leider neigten die meisten dazu, Unangenehmes zu verdrängen und totzuschweigen. Sie füllten ihre Seelen mit Belastungen, bis diese sich ein Ventil suchten. Ob nun in Form körperlicher Beschwerden oder psychischer Erkrankungen, Körper und Geist zeigten, wann es genug war. Schlimmer noch waren aber die Fälle, in denen sich die nicht verarbeiteten Erlebnisse in Gewalt Dritten gegenüber zeigten. War der Runge-Mord vielleicht so ein Fall?

In der einsetzenden Dämmerung drang ein Leuchten in ihr Bewusstsein. Als sie sich umsah, zeigte das kontinuierlich blinkende Licht am Anrufbeantworter, dass jemand während des Ausflugs zum See eine Nachricht hinterlassen hatte. Sie ging zu dem Gerät und drückt auf den Wiedergabeknopf.

»Lass die Vergangenheit endlich ruhen! Wir sind dir näher, als dir lieb ist!«

Auch diese Drohung löschte sie nicht. Mehrfach spielte sie die Ansage ab, konnte die Stimme aber nach wie vor niemandem zuordnen. Nachdem sie sich beruhigt hatte, ließ sie die Worte auf sich wirken und analysierte den Anruf. Es war, da war sie sicher, der gleiche Mann wie beim ersten Anruf und fast der gleiche Inhalt. Das ließ in ihren Augen darauf schließen, dass sie mit ihrer Annahme recht gehabt hatte und es sich doch nur um eine einzelne Person handelte. Und sie war sicher, dass es jemand aus dem Ort sein musste, wer sonst hätte ein Interesse daran, ihre Recherche zu unterbinden? Und er hatte ihren Zettel von der Pinnwand entfernt. Also musste er im Laden einkaufen. Auffällig war auch, dass die Reaktionen des anonymen Anrufers, den sie auch für die Nachricht im Briefkasten verantwortlich machte, immer sehr zeitnah erfolgten, wenn sie ihre Forschungen ausweitete. Er musste also ziemlich gut über das Geschehen im Dorf informiert sein. Allerdings steigerte er sich nicht, sondern griff immer wieder zu den gleichen Mitteln.

Oder vielleicht gab es wirklich einen größeren Personenkreis im Ort, dem ihre Neugier nicht gefiel. Doch darum konnte es eigentlich nicht gehen. Es war jedem selbst überlassen zu schweigen, wenn er es für richtig hielt. Sie hatte niemanden bedrängt, mit ihr zu sprechen. Wie aber sollte sie auf die wiederholte telefonische Bedrohung reagieren? Sich zurückzuziehen und die Geschichte zu vergessen, kam für Mathilde nicht infrage. Trotzdem musste sie sich schützen. Sollte ihr wirklich etwas passieren, war es vielleicht gut, wenn dritte Personen von der Bedrohung Kenntnis hätten. Leute aus dem Dorf, nicht nur Susan in Bremen. Kurz überlegte sie, sich an die Polizei zu wenden. Sicherlich könnte man dort auch den Anruf zurückverfolgen. Andererseits spielte sie hier Detektiv und war nicht sicher, wie die Polizei darauf reagieren würde. Dann also anders, dachte sie. Angriff war schließlich die beste Verteidigung und sie würde den Spieß umdrehen. Wer so blöd war und eine Drohung auf dem Anrufbeantworter zurückließ, musste damit rechnen, dass diese gegen ihn verwendet wurde.

Mathilde zog ihren Schreibblock aus der Tischschublade und riss einen weiteren Zettel heraus. Sie geriet allmählich in Rage. Was erlaubte sich dieser Kerl überhaupt, so mit ihr umzugehen? Sie verabscheute es, nicht ernst genommen oder eingeschüchtert zu werden. Aber da hatte der Anrufer seine Rechnung ohne sie gemacht. Ihre Reaktionen auf solches Verhalten bestanden in der Regel aus Trotz und einem »Jetzt erst recht!«. Nachdem sie ihren »Gruß« verfasst hatte, griff sie nach ihrem Telefon. Sie wählte eine der Nummern, die der kleine Mann auf seiner Liste notiert hatte. Sie hatte Glück. Nach dem dritten Klingeln wurde ihr Anruf angenommen.

Die Ladenbesitzerin reagierte mit einem kritischen Gesichtsausdruck und der Frage, ob bei Mathilde alles in Ordnung sei, als diese den Zettel an einem nicht zu übersehenden Platz an der Pinnwand befestigt hatte. Mathilde bejahte freundlich und bat die Frau, ein Auge auf den Zettel zu haben, da es ihr sehr wichtig sei, dass der hilfsbereite Anrufer ihre Nachricht auch bekomme. Das schien ihr Gegenüber sehr zu irritieren.

»Also, ich weiß ja nicht, worum es geht, aber wenn es Ihnen so wichtig ist, sollten Sie dann nicht lieber persönlich …«

Mathilde versuchte, sich so fröhlich wie möglich zu geben. »Ja, das wäre mir natürlich auch am liebsten. Aber ich habe weder Namen noch Telefonnummer des Anrufers. Ist das zu glauben? Na, aber so sollte es doch gehen, denke ich. Einen schönen Tag wünsche ich Ihnen noch.« Mit diesen Worten nahm sie ihre Milch auf und verließ den Laden mit einem letzten Blick auf ihre Nachricht: »Lieber Anrufer, ich habe deine Nachrichten bezüglich Alfred Runge erhalten. Wie verabredet, hebe ich sie gut auf und gebe sie mit größtem Vergnügen weiter, sobald ich wieder von dir höre. Mein Dank wird dir dann baldmöglichst von offizieller Seite übermittelt.« Darunter hatte sie dieses Mal gut lesbar ihren Namen gesetzt.

Nun blieb abzuwarten, ob der anonyme Anrufer weitere Schritte unternehmen würde. Sollte es weitere Drohungen geben, würde sie doch die Polizei einschalten. Aber sie hoffte, dass es nicht dazu kommen würde. Auch wenn sie sich im Laden ganz entspannt gezeigt hatte, brodelte es in ihr. Sie spürte seit dem Anruf eine diffuse Angst und hatte zwei furchtbare Nächte gehabt. Ihr Gegner war unsichtbar und sie konnte nicht einschätzen, ob er wirklich Gewalt gegen sie anwenden würde. Und diese Hilflosigkeit, das Gefühl, ihm auf gewisse Weise ausgeliefert zu sein, machte sie gleichzeitig richtig sauer. Außerdem verstand sie nicht, worum es dabei eigentlich ging. Er selbst, das hatte sie jetzt beschlossen, konnte nicht der Mörder von Alfred Runge sein. Stand also vielleicht das Ansehen der Familie auf dem Spiel, wenn sich herausstellte, dass der Mörder aus dem Dorf kam? Und was würde passieren, wenn sich herausstellte, dass eine Familie all die Jahre über die Straftat informiert gewesen war und geschwiegen hatte? So etwas konnte, wie sie es einschätzte, gerade auf dem Dorf vernichtende Folgen für einzelne Menschen und ihre gesellschaftliche Stellung haben. Ein Dorfgefüge war ein sensibler Organismus, der auf Veränderungen recht eigenwillig reagieren konnte.

»Schauen wir doch mal, was dahintersteckt«, sagte Mathilde zu sich selbst und schlenderte die Hauptstraße in Richtung

Süden entlang. Dank der Namensliste, die ihr der kleine Mann am See in die Hand gedrückt hatte, hatte Mathilde telefonisch ohne Probleme eine Verabredung mit der alten Dame treffen können. Auf den Hinweis hin, von wem Mathilde ihre Nummer hatte, hatte die Frau sie sofort in ihre kleine Erdgeschosswohnung eingeladen. Sie war bereits sehr alt und ihre Beine machten Probleme, darum saß sie die meiste Zeit in einem Rollstuhl und verließ das Haus nur selten. Die Wohnung war wirklich klein und vollgestopft mit Erinnerungen. Überall hingen Familienfotos, liebevoll gemalte Bilder der Enkelkinder oder Urkunden für vergangene Erfolge im Schießsport bei den Schützen. Obwohl sie die neunzig schon deutlich überschritten hatte und unter einer leichten Schwerhörigkeit litt, wirkte die alte Dame putzmunter.

»Ich bin als Kind mit meinen Eltern und meiner Schwester hierher gezogen«, begann sie zu erzählen. »Mein Vater hatte seine Arbeit verloren und so kam es sehr gelegen, dass eine entfernte Verwandt ihm Unterkunft gegen Mithilfe auf dem Hof anbot.« Sie erinnerte sich ausgezeichnet, auch an die Zeit, in der sie und ihre ältere Schwester noch Teenager gewesen waren und sie Runge in seiner Jagdhütte den Haushalt geführt hatten.

»Wir gingen stets zu zweit hinaus an den See, denn es schickte sich für ein junges Mädchen nicht, alleine den Haushalt eines Junggesellen zu führen. Das waren damals einfach andere Zeiten. Außerdem hatte es den Vorteil, dass wir mit der Arbeit immer schneller fertig waren.«

Mathilde folgte ihrer Erzählung fasziniert. Geld habe es damals nicht gegeben, aber hübsche und nützliche Geschenke. Alfred Runge sei jedoch durch und durch ein Gentleman gewesen, der ihnen niemals zu nahe gekommen sei, erklärte die ehemalige Haushaltshilfe. Mehrere Jahre sei sie in seinen

Diensten gewesen, nachdem sie durch einen Zufall seine Bekanntschaft gemacht hatte.

»Gemeinsam mit einigen Gästen war Herr Runge zum Kaffeesieren in die Ahauser Mühle gekommen. Er erkundigte sich bei den Wirtsleuten nach einer geeigneten Haushaltskraft für seine Jagdhütte. Ich war mit meiner Schwester an diesem Nachmittag im Sommer 1939 zufällig am Nachbartisch, wir waren extra zur Mühle gelaufen, weil es dort die beste Limonade gab. Und so haben wir unsere Gelegenheit ergriffen und ihm spontan unsere Dienste angeboten. Wir sollten schon gleich am nächsten Tage in der Jagdhütte vorstellig werden. Anfänglich war er etwas misstrauisch und sehr auf der Hut, denn eine Frau aus dem Dorf hatte ihn zuvor bestohlen, anstatt die Hausarbeiten vernünftig zu erledigen.« Sie war darüber sichtlich empört. Während sie weitererzählte, glänzten ihre Augen. Mehrfach pro Woche hätten sie für den Architekten gearbeitet. »Er war ein wirklich feiner Mann. Sehr gerecht und angenehm. Nur wenn etwas gegen seine Moralvorstellungen ging, konnte er aufbrausend werden. Ich erinnere mich noch an einen Tag, an dem Herr Runge am Morgen mit seinem Jagdhund das Revier kontrollierte. Er hatte die Jagdhütte natürlich ordentlich verschlossen. Er war sehr gewissenhaft in diesen Dingen. Als wir, also meine Schwester und ich, auf dem Weg zur Hütte waren, kam uns ein junger Mann aus Ahausen entgegen. Er hatte seinen Hund dabei, ein böses Tier, mit dem es schon häufiger Ärger gegeben hatte. Der Hund attackierte uns und versuchte, meine Schwester in die Waden zu beißen. Als der Mann ihn zurückhielt, sahen wir, dass er ein Beil dabeihatte, verborgen unter seiner Jacke. Bei der Jagdhütte angekommen, stellten wir dann fest, dass irgendjemand dort eingedrungen war. Als Herr Runge von seinem Kontrollgang zurückkam, wurde er furchtbar wütend.

Und ich glaube, es war nicht nur wegen des Schadens. So freundlich und zugewandt er einerseits sein konnte, so unerbittlich, hart und unversöhnlich konnte er andererseits sein«, schilderte die alte Dame den Charakter ihres einstigen Dienstherrn. »Ihn als Gegner zu haben, war kein Vergnügen. Wir erzählten ihm natürlich, was wir beobachtet hatten, und er stürmte sogleich ins Dorf. Da der junge Mann jedoch keinen Beutel oder etwas Ähnliches bei sich getragen hatte und man auch kein Diebesgut bei ihm fand, blieb zweifelhaft, ob er der Einbrecher gewesen war. Doch Runge war davon überzeugt, dass der schändliche Kerl die Sachen im Wald versteckt hatte, um sie nach Einbruch der Dunkelheit abzuholen. Also legte er sich in der Nähe der Jagdhütte auf die Lauer. Der erwartete Dieb kam jedoch nicht. Allerdings wurde derselbe Kerl einige Zeit später im Dorf erwischt, als er durch eine unverschlossene Hintertür in ein Wohnhaus eindrang. Da er aber noch nichts an sich genommen hatte, kam er mit einer Verwarnung davon. Herr Runge traf den jungen Mann Monate später unverhofft in seinem Revier und drohte ihm Prügel an, falls er es wagen sollte, noch einmal in die Nähe seiner Hütte zu kommen. Und tatsächlich wurde der vermeintliche Eindringling danach nie wieder in der Nähe von Herrn Runges Hütte gesehen.«

»Und können Sie mir die Hütte näher beschreiben?«, fragte Mathilde.

»Oh ja! Die Innenausstattung der Jagdhütte war besonders kostbar«, schwärmte die alte Dame. »Im Obergeschoss lagen wertvolle Teppiche, auf denen ausgewählte Eichenmöbel standen. An den Wänden hingen überall Jagdtrophäen und wunderschöne Uhren. Herr Runge besaß eine ganze Sammlung erlesener Uhren, die er dort oben aufbewahrte, damit man sie durch die Fenster im Erdgeschoss nicht sah. Der

Raum wurde für besondere Besucher oder bei Festen genutzt. Im Haus befanden sich auch kostbare Weine. Es gab ein Bord mit schönen keramischen Tellern und Krügen und allerlei andere schöne Dinge. Einen besonderen Platz hatten seine Jagdgewehre. Sie hingen stets griffbereit links neben der Eingangstür an einem Haken. Herr Runge ging sehr sorgsam mit seinen Sachen um, besonders mit den Waffen. Er reinigte sie regelmäßig mit Waffenöl. Uns war es strengstens verboten, die Waffen auch nur zu berühren.«

Mathilde hörte der Erzählung gebannt zu. Hier konnte sie anscheinend wirklich etwas erfahren.

»Haben Sie denn auch Menschen kennengelernt, die bei ihm zu Besuch waren?«, erkundigte sie sich.

Die alte Dame überlegte eine Weile und schüttelte zunächst den Kopf. Dann aber sagte sie: »Ja, doch. Es gab zum Ende des Krieges eine Frau, die regelmäßig mit ihren beiden Kindern mit Herrn Runge herkam oder ihn am See besucht hat. Allerdings haben wir zu dieser Zeit nur noch selten ausgeholfen, deshalb weiß ich nicht viel über sie. Ich glaube, sie hieß Buchholz und war Witwe. Sie hat manchmal auch dann in der Hütte gewohnt, wenn Runge selbst nicht da war. Besonders während des Krieges sind sie häufig hier gewesen. Die Luftangriffe auf Bremen nahmen ja immer heftigere Ausmaße an und hier war man doch einigermaßen sicher. Die Hütte lag außerdem so weit außerhalb des Dorfes, dass sie auch später, als Ahausen tatsächlich angegriffen wurde, nicht beschädigt wurde. Die Kinder von Frau Buchholz sind manchmal ins Dorf gekommen und haben sich mit den Dorfkindern in ihrem Alter angefreundet. Der Sohn muss kurz nach dem Kriege an Leukämie verstorben sein, das erzählte man sich zumindest im Dorf. Was aus ihrer Tochter geworden ist, kann ich Ihnen leider nicht sagen.«

»Können Sie sich erinnern, ob die Sanderburg während dieser Zeit bewohnt war?«

»Das Haus stand lange Zeit leer, nachdem Dr. Sander nicht mehr kam. Kurz vor Kriegsende wurde es dann auch noch durch feindliche Fliegerverbände beschädigt. Im Dorf ging das Gerücht um, dass sich dort oben jemand versteckt hielt. Etwas gesehen hat, soviel ich weiß, aber niemand. Wissen Sie, zu dieser Zeit trieben sich überall Personen herum, die nicht wussten, wohin sie sich wenden sollten. So gesehen, war es nichts Besonderes. Allerdings nahm der Viehdiebstahl zu dieser Zeit auch zu. Selbst Herr Runge kam einige Male sehr erbost von der Jagd zurück. Er berichtete, dass Wilderer in seinem Revier gejagt hätten, was er wusste, weil er die Spuren der ausgeweideten Tiere gefunden habe.«

»Hatte er denn einen konkreten Verdacht, wer in seinem Revier wilderte?«

»Oh ja, das hatte er. Er musste diesen Mann auch schon wiederholt dabei beobachtet haben, wie er sich in seinem Jagdrevier herumtrieb. Außerdem verbarg der Eindringling offensichtlich ein Jagdgewehr unter seinem Lodenmantel. Es schaute manchmal heraus, wenn der Mantelsaum aufschlug. Als Herr Runge ihn eines Tages zur Rede stellte, wurde er wohl aufs Unflätigste beschimpft. Die beiden haben sich fast geschlagen, so zumindest hat es mir ein Viehhirte erzählt, der durch Zufall Zeuge dieser Auseinandersetzung wurde.«

»Dann stammte der vermeintliche Wilderer also aus der Gegend? Oder sogar aus Ahausen?«

»Ja, das nahm man allgemein an«, versuchte ihr Gegenüber sich um eine konkrete Antwort herumzudrücken.

»Und glauben Sie, dass der Einbrecher damit zu tun hatte?«

»Nein, der war es sicherlich nicht. Es konnte ja auch nie nachgewiesen werden, dass er der Einbrecher war. Vielleicht war das alles nur ein Zufall. Der Wilderer dagegen war bekannt für sein aufbrausendes Temperament. Die beiden Männer waren regelrecht verfeindet. Herr Runge hatte als Jagdpächter natürlich das Recht auf seiner Seite. Und er hatte dem anderen das Jagen verboten. Dieser war aber der Meinung, dass er als Alteingesessener ein Anrecht darauf hätte, rund um Ahausen zu jagen.«

»Können Sie mir vielleicht etwas mehr über diesen Mann erzählen?«

Die alte Dame schwieg. Offensichtlich war sie hin- und hergerissen, ob und wie viel sie erzählen sollte. Mathilde wartete geduldig, bis die Frau einen Entschluss gefasst hatte.

»Ich erzähle Ihnen die tragische Familiengeschichte dieses Mannes. Er war ein Ahauser Geschäftsmann und betrieb sehr erfolgreich ein Handwerk. Während des Krieges belieferte er den Rotenburger Flughafen mit Waren. Dort waren viele Soldaten und Piloten stationiert. Die Kinder aus dem Dorf halfen gerne in der Werkstatt, dafür erhielten sie von ihm immer Süßigkeiten. In diesem Punkt war der Mann sehr großzügig. Überhaupt war dies auch ein Charakterzug von ihm. Später, als die Flüchtlingstrecks durch Ahausen zogen, hat er so manchem armen Teufel Lebensmittel geschenkt. Sein ganzer Stolz war ein prächtiges Jagdgewehr mit Zielfernrohr. Es hing an der Wand in seiner Werkstatt und es war jedem unter Androhung von Strafe untersagt, das Gewehr zu berühren. Und es gab niemanden, der es gewagt hätte, Hand an diese Waffe zu legen. Der Betrieb des Mannes lag aber direkt neben einer Gaststätte. Von dort waren es keine zwanzig Schritte durch die Hintertür, über den Zwischenhof und in die Schankstube hinein. Das wurde dem Mann zum Verhängnis. Er trank regelmäßig zu viel und dann wurde er gewalttätig. Seine Frau und auch seine Kinder bekamen das häufig zu spüren, aber auch mit anderen geriet er immer wieder aneinander. Erst als die Söhne erwachsen waren, ließen sie sich nicht mehr vom Vater schikanieren. Im Gegenteil, meine Schwester hat durch Zufall mit angesehen, wie ein Sohn einmal auf den am Boden liegenden Vater einschlug. Die Söhne sprachen tragischerweise ebenfalls alle reichlich dem Alkohol zu. Und auch das aufbrausende Temperament des Vaters hatten sie geerbt. Meine Schwester klopfte damals laut an die Scheibe des Ladens, damit der Sohn vom Vater abließ, und flüchtete schnell, als dieser wütend über die Störung die Ladentüre öffnen wollte. Am nächsten Tag fand man den Geschäftsmann tot in seinem Laden liegend.«

»Das ist ja eine ganz furchtbare Familiengeschichte. Was geschah mit dem Sohn? Hatte er wirklich seinen Vater umgebracht?«

»Nun, genau ließ sich das nicht klären. Der Sohn bekam eine geringfügige Haftstrafe, da er selbst über Jahre hinweg ein Opfer des Vaters gewesen war und die Schläge des Sohnes den Tod vermutlich nicht alleine verursacht hatten.«

»Wann ist das geschehen?«

»Nicht mehr genau, aber es war eine Weile nach dem Krieg.«

»Wissen Sie, was mit dem Jagdgewehr dieses Mannes war?«, ging Mathilde gedanklich einen Schritt zurück. »Hat man es nach dem Krieg beschlagnahmt, weil Alfred Runge ihn der Wilderei bezichtigte?«

»Davon ist mir nichts bekannt. Ich weiß nur durch Erzählungen von einzelnen Kindern, dass das Gewehr an manchen Tagen blitzeblank an der Wand hing, obwohl alles andere eingestaubt war.«

»Kann es nicht sein, dass er es einfach nur gereinigt hat? Wenn es doch sein ganzer Stolz war …«, meinte Mathilde, die die Anspielung durchaus verstanden hatte.

»Möglich ist vieles«, antwortete die alte Dame. »Aber er war kein sehr reinlicher Mensch und wenn ihm die Pflege der Waffe richtig am Herzen gelegen hätte, hätte er sie nicht in die staubigen Räume gehängt. Das war, wenn sie mich fragen, reine Angeberei. Außerdem ist es nicht unbedingt notwendig, eine Waffe zu putzten, wenn man sie eh nicht nutzt.«

Mathilde machte sich eifrig Notizen und trug ihre Aufzeichnungen anschließend der alten Dame noch einmal vor, damit sie gegebenenfalls noch Korrekturen vornehmen konnte. Dann kam sie auf die Frage nach Runges Gästen zurück: »Haben Sie denn noch andere Besucher von Alfred Runge kennengelernt?«

»Normalerweise sollten wir nur zum Saubermachen kommen, wenn Herr Runge sich alleine in der Jagdhütte aufhielt. Aber einmal ist Ludwig Roselius vorbeigekommen. Kennen Sie ihn?« Mathilde nickte zur Bestätigung und ihr Gegenüber fuhr fort: »Er war nicht alleine, sondern hatte noch einen älteren Herrn dabei und eine junge Frau. Ob es seine Freundin war, kann ich nicht mit Bestimmtheit sagen. Die beiden wirkten schon sehr vertraut miteinander. Meine Schwester und ich haben uns damals unseren eigenen Reim darauf gemacht. Der Roselius war sehr schlecht zu Fuß und die Frau war wesentlich jünger als er. Angeblich soll sie seine Sekretärin gewesen sein, aber man weiß ja, wie das so ist«, erklärte die alte Dame und blickte Mathilde verschwörerisch an. »Auf jeden Fall ist sie sehr freundlich zu uns gewesen. Wie hießen die beiden denn bloß noch?«

Mathilde zog die Fotografien aus ihrer Tasche und zeigte sie der alten Dame. »Sind es diese Herrschaften, die sie damals getroffen haben?«

Umständlich kramte die alte Dame nach ihrer Lesebrille und setzte sie auf. Ihr Gesicht erhellte sich. »Ja, das Foto muss an genau diesem Tag aufgenommen worden sein. Ja, jetzt erinnere mich. Meine Schwester hat dieses Foto sogar gemacht. Ich selbst war nicht dabei, da ich im Haus noch den Boden scheuern musste. Doch meine Schwester hatte ihren Teil der Arbeit bereits erledigt und wartete vor dem Haus auf mich. Die Besucher kamen etwas zu früh. Um die Zeit zu überbrücken, blieben die Gäste zunächst vor dem Haus. Da hat Herr Roselius meine Schwester gebeten, mit seiner Kamera ein Erinnerungsfoto zu machen. Das war sehr aufregend für sie, so ein teures Gerät zu bedienen.«

»Haben Sie oder Ihre Schwester das Foto schon einmal gesehen?«

»Nein, ich denke nicht. Ich hatte diese Situation schon völlig vergessen. Und den Roselius haben wir auch nicht noch einmal getroffen. Ich kann mir nicht vorstellen, dass Herr Roselius die Aufnahme meiner Schwester einmal gezeigt hätte.«

Mathilde notierte die Angaben über die Fotografin auf die Rückseite des Bildes.

»Noch Kaffee?«, fragte die Dame Mathilde, während sie ihr bereits einschenkte. »Es ist Kaffee HAG, davon können Sie beruhigt eine Tasse mehr trinken«, erklärte sie.

Mathilde freute sich vor allem über die Geste. Scheinbar genoss die alte Dame ihren Besuch und fand ihre Fragen nicht unangenehm. Also nippte sie einen Schluck und fragte weiter: »Sind denn häufig Leute an der Jagdhütte vorbeigekommen?«

»Eigentlich kamen nur die Kuhhirten regelmäßig mit ihren Tieren dort vorbei, wenn sie diese in die Wümmewiesen trieben. Der Weg führte nirgendwo anders hin und von dort ging es nicht weiter. Wer über die Wümme auf die andere Seite wollte, der wählte einen anderen Weg.«

»Und wie gut war das kleine Jagdhaus sichtbar? Konnte man es bereits von Weitem sehen?«

»Nein, nein, durch das weit heruntergezogene Reetdach fiel das Haus nicht besonders auf dort draußen. Außerdem war es von der Wümmeseite durch die Sanddüne geschützt und gegenüber lag ein kleines Waldstück, das Sichtschutz bot. Die Seeseite war zwar offen, aber es führte weit und breit kein Weg an dieser Seite entlang. Man hätte durch sumpfiges Moor laufen müssen. Es blieb also nur die Zuwegung, die man vom Dorf nahm, wenn man in die Wümmewiesen oder eben zu Herrn Runge wollte. Aber auch hier teilte sich der Weg mitten in dem Wäldchen, der vom Dorf aus gesehen vor der Hütte lag. Zwischen diesem Weg und der Jagdhütte befand sich einiges an Buschwerk, welches ebenfalls die Sicht beschränkte.«

Mathilde notierte die Angaben und vermerkte die Informationen auch auf der Skizze, die sie am See gemacht hatte. Als sie wieder aufsah, erzählte die alte Dame weiter: »Dann gab es noch eine kleine Remise. Der Stall war recht geräumig für ein einzelnes Pferd, aber die Kutsche passte nur knapp unter das Vordach. Vielleicht stellte Herr Runge Pferd und Kutsche darum auch im Ahauser Hof unter. Außerdem musste das Pferd natürlich versorgt werden, also war es wohl die beste Lösung so. Es hieß übrigens Steffi und war eine treue Seele. Jedenfalls nutzte Herr Runge Stall und Remise zum Abstellen einiger Gartengeräte. In einem extra abgetrennten Teil des Stalls befand sich eine kleine Werkbank. Nach der Jagd hingen die geschossenen Tiere stets unter dem Vordach, wenn Runge sie zerlegte.«

»Können Sie mir ungefähr beschreiben, wo die Remise stand?«, bat Mathilde die alte Dame und legte ihr die Zeichnung vor. Nachdem sie sich auf der Skizze orientiert hatte, deutete sie auf eine Stelle auf der seeabgewandten Seite der Hütte. »Hier muss sie gestanden haben. Der Weg verlief am Haus vorbei zwischen Jagdhaus und Remise entlang.«

Vor ihrem inneren Auge setzte Mathilde die einzelnen Teile immer weiter zusammen. Bald würde sie sich den Ort des Verbrechens genauestens vorstellen können. Doch zu der entscheidenden Frage waren sie noch nicht gekommen. Was wusste die alte Dame von der Ermordung Alfred Runges? Das Gespräch war bisher in einer sehr offenen Atmosphäre verlaufen und so sprach Mathilde diesen Punkt an.

»Sie wollen von mir wissen, wie Alfred Runge zu Tode kam? Glauben Sie mir, darüber habe ich mir viele Gedanken gemacht. Ich weiß aus erster Hand, dass er und seine Begleiterin erschossen wurden. Alfred Runge lag auf der Schwelle zur Wohndiele, seine Hose hing in den Kniekehlen. Man hatte ihm die lange Hose heruntergezogen oder vielleicht wollte oder sollte er sie ausziehen, starb aber, bevor er das Kleidungsstück ablegte. Der arme Mann!«

»Wissen Sie denn, ob Alfred Runge noch seine Schuhe trug, als er gefunden wurde?«

»Ja, in diesem Punkt bin ich mir sicher. Er hatte seine Schuhe an, als man ihn auf die Diele im Ahauser Hof brachte. Ich weiß das deshalb so genau, weil sie unter dem Laken hervorschauten, mit dem der Tote abgedeckt war.«

»Wer hat Ihnen das erzählt?«, forschte Mathilde nach.

»Niemand, ich habe es selbst gesehen. Als der Leichnam in das Haus getragen wurde, kam ich zufällig vorbei. Ich hatte zu diesem Zeitpunkt noch keine Ahnung, wer unter dem Laken auf der Bahre lag. Das erfuhr ich erst später. Aber die Schuhe, die habe ich gesehen. Meinen Sie, daraus kann man schließen, dass er die Hose nicht selbst ausziehen wollte? Wahrscheinlich schon, nicht wahr?«

Mathilde nickte. »So würde ich es deuten. Wissen Sie auch etwas von seiner Begleiterin?«

»Frau Buchholz lag in einer der hinteren Kammern. Vielleicht ist sie dorthin geflüchtet, als sie den Schuss hörte oder sogar mit ansehen musste, wie Herr Runge erschossen wurde. Frau Buchholz war von hinten erschossen worden und lag quer auf dem Bett. Sie trug ihren Pelzmantel, als man sie fand. Es muss ein schreckliches Bild gewesen sein.«

»Wissen Sie, wer die Toten gefunden hat?«, fragte Mathilde, obwohl sie die Antwort bereits kannte. Sie wollte sichergehen, dass die alte Dame sich wirklich richtig an die Geschehnisse erinnerte.

»Das waren der Herrenschneider und seine Frau. Sie haben dort wohl länger auf ihn gewartet, weil sie eine Verabredung mit ihm hatten. Irgendwann sind sie misstrauisch geworden, weil das Fahrrad unverschlossen vor dem Haus stand und auf dem Gepäckträger auch noch die Taschen waren. Dabei hatte Herr Runge bereist schlechte Erfahrungen mit Fahrraddieben gemacht. Das wussten alle, also haben sie schließlich einen Blick in die Wohndiele geworfen und sahen den toten Herrn Runge in seinem Blut liegen. Die arme Schneidersfrau ist in Panik zurück ins Dorf gelaufen und hat sofort den Dorfpolizisten geholt. Da mein Schwager ebenfalls Polizist war, haben wir viele Einzelheiten über den Fall erfahren.«

»Und gab es einen Tatverdächtigen? Glauben Sie, dass sich jemand für einen Streit oder vielleicht für eine ungerechtfertigte Beschuldigung bei Runge rächen wollte?«

»Nein, der junge Mann, von dem ich erzählt habe, hat damit bestimmt nichts zu tun. Der war nach dem Krieg gar nicht mehr in Ahausen. Aber es gab durchaus eine Vermutung in anderer Richtung, aber keine Verhaftung.«

»Verraten Sie mir, wen man damals verdächtigte?«, fragte Mathilde vorsichtig nach.

Die alte Dame schwieg, dabei rutschte sie unruhig auf ihrem Stuhl hin und her.

»Wissen Sie«, sagte sie schließlich vorsichtig, »ich habe es nicht immer leicht gehabt hier im Dorf. Obwohl ich schon als Kind herkam und in eine alteingesessene Familie eingeheiratet habe, bin ich doch immer die Zugezogene geblieben. Das Gefühl werden Sie vielleicht auch schon kennen. Dazu kam, dass wir keinen Vollhof hatten, sondern nur eine kleine Landwirtschaft. Da war man sowieso nicht gleichwertig mit den großen Bauern. Es ist einfach so, dass man hier oft einen Schritt zurücktreten muss, wenn die Interessen von denen berührt werden.« Sie sprach diese Worte ohne Bitterkeit, doch spürte Mathilde, dass diese Frau ihr Leben lang darunter gelitten hatte. Plötzlich legte sie ihre von Altersflecken übersäte Hand auf Mathildes. Die Hand fühlte sich weich und erstaunlich kräftig an und im Gegensatz zu der Berührung des Herrenschneiders empfand Mathilde diese als angenehm. Die Geste hatte etwas Tröstendes und Wohlwollendes. Die Finger der Frau waren leicht geschwollen und die beiden Eheringe, die ihren Stand als Witwe anzeigten, schnürten den Ringfinger ein. Dann schaute sie zu Mathilde auf und sagte: »Wir Zugezogenen müssen zusammenhalten!« Dabei unterstrich sie ihre Worte durch einen leichten Händedruck. Mathilde war gerührt. Es lag etwas sehr Verbindendes darin. Sie wurde von dieser Frau, die fast achtzig Jahre in Ahausen gelebt hatte und immer noch den Makel der Zugezogenen spürte, als gleichwertig akzeptiert. Dennoch würde sie ihr nicht mehr verraten, das verstand Mathilde. Scheinbar erwartete man von Zugezogenen, dass sie sich einfügten und hinnahmen, dass man sie wie Menschen zweiter Klasse behandelte. Das war gut zu wissen, allerdings war es für sie kaum von Bedeutung, was die Alteingesessenen von ihr hielten. Für sie zählten die Menschen, die sie mochte, zugezogen oder nicht. Und so lange sie sich hier wohlfühlte, würde sie hier bleiben.

Obwohl sie diesem Gefühl am liebsten sofort und nachhaltig Ausdruck verliehen hätte, schwieg sie. Sie spürte, dass die betagte Dame erschöpft war, und versprach, ein anderes Mal erneut vorbeizuschauen. Die alte Dame bat sie, nicht allzu viel Zeit vergehen zu lassen.

»In meinem Alter«, sagte sie lachend, »weiß man nie, wie viel Zeit einem noch bleibt. Und es war eine große Freude, in diese alten Zeiten einzutauchen.«

Mathilde bedankte sich herzlich und machte sich auf den Heimweg. Es war wirklich spannend und informativ gewesen. Trotzdem hatte sie wieder das Gefühl, kurz vor dem Ziel ausgebremst worden zu sein. Die Scheu, Namen zu nennen, war groß. Das war auf der einen Seite löblich, da niemand schnell und leichtfertig denunziert wurde. Andererseits hatte Mathilde so viele Andeutungen von verschiedenen Personen erhalten, dass ein alteingesessener Ahauser sicher sofort einen Namen parat gehabt hätte. Offensichtlich beschrieben die Befragten alle ein und dieselbe Person. Doch die Informationen reichten nicht aus, um ein klares Bild zu bekommen oder alleine weitere Recherchen zu betreiben.

Es war bereits später Nachmittag, als Mathilde zu Hause ankam. Doch die Sonne schien von einem strahlend blauen Himmel herab und sie beschloss, den restlichen Tag im Garten zu verbringen. Auf dem großen Naturgrundstück gab es zwar kaum etwas zu tun, aber sie wollte noch den Feuerplatz mit den neuen Hockern fertig einrichten. Danach legte sie sich in die Hängematte. Wer wusste schon, wie lange das Wetter noch so gut bleiben würde? Sie genoss die Natur um sich herum und ließ die Gedanken schweifen. Sie lauschte dem Zwitschern der Vögel und dem Wind in den Bäumen, der einem Meeresrauschen glich. Die Natur tat ihr gut und sie konnte verstehen, weshalb Alfred Runge und die anderen Mitglieder

der Niedersachsenrunde ihrer Heimat so viel Liebe entgegengebracht hatten. Auch sie wurde eins mit ihrer Umgebung. Körper, Geist und Seele vereinten sich in einem Gefühl des Wohlbehagens. Ihre persönlichen Wunden heilten spürbar. Zorn, Enttäuschung und Trauer dominierten nicht länger ihre Tage. Trotzdem mied sie den Kontakt zu ihrem Exmann und verbot sich die Gedanken an ihn. Ihre Gefühlswelt war noch immer recht labil.
Ihr war durchaus bewusst, dass ihre Nachforschungen im Fall Alfred Runge zum Teil Bewältigungstherapie waren. Sie halfen ihr dabei, die schlechten Gedanken und Gefühle zu verdrängen. Mathilde beobachtete, dass ihr der Architekt Runge immer vertrauter wurde, sofern man das von einem Toten sagen konnte. Manchmal vermischten sich sogar Vergangenheit und Gegenwart in Mathildes Gedankenwelt. So glitt sie auch jetzt in einen Traum hinüber, der sie zum See und zur Hütte führte, von der sie in den letzten Tagen so viel gehört hatte. Als sie wieder erwachte, fühlte sie sich gestärkt. Es war bereits dämmrig, fast schon dunkel. Fröstelnd ging sie ins Haus. Sie hatte den Schlaf nach zwei mehr oder minder durchwachten Nächten wohl wirklich dringend nötig gehabt.

Am nächsten Tag machte Mathilde sich auf den Weg in die Ahauser Gemeindebücherei. Sie wusste selbst nicht genau, wonach sie suchte, entdeckte dann in der Heimat-Ecke aber ein altes und angestaubtes Büchlein, das ihr Interesse weckte. »Unsere Heimat« lautete der Titel. Es schien sich um ein Buch aus Zeiten der Heimatbewegung und der Niedersachsenrunde zu handeln. Kurzerhand lieh sie es aus. In ihrer Hängematte schaukelnd, las sie es am Nachmittag komplett durch. Der Autor verherrlichte die norddeutsche Heimat und forderte den Leser auf, sich zum Schutze des ländlichen Raumes in der

Heimatbewegung zu engagieren. Die romantische Sichtweise idealisierte die Natur und entwarf die Fiktion eines unverdorbenen Landlebens, welches der zunehmenden Verarmung und Verrohung der Städte entgegenstand. Sie konnte sich gut vorstellen, wie auch Roselius oder Runge dieses Buch lasen und dem Autor zustimmten. Über die heutige Entwicklung des ländlichen Raumes wären sie sicherlich entsetzt gewesen. Städte, die sich immer weiter in die Landschaft fraßen und diese verbrauchten. Und auch auf dem Land war schon lange nicht mehr alles so, wie es der Autor beschrieb. Sicherlich gab es weniger Kriminalität, noch immer ließen die meisten Landbewohner zumindest die Hintertür unverschlossen, damit Besucher direkt eintreten konnten. Wer vorne an der Haustür klingelte, musste ein Fremder sein. Aber die Entwicklung insgesamt hätte bei Runge und Roselius sicherlich Missfallen erregt. Der intensive Ackerbau, der Versuch, immer noch mehr zu produzieren, die Vernichtung naturnaher Randstreifen und die entwürdigende Art der Massentierhaltung zerstörten das traditionelle Bild der Landidylle. Die kleinen Nischen, die unaufgeräumten Ecken und unberührten Flecken Erde, die sich selbst überlassen waren, wurden immer weniger. Die Industrialisierung hatte eben auch vor dem Landleben nicht haltgemacht. Die modernen Höfe unterlagen strengen wirtschaftlichen Anforderungen. Die Entscheidungsfreiheit der Bauern wurde durch eine irrsinnig anmutende Politik völlig beschnitten, gleichzeitig erhielten die Höfe enorme Subventionen und hingen somit am Tropf der Fördertöpfe. Hinzu kam, dass viele Menschen, die das Landleben wählten, dies nicht taten, um mit oder von ihrem Land zu leben, sondern lediglich darauf. Leben und Arbeiten fanden inzwischen auch in Ahausen meist getrennt statt. Und schon der Autor des Büchleins befürchtete, dass das traditionelle Landleben mit seinen wiederkehrenden Höhepunkten wie dem Schützenfest und der Erntedankfeier unter städtischen Einflüssen leiden würde. Er appellierte darum an die Menschen, die Pflege der Traditionen und Landschaften nicht zu vergessen und die friedliche Dorfgemeinschaft zu erhalten.

»Na, wenn früher mal alles wirklich so friedlich und ruhig gewesen wäre«, sagte Mathilde, als sie das Buch schließlich zuklappte. Alleine in der Geschichte um Runge waren bereits verschiedene Streitereien, Diebstähle, Vandalismus und Gewalttätigkeiten aufgetaucht.

Als ihr Magen knurrte, erhob sie sich. Sie hatte die Zeit beim Lesen völlig aus den Augen verloren.

An der Terrassentür musste sie feststellen, dass sie die Insektentür nicht richtig geschlossen hatte. Die Mücken würden sie in der Nacht quälen und um den dringend benötigten Schlaf bringen. Verärgert schimpfte sie mit sich selbst, während sie ins Haus ging.

Die Sonne stand bereits tief am Horizont und schien mit ihrem rötlichen Abendglanz quer durch das Haus. Es war eine besondere Stimmung, die Mathilde immer wieder aufs Neue verzauberte. Sie bereitete sich eine Brotzeit zu und schaute der Sonne beim Untergehen zu. Als es dunkel wurde, holte sie die Unterlagen zu Runge aus der Tischschublade heraus. Sie wollte das Gelesene ergänzen, da es ihr für die Charakterisierung Runges wichtig erschien. Ihr Blick streifte hin und wieder über den Anrufbeantworter. Es lag keine neue Nachricht vor. Susan hatte sehr viel zu tun und hatte sicherlich noch nichts Neues herausgefunden. Trotzdem hatte Mathilde heimlich auf einen Anruf von ihr gehofft. Dann stutzte sie plötzlich. Sie stand auf und ging zu dem Gerät. Die Anzeige des Anrufbeantworters zeigte eine große Null – keine gespeicherten Anrufe. Sie drückte auf die Play-Taste.

»Sie haben keine Nachrichten«, teilte ihr die mechanische Stimme emotionslos mit.

Das konnte nicht sein! Sie hatte extra frische Batterien in das Gerät eingelegt, damit bei einem Stromausfall, wie er in dem Häuschen häufiger vorkam, die gespeicherten Nachrichten nicht verloren gingen. Sie folgte dem Kabel. Der Stecker war sowohl im Gerät als auch in der Steckdose richtig eingesteckt. Sie selbst hatte die Anrufe auf keinen Fall gelöscht, da war sie sich absolut sicher. Gerade die anonymen Anrufe wollte sie für ihr eigene Sicherheit speichern. Die Haut an ihrem Hinterkopf prickelte. Sie drehte sich erschrocken um. Es war niemand da. Aber es musste jemand hier gewesen sein, als sie hinter dem Haus in der Hängematte las.

Panik überfiel sie. Hastig kramte sie das Pfefferspray aus ihrer Handtasche hervor. Dann griff sie mit klopfendem Herz nach dem Telefon. Fast hätte sie vor Erleichterung geweint, als das Freisignal erklang. Kurz hatte sie befürchtet, die Leitung könnte tot sein. Mit zitternden Fingern wählte sie Susans Nummer. Ihre Freundin war allerdings nicht erreichbar. Aufgeregt hinterließ Mathilde eine Nachricht mit der Bitte, möglichst bald zurückzurufen.

Dann durchsuchte sie mit gezücktem Pfefferspray in der einen und dem Telefon in der anderen Hand ihr Häuschen. Selbst in dem kleinen Kellerloch unter dem Bad sah sie nach. Niemand war hier. Auch ihr Hausschlüssel hing neben der Tür, wo er hingehörte. Nachdem sie sicher war, dass sie alleine im Haus war, verschloss sie die Eingangstür und alle Fenster. Sie zog die Vorhänge zu, die sie in der letzten Woche selbst genäht hatte. Ängstlich horchte sie auf jedes Geräusch. Sie fühlte sich beobachtet und verunsichert. Jetzt fielen ihr auch die Fußspuren wieder ein. Die hatte sie im Ärger über die erneute Drohung ganz vergessen.

Sie versuchte, tief durchzuatmen. Akribisch schaute sie nun auf jedes Detail in ihrem Heim. Hatte der Eindringling ihre Sachen durchsucht? In diesem Moment bereute Mathilde ihre eigene Unordnung. Wie sollte sie in diesem Chaos fremde Spuren ausmachen und feststellen, ob etwas fehlte?

Die Unterlagen, dachte sie erschrocken. Darauf hatte der Eindringling es sicherlich abgesehen gehabt. Schnell schaute sie, ob etwas fehlte. Aber zumindest in diesem Punkt gab es Entwarnung. Die Schublade war unter der Tischdecke gut versteckt gewesen.

Doch was sollte sie jetzt tun? Die Sache schien ihr über den Kopf zu wachsen. Drohungen waren die eine Sache, aber hier war eine Grenze überschritten worden. Jemand hatte sich nicht gescheut, noch weiter in ihren privaten Bereich einzudringen. Und das Risiko, erwischt zu werden, war dabei nicht unerheblich gewesen. Sie hatte im Garten gelegen und nicht einmal geschlafen.

Nein, dies war kein Einbruch im herkömmlichen Sinne. Es war ein gezieltes Eindringen, um den Drohanruf zu löschen. Somit war der einzige Beweis, der dem Anrufer gefährlich werden konnte, vernichtet.

»Es ist mir also gelungen, den Unbekannten aus der Reserve zu locken«, stellte Mathilde trocken fest. Offensichtlich wurde sie in ihrem Haus schon längere Zeit beobachtet. Doch wer sollte dieser Beobachter sein? Die älteren Leute schloss Mathilde aus. Von den jüngeren kannte sie kaum jemanden. Vielleicht hatten ihre Nachbarn jemanden hier gesehen. Morgen früh würde sie danach fragen. Dass sich der Fremde mit dem Löschen des Anrufbeantworters zufrieden gegeben und sich ihr nicht genähert hatte, beruhigte Mathilde in gewisser Weise. Eine lesende Frau in einer Hängematte zu überwältigen, wäre eine leichte Übung gewesen. Doch wie groß war der Schritt vom Eindringen in ihre Privaträume zu einer körperlichen Attacke? Zumindest erfolgte auf jede Provokation ihrerseits eine prompte Reaktion des Unbekannten. Würde er das Interesse verlieren, wenn sie ihre Nachforschungen einstellte? Oder sie heimlich und im Stillen weiter betrieb? Oder war es womöglich nun an der Zeit, die Polizei einzuschalten?

»Los, Susan, ruf mich zurück!«, sagte sie, auch um die Stille im Haus zu vertreiben.

1941

Mit viel Glück und meiner guten Ortskenntnis blieb ich für die Allgemeinheit weiter unsichtbar. Ich stahl das Nötigste für meinen Lebensunterhalt in benachbarten Dörfern, jedoch niemals in Ahausen selbst. Solange die Tage und Nächte frostfrei waren, benötigte ich nicht unbedingt ein festes Dach über dem Kopf. Wenn mir die Enge meines Verstecks zu sehr auf das Gemüt drückte, verbrachte ich Tage und Nächte alleine draußen in der Natur. Ich bewegte mich abseits der üblichen Wege und sammelte Beeren, Pilze und auch Holzvorräte. Auf den Winter musste ich gut vorbereitet sein, wenn ich hier draußen ganz alleine überleben wollte.

Vor zwei Monaten war ich unverhofft meinem unbekannten Nachbarn begegnet. Glücklicherweise nicht in der Nähe meines Unterschlupfs, sondern auf den Wegen des angrenzenden Mühlwaldes. Er war Jäger und verbrachte Stunden auf seinem Ansitz, dabei musste er mich beobachtet haben. Misstrauisch grüßte er mich bei unserer Begegnung. Meine Kleidung ließ inzwischen deutlich erahnen, dass ich nicht aus geordneten Verhältnissen stammte. Ich gab mich sehr zurückhaltend und freundlich ihm gegenüber. Gekleidet mit Knickerbockerhosen, Hemd und Filzjacke sowie wollenen Strümpfen, die in derben Lederschuhen steckten, stellte er einen mustergültigen Waidmann dar. Eine runde Metallbrille und ein herausgeputzter Filzhut auf dem Kopf vervollständigten seine Erscheinung. Er war, schätzte ich, gut zwanzig Jahre älter als ich, dennoch sehr muskulös und durchtrainiert. Für sein fortgeschrittenes Alter wirkte er vital. Obwohl mir bewusst war, dass ich ständig in Lebensgefahr schwebte, wenn ich entdeckt und als Kriegsverweigerer abgeurteilt werden würde, hatte ich das Bedürfnis, mich ihm anzuvertrauen. Ich unterdrückte diesen Wunsch, wunderte mich aber über mich selbst. Bei einer körperlichen Auseinandersetzung hätte ich bestimmt kein leichtes Spiel mit ihm.

Von da an beobachtete ich das Treiben in dem Jagdhaus mit dem gestohlenen Feldstecher noch genauer und mit stets steigendem Interesse. Für gewöhnlich saßen der Hausherr und seine Gäste auf der Diele um einen großen Tisch herum. Bei warmen Temperaturen spielte sich das gesellige Leben vor der Jagdhütte ab. Immer wieder kehrten kleinere Gesellschaften oder Einzelpersonen bei ihm ein. Im Laufe der Zeit wurde ich verwegener und schlich mich immer wieder in die Nähe der Jagdhütte. Ob es an meiner Einsamkeit lag oder ob es einen anderen Grund für mein Verhalten gab, konnte ich nicht mit Bestimmtheit sagen. An einem milden Herbstabend näherte ich mich erneut der einsam gelegenen Hütte, um durch die erleuchteten Fenster zu blicken. Leise drückte ich mich an der Hauswand entlang. Ganz vorsichtig hob ich meinen Kopf in Richtung Fensterscheibe und warf einen schnellen Blick hinein. Der Raum war in das schummrige Licht einer Tranlampe getaucht, aber leer. Auf dem Esstisch stand eine kräftig Brotzeit, die mir das Wasser im Mund zusammenlaufen ließ. Ich hatte wahrlich genug von den madendurchsetzen Fleischstückchen und schimmeligem Getreidebrei. Behutsam schob ich mich um die Hausecke herum, um in den angrenzenden Raum schauen zu können. Auch hier war niemand zu sehen. Nervosität überkam mich. Wo war der Bewohner abgeblieben? Sekunden später ließ mich eine kraftvolle Stimme in meinem Rücken herumfahren. Beschwichtigend hob ich beide Hände und betrachtete mein Gegenüber. Mit freiem Oberkörper stand er vor mir und stellte mich erbost zur Rede. Regungslos verharrte ich und versuchte zu ergründen, woher er gekommen war. Meine Situation hatte sich gerade grundlegend verschlechtert. Nach einer Weile senkte ich meine Hände und lächelte ihn an. Die Gedanken überschlugen sich in meinem

Kopf. Allein die Tatsache, dass ich hier stand, verriet ihm noch nichts über meinen Unterschlupf. Hätte er Verdacht geschöpft, dass sich in seiner unmittelbaren Umgebung eine unbekannte Person versteckt hielt, wäre er bestimmt gekommen, um nachzuschauen. Doch bislang hatte ich ihn noch nicht in der Nähe meines Verstecks bemerkt. Ich täuschte schließlich einen verstauchten Knöchel vor, der mir den Weg ins Dorf erschwerte. Ich habe nur gedacht, für einen Augenblick auf der Bank vor einer Hütte auszuruhen, um dann meinen Weg fortzusetzen, log ich ihn an. Ich führte glücklicherweise keinerlei Werkzeug, Waffen oder Taschen mit mir, die auf einen Einbrecher oder Dieb schließen ließen. Mein Dietrich war gut verborgen. Darum schlug sein anfängliches Misstrauen schnell in große Hilfsbereitschaft um. Aus dem Jagdhaus holte er einen Tiegel mit einer medizinischen Salbe und eine einfache Binde, die er mir für den verstauchten Knöchel anbot. Mit schmerzverzerrtem Gesicht trug ich die Salbe auf mein linkes Gelenk auf, wickelte die Binde straff um den Knöchel und hoffte, mich nicht zu verraten. Er setzte sich ebenfalls auf die Bank und begann ein Gespräch. Er stellte mir viele Fragen, auch zu den Verhältnissen im Dorf. Zu wem ich gehörte oder Kontakt hatte. Ich erfand eine abenteuerliche Geschichte, in der ich die Kriegserlebnisse meiner Onkel in einer neuen Fassung zum Besten gab und behauptete, dass ich so schwere Kriegsschäden erlitten hätte, dass ich zur Genesung erst einmal an der Heimatfront dienen sollte.

Der Abend vernahm einen gänzlich anderen Verlauf, als ich es je für möglich gehalten hätte. Er lud mich zum Essen an seinen Tisch, nachdem er zu der Überzeugung gelangt war, dass ich völlig harmlos, verletzt und ausgehungert war. Zuvor erlaubte er mir eine ausgiebige Körperreinigung am Küchenwaschbecken, damit ich meinen strengen Geruch etwas ablegte. Erneut fragte er viel und ich erzählte erst zögerlich, dann immer bereitwilliger.

Seine zuvorkommende, höfliche Art mir gegenüber verleitete mich, ihm mehr und mehr zu vertrauen. Dennoch verriet ich ihm nichts über meine tatsächliche Geschichte und meine jetzige Unterkunft. Die Zeit flog dahin und ich aß und trank so viel und gut wie schon seit Langem nicht mehr. Später bot er mir einen Schnaps für die Verdauung an und ich nahm erfreut an. Mit einem fast väterlichen Blick schenkte er mein Glas voll und stellte dann die Flasche direkt auf den Tisch. Er betrachtete mich sehr genau und ich wünschte mir in diesem Moment, Gedanken lesen zu können. Wir tranken noch zwei weitere Schnäpse, dann stellte sich ein bedrückendes Schweigen zwischen uns ein. Die Situation war eigentümlich vertraut geworden und irritierte mich zusehends. Darum verabschiedete ich mich eilig. Sein Angebot, mich zu begleiten, lehnte ich energisch ab. Ich wolle ihn nicht noch länger aufhalten und zudem sei es ja nicht weit. Ich käme sehr gut klar.

Zum Abschied legte er eine Hand auf meine linke Schulter und ich spürte seinen leichten, angenehm warmen Händedruck. Humpelnd verließ ich die Jagdhütte zunächst in Richtung Dorf. Hinter dem kleinen Wäldchen änderte ich die Richtung wieder und lief nun im Schutze der Dunkelheit flinken Schritts an der Jagdhütte vorbei zu meinem Unterschlupf.

Noch immer fühlte ich die tröstende Berührung seiner Hand auf meiner Schulter. Sie verdeutlichte mir meine Einsamkeit auf das Bitterste. Ich ruhte hier in dem feuchten Kellerloch auf den schäbigen Matratzen, umgeben von meinen wenigen Habseligkeiten. Doch wenn ich überleben wollte, musste ich weiterhin unbemerkt bleiben. Dies war keine Zeit, um fremden Menschen zu vertrauen.

Täglich griff ich nun zum Fernglas und richtete es auf die Jagdhütte. So nahm ich wenigstens am Leben meines Nachbarn teil, wenn ich schon kein eigenes Leben mit Gesellschaft hatte.

Obgleich ich nicht dazugehörte, freute mich die Abwechslung, die so in mein trostloses Dasein kam. Die übrige Zeit verbrachte ich damit, mir meinen Wintervorrat zusammenzustehlen. Um das Eigentum meines Nachbarn machte ich jedoch einen großen Bogen. Er hatte mich gütig bewirtet und zudem hockten wir zu eng aufeinander. Die Gefahr, doch noch von ihm entdeckt zu werden, war zu groß.

Aber ich war nicht der Einzige hier draußen, der sich herumtrieb. Immer wieder hatte ich bei meinen Streifzügen eine auffällige Person beobachtet. Ein kräftiger Mann, der, in einen langen Lodenmantel gekleidet, den Wildwechseln folgte. Offensichtlich wilderte hier jemand, ohne dabei besonders vorsichtig zu sein. Meist schlich der Wilddieb durch das Revier, wenn der Jagdpächter nicht vor Ort weilte. In seiner Dreistigkeit schleppte der Wilddieb das erlegte Stück manchmal auf den Schultern in Richtung Dorfrand, ohne es wenigstens in einem Sack zu verbergen. Offensichtlich scherte es ihn nicht, ob er im Dorf damit gesehen wurde. Ich kannte den Mann nicht und folgte ihm einige Male heimlich, in einer tiefdunklen Nacht einmal sogar bis zu einem Haus an der Dorfstraße. Hier also wohnte oder verkehrte der dreiste Kerl. Vielleicht würde mir dieses Wissen einmal von Nutzen sein. Ohnehin hatte ich von der Kenntnis um den Wilddieb nur Vorteile. Als die Jagdhütte wieder einmal für eine längere Zeit unbewohnt blieb, legte er nicht weit von meinem Versteck entfernt Schlagfallen aus. Ich selbst kontrollierte die Fallen regelmäßig und konnte mehrmals die so gefangene Jagdbeute an mich nehmen. Da ich die Fallen wieder einsatzbereit zurückließ, bemerkte der eigentliche Wilddieb davon nichts. Ein bestohlener Dieb, darüber musste ich doch lachen. Doch damit war es vorbei, als der Jagdpächter zurückkehrte. Seiner Aufmerksamkeit entgingen die gefährlichen Schlagfallen natürlich nicht. Fast hätte sein Jagdhund ein Bein dadurch verloren. Die schreckliche Verletzung des Hundes löste einen lauten Wutausbruch seines Herrn aus. Vor Ort legte sich der Jagdpächter nun jeden Abend auf die Lauer, bis er den elenden Wilddieb erwischte. Mit vorgehaltenem Jagdgewehr stellt er ihn zur Rede und beschlagnahmte die Waffe des Wilderers, die dieser unter seinem Lodenmantel verborgen hielt. Von meinem Turm aus beobachtete ich die Szene. Statt Reue zu zeigen und das Unrecht einzusehen, drohte der Wilderer dem Jagdpächter mit erhobener Faust.

»Irgendwann erwische ich dich mal ganz alleine, ohne dass du eine Waffe auf mich richtest«, brüllte er so laut, dass ich seine Worte noch auf dem Turm verstehen konnte. Die Entgegnung meines Nachbarn konnte ich leider nicht verstehen, aber er jagte ihn davon und kehrte erst in seine Jagdhütte zurück, nachdem er sämtliche Schlagfallen unschädlich gemacht hatte.

Für mich waren jetzt die Zeiten, in denen ich mich einfach am Wildbret bedienen konnte, vorbei. Wieder musste ich mein Überleben auf andere Art und Weise sichern.

Bremen in den 1990er-Jahren

Es war eine merkwürdige Verabredung, die Susan mit Mathilde getroffen hatte. Sie hatte Mathilde eine genaue Anfahrtsbeschreibung auf den Anrufbeantworter gesprochen, ohne zu verraten, was dort war und wieso sie sich dort treffen würden. Es sollte eine Überraschung werden. Von der Nordstraße kommend, bog Mathilde hinter der Rolandmühle in das Hafengebiet ein. Hier kannte sie sich überhaupt nicht aus. Emder Straße, genauso hatte sie es sich von Susans Nachricht notiert. Langsam fuhr sie weiter und bog direkt nach den Schienen rechts in die Cuxhavener Straße ab. Bislang hatte sie keine Schwierigkeiten, der Wegbeschreibung zu folgen. Doch als ihr jetzt ein riesiger Lkw entgegenkam, wurde sie unsicher.

»Susan, was hast du mit mir vor?«, fragte sie laut und schaute noch einmal auf die Wegbeschreibung.

»Nach ungefähr 500 Metern kommt eine weiße Fußgängerbrücke, da warte ich auf dich«, hatte Susan ihr gesagt. Also gut. Sie fuhr vorbei an alten Büro- und Lagergebäuden, die schon bessere Tage gesehen hatten. Dann sah sie ihre Freundin. Susan wartete neben einem Tor zu einem Firmengelände und winkte ihr entgegen. Wie immer sah sie blendend aus mit ihrem knielangen Businesskostüm und den schmalen Pumps.

»Willkommen bei Kaffee HAG!«, lachte sie, als Mathilde ausstieg. Erstaunt blickte die sich um.

»Wie meinst du das?«

»Ich habe neulich mit einem Kollegen über alte Industriebauten gesprochen und wir sind dabei zufällig auf diesen Ort hier gekommen. Ich dachte, das würde dich interessieren, und ich habe mal ein bisschen meine Verbindungen spielen lassen. Los komm, lass dich überraschen!«

Sie drehte sich zum Tor, wo gerade ein Mann aufgetaucht war und sie einließ.

»Sie sind aber sehr pünktlich«, meinte er freundlich. Er lief vor ihnen her und Mathilde sah sich gespannt um.

»Dieses Gebäude kennen Sie wahrscheinlich von alten Bildern, oder?« Er zeigte auf das große Haus gleich an der Einfahrt. Tatsächlich war an dem gelben Haus in großen goldenen Buchstaben »Kaffee HAG« zu lesen.

»Das ist hier das alte Firmengelände«, erklärte Susan ihr mit leuchtenden Augen. »Wir hatten ja in letzter Zeit beide nicht so viel Zeit und konnten kaum was erreichen, da dachte ich, es bringt uns vielleicht weiter, wenn wir ein bisschen dem Geist von Roselius nachspüren.«

»Da sind wir«, unterbrach der Mann und öffnete eine Tür.

Die Freundinnen folgten ihm und standen, zumindest für Mathilde sehr unerwartet, plötzlich in einem heruntergekommenen, aber durchaus prächtigen Raum mit dunklen Holzvitrinen und Säulen, Wänden und Tischen aus Marmor. Anscheinend waren sie nicht die ersten Besucher, auch Sprayer waren schon hier gewesen. Einiges war wild durcheinander. Dennoch strahlte er eine kühle Erhabenheit aus.

»Den Marmorsaal ließ Roselius für wichtige Empfänge und Geschäftstermine bauen. Er besteht aus feinstem Carrara-Marmor«, erklärte ihr Führer. »Leider wird er nicht besonders gepflegt, wie Sie sehen. Aber man kann sich gut vorstellen, wie er früher aussah, oder?«

Mathilde nickte. »Das ist wirklich Wahnsinn. Ich glaube, dass ich jetzt erst wirklich eine konkrete Vorstellung von den Dimensionen seines Schaffens bekomme.«

Es war eine geradlinige, schnörkellose Architektur. Wenn alles hergerichtet gewesen wäre, hätte es sicherlich noch beeindruckender gewirkt.

»Hier speisten damals die Direktoren und die höchsten Angestellten. Die Kantine für die einfachen Arbeiter befand sich im Kellergeschoss, genau einen Stock tiefer. Für alle wurde der Saal nur zu besonderen Firmenfeierlichkeiten geöffnet«, erklärte der Mann. »Schauen Sie sich gerne ein bisschen um und sagen Sie Bescheid, wenn Sie Fragen haben. Ich freue mich, dass sich jemand für dieses Prachtstück interessiert.«

Sie sahen sich interessiert um. Nach einer Weile verabschiedeten sie sich und schlenderten zurück zu ihren Autos.

»Parken wir bei mir und fahren dann einfach mit der Bahn in die Stadt? Wir wollen doch noch shoppen gehen, oder? Es ist Schlussverkauf und ich brauche ganz dringend neue Schuhe!«

Mathilde nickte. Sie war schon lange nicht mehr bummeln gewesen und ihre Jeans waren inzwischen wirklich schon etwas zerschlissen. Neben Susan in ihrem Kostüm fühlte sie sich wie ein richtiges Landei.

»Ich würde dir gerne noch etwas zeigen, bevor wir aufbrechen. Trinken wir noch einen Kaffee?«, fragte Susan. »Was möchtest du? Einen Cappuccino?«

»Gerne. Hör mal, ich wollte dir gerne noch etwas geben«, sagte Mathilde und zog die Mappe aus ihrer Handtasche, die sie vor ihrem Treffen vorbereitet hatte. »Ich habe dir hier alle meine Aufzeichnungen zu Runge kopiert und möchte dich bitten, sie bei dir aufzubewahren.«

Ernsthafte Besorgnis spiegelte sich auf Susans Gesicht. »Natürlich bewahre ich die Sachen auf, aber sag mir bitte ganz ehrlich: Ist was passiert?«

Seufzend erzählte Mathilde ihr von der erneuten Nachricht auf dem Anrufbeantworter und dem Verschwinden der gespeicherten Anrufe. Als Susan sie am nächsten Tag schließlich zurückgerufen hatte, hatte Mathilde sich schon von dem Schrecken erholt und wollte ihre Freundin nicht beunruhigen. Aber dann hatte sie entschieden, ihr nun doch davon zu berichten und eine Kopie der Unterlagen zu übergeben.

Auch Susan war sicher, dass jemand in ihr Haus eingedrungen sein musste. »Ich dachte, das hätte sich inzwischen erledigt. Vielleicht ist die Geschichte doch eine Nummer zu groß für uns, Mathilde. Ich habe wirklich Sorge um dich. Ich könnte es mir nicht verzeihen, wenn dir etwas passieren würde.«

»Ich habe das Pfefferspray immer dabei. Außerdem habe ich jetzt beschlossen, dass ich mir so bald wie möglich eine Wohnung direkt im Dorf suchen werde.«

»Willst du nicht lieber wieder nach Bremen kommen? Du warst doch jetzt lange genug im Exil, oder nicht?«

Die gleiche Frage hatte sich Mathilde bereits selbst gestellt. Doch ihr gefiel das Landleben, auch wenn sie sich hin und wieder schon einsam fühlte. Die Leute waren mit der Zeit offener geworden und ein kleiner eingeschworener Kreis unterstützte sie bei ihren Recherchen.

»Und ich habe wahrscheinlich sogar einen festen Job in Rotenburg in Aussicht. Und außerdem bin ich in Ahausen viel näher an der Quelle.«

»Hast du was Neues erfahren?«, fragte Susan aufgeregt.

»Nein, es dreht sich alles immer um das Gleiche. Es steht weiterhin im Raum, dass ein Ahauser eventuell ein Motiv und die Möglichkeit gehabt hätte. Es gab wohl einige Gerüchte damals, allerdings wurde keine Anklage erhoben. Ich bin auch gar nicht sicher, ob es offiziell diesen konkreten Verdacht gab. Die Leute aus dem Dorf machen immer nur Andeutungen. Einen Namen will keiner nennen. Es bleibt also auch nach wie vor die Frage, wann das Gerücht mit den marodierenden Polen entstanden ist und wer es in Umlauf gebracht hat«, meinte Mathilde. »Die Polizei wird es kaum gewesen sein. Die wusste ja, was die Todesursache war. Und ob Runge erschossen oder erschlagen wurde, scheint mir ein wichtiges Indiz zu sein. Denn dann bleibt die Frage, wer zur damaligen Zeit einfach mit einer Waffe durch die Gegend laufen konnte.«

»Da du offensichtlich nicht vorhast, den Fall ruhen zu lassen oder nach Bremen zurückzukommen, solltest du dich wirklich schnell um eine neue Wohnung kümmern. Versprichst du mir das? Du weißt ja nun mal nicht, wer Freund und wer Feind ist. Die meisten Menschen im Dorf werden wahrscheinlich überhaupt nichts mit dieser Sache zu tun haben und sind völlig ahnungslos. Aber es reicht ja schon, wenn du versehentlich den Falschen ansprichst und alte Ängste weckst. Das hast du ja jetzt gerade wieder deutlich gezeigt bekommen. Auch wenn da jemand ist, der für seine Vorfahren und deren Taten überhaupt nichts kann, trotzdem würde so etwas auf die Familie zurückfallen. Und du weißt, dass manche Menschen alles tun, um solche Dinge zu vermeiden, oder?«

Mathilde nickte. »Ich denke auch, dass der Mord ein sehr persönliches Motiv hatte. Diese Sache mit der heruntergezogenen Hose lässt mich einfach nicht los.«

»Das ist ja auch wirklich ein interessantes Bild«, stimmte Susan zu. »Die Hosen runterlassen, das heißt doch so viel wie: Sag die Wahrheit, oder? Ob er etwas zu verbergen hatte? Und das hat ja auch etwas recht Intimes oder Sexuelles, oder?«

»Finde ich auch. Darum müssen wir noch mehr rausfinden.«

»Dazu habe ich auch noch etwas. Es gehört im Grunde zu unserem Ausflug von eben, aber ich wollte es dir in Ruhe geben. Es ist nichts besonders Aufregendes, aber trotzdem. Du wirst gleich verstehen, was ich meine. Es ist ein Schreiben von Roselius und es richtete sich an seine Mitarbeiter. Es geht nicht wirklich um Runge, aber wir greifen ja nach jedem Strohhalm, der uns bei der Einordnung helfen kann, oder? Und ich sage dir, je mehr ich über Roselius weiß, umso rätselhafter ist mir seine Persönlichkeit. Vielleicht sollte ich hierzu kurz sagen, dass er 1922 Adolf Hitler traf und offenbar sehr beeindruckt von ihm war, sogar Fördermitglied der SS wurde.« Susan reichte Mathilde ein Blatt über den Tisch, das laut Briefkopf von Roselius kam. Unter der Überschrift »Kaffee Hag: ein Herz schlägt für die Reichskanzlei« schrieb er:

Bremen, den 28. Oktober 1933
An meine Mitarbeiter!

Von jeher habe ich für mich Gewissens-Freiheit verlangt. – Niemals im Leben habe ich einem Druck nachgegeben, der mein Gewissen hätte belasten können. – Ich habe es mir deshalb schon als junger Mensch zur heiligsten Pflicht gemacht, niemals Zwang auszuüben auf das Gewissen eines anderen. – In den Jahren der deutschen Machtfülle wurden mir Erfolge beschieden, die manche Versuchung in sich bargen. – Ich habe die mir verliehene Macht aber niemals zum Einbruch in das Gewissensreich eines Dritten benutzen. – Von jeher habe ich es abgelehnt, in eine Partei oder politische Organisation einzutreten. –
In den vergangenen 14 Jahren wurde mir manches Angebot gemacht, als Mitglied des Reichstages oder als Minister wirksam zu werden. – Da aber mein ganzes Gefühl, mein Streben, meine Arbeit, dem ganzen deutschen Volke gehört, so weit es wirklich deutsch denkt und fühlt, so bin ich stets für mich allein geblieben. – Niemals habe ich einem Arbeiter oder einem Angestellten, ja, nicht einmal meinen Familienmitgliedern, hereingeredet in die politische oder religiöse Überzeugung. –

Wenn ich jetzt zum ersten Male aus meiner Reserve heraustrete und Sie bitte, im gleichen Geiste wie ich an die Wahlurne zu treten, so hat das einen einzigen tiefen Grund. – Uns Deutschen ist durch den Volkskanzler Adolf Hitler zum ersten Male seit der Existenz unseres Reiches Gelegenheit gegeben worden, im Geiste und in der Tat ganz einig zu sein, und zwar soll dieses eine Einigkeit werden, die Dauer hat, und nicht nur ein kurzer Rausch ist, wie wir ihn 1914 erlebt haben. – Von dieser Einigkeit Deutschlands hängt unser aller Schicksal ab. –
Ich übersende Ihnen anbei den Wortlaut einer Rede, die ich am 24. September 1933 gehalten habe. – Aus dieser Rede geht zwingend hervor, daß jede Uneinigkeit nicht nur eine Zerstörung Deutschlands nach sich führen muß, sondern daß auch unser aller Leben in größter Gefahr schwebt. – Gelingt es unseren vielen Feinden, wieder Trennungsschranken im deutschen Volke zu errichten, so ist das gleichbedeutend mit unserer Sklaverei. – Ein einiges Volk aber, das restlos entschlossen ist, hinter seinem Führer zu stehen, kann durch nichts, aber durch garnichts, vernichtet werden. –
Es gilt jetzt, unseren Feinden zu zeigen, daß wir restlos einig sind. – Ich bitte deshalb mit aller Kraft meines Herzens auch diejenigen, die sich mit dem nationalsozialistischen Gedanken noch nicht vertraut gemacht haben, alle Bedenken fallen zu lassen und sich in dieser Stunde höchster Not unseres Vaterlandes voll und ganz hinter den Führer Adolf Hitler zu stellen, damit das Ausland sieht, daß das einige Deutschland wieder ein Machtfaktor geworden ist, der niemals wieder überrannt werden kann. –
Nur wenn eine solche Kundgebung 100%ig für unseren Führer Adolf Hitler ausfällt, zwingen wir unsere früheren Feinde, ihre ganze Politik uns gegenüber auf eine neue Grundlage

zu stellen. – Es handelt sich bei dieser Wahl um die Frage: Wollen wir den bisherigen Zustand des Elends, des Getretenseins, der Ausbeutung weiter erdulden, oder wollen wir die Welt zwingen, uns als vollberechtigt anzuerkennen?- Tun wir Letzteres, dann kommt nicht nur unsere Wirtschaft, sondern allmählich die der ganzen Welt wieder in Ordnung. –
Wer sich in dieser großen und ich möchte sagen – heiligen Frage, nicht hinter den Führer stellt, sondern versucht, aus irgendwelchen Rücksichten – mögen sie ihm selbst noch so bedeutend erscheinen, seine Sondermeinung zur Geltung bringen zu müssen [!], der hat die Stunde der gewaltigsten deutschen Geisteserhebung verkannt. – Ich kann ihn jedenfalls als Deutschen nicht mehr anerkennen. – Das gilt auch für diejenigen, die nicht an die Wahlurne gehen.
Wird eine solche Äußerung von mir von Ihnen als Gewissenszwang ausgelegt, so kann ich nur sagen, daß ich mich dadurch nicht belastet fühlen würde. Das Gewissen des ganzen deutschen Volkes steht auch über dem eigenen Gewissen –

Heil Hitler

»Na, das erklärt zumindest einiges über den Standpunkt, den Roselius in dieser Zeit vertreten hat. Meinst du denn, wir müssen davon ausgehen, dass Alfred Runge eine ähnliche Position wie Roselius vertrat? Ich meine, mal abgesehen davon, dass sie beide Anhänger der Heimatbewegung waren. Wenn Roselius bei der einfachen Belegschaft seiner Kaffeerösterei erwartete, dass sie die NSDAP unterstütze, dann kann man doch davon ausgehen, dass er das auch von Runge, Scotland und Hoetger erwartete, oder? Zumal die Böttcherstraße sein Versuch war, deutsche Vielfalt und deutsches Können zu demonstrieren.«

»Ja, schon. Ich habe bislang allerdings keine Hinweise finden können, dass Menschen wegen ihrer Gesinnung entlassen oder schlecht behandelt wurden«, fügte Susan an. »Wie auch immer, die beiden Männer haben sicherlich einiges gemeinsam gehabt, warum sonst hätte Roselius Runge in seiner Jagdhütte besucht? Das war schließlich sein privater Bereich.«

»Stimmt. Umso wichtiger ist es doch, dass wir Runges politische Gesinnung noch mal genauer unter die Lupe nehmen. Irgendwas stimmt auch da für mich nicht. Runge war beliebt, anscheinend bei allen Dorfbewohnern. Und ich habe jetzt auch schon einiges über seinen Charakter und seine Überzeugungen gehört, aber bislang hat niemand ihn als Nationalsozialisten bezeichnet. Trotzdem konnte es natürlich so gewesen sein. Und dann hatte er sich womöglich doch bewusst oder unbewusst Feinde gemacht.«

Bepackt mit diversen Plastiktüten und Tragetaschen kamen sie nach ihrem Einkaufsbummel in Susans Wohnung. Mathilde trug ein Paar neue Schuhe. Ihre Begeisterung darüber wurde jedoch durch zwei dicke Blasen an den Fersen geschmälert. Kaum hatten sie Susans Wohnung betreten, schlüpfte sie stöhnend aus den Schuhen.

»Wer schön sein will, muss leiden, was?«, meinte Susan und knuffte sie in die Rippen.

Dann kippten sie den Inhalt ihrer Einkaufstüten auf das Sofa und begutachteten ihre Errungenschaften. Susan hatte gut doppelt so viel gekauft wie Mathilde. Sie hatte sich wie immer nicht entscheiden oder gar zügeln können.

»Eine wunderbare Aussicht hast du hier. Das finde ich jedes Mal«, sagte Mathilde über die Schulter, während sie auf einem Sessel am Panoramafenster der Wohnung Platz nahm. »So was wünsche ich mir für meine neue Wohnung auch.«

»Schau mal!« Susan kam aus dem Arbeitszimmer zu ihr zurück und hielt ihr einen Zettel entgegen »Ich habe ein Fax bekommen, während wir shoppen waren, von meinem Kontaktmann im Archiv. Er ist wirklich ein Schatz, trotzdem wird es mich ein Abendessen kosten.« Sie lachte. »Scheint ein Brief zu sein.«

Mathilde nahm das Fax und überflog es. Neben der üblichen Faxkennung standen ein Datum und eine Uhrzeit mit Fragezeichen. Wohl der Terminvorschlag für besagtes Abendessen. Während sie weiterlas, sagte sie aufgeregt: »Susan, das ist wirklich wichtig. Die Verfasserin scheint ebenfalls gut mit Alfred Runge bekannt gewesen zu sein. Sie schreibt, dass Runge und seine Gefährtin in dem Jagdhaus zu Tode kamen. Das ist ja nichts Neues. Aber dann hier, da schreibt sie: ›Zunächst wurde gesagt, dass freigelassene Polen oder Russen die Tat begangen hätten. Aber das wurde doch als unwahrscheinlich abgetan, weil der gesamte Schmuck und andere wertvolle Dinge noch vorhanden waren.‹«

»Also scheidet Raub als Motiv aus«, folgerte Susan.

»Ja, wenn das hier stimmt, dann auf jeden Fall. Aber warte, es geht noch weiter: ›Sie wurden im Schlaf erstochen und der Schmuck lag auf den Schränkchen neben ihnen.‹ Das ist noch mal eine ganz neue Variante.«

»Glaubst du, dass ein Einzeltäter zwei erwachsene Menschen so ohne Weiteres erstechen kann?«, fragte Susan.

Mathilde zuckte mit den Schultern. »Da fehlt mir wirklich jedes Hintergrundwissen. Sollten die beiden wirklich im Schlaf überrascht worden sein, könnte das im Bereich des Möglichen sein. Ansonsten müssten es mehrere Täter gewesen sein.«

»Dann glaube ich aber auch nicht, dass es sich um Rache handelte«, intervenierte Susan. »Im Schlaf, das passt nicht.«

»Aber wir haben ja auch schon zuverlässige Informationen darüber, dass Runge nicht in seinem Bett starb, sondern in der Nähe der Eingangstür. Zumindest wurde er da gefunden. In dem Brief wird beschrieben, wie die Leichen von Einheimischen gefunden wurden. Das deckt sich ungefähr mit anderen Erzählungen. Und weiter schreibt sie: ›Die Täter musste man wohl in anderen Kreisen suchen, als zunächst angenommen war. … übrigens wurden die Täter nie gefasst. Es wurde gemunkelt, dass das auch so gewollt war. Welche Gründe es gab, welche Motive, eventuell politischer Art? Alles ungeklärt!‹«

Die Verfasserin des Briefes hatte offensichtlich ähnliche Gedanken verfolgt wie Susan und Mathilde. Sie ließ sich auch nicht mit der offenkundig fremdenfeindlichen Variante abspeisen. Sie schien entweder eine kritische Persönlichkeit zu sein oder ihr standen besondere Quellen in dem Mordfall zur Verfügung. Bislang war sie die Einzige, die auch politische Motive nicht ausschloss und sogar unterstellte, dass eine Aufklärung des Verbrechens überhaupt nicht gewollt gewesen war.

Susan war so aufgeregt, dass sie den Absender des Faxes gleich anrief, um Näheres zu erfahren. Sie verlieh ihrer Stimme am Telefon einen sanften Charme, bedankte sich herzlich für die Unterstützung und stimmte der Verabredung zum Essen zu. Dabei verdrehte sie die Augen in Mathildes Richtung, obwohl die das Gefühl hatte, dass sich Susan durchaus darauf freute. Dann kam sie zum eigentlichen Grund ihres Anrufes. »Die Verfasserin des Schreibens war also eine enge Freundin von Runge, sagst du. Kannst du mir etwas zu ihr sagen?« Kurz lauschte sie, dann sagte sie enttäuscht: »Trotzdem total nett von dir, dass du an mich gedacht hast.«

Ihr Informant wusste auch nicht, wie und warum das Schreiben ins Archiv gelangt war. Er war zufällig darauf gestoßen.

Susan und Mathilde diskutierten die halbe Nacht. Zwei Flaschen Wein leerten sie dabei und wurden immer verwegener in ihren Theorien.

Susan hatte viele Details in ihren Recherchen herausgefunden, die die Verbindung zu den nationalsozialistischen Kreisen belegten. Sie favorisierte die These, dass politische Motive zu dem Mord geführt hatten. Mathilde vertrat eine andere Meinung. In ihren Augen gab es keinerlei Hinweise auf Anfeindungen.

»Wenn aus einem beruflichen oder politischen Umfeld heraus eine Feindschaft entstanden wäre, dann hätte man Runge in Bremen getötet«, resümierte Mathilde. »Hier wäre er ohne Weiteres erreichbar gewesen. Und überlegt selbst: Wie sollte ein Fremder die Jagdhütte dort draußen am See ausfindig machen? Du weißt doch, wie weit sie vom Dorfkern entfernt liegt. Im Ort Erkundigungen einzuholen, wäre viel zu gefährlich gewesen, man hätte sich daran erinnert. Und auf gut Glück? Nein!«, überlegte Mathilde.

»Und wenn der Mörder die Hütte kannte?«, fragte Susan.

»Dann hätte der Täter trotzdem noch eine verdammt lange Anreise zu bewerkstelligen gehabt, wenn er aus Bremen stammte. Ich glaube außerdem, wenn jemand in solchen Kreisen einen Mord plant, sucht er sich jemanden, der den Mord gegen Entlohnung ausführt. Und der hätte sich dann wiederum nicht in Ahausen ausgekannt.«

»Andererseits dürfen wir nicht vergessen, dass 1946 die alten Seilschaften extrem gefährdet waren. Wer bei den Besatzern angezeigt wurde, musste mit einer ernsthaften Verfolgung rechnen. Sämtliche Wirtschaftsgrößen standen nach Kriegsende unter Verdacht, ebenso die politischen Machthaber. Vielleicht wusste Runge etwas, das auf keinen Fall ans Licht kommen sollte«, beharrte Susan.

Ahausen in den 1990er-Jahren

So traumhaft schön die einsame Lage der Hütte auch war, Mathilde sehnte sich nach mehr Gemeinschaft, nach aufmerksamen Nachbarn und kleinen Besuchen zwischendurch. Hinzu kam, dass ihr Heim nicht mehr die uneinnehmbare Burg war, in der sie Schutz fand. Sie hatte diese einfache Behausung lieb gewonnen. Doch sicher fühlte sie sich nicht mehr. Jemand war in ihren Bereich eingedrungen und hatte sich ihres Hauses bemächtigt. Und niemand hatte etwas gesehen. Es würde niemand bemerken, wenn er wiederkam und diesmal nicht nur herumschlich. Das Gefühl der Unsicherheit verursachte ihr unterschwellig ein stetes Unbehagen und nach ihrem letzten Besuch bei Susan hatte sie endgültig den Entschluss gefasst, das Haus im Wald aufzugeben. Ihr kleines Paradies war entweiht, das würde sie niemals verzeihen!

So kam es ihr gerade recht, als sie erfuhr, dass demnächst ein kleines Gebäude mitten im Dorf frei werden würde. Der kleine Mann mit dem Fahrrad informierte sie darüber. Von außen sah es recht klein aus, aber immer noch größer als ihre kleine Waldhütte. Ursprünglich war das Grundstück Teil einer Hofstelle gewesen, war dann aber vor langer Zeit verkauft worden. Der kleine Mann hatte den Kontakt zum Vermieter hergestellt. Mathilde freute sich unglaublich über seine Unterstützung, war aber auch der Meinung, dass er sie fast ein wenig zu sehr bedrängte, das Haus zu mieten. Sie hatte es sich noch nicht einmal angeschaut.

»Es ist genau Ihr Haus, das passt wie kein anderes zu Ihnen!«, erklärte er vollkommen überzeugt. »Im Ort wird es das ›Hexenhäuschen‹ genannt.«

Sie verstand nicht, wieso er sich so sicher war, dass ein Hexenhaus zu ihr passen könnte und sie es auf jeden Fall beziehen sollte. Doch er ließ nicht locker und vertröstete sie auf später. »Ich erzähle es Ihnen, wenn Sie eingezogen sind«, sagte er geheimnisvoll.

Also traf Mathilde sich mit dem Eigentümer. Er schien eine zugängliche und unkomplizierte Person zu sein. Gemeinsam besichtigten sie das Häuschen, das einen verwunschenen Eindruck machte. Von der Straße aus fiel das Gebäude kaum auf, da die Holzverschalung in einem dunklen Jägergrün gestrichen war und optisch mit der Vegetation des Gartens verschmolz. Als Erstes bemerkte Mathilde die wundervollen Messinggriffe an den Türen. Ein Vogel, eine Blume, ein Seehund und einfache geriffelte Griffe. Jede Tür war individuell, so wie auch das gesamte Haus sehr eigen war. Auf ihre Nachfrage erklärte der neue Vermieter, dass es hier bis zum Zweiten Weltkrieg üblich gewesen sei, Worpsweder Messinggriffe zur Verlobung oder Hochzeit zu verschenken. Viele Häuser seien damit ausgestattet.

Auf einen kleinen Vorflur folgten ein Esszimmer und eine Küche, die sich auf zwei hintereinanderliegende Räume aufteilte. Im ersten Teil waren die Wasseranschlüsse sowie Einbauschränke, die als Raumteiler Küche und Esszimmer trennten. Von hier gelangte man über eine schmale, gewundene Treppe nach oben in den einzigen Raum im Obergeschoss. Der Raum war dunkel, aber gemütlich. Der zweite Küchenraum diente zum Kochen. Von dort aus gelangte man in das Badezimmer. Der Anblick des Raums schockierte Mathilde. Nicht, dass alles sehr alt war, irritierte sie, sondern die Fliesen. So etwas hatte sie noch nie gesehen. Unzählige Fliesenquadrate, auf denen handgemalte Bremer Motive zu sehen waren, bildeten den Fliesenspiegel. Die Motive wiederholten sich, allerdings wiesen die Schriftzüge darunter Schreibvarianten auf. Die blaue Fliesenglasur hatte an vielen Stellen ihren Glanz eingebüßt und ähnelte dem Fliesenfragment vom See. Mathilde ahnte, dass sie vor den Fliesen stand, die Alfred Runge entworfen und auch in seiner eigenen Jagdhütte verbaut hatte. Die Verbindung zwischen diesem Haus und Runges alter Jagdhütte durchschaute sie nicht, aber eins wusste sie sofort: Sie musste dieses Haus mieten. Der kleine Mann hatte völlig recht gehabt.

Mit dem Mietvertrag in der Tasche schritt sie das große Grundstück ab.

Gemütlichkeit ist eine Definitionssache, überlegte sie, während sie mit den Renovierungsarbeiten begann. Das kleine Hexenhaus hatte Potenzial, wenn man sich mit den vielen unterschiedlichen Holzarten anfreunden konnte, die dort verbaut worden waren. Man durfte nur nicht den Fehler begehen, dem Häuschen seine verstaubte Seele zu nehmen. Vertäfelte Innenwände, an denen Nut und Feder lückenlos ineinandergriffen, ließen erahnen, wie die einstigen Bewohner Möbel und Bilder angeordnet hatten. An diesen Stellen war das Holz noch nicht durch das Sonnenlicht nachgedunkelt und zeigte helle Flecken. Noch fühlte sie sich in den vertäfelten Räumen wie in einer skandinavischen Sauna. Lediglich das Bad bildete mit der gewagten Fliesenanordnung eine Abwechslung. Sie bevorzugte weiße Wände und hatte bereits entsprechende Farben besorgt, mit denen sie das Holz hell lasieren wollte.

Unter einem zerschlissenen Linoleumbelag kam ein in ochsenblutrot getünchter Holzboden zum Vorschein. Die durchgetretene Auslegware ließ sich mit einiger Kraftanstrengung vom Holzboden lösen. An einigen Stellen klebte der alte Belag jedoch so fest am Untergrund, dass Teile der Holzfasern mit ausrissen. Verärgert erkannte sie, dass sie um die Verlegung eines neuen Fußbodens nicht herumkam. Abschleifen und restaurieren, wie sie es ursprünglich geplant hatte, konnte sie den Boden so nicht. Also mussten auch die Fußleisten entfernt werden.

Mit einem Hammer trieb sie das flache Schlageisen vorsichtig hinter die Leisten, die sich unter dem Druck lösten. Mit beiden Händen zog sie die stabilen Leisten anschließend vorsichtig von der Wand ab. Dabei verletzte sie sich immer wieder an den herausragenden Nägeln. Ihre Knie schmerzten. Sie robbte bereits seit zwei Stunden auf allen vieren auf dem harten Untergrund herum. Nun blieb noch ein kleines Stückchen Leiste an einer der Innenwände in der Nähe des Schornsteins übrig, dann hatte sie es geschafft.

Zaghaft klopfte es an der Haustür. Mathilde unterbrach ihre Arbeit erstaunt, sie erwartete niemanden. Nach dem zweiten Klopfen rief sie dem Besucher ein lautes »Herein« zu.

Fast schüchtern wirkte der kleine Mann, als er das Zimmer langsam betrat. »Ich bin vorbeigekommen, um nach Ihnen zu sehen. Ist alles in Ordnung und kommen Sie gut voran?«

Mathilde beruhigte ihn. Umgezogen war sie schon häufiger und das Renovieren bereitete ihr nicht nur Arbeit, sondern auch Vergnügen. Sie bat ihn einzutreten, während sie sich erhob. Ihr Besucher trug eine Tasche bei sich, aus der er eine Thermoskanne und zwei Becher hervorholte.

»Ich dachte, Sie machen mal Pause!«, dabei hielt er ihr einen Becher hin. Mathilde nahm die Werkzeuge von der Treppe und ergriff den Kaffeebecher. Mehr als eine Treppenstufe konnte sie ihm zum Sitzen nicht anbieten. Er schenkte ihnen Kaffee ein und bot ihr Milch dazu an, dann setzten sie sich nebeneinander auf die Treppe.

»Haben Sie schon eine Vermutung, warum ich glaube, dass das Hexenhaus zu Ihnen passt?«, erkundigte sich der kleine Mann grinsend.

Mathilde nickte, dann stand sie auf und winkte ihm, ihr zu folgen. »Wenn ich mich nicht täusche, sind diese Fliesen hier von Alfred Runge entworfen worden, oder?«, meinte sie, als sie das Bad betraten.

»Ja, das ist richtig. Es sind die gleichen Fliesen, die sich in seiner Jagdhütte in der Küche befanden. Aber wissen Sie auch, warum die Fliesen hier ebenfalls verbaut wurden?«

»Ich bin sicher, dass Sie mir weiterhelfen können.«

Er nickte. »1943 habe ich dabei zugeschaut, wie dieses Holzhaus errichtet wurde. Alfred Runge stellte es hier für seine beiden Schwestern Adele Süffert und Clara Suhr auf. Letztere ist die Mutter von Otto Suhr, der Bürgermeister in Berlin war. Das Holzhaus ist ebenfalls eine Art Jagdhütte, die in der nationalsozialistischen Zeit sogar einen Preis erhielt. In Ahausen wurde es aufgrund seiner hutzeligen Erscheinung zum Hexenhaus. Damals gab es sogenannte ›Braune Messen‹, auf denen die idealtypisch deutsche Architektur ausgestellt wurde. Für die Besiedlung des ländlichen Raumes galt diese Holzhütte als vorbildlich und erhielt daher eine Auszeichnung.«

»Wollen Sie mir damit sagen, dass ich gerade ein Nazi-Haus gemietet habe?«, entfuhr es Mathilde entsetzt.

»Wenn Sie es so nennen wollen. Damals habe ich einige Fotos zu sehen bekommen, die Alfred Runge auf der Messe gemacht hatte. Es wurden idealtypische Mustersiedlungen in Originalgröße angelegt, die mit Häusern aus rein deutschen Baustoffen erschaffen wurden. Ich glaube, es begann 1938 mit einer Bau- und Siedlungsausstellung. Hier vermischten die Machthaber die Ansprüche an die deutsche Architektur mit politischer Propaganda. Zumindest kann ich mich gut daran erinnern, dass überall Hakenkreuze auf den Fotos zu sehen waren. Runge lagerte nach Abschluss der Bauausstellung das Haus einige Jahre ein, um es dann hierher zu holen.«

»Das hört sich, ehrlich gesagt, ziemlich gruselig an«, bemerkte Mathilde beklommen.

Doch der kleine Mann wiegelte ab. »Nein, es ist einfach ein altes Holzhaus mit einer interessanten Geschichte. Allein die Tatsache, dass Alfred Runge 1943 mitten im Zweiten Weltkrieg ein Haus nach Ahausen verbringen konnte, zeigt, welche Möglichkeiten er damals hatte. Ich denke, dass er den Entwurf der Holzhütte 1938 aus seiner Überzeugung als Mitglied der Heimatschutzbewegung gemacht hat und nicht, weil er ein glühender Verehrer des nationalsozialistischen Gedankengutes war. Die Nazis annektierten in den Folgejahren die Ideale und Vorstellungen der Heimatbewegung. Sie nutzten sie für ihre eigenen Zwecke und fügten nach und nach ihre politischen Ziele hinzu. Runge war in erster Linie Architekt und mit gleicher Passion Waidmann.«

»Ist das Ihre Einschätzung? Runge war kein überzeugter Nazi?«

Der kleine Mann überlegte. Nein, er habe Runge niemals als einen linientreuen Nationalsozialisten empfunden. Eher als einen Menschen mit Prinzipien, erklärte er Mathilde. Im Dorf galt er als ein weltoffener und freundlicher Zeitgenosse, der sich aus der Politik herausgehalten habe. Er habe mit jedermann auf die gleiche Art und Weise verkehrt. Nur in puncto Wilderei sei er kompromisslos gewesen.

»Denken Sie da an eine besondere Begebenheit?«, forschte Mathilde nach.

»Oh ja, es hat hier einen Vorfall gegeben, über den man lange im Dorf sprach.« Schmunzelnd begann er von einem Wilderer zu erzählen, der aus Wut über eine Zurechtweisung im Revier später Rache übte. »Auf einem seiner nächtlichen Streifzüge durch das Ahauser Revier, schoss er auf dem Heimweg mit seinem Jagdgewehr die Lampe in der Stube seines

Widersachers aus. Die Fensterscheibe ging dabei klirrend zu Bruch. Doch mitnichten verließ der wütende Wilderer den Ort seiner Schandtat, um nicht gesehen zu werden. Im Gegenteil, er provozierte den Geschädigten, indem er seelenruhig vor dem Haus eine Zigarette rauchte und erst dann den weiteren Heimweg antrat. Aus dem Haus traute sich niemand auf die Straße, konnte man doch nicht sicher sein, dass der elende Kerl nicht auch auf Menschen schoss. Zumal bekannt war, dass der Übeltäter dem Alkohol reichlich zusprach, was ihn noch unberechenbarer machte. Am Tage nach dem Vorfall traf Runge auf den Trunkenbold und stellte ihn mitten auf der Dorfstraße zur Rede. Dabei packte er ihn fest am Revers und drohte ihm mit einer Anzeige für den Fall, dass er ihn jemals beim Wildern antreffen sollte. Anschließend stieß er ihn so heftig von sich, dass der zur Rede gestellte Kerl im Dreck landete. Runge scherte sich nicht weiter um ihn und seine unflätigen Verwünschungen.«

»Dann hat es Runge an Mut und Kraft ja offenbar kaum gefehlt, wenn er seine Prinzipien auf offener Straße so nachdrücklich vertrat«, schlussfolgerte Mathilde. »Könnte ihm dieser Mut zum Verhängnis geworden sein?«

Der kleine Mann zuckte mit den Schultern. Er wollte sich nicht an Spekulationen beteiligen. Als die Stille unangenehm wurde, wechselte Mathilde das Thema.

»Wissen Sie denn, aus welchem Grund die Schwestern von Alfred Runge nach Ahausen zogen?«

»Genau weiß ich es nicht, aber der Krieg fand zunehmend auch auf deutschem Boden statt. Die Luftangriffe wurden stärker. Ich denke, sie teilten das Schicksal vieler Menschen zu dieser Zeit und wurden ausgebombt. Anfangs fanden sie Quartier auf einem der Höfe an der Hauptstraße, dann zogen sie in diese Holzhütte. Und sie haben nicht zuletzt ihren

Teil zum Spitznamen des Hauses beigetragen«, meinte er schmunzelnd.

»Wieso? Waren sie so schrecklich?«, fragte Mathilde.

»Sie waren etwas speziell, würde ich sagen. Vor dem Haus stand ein umgekehrter Besen, der die Zigeuner fernhalten sollte. Außerdem brauten sie immer Liköre aus allerlei Kräutern und Beeren, deren positive Wirkung auf die Gesundheit von beiden immer wieder beschworen wurde. Doch der eigentliche Grund war das kleine Häuschen selbst, das so verwunschen wirkte.«

Die Zeit verging wie im Flug. Die Thermoskanne hatten sie komplett geleert.

»Ach, wissen Sie, es ist gut, jemanden zu haben, mit dem man über diese Dinge sprechen kann«, sagte der kleine Mann, bevor er sich verabschiedete. Sorgfältig steckte er Kanne und Becher in seine Tasche, klemmte diese auf den Gepäckträger und schob das Fahrrad in Richtung Straße.

Eigentlich hätte Mathilde sich nun wieder der Fußleiste widmen müssen. Doch Lust hatte sie nicht mehr wirklich. Zudem erwies sich das letzte Stück als recht widerspenstig. Da die Lichtverhältnisse immer ungünstiger wurden, beschloss sie, für heute Schluss zu machen.

»Morgen ist auch noch ein Tag«, ermunterte sie sich und legte die Werkzeuge ordentlich in den Werkzeugkasten zurück. Den Akkuschrauber steckte sie zum Aufladen in die Ladestation. Anschließend kontrollierte sie alle Zimmer. Die Fenster waren verschlossen und sie löschte das Licht. Ihre anfängliche Begeisterung für ihr neues Heim hatte einen kräftigen Dämpfer bekommen. Wollte sie idealtypisch deutsch wohnen? Nein, sie wollte eigenständig und unabhängig leben. Und das Haus hatte genau die richtige Größe und Lage für sie und ihre Bedürfnisse.

»So ändern sich eben die Zeiten und Ansprüche«, überlegte sie. Was ehemals für die deutsche Landbevölkerung gedacht war, bietet nun der modernen Singlefrau ein ideales Heim. Sie lachte mit einer gewissen Genugtuung. Die Rolle der Frau im Dritten Reich entsprach in keiner Weise Mathildes Vorstellung von einem glücklichen und erfüllten Leben. »So einen Scheiß können sich nur Männer für Frauen überlegen!«, sagte sie laut in die leeren Räume hinein, dann zog sie die Eingangstür hinter sich ins Schloss. Morgen würde sie sich weitere Gedanken zu den einzelnen Räumen machen. Für braunen Muff war hier ganz bestimmt kein Platz!

In ihrer kleinen Waldhütte notierte sie sich sofort die wichtigsten Details aus ihrem Gespräch mit dem kleinen Mann. Inzwischen füllten ihre Aufzeichnungen gut dreißig Seiten, dazu kamen noch die Fotokopien und Fotos, die Susan mitgebracht hatte. Sie hatte ein kleines persönliches Archiv vor sich liegen. Zufrieden legte sie die Unterlagen in die Schublade und machte sich dann ein Feuer im Kamin an. Draußen war es bereits dunkel, darum zog sie schnell die Gardinen zu. Sie genoss die letzten Tage in der Atmosphäre ihres Walddomizils, obwohl die Verunsicherung geblieben war. Penibel achtete Mathilde darauf, dass die Türen immer fest verschlossen waren und das Pfefferspray griffbereit stand. Sie hatte es sogar mit zu ihren Renovierungsarbeiten genommen. Manchmal keimte in ihr der Verdacht auf, dass sie damit vielleicht etwas paranoid war, denn es war nichts weiter geschehen. Der Gedanke, bald nicht mehr so einsam zu wohnen, beruhigte sie dennoch.

Das Hexenhaus lag mitten im Dorf und es war so gut wie unmöglich, dort ungesehen herumzuschnüffeln. Am übernächsten Wochenende würde sie ihrem alten Vermieter die Hausschlüssel nach Bremen zurückbringen.

Plötzlich riss ein aufflammender Bewegungsmelder sie aus ihren Gedanken. Ihr Herz begann zu rasen. Vielleicht nur ein Tier? Sie schob den Vorhang am Fenster ein kleines Stück beiseite und spähte unsicher in den Garten. Eine dunkle Silhouette näherte sich mit raschen Schritten und lief direkt auf ihre Eingangstür zu. Verdammt, wo hatte sie das verfluchte Pfefferspray hingestellt? Erst schleppte sie es ständig mit sich herum, ohne dass es gebraucht wurde, und nun fand sie es nicht. Es war wie vom Erdboden verschluckt. Hektisch sah sie sich um. Doch dann atmete sie auf.

Zum Klopfen hörte sie die Stimme ihres Nachbarn: »Mathilde, hallo, bist du da?«

Sie atmete tief durch, ehe sie die Tür öffnete und ihn ins Haus bat. Er war gekommen, um ihr seine Hilfe bei der Renovierung anzubieten und ein wenig mit ihr zu plauschen. Als er ging, nahm sie ihm das Versprechen ab, sie auch im neuen Haus ab und an zu besuchen. Den kurzen Schrecken hatte sie eigentlich schon vergessen. Doch als sie schlafen ging, horchte sie schreckhaft auf jedes Geräusch. Sie ärgerte sich, dass der Anrufer sein Ziel, sie einzuschüchtern, bis zu einem gewissen Grad erreicht hatte. Andererseits musste sie sich selbst eingestehen, dass darin auch ein Teil des Reizes lag. Ohne die Aufregung wäre das Detektivspielen nur halb so spannend. Daran hatte ihr Anrufer wohl nicht gedacht. Allerdings hätte sie sich vor dem Einschlafen und im Dunkeln auch mit etwas weniger Nervenkitzel zufriedengegeben. Sie musste über sich selbst lachen und fühlte sich sofort befreit. Trotzdem tastete sie vor dem Einschlafen noch einmal nach der kleinen Dose. Das Pfefferspray stand griffbereit neben dem Bett.

Guten Mutes und voller Tatendrang betrat sie am nächsten Morgen das Hexenhaus. Sie nahm sich für jeden Raum einige

Minuten Zeit, ließ alles auf sich wirken. Alles war in Ordnung, befand sie. Es war ein wirklich gemütliches Haus, das nichts Böses ausstrahlte, sondern sie inspirierte. Sie hatte schon einige Ideen für die weitere Gestaltung. Aber zunächst musste sie sich um das letzte Stück Fußleiste kümmern.

Wieder mühte sie sich ab. Doch die Leiste saß bombenfest. Mit mehr Gewalt hätte sie höchstens die Wand beschädigt.

»Das gibt es doch nicht!«, schimpfte sie und legte den Kopf auf den Boden, um die Leiste genau in Augenschein zu nehmen. »Na super, darauf hätte ich gleich kommen können«, stöhnte sie, als sie bemerkte, dass die Fußleiste an dieser Stelle nicht von Nägeln gehalten wurde, sondern mit Schrauben an der Wand befestigt war. Da konnte sie natürlich lange versuchen, das Schlageisen zwischen Wand und Leiste zu bekommen. Mit dem aufgeladenen Akkuschrauber benötigte sie nur wenige Sekunden für das Herausdrehen. Endlich konnte sie auch die letzte Leiste von der Wand entfernen. Überrascht sah sie, dass sich dahinter ein dunkler Spalt zwischen Wand und Boden befand. Er maß knapp 40 Zentimeter in der Breite und hatte eine Höhe von 5 Zentimetern, sodass die breite Fußleiste ihn gerade eben verdeckte.

Neugierig legte sie ihren Kopf wieder auf den Boden und versuchte, in den Spalt hineinzublicken. Wollmäuse, Spinnweben und Staub.

Die Kanten des Spalts waren sauber gearbeitet und auch die Größe wies darauf hin, dass es sich nicht um einen Baufehler handelte. Außerdem noch die festgeschraubte Fußleiste, hier hatte jemand ein ideales Versteck angelegt, mutmaßte Mathilde aufgeregt. Doch sosehr sie sich anstrengte, sie konnte nichts darin erkennen. Sie brauchte mehr Licht.

Mit der bloßen Hand mochte sie nicht in den schwarzen Spalt greifen, denn sie hatte einen ausgeprägten Ekel vor

Spinnen. Mathilde sah sich um, eine Taschenlampe hatte sie nicht in Reichweite, aber da lag noch der Hammer. Vorsichtig schob sie den Stiel in die Öffnung hinein. Er verschwand gänzlich in dem Spalt und berührte dennoch nicht die Rückseite. Sie bewegte ihn vorsichtig von links nach rechts, immer darauf gefasst, die Hand zurückzuziehen, falls sie eine Spinne aufschrecken würde. Plötzlich spürte sie einen Widerstand. Wieder legte sie ihren Kopf auf den Fußboden. Natürlich konnte sie noch immer nichts erkennen.

»Ich brauche mehr Licht«, überlegte sie. Das Kabel der Schreibtischlampe war zu kurz, damit kam sie nicht in die Nähe des Spalts. Dann fiel ihr ein, dass sie im Handschuhfach des Wagens eine Taschenlampe hatte. Kurz prüfte sie die Lage des Hohlraums. Im Nebenzimmer stießen Zimmerwand und Schornstein zusammen, sodass ein paar Zentimeter mehr oder weniger hier nicht auffielen. Dann ging sie zum Auto.

Im Lichtkegel der kleinen Lampe erkannte sie, dass in der linken hinteren Ecke ein Päckchen lag. Fast hätte sie es zwischen dem ganzen Schmutz übersehen. Schnell holte sie sich aus dem Bad ein paar Gummihandschuhe, die sie überstreifte. Mit der rechten Hand glitt sie in den schmalen Spalt hinein, tastete mit den Fingern, bis sie das Päckchen berührte. Vorsichtig zog sie es heraus. Es war schwerer als erwartet. Aufgeregt betrachtete sie ihren Fund. Um mehrere Lagen Packpapier war eine braune Kordel gebunden, die mittig fest verknotet war. Sie entfernte den Staub vom Papier, dann streifte sie die Handschuhe ab. Sie setzte sich im Schneidersitz auf den Boden und legte sich das Päckchen auf den Schoß.

Das Papier wirkte alt und brüchig. Mühsam löste sie die Knoten in der Kordel und entfernte die einzelnen Papierlagen. Darunter tauchte eine kleine lederne Mappe auf. Sie war quadratisch, ungefähr 30 mal 30 Zentimeter groß und etwa

3 Zentimeter dick. Sie lag angenehm schmeichelnd in der Hand und wies keine Beschriftung auf.

»Was bist du denn für ein geheimnisvolles Buch?«, überlegte sie und strich sanft mit der Handfläche darüber. Dann schlug sie die Mappe auf. Ein kleines Stück Zeitung lag losc obenauf und fiel heraus. Über dem ausgeschnittenen Bereich stand groß »WESER-KURIER«. Ein schwarzer Rahmen umgab ein Liste, die mit den Worten »Es starben:« eingeleitet wurde. Verwundert überflog sie die Liste. Da war er wieder: »Alfred Runge, Architekt, uns. gel. Bruder, am 27. 4. 46. In tief. Trauer: Adele Süffert, geb Runge, Trf. 2. 5. 46, 12.30 Uhr, in Ahausen.« Langsam ließ sie ihre Hände mit dem Papier darin auf ihre Oberschenkel sinken. Sie konnte nicht glauben, dass ausgerechnet sie diese Zeilen gefunden hatte. Anscheinend hatten sie doch ewig hinter der Fußleiste gelegen. Wieder sah sie auf das Blatt. Fast ganz unten stand auch seine Begleiterin: »uns. liebe Mutter, am 27. 4. 46, im 47. Lebensj. In tiefer Trauer«.

Mathilde schluckte. Zwei mutterlose Kinder waren zurückgeblieben. Obwohl die Anzeige so schlicht war, rührte sie Mathilde. Nach einem Moment wich die Beklemmung allerdings der Neugier. Wer hatte diesen Zeitungsteil dort versteckt und warum? Sie griff nach der ledernen Mappe, die eine Reihe Papiere enthielt, als sie Schritte vernahm. In Windeseile sprang sie auf und versteckte ihren Fund in ihrem Proviantkorb, der mit einem Geschirrhandtuch abgedeckt war. Ihr Nachbar kam in einem blauen Overall herein.

»Ich dachte, ich mache mich mal nützlich«, begrüßte er Mathilde, die sich über seinen Besuch und seine Hilfe mehr gefreut hätte, wenn sie nicht fast vor Neugier geplatzt wäre.

»Das ist aber nett von dir«, sagte sie trotzdem artig. »Ich habe das Gefühl, kaum voranzukommen. Es ist so viel zu tun, das man später kaum sieht. Du könntest die Küche streichen.«

Gemeinsam werkelten sie die nächsten Stunden und Mathilde war erstaunt, wie schnell Raum um Raum fertig wurde. Die Vertäfelung erhielt durch die helle Holzlasur eine freundlichere und modernere Ausstrahlung. Mathilde war sehr zufrieden mit dem Ergebnis. Jetzt fehlten nur noch die Bodenbeläge. Oben plante sie, einen weichen Teppich zu verlegen. Es sollte ihr Schlaf- und Wohlfühlzimmer werden, in dem sie gerne barfuß lief. Die Holzböden im Untergeschoss waren leider so stark in Mitleidenschaft gezogen, dass sie nicht aufgearbeitet werden konnten. Doch ihr Nachbar hatte eine gute Idee: »Sprich doch mal mit deinem Vermieter. Wenn du die Verlegung übernimmst, zahlt er vielleicht das Material. Ich denke, ich könnte dir Rauspund verlegen. Das ist eine billige Möglichkeit, einen massiven Holzboden zu bekommen. Lackieren kannst du ihn dann hinterher selbst, oder?« Mathilde nickte. Ihr Nachbar war ein Schatz.

»Das ist wirklich eine tolle Idee! Ich kläre das gleich morgen und würde dir dann einfach Bescheid geben, wenn ich mehr weiß, okay? Für heute haben wir jedenfalls genug geschafft. So weit wäre ich ohne deine Hilfe nie gekommen. Vielen, vielen Dank!«

Mit diesen Worten verschloss Mathilde schnell noch die Fenster und gemeinsam machten sie sich auf den Weg in ihre kleine Straße. In ihrem Korb verborgen lag die lederne Mappe, mit der sie sich sofort nach dem Duschen beschäftigen wollte.

1941

In der Jagdhütte geschahen seltsame Dinge, die meine Aufmerksamkeit erregten. Immer wieder steuerten große, prächtige Automobile oder Pferdekutschen die Jagdhütte an. Ihnen entstiegen Leute, die mit Sicherheit nicht aus dem Dorf stammten. Es waren wohlhabende, gut gekleidete Stadtmenschen. Manche blieben sogar für einige Tage zu Besuch. Daran hatte ich mich inzwischen gewöhnt. Doch dann entdeckte ich in der Dämmerung des Abends zwei auffällige Personen, die um die Hütte herumschlichen. Sie passten nicht zu der Art Besucher, die normalerweise hier herumliefen, sahen aber auch nicht aus wie Menschen aus dem Dorf. Mehrfach spähten sie heimlich in das Innere des Jagdhauses hinein, zogen sich dann aber immer wieder in den Schutz des gegenüberliegenden Stalls zurück. Ich befürchtete, dass die beiden in übler Absicht dorthin gekommen waren, und beschloss, meinem Nachbarn, der an diesem Abend ganz alleine in der Hütte war, im Ernstfall beizustehen. Unbemerkt näherte ich mich dem Pärchen bis auf wenige Meter und kauerte mich hinter einen Wacholderbusch. Meine rechte Hand umfasste mein schärfstes Messer. Dann vernahm ich eine Frauenstimme, die ihr Gegenüber energisch aufforderte, endlich an die Tür zu klopfen. Meine Anspannung nahm weiter zu und ich machte mich bereit, im Notfall schnell einzuschreiten. Die beiden nächtlichen Besucher traten an die Hütte heran und klopften zaghaft. Nach dem zweiten Pochen an der Eingangstür wurde diese geöffnet. Der Jagdpächter hielt sein Gewehr in der Hand. Kurz verging ein atemloser Moment, dann erkannte er die beiden anscheinend. Ich hörte einen Freudenausruf und sah, wie er einen nach dem anderen umarmte und sie dann schnell in die Jagdhütte hineinzog. Bevor er die Tür schloss, schaute er prüfend ins Dunkel. Ich war erleichtert, dass meine Hilfe nicht vonnöten gewesen und die Gefahr, entdeckt zu werden, vorüber war. Kaum hatte er die Türe hinter sich geschlossen, nahm ich meinen vertrauten Platz an einem der erleuchteten Fenster ein. Meine Neugier verleitete mich dazu. Ich hoffte, einen Eindruck davon gewinnen zu können, wer diese fremden Menschen waren, über deren Besuch er sich so freute.

Die Frau und ihr Begleiter hatten am großen Esstisch Platz genommen und sprachen erregt auf den gegenübersitzenden Hausherrn ein. Dieser machte immer wieder beschwichtigende Handbewegungen, obwohl seine Mimik etwas anderes ausdrückte. Ich spürte die Spannung, die im Haus herrschte, selbst hier draußen. Fetzen der Unterhaltung drangen zu mir in die Nacht und ich drückte mein Ohr noch dichter an das Fenster, um besser zu verstehen. Nun vernahm ich kurze Satzteile, Namen und Orte: »Mutter«, »Berlin«, »verschwinden«, »Otto«, »Bremen«, »Clara weiß nichts« … Dann hörte ich das Wort, das mir die Nackenhaare aufstellte: »Gestapo«.

Augenblicklich verstand ich, dass diese beiden Personen in ernsthaften Schwierigkeiten steckten. Sofort fürchtete ich um meine eigene Sicherheit. War ihnen jemand gefolgt? Wurden wir womöglich bereits von der Gestapo beobachtet? Instinktiv schaute ich mich um, konnte aber nichts Ungewöhnliches feststellen. Als ich wieder in den Raum hineinschaute, war niemand mehr zu sehen. Mein Kopf zuckte in Richtung der Tür, gerade als diese blitzartig aufgerissen wurde. Mit dem Gewehr im Anschlag stand mir der Jagdpächter erbost gegenüber und schnauzte mich ärgerlich an. Stotternd versuchte ich, eine Erklärung für mein Verhalten zu finden. Ich gab vor, zufällig hier vorbeigekommen zu sein und durchs Fenster geschaut zu haben, um zu prüfen, ob er alleine sei und sich wohl über einen Besuch freuen würde. Natürlich glaubte er mir kein einziges Wort. Ich selbst hätte mir diese Lüge auch nicht abgenommen. Also hob ich die Hände über den Kopf, um zu signalisieren, dass ich mir des Kräfteverhältnisses durchaus bewusst war. Hinter ihm traten die beiden anderen Personen aus dem Haus heraus und beäugten mich kritisch. Meine erbarmungswürdige Erscheinung schien auf sie keinen besonders gefährlichen Eindruck zu machen. Schließlich nötigte mein Nachbar mich, in die Hütte zu gehen und mich auf einen der Stühle zu setzen. Das Gewehr war zwar nicht mehr direkt auf meinen Körper gerichtet, verblieb aber in den Händen des Jagdpächters. Er konnte gut damit umgehen, dass hatte ich mehrfach beobachtet. Es war eine unbehagliche Situation und ich überlegte fieberhaft, wie ich daraus entkommen konnte. Würden sie im Ernstfall meinen Tod in Kauf nehmen? Letzteres erschien mir unwahrscheinlich, aber ausschließen konnte ich es doch nicht ganz.

Unter dem massiven Druck, den die drei auf mich ausübten, beschloss ich, die Wahrheit zu sagen. Ich schilderte also, wie ich meine Spuren in den letzten Monaten verwischt hatte und untergetaucht war. Nur mein Versteck gab ich nicht preis. Ich erfand eine abenteuerliche Flucht quer durch das Deutsche Reich. Mich selbst erstaunte dabei, mit welcher Überzeugungskraft und Eindringlichkeit ich meine fantastischen Abenteuer in offenbar glaubhafte Worte fasste. Je mehr ich erzählte, umso freundlicher sprachen sie mit mir. Die Jagdwaffe hing längst wieder an einem Haken neben der Eingangstür. Schließlich holte der Hausherr aus dem Vertiko sogar die mir bereits bekannte Flasche Schnaps heraus. Auf den gemeinsamen Schrecken tranken wir so lange, bis die Flasche geleert war. Meine Fragen beantworteten sie kaum. Doch mein Beruf als Hausierer hatte mir zu einer guten Menschenkenntnis verholfen. Es waren gebildete, feinsinnige Menschen, die mir gegenübersaßen, und sie hatten Angst. Sie würden vermutlich keiner Fliege etwas zuleide tun. Ich entspannte mich und versuchte, mir im Lauf des Abends aus den vorhandenen Informationen ein genaueres Bild zu machen. In der Annahme, dass ich noch kein Quartier für die Nacht gefunden hatte, lud mich mein Nachbar ein, die Nacht in seiner Jagdhütte zu verbringen. Vielleicht wollte er auf diese Art und Weise aber auch nur sicherstellen, dass ich in dieser Nacht keine Gelegenheit fand, mit weiteren Menschen über die nächtlichen Besucher zu sprechen. Mein Gastgeber heizte in der Küche die Küchenhexe ordentlich ein und stellte mir seine Zinkwanne zur Verfügung. Dann überließ man mich meiner Körperpflege, die bitter nötig war. Mit Kernseife und Wurzelbürste schrubbte ich meine wettergegerbte Haut so lange, bis ein leichter rosa Schimmer hindurchdrang. Auch händigte er mir getragene Kleidungsstücke aus seinem Schrank aus, die allesamt in gutem Zustand waren. Ihre Qualität war mit der meiner fadenscheinigen Kleidung nicht zu vergleichen. Weit nach Mitternacht kehrte in der Jagdhütte Ruhe ein. Ein behagliches Hochgefühl überkam mich, als ich endlich im Bett lag. Ich konnte mich nicht daran erinnern, wann ich das letzte Mal so komfortabel genächtigt hatte.

Kaffeeduft weckte mich am darauffolgenden Morgen. Leise Stimmen verrieten mir, dass die anderen bereits auf den Beinen waren. Angestrengt lauschte ich und erfuhr durch die geschlossene Tür tatsächlich etwas über die Hintergründe für den nächtlichen Überraschungsbesuch. Die beiden waren in den Untergrund abgetaucht, da sie aus politischen Gründen ins Fadenkreuz der Gestapo geraten waren. Der Mann war überzeugter Gewerkschafter, dazu noch mit einer Jüdin verheiratet. Doch sie verfügten über politische und persönliche Kontakte, ein geheimes Netzwerk, das sie bei ihrer Flucht unterstützt hatte. Eine befreundete Rundfunkjournalistin hatte ihnen zunächst in Berlin Unterschlupf gewährt. Von dort reisten sie auf der Ladefläche eines LKW quer durch das Deutsche Reich bis nach Bremen. Hier hofften sie vergeblich, Alfred Runge in der Kirchbachstraße anzutreffen. Schließlich hatten sie sich bis nach Ahausen durchgeschlagen. Sie waren nachts gelaufen, immer in der Angst, entdeckt zu werden. Nun hofften sie auf seine Hilfe. »Onkel« nannte ihn der Mann, während er erzählte.

Und der Hausherr erklärte sich bereit, seinem Neffen und dessen jüdischer Ehefrau bei der weiteren Flucht zu helfen.

»Wir müssen uns beeilen. Die Gestapo wird sicherlich bald alle möglichen Hinweise prüfen und vermutlich werden sie auch den Weg hierher nicht scheuen.« Er wirkte unruhig und ich erkannte, dass jetzt der richtige Zeitpunkt war, mich zu ihnen zu gesellen, um baldmöglichst aufzubrechen. Laut polternd trat ich aus der Schlafkammer in die Diele. Der Frühstückstisch war für vier Personen gedeckt. Der Anblick rührte mich fast zu Tränen. Doch der Hausherr ließ erkennen, dass Eile geboten war, und so beendeten wir unsere Mahlzeit zügig. Ich wandte mich sofort zum Gehen und betonte, seine Gastfreundschaft nicht länger strapazieren zu wollen.

Beim Abschied legte er mir beide Hände auf die Schultern, hielt sie einen kurzen Moment fest und sah mich eindringlich an. Ich verstand und verließ das Haus mit einem kurzen Abschiedsgruß sowie der Bemerkung, dass ich zu keiner Menschenseele über die Vorgänge hier in der Jagdhütte sprechen würde. Seine Berührung lag wie ein wohltuender Trost auf meinen Schultern und begleitete mich auf dem Weg in mein Versteck. Wieder folgte ich dem Sandweg in Richtung Ahausen, bog hinter dem Wäldchen links ab und kehrt auf diesem Wege in mein Versteck zurück. Die neue Kleidung war bequem und trug sich ausgezeichnet. Sie verströmte den Duft, den ich in der Jagdhütte wahrgenommen hatte. Tief sog ich ihn ein. Ich fühlte eine wunderbare Wärme und Dankbarkeit in mir aufsteigen. Die alten Sachen hatte ich zu einem Bündel geschnürt. Zurück in meinem Versteck legte ich es in eine Ecke. Erst nach einer gründlichen

Wäsche und einer Reparatur mit Nadel und Faden würde ich die Kleidung wieder überziehen.

Aus dem Kellerloch holte ich das Fernglas und kletterte die Stufen im Gebäude bis in den Turm hinauf. Ich hatte unterwegs beschlossen, so lange hier oben zu wachen, bis die Flüchtlinge die Jagdhütte wieder verlassen hatten. Weit und breit war niemand zu sehen, weder die Kuhhirten noch die Kinder, die gelegentlich hier vorbeikamen. Ich entspannte mich im Sonnenlicht, blieb aber wachsam. Gegen Mittag zog eine Staubwolke am Horizont meine Aufmerksamkeit auf sich. Ein Fahrzeug näherte sich langsam von Ahausen kommend. Immer wieder stoppte es und vier Männer in dunklen Mänteln stiegen heraus, um die Umgebung mit Feldstechern abzusuchen. Glücklicherweise verbarg das kleine Wäldchen, hinter dem ich meine Richtungsänderungen für gewöhnlich vornahm, wenn ich zu meinem Versteck zurückkehrte, die Jagdhütte. Man entdeckte sie erst, wenn man das Wäldchen hinter sich gelassen hatte. Innerhalb von Sekunden hatte ich meine Entscheidung gefällt. In atemberaubendem Tempo eilte ich die Treppenstufen hinunter und zur Haustür hinaus. So schnell wie möglich rannte ich den Hügel hinab zum Jagdhaus. Ohne anzuklopfen stürmte ich hinein, blieb vor dem erstaunten Trio stehen und brachte nur ein Wort heraus: »Gestapo«, keuchte ich atemlos und winkte dem Paar, mir zu folgen.

Zu dritt verharrten wir den gesamten Tag in meinem Kellerversteck. Manchmal wagten wir es, zu flüstern, aber die meiste Zeit schwiegen wir. Die Frage, woher ich so schnell gekommen war, um sie zu warnen, erübrigte sich angesichts meines Unterschlupfs. Und ich unterdrückte alle Versuche, mir zu danken oder Erklärungen einzufordern. Ich kannte das Gebäude und es war einfach zu hellhörig. Einige Zeit, nachdem wir uns hier hoch geflüchtet hatten, vernahmen wir Stimmen. Schwere Schritte umrundeten das Gebäude und an der Haustüre wurde mit Nachdruck gerüttelt. Ich hatte sie ordentlich mit dem Dietrich verschlossen. Auch die Luken zum Treppenaufgang waren wieder gesichert und die Kellerklappe mit dem Teppich darauf über uns geschlossen. Plötzlich klirrte Glas und einen Augenblick später vernahmen wir das Splittern von Holz. Sie waren mit Gewalt in das Haus eingedrungen. Über unseren Köpfen liefen schwere Stiefel hin und her. Erst stiegen sie die Treppen zum Turm empor, dann durchwühlten sie die Küchenschränke. Verängstigt hockten wir in dem dunklen Kellerloch und ich hoffte inständig, dass ich wirklich alles bedacht hatte und sie sich nicht über die fehlende Staubschicht wundern würden. Die Durchsuchung dauerte nur wenige Minuten, die wir in unserem Versteck jedoch als endlos empfanden. Dann endlich war der Spuk vorbei. Dennoch verharrten wir bis zum Abend. Dann verließ ich alleine das Kellerversteck. Auf Socken schlich ich durch das Haus zum Turmaufgang und stieg die Stufen zur Plattform hinauf. Die Luke war aufgebrochen und beschädigt worden. Mit dem Fernglas suchte ich die Umgebung ab.

Die Jagdhütte war erleuchtet und ich entsprechend erleichtert. Sie hatten meinen Nachbarn also nicht mitgenommen und hoffentlich auch nichts Verdächtiges vorgefunden. Von dem Pkw war nichts zu sehen. Alfred Runge saß vor dem Gebäude auf einer Bank und rauchte Zigarre. Er wirkte selbst von hier oben angespannt. Wahrscheinlich wartete er auf ein Lebenszeichen von uns. Der gute Mann hatte ja keine Ahnung, wohin wir geflohen waren. Für Erklärungen war keine Zeit geblieben. Nachdem ich ihn eine halbe Stunde beobachtet hatte und niemand sonst dort zu sehen war, kehrte ich zum Kellerloch zurück und half den beiden Flüchtigen heraus. Wir mussten unten bei der Jagdhütte Bescheid geben, dass es uns gut ging.

Als Erster näherte sich der Neffe seinem Onkel, obwohl ich mich angeboten hatte, zur Jagdhütte hinunterzulaufen. Die

Frau und ich blieben oben auf dem Hügel versteckt. Für den Fall, dass alles in Ordnung war, hatten wir ein Zeichen vereinbart. Es dauerte keine Minute, da signalisierten sie uns, dass wir beruhigt unser Versteck verlassen konnten. In der Tat hatte die Gestapo die Jagdhütte und die angrenzende Umgebung in Augenschein genommen, ohne jedoch auf die erhofften Hinweise zu stoßen. Trotzdem war das Ehepaar hier auf Dauer nicht sicher. Und nun prasselten die angestauten Fragen auf mich ein, vor denen ich mich gefürchtet hatte. Was blieb mir nun, da mein Versteck bekannt war, noch übrig? Also erklärte ich mich. Innerhalb unserer Gruppe gab es ohnehin kein Misstrauen mehr. Doch es entbrannte eine heftige Diskussion zwischen uns. Jeder beurteilte die Lage anders. Einige Helfer waren bereits aufgeflogen und verhaftet worden. Die beiden konnten nicht einschätzen, wie viel die Gegenseite wusste. Über Kontaktpersonen in der Nähe wollten sie eine falsche Fährte in Richtung Frankfurt legen und dann möglichst schnell und unauffällig wieder nach Berlin zurückkehren. Dort hatten sie die meisten Kontakte zu Widerstandskämpfern und ihren Helfern. Dort konnten sie leichter in den Untergrund abtauchen. In der Menschenmasse der Stadt fiel der Einzelne nicht so auf wie hier auf dem Lande, wo jeder jeden kannte. Zwei Fremde würden hier nicht lange unentdeckt bleiben. Außerdem vereinbarten wir zu unserem gegenseitigen Schutz, unsere wahre Identität auch voreinander geheim zu halten. Was man nicht wusste, konnte man auch nicht verraten.

In den nächsten Tagen bereiteten wir gemeinsam ihre Rückkehr nach Berlin vor. Der Jagdpächter erlegte ausreichend Wild, das wir zu Wurst weiterverarbeiteten oder im Dorf gegen andere Güter eintauschten. Mit den Vorräten würden die Flüchtlinge eine Weile auskommen, bevor sie hungern mussten. Ich bot meine Hilfe als Führer an, da ich über die besten Ortskenntnisse verfügte. Auch war ich es gewohnt, mich unauffällig durch das

Land zu bewegen. Ich beherrschte es fast in Perfektion, mich unsichtbar zu machen. So brachte ich die beiden mit dem Fahrrad auf Nebenstrecken bis nach Hamburg. Zwei Tage fuhren wir über sandige Pfade, nicht selten mussten wir unsere Räder schieben. Im Falle einer Kontrolle hatten wir vereinbart, dass sich »Anne« als Hebamme ausgeben sollte, die in Begleitung des werdenden Vaters in Eile sei, um einem deutschen Kind auf die Welt zu helfen. Ich radelte in Sichtweite vorweg. So würde man uns im Notfall nicht als Gruppe wahrnehmen und die beiden konnten sofort auf eine Kontrolle meiner Person reagieren. Alfred Runge hatte seine Kontakte in den höchsten Hamburger Kreisen bemüht. Unser Ziel war eine Villa im prachtvollen Hamburger Ortsteil Blankenese. Über den Dienstboteneingang betraten wir die Villa. Man hatte die Tür für uns offen gelassen, damit wir bei unserer Ankunft ohne Probleme ins Haus gelangen konnten. Während unserer Anwesenheit bekamen wir die Hauseigentümer nicht zu Gesicht. Ich hegte den Verdacht, dass sich das Ganze während ihrer Abwesenheit abspielte, somit war es ihnen immer noch möglich, eine Mitwisserschaft abzustreiten. Auch Personal sahen wir nicht. Kontakt hatten wir nur zu den Menschen, die sich mit den Ausweispapieren beschäftigten. Die richtigen Pässe gaben sie ab. Diese wurden mittels eines Kuriers in den Frankfurter Raum gebracht. Auf dem Hauptbahnhof sollten die Ausweispapiere dann zusammen mit einem Ticket in Richtung Süden absichtlich verloren werden. Hier in Hamburg erhielten die beiden Dokumente, die ihnen von nun an ein sicheres Reisen unter falschem Namen ermöglichen sollten. Außerdem bekamen sie noch zwei Zugfahrkarten für die Strecke von Hamburg nach Potsdam und eine große Reisetasche ausgehändigt. Eine gefälschte Heiratsurkunde inklusive Ahnentafel wies sie als frisch vermähltes deutsches Ehepaar auf Hochzeitsreise aus. Nun lag ihr Schicksal nicht mehr in meinen Händen.

Es war ein herzlicher Abschied und wir wünschten uns gegenseitig alles Gute in diesen schweren Zeiten.

Bei meiner Rückkehr fand ich die Jagdhütte verlassen vor. Für meine Enttäuschung gab es keine Worte. Die Fensterläden waren geschlossen und kein Zeichen deutete auf die Anwesenheit des Hausherrn hin. Die Eingangstür samt Fensterscheibe zu meinem Versteckt war während meiner Abwesenheit ordentlich repariert worden. In der Küche standen einige Gläser mit eingekochter Wurst, die er mir als Vorrat dagelassen hatte. Diese Zuwendung tröstete mich ein wenig. Müde verkroch ich mich in meinem Kellerloch, um mich von der gewaltigen Anstrengung zu erholen.

Die Nacht verbrachte ich mit wilden Träumereien auf meinem verschmutzten Matratzenlager. Ich durchlebte die letzten Tage wieder und wieder. Ich träumte von dem weichen Bett, in dem ich noch vor wenigen Tagen dort unten am See gelegen hatte. Und ich spürte ein Brennen auf meinen Schultern. Dort, wo seine Arme gelegen hatten, kribbelte es. Und ebenso in meinen Lenden. Als ich erwachte, fühlte ich mich wie gerädert. Scheinbar fehlte mir der menschliche Kontakt inzwischen mehr, als ich mir eingestehen wollte.

Ahausen in den 1990er-Jahren

Sorgfältig verriegelte sie die Eingangstür und zog die Vorhänge zu. Mit dem Duschen war sie schnell fertig. Schon nach kurzer Zeit war das heiße Wasser aufgebraucht. Richtig sauber fühlte sie sich nicht, denn die Renovierungsarbeiten verursachten eine Menge Staub. Doch sehr viel länger hätte sie die Neugier ohnehin nicht mehr ausgehalten. Mit nassen Haaren ging sie in die Küche und entnahm dem Korb mit beiden Händen die kleine lederne Mappe. Was hatte sie da hinter der Fußleiste im Hexenhaus gefunden und wie lange mochte es in dem Versteck verborgen gewesen sein? Weder Schriftzeichen noch andere Merkmale befanden sich auf dem Ledereinband. Mathilde ging zum Esstisch und schlug die Mappe auf. Zuerst entnahm sie einen Stapel Zeitungsabschnitte, unter denen sich auch die Todesanzeige von Alfred Runge befunden hatte. Gemessen an der heutigen Zeit war die dreizeilige Todesanzeige, die weder Bilder noch weitere Angaben aufwies, sehr bescheiden. Sie war kurz und schmucklos. Dennoch war es ein berührender Moment für sie. So nahe war sie dem Tod des Architekten bislang gefühlt noch nicht gekommen.

Sie überlegte. Hier hatte jemand sich die Mühe gemacht, die Todesanzeige aus der Zeitung auszuschneiden und aufzuheben. Das deutete auf eine emotionale Verbindung hin. Sie sah auch die restlichen Zeitungsartikel durch. Die gedruckte Schrift las sich viel leichter als die Handschrift, in der einige Papiere verfasst waren. Es war ein wildes Sammelsurium, dessen einziger erkennbarer Zusammenhang Ahausen war. Die Artikel behandelten unterschiedlichste Ereignisse, vieles war banal und für sie unwichtig. Enttäuschung beschlich sie nach der anfänglichen Euphorie. Doch dann hielt sie eine kurze Notiz in Händen, die ihre Aufmerksamkeit erregte.

Es war der Weser-Kurier vom 22. April 1958.

Wochenendhaus niedergebrannt. In der Feldmark Ahausen brannte ein ständig bewohntes Wochenendhaus vollständig nieder. Es handelte sich um ein Haus mit einem Schilfrohrdach. Die Verdener Kriminalpolizei stellte fest, dass das Feuer durch einen Schornsteinbrand entstanden war. Der Gesamtschaden wird auf über 15.000 Mark geschätzt.

Die Kriminalpolizei war in diesem Fall tätig geworden. Die Zerstörung des Jagdhauses beruhte demnach auf einem Unglück und es war reiner Zufall, dass der Brand ausgerechnet an Hitlers Geburtstag ausgebrochen war. Zumindest hatte sie in diesem Punkt nun Klarheit gewonnen und musste sich nicht mehr mit irgendwelchen Verschwörungstheorien diesbezüglich beschäftigen. Ehe sie weiterguckte, hinterließ sie Susan eine Nachricht über ihre Entdeckung auf dem Anrufbeantworter.

Der weitere Inhalt der Mappe bestand aus Briefen, einigen Fotos und handgeschriebenen Blättern. Auch ein zerstörter Bucheinband befand sich darunter. Blatt für Blatt nahm sie die Papiere heraus.

»Das wird ja ein hartes Stück Arbeit!«, stöhnte Mathilde, die einzelnen Blätter kritisch betrachtend. Alte deutsche Handschriften waren nicht gerade ihre Stärke, zudem war das Geschriebene zum Teil verlaufen. Irgendwann mussten die Papiere Wassertropfen abbekommen haben. Vielleicht musste sie sich Hilfe organisieren, überlegte sie.

Sie sortierte die Zeitungausschnitte nach links auf den Tisch, Fotos in die Mitte und rechts sammelte sie die handgeschriebenen Seiten. Anschließend nahm sie die verblichenen Schwarz-Weiß-Fotografien und legte sie auf dem Tisch aus. Auf einem Foto war ein Einspänner mit einem dunklen Pferd mit breiter Blässe zu sehen. Eine Gesellschaft aus zwei lachenden Frauen mittleren Alters sowie drei älteren Herren saß in der Kutsche. Einige Zuschauer umringten das edle Gefährt, welches offensichtlich vom Ahauser Hof aus zu einer Ausflugsfahrt startete. Das Kopfsteinpflaster sah genauso aus wie heute, aber das Schild über dem Eingang zur Gaststätte war ein anderes. Im oberen Teil stand so etwas wie »Bavaria St. Pauli«, der Rest war unleserlich. Mathilde drehte die Fotografie um. Auf der Rückseite fand sie eine Datumsangabe, von der sie nur noch die Jahreszahl lesen konnte: 1940. Daneben wurden die Kutscheninsassen benannt. Mühsam entzifferte Mathilde Teile der Namensliste, die in Druckbuchstaben geschrieben worden war: »Direktor Lüddeke mit Frau (Kaffee HAG)«, der andere Name begann mit »Eb…«, der Rest der Namensliste war unleserlich. Sie legte das Foto beiseite und nahm ein kleineres zur Hand. Darauf war das Kutschpferd abgelichtet. Auf der Rückseite des Fotos stand in großen Lettern der Name »STEFFI«. Das war Runges Pferd gewesen, das samt Kutsche auf dem Ahauser Hof untergebracht gewesen war. Wieder hatte sie eine Spur von Alfred Runge entdeckt. Er selbst war jedoch nicht auf dem Foto zu sehen. Sie schaute sich noch zwei weitere Fotos an, die in ein brüchiges Transparentpapier geschlagen waren. Zwei unscharfe Frauenporträts, die so verblichen waren, dass nur noch Schatten zu sehen waren. Dafür konnte Mathilde auf der Rückseite nach einigen Schwierigkeiten zwei Anmerkungen entziffern. Auf jedem Foto standen ein Name und ein Jahr: »Clara 1908« und »Adele 1910«.

Das waren doch die Schwestern von Runge gewesen. Was für einen Schatz hielt sie hier in Händen? Wieder drehte sie die Bilder, doch es ließ sich tatsächlich kaum etwas erkennen.

»Schade, dass die Fotografien so schlecht sind«, sagte sie laut in den Raum hinein. Kurz schauerte sie über die Stille um sich herum. Sie stand auf und machte das Radio an, dann ging sie zurück zu ihren Stapeln.

Es blieben noch die zahlreichen handgeschriebenen Blätter, die sie bislang nicht begutachtet hatte, und der Bucheinband. Anscheinend hatten die Blätter in das Buch gehört. Die Leimung hatte nicht gehalten.

Das hellgraue linierte Papier hatte trotz der sorgsamen Verpackung des Päckchens gelitten. Feuchtigkeit und Mäusefraß hatten große Schäden verursacht. Es würde schwierig werden, sie zu entziffern. Doch Mathilde glaubte, dass es sich lohnen würde. Sie versuchte zuerst, die losen Blätter in eine chronologische Reihenfolge zu bringen. Leider fehlten häufig die Datumsangaben. Auch gelang es ihr nur in Ansätzen, die Handschrift zu lesen. Dennoch versuchte sie es Seite um Seite. Sie sträubte sich gegen den Gedanken, eine weitere Person in ihr Geheimnis einzuweihen. Vielleicht konnte sie den kleinen Mann bitten. Er hatte sicherlich noch so schreiben gelernt, vielleicht konnte er die Notizen entziffern. Sie könnte ihm zunächst nur eine Seite zeigen und behaupten, dass irgendeine unbekannte Person ihr diese in den Briefkasten geworfen hätte. Auf diese Art und Weise konnte sie herausfinden, ob er wirklich in der Lage war, die alte Schrift zu lesen, ohne zu viel preiszugeben. Vorerst musste sie sich frustriert eingestehen, dass sie alleine nicht weiterkam und es zudem Dringlicheres zu tun gab.

Drei Tage benötigte ihr Nachbar für die Entfernung des alten und die Verlegung des neuen Holzbodens. Er arbeitete sehr sorgfältig und auch der Spalt hinter der Fußleiste entging ihm nicht. Mathilde täuschte vor, den Spalt noch nicht bemerkt zu haben. Ihr Vermieter kam für die Materialkosten auf und sie sorgte für die fachgerechte Versieglung des Holzbodens mit Wachs. Mehrfach trug sie die Flüssigkeit auf und polierte die

Überschüsse mit einem weichen Tuch herunter. Obwohl sie die Fenster weit geöffnet hatte, verspürte sie einen leichten Kopfschmerz.

Als eine der letzten handwerklichen Arbeiten verschloss Mathilde den Spalt hinter der Fußleiste, indem sie die alte Leiste wieder davorschraubte. Vielleicht konnte sie dieses Versteck irgendwann einmal selbst nutzen.

Nun musste sie ihr neues Heim nur noch gründlich säubern. Für das Wochenende hatte sie einen Transporter vorbestellt und ihren Freunden Bescheid gesagt. Der Umzug würde nicht viel Zeit in Anspruch nehmen, da sie nur sehr wenige Möbel besaß. Am Nachmittag war das Hexenhaus gereinigt und sie kehrte in ihr Waldhaus zurück.

Der Anrufbeantworter blinkte. Mathilde bekam einen kurzen Adrenalinstoß, der ihren Puls beschleunigte. Das Gerät kündigte ihr zwei neue Nachrichten an, als Mathilde den Wiedergabeknopf betätigte. Es folgte eine Mitteilung von Susan, die sich später noch einmal melden wollte, und eine vom kleinen Mann, der sich nach ihrem Befinden erkundigte. Erleichtert atmete sie auf. Dann griff sie nach dem Telefon und rief den kleinen Mann, von Neugier getrieben, umgehend zurück. Kurz plauschten sie, dann fasste Mathilde sich ein Herz und bat ihn um Hilfe bei den Papieren. Er willigte ein, am späten Nachmittag bei ihr vorbeizukommen. Sie wählte nach dem Zufallsprinzip eine der besser erhaltenen Seiten aus, die übrigen verbarg sie in der Schublade des Esstischs. Pünktlich zur verabredeten Zeit klopfte ihr Gast an die Terrassentür. Kaum hatten sie am Esstisch Platz genommen, zeigte sie ihm das ausgewählte Blatt Papier.

»Das habe ich heute in meinem Briefkasten gefunden«, flunkerte sie. Sie fühlte sich wirklich schlecht deswegen. Dennoch blieb sie dabei und legte das Blatt vor ihn hin. »Leider kann ich diese Schrift nicht lesen und als ich Ihre Nachricht gehört habe, dachte ich mir, dass Sie mir eventuell helfen könnten.«

Der kleine Mann zog eine Brille mit verkratzten Brillengläsern aus seiner Jackentasche. Die Brille saß schief auf seiner Nase und der kleine Mann versuchte offenbar, das auszugleichen, indem er seinen Kopf entsprechend schräg hielt. Dann betrachtete er den Text.

»Das scheint mir eine kurze Zusammenfassung einer Jagd zu sein«, merkte der kleine Mann an. »Das ist wirklich nichts Spektakuläres, was hier geschrieben steht: ›Nach erfolgreicher Treibjagd kehrte ich zufrieden in mein Heim am See zurück. Die Kinder taten wieder einmal ihr Bestes und scheuchten uns jede Menge Niederwild vor die Flinten. Mit 25 Hasen, 14 Fasanenhähnen und drei Rebhühnern sowie einem räudigen Fuchs brachte uns der Tag eine beachtliche Ausbeute. Alle waren begeistert von meinem Revier. Es ist mir selbst auch wirklich die liebste Jagd und auch mit dem Müller komme ich sehr gut zurecht.‹«

»Das ist von Alfred Runge geschrieben worden!«, entfuhr es Mathilde, die zwar enttäuscht über den Inhalt, nicht aber über den Verfasser der Notiz war. Das war unglaublich. Sie brannte darauf, mehr zu erfahren. Dennoch konnte sie die übrigen Seiten jetzt nicht aus der Schublade hervorholen, ohne dass ihr Gast ihre Lüge bemerken würde. Der kleine Mann bestätigte ihre Vermutung und erkundigte sich noch einmal genau, wie Mathilde in den Besitz dieses Blatts gekommen war. Mit schlechtem Gewissen belog sie ihn erneut. Bislang hatte der kleine Mann ihr wirklich keinen Anlass für Misstrauen gegeben. Trotzdem wollte Mathilde ihr Geheimnis vorerst für sich behalten. Vielleicht kamen ja er und seine Familie auch in diesen Aufzeichnungen vor. Eine für sie unangenehme Stille breitete sich zwischen ihnen aus.

Dann erinnerte sie sich daran, dass er sich schon mehrfach nach ihrem Befinden erkundigt hatte. Sie beschloss, wenigstens in diesem Punkt ehrlich zu ihm zu sein, und erzählte ihm von den Drohanrufen, die sie ängstigten. Auch, dass der Fremde sie beobachtete und in ihr Haus eingedrungen war, um den Anrufbeantworter zu löschen, verschwieg sie nicht. Er wirkte betroffen darüber, dass man so mit ihr umging, und erinnerte sie erneut daran, dass Nachforschungen zu diesem Thema in Ahausen eine heikle Sache seien. Bedauerlicherweise war es Mathilde jetzt, da die Geschichte heraus war, nicht mehr möglich, den Anruf abzuspielen. Vielleicht hätte der kleine Mann den Anrufer an der Stimme erkannt. Ihr Besucher war sehr ernst geworden und schien tatsächlich sehr mitgenommen von ihrer Eröffnung. Also versuchte Mathilde, ihn zu beruhigen. In zwei Tagen würde sie dieses einsame Haus gegen das Hexenhaus tauschen, dann hätte sie Nachbarn in ihrer unmittelbaren Nähe und würde sich sehr viel sicherer fühlen, nicht zuletzt dank seiner Hilfe.

»Ich werde dennoch meine Fühler in dieser Angelegenheit im Dorf ausstrecken«, versprach der kleine Mann.

Plötzlich hatte Mathilde eine Idee und wechselte schnell das Thema. Sie besorgte einen Füller und einen Schreibblock, dann bat sie ihren Gast, ihr das Alphabet in Sütterlin aufzuschreiben, damit sie die Schriftzeichen lernen konnte. Sie verbrachten knapp zwei Stunden mit Schreibübungen. Schließlich war er mit ihr zufrieden. Sie hatte mehrere Sätze in Sütterlin geschrieben, ohne dass sich Fehler einschlichen. Sie war sichtlich stolz auf sich selbst.

Schließlich verabschiedete sich ihr Gast. Kaum war er gegangen, legte sie die hellgrauen Blätter auf den freigeräumten Esstisch. Vielleicht konnte sie ja nach den Schreibübungen und mithilfe des Zettels ein bisschen was entziffern und so doch noch alleine eine Reihenfolge ausmachen. Manchmal wechselte die Art der Tinte oder des Schreibmittels. So konnte sie zusammengehörige Seiten schnell erkennen. Dann versuchte sie, ihre neuen Kenntnisse der Sütterlinschrift anzuwenden. Es gelang ihr mit mäßigem Erfolg, die Handschrift zu entziffern, oftmals musste sie schlussfolgern oder raten. Jedes entschlüsselte Wort schrieb sie auf dem Schreibblock nieder. Für die fehlenden Wörter ließ sie Lücken, um diese später möglichst aus dem Zusammenhang zu erschließen.

Das Läuten des Telefons riss sie aus ihrer Konzentration. Sie schaute auf das Display und griff nach dem Hörer. »Hey, Susan, ich hätte dich auch gleich angerufen. Du kannst dir nicht vorstellen, was ich hier in meinen Händen halte. Es ist so unglaublich, dass ich erst sichergehen wollte, bevor ich dir mehr erzähle.«

»Okay, jetzt bin ich aber wirklich gespannt. Was hast du entdeckt?«

Detailreich und überschwänglich erzählte Mathilde, wie sie auf das Versteck und die Unterlagen gestoßen war. Dass sie den Brand von Runges Jagdhütte in ihren Recherchen vernachlässigen konnten, hatte sie ja schon berichtet.

»Du sagst ja immer, Zufälle gibt es nicht. Aber in diesem Fall hast du wohl unrecht gehabt«, merkte Susan an.

»Ja, es sieht ganz so aus.«

Dann erzählte sie von dem kleinen Schreibkurs, den sie unter der Anleitung des kleinen Mannes am Nachmittag absolviert hatte. Mathildes Aufregung übertrug sich auf Susan.

»Oh, bitte«, bettelte Susan, »warte mit dem Durchschauen auf mich! Ich könnte am Samstag bei dir bleiben. Die erste Nacht im neuen Haus ist doch eh zu zweit viel netter. Und dann können wir am Sonntag gemeinsam entziffern. Ich habe nichts vor am Sonntag …«

Mathilde freute sich über Susans Angebot und die Aussicht darauf, am ersten Tag im Hexenhaus nicht alleine frühstücken zu müssen. Außerdem konnten sie gemeinsam vielleicht wirklich mehr erreichen. Darum stimmte sie begeistert zu.

Es war spät geworden und Mathilde hatte am nächsten Tag noch einiges zu tun. Also legte sie die Tagebuchseite, die sie zuletzt angeschaut hatte, zurück zu den anderen in die Esstischschublade. Auch wenn sie es kaum erwarten konnte, mehr zu erfahren, musste sie vernünftig sein und ihre Nachforschungen unterbrechen. Sie gähnte herzhaft und beschloss, dass es Zeit war, ins Bett zu gehen.

Am folgenden Tag packte Mathilde einen Umzugskarton nach dem nächsten. Die leichteren Kisten brachte sie schon in ihr neues Heim. Auch ihre Rechercheunterlagen waren darunter. Sie wollte nicht riskieren, dass jemand beim Umzug die Schublade aus dem Esstisch herauszog und die Papiere durcheinanderkamen oder sie erklären musste, worum es sich handelte. Auch ihr Geschirr und viele andere Dinge, auf die sie kurzzeitig verzichten konnte, stellte sie schon im neuen Haus unter. Nackte Wände und Regale sowie geleerte Schränke sorgten für eine eigenartige Stimmung in der Waldhütte. Jeder Schritt hallte und es roch nach Staub. Sie fühlte sich zurückgelassen, war aber vor allem voller Vorfreude auf ihr neues Haus. Ein letztes Mal kuschelte sie sich in ihr Bett und lauschte auf die vertrauten Geräusche, die das Waldhaus umgaben. Dann fiel sie in einen traumlosen, tiefen Schlaf.

Ihre Freunde waren am Samstagmorgen pünktlich zur Stelle und luden das Mobiliar und die schweren Kartons innerhalb von einer Stunde in einen Kleintransporter. Schon mittags war das Waldhaus komplett geräumt und das Hexenhaus bezogen. Mathilde ließ für alle Helfer Pizza kommen. Sie verteilten sich auf Kisten und Kästen, saßen auf der Treppe und auf den zugänglichen Stühlen. Es war eine angenehme Stimmung und Mathilde genoss es, das alle ihre Freunde wieder einmal bei ihr waren. Alle waren von dem eigenartigen Haus mit dem leicht verschrobenen Charme angetan, auch wenn niemand mit ihr tauschen wollte. Nach der gemeinsamen Mahlzeit starteten sie wieder in die Stadt. Nur Susan blieb bei Mathilde. Das Ausräumen der Kartons machte gemeinsam großen Spaß. Sie räumten aus und überlegten, was wo stehen sollte. Am frühen Abend war fast alles erledigt. Nur einen Karton hatte Mathilde nicht geleert. Er enthielt die Rechercheunterlagen.

Während die beiden Frauen vor dem Karton standen, der sonst nur Bücher enthielt, blickte Mathilde besorgt auf die Fenster. Die Vorhänge waren noch nicht angebracht. Was, wenn der Unbekannte von ihrem Umzug wusste und sie nun hier beobachtete?

»Auch wenn es vielleicht paranoid klingt«, seufzte Mathilde, »lass uns den Karton mit den Unterlagen nach oben bringen und dort auspacken. Hier fühle ich mich so beobachtet.«

Also schleppten die beiden Frauen den schweren Bücherkarton die Treppe hinauf, wo sich das neue Schlafzimmer befand. Mathilde liebte hochflorige Teppiche, insbesondere wenn sie barfuß lief. Ein Glücksfall hatte sie während der Umzugsphase in ein Möbelhaus geführt, das gerade seine Teppichabteilung auflöste. Sie überlegte nicht lange, als sie die dicken Berberteppiche entdeckte. Sie erwarb einen als Läufer, um ihn vor ihr Bett zu legen, und einen quadratischen für die Sitzecke, die sie sich dort oben eingerichtet hatte. Sie passten wunderbar in den großen Raum im Obergeschoss. Es war das größte Zimmer des Hauses, allerdings mit Dachschrägen. An der einen Seite stand das große Bett, das sie sich neu gekauft hatte, daneben befand sich ein Einbauschrank. Vor dem anderen Fenster, zur Südseite, hatte Mathilde eine gemütliche Sitzecke eingerichtet, bestehend aus zwei Cocktailsesseln und einem kleinen runden Glastisch mit Leselampe. Von hier oben hatte man einen herrlichen Blick über die angrenzende Obstwiese. Allerdings liebte Mathilde es ebenso, einfach auf dem Boden zu sitzen und es sich mit einigen Kissen bequem zu machen. Ihrem Ritual folgend, öffneten sie eine Flasche Rotwein und schenkten sich ein, dann holte Mathilde die braune Ledermappe aus dem Umzugskarton. Sie zeigte Susan den Inhalt und erklärte, wie sie die Papiere geordnet hatte.

»Mathilde, das ist der reinste Wahnsinn. Das hat mit Zufall doch wirklich nichts mehr zu tun«, kommentierte Susan den Fund fasziniert.

»Meinst du denn, dass ich überhaupt das Recht habe, in diesen Aufzeichnungen zu lesen? Es scheint recht privat zu sein, eine Art Tagebuch. Ich fühle mich ein bisschen in einer Zwickmühle. Auf der einen Seite hoffe ich, möglichst viel zu erfahren, andererseits halte ich es irgendwie für unanständig, in den persönlichen Aufzeichnungen eines Fremden zu lesen, auch wenn er bereits verstorben ist.«

»Ich glaube, da machst du dir zu viele Gedanken. Wenn wir in diesem Mordfall eine Spur finden wollen, dann bleibt uns doch nichts anderes übrig. Außerdem bin ich davon überzeugt, dass beide Opfer, Alfred Runge und Frau Buchholz, sich wünschen würden, dass die wahre Geschichte ans Licht kommt.«

Eine Weile betrachteten sie die Papiere, dann griff Susan nach einem vergilbten Briefumschlag.

»Was ist das da?«

Mathilde zuckte mit den Schultern. »Den habe ich vorgestern irgendwie gar nicht richtig wahrgenommen. Lass uns doch da noch reingucken und dann reicht es für heute, oder?«, sagte sie mit Blick auf die Uhr. Susan griff danach und beide beugten sich darüber.

Der Umschlag wies keinen Empfänger oder Absender, keine Briefmarke oder andere Spuren auf. Darum gingen die beiden Frauen davon aus, dass er persönlich zugestellt worden war. Jemand hatte den Umschlag an der oberen Kante fein säuberlich aufgeschlitzt, sodass sie den Briefbogen leicht entnehmen konnten. Sie falteten das beidseitig beschriebene Papier auseinander. Im Gegenlicht der Lampe sah man feinen Staub durch das Zimmer wirbeln. Susan musste niesen, sie hatte eine ausgeprägte Hausstauballergie. Mathilde nahm das Blatt und begann vorzulesen:

Liebe Schwester Adele,

heute muss ich aufklären, warum ich dir seit Tagen untersage, mich in meinem Jagdhaus zu besuchen. Ich will dir nichts Böses, auch hege ich keinen Groll gegen dich. Es ist ein Schutz für dich und deine Gesundheit, da ich doch weiß, wie angespannt deine Nerven in diesen unruhigen Tagen sind. Ich weiß, ich bin kein guter Familienmensch. Trotzdem schmerzt es mich, meine Schwester leiden zu sehen. Die gute Clara bangt um Otto. Sicherlich weißt du bereits, daß er gemeinsam mit Susanne in den Untergrund abgetaucht ist. Die Gestapo sucht die beiden. Nun fanden sie für wenige Tage Unterschlupf bei mir. Vielleicht war es ihre letzte Gelegenheit, der Familie nahe zu sein.
Mich beunruhigt der Gedanke, daß Jagd auf meinen Neffen gemacht wird. Dabei bin ich doch der deutschen Idee seit jeher verpflichtet. Otto ist ein sozial denkender Mensch, an ihm ist nichts verkehrt und er liebt Deutschland genauso,

wie ich es tue. Doch die Lage wird für einen Sozialisten immer schwieriger. Ich habe keine Nachricht, wo die beiden sich aufhalten könnten. Die Gestapo war auch hier bei mir und hat nachgeforscht. Doch ich konnte mit gutem Gewissen sagen, daß mir der Verbleib der beiden nicht bekannt sei. Sie haben meine Hütte in der Nacht unbemerkt verlassen. Glücklicherweise steht ihnen ein Mensch zur Seite, der sich auf das unauffällige Reisen versteht. Herzlich lade ich dich nun wieder in mein Jagdhaus ein. Es soll kein Groll zwischen uns stehen. Deiner Schwester Clara darfst du auch nicht mehr böse sein. Die Furcht vor Entdeckung und die Bürde, dir gegenüber zu schweigen, war für sie schwerlich auszuhalten. Nun muß sie mit der Ungewissheit über den Verbleib ihres Sohnes leben. Sei so gut und kümmere dich um deine Schwester Clara, sie kann Zuspruch bitterlich gebrauchen. So hoffe ich, daß du nun, wo du die Beweggründe für meine ablehnende Haltung dir gegenüber kennst, Verständnis hast. Vernichte diesen Brief, zu leicht kann er uns zum Verhängnis werden.

Dein Bruder Alfred

Adele Süffert war dem Rat ihres Bruders nicht gefolgt, sondern hatte den Brief sorgsam aufgehoben. Vielleicht war zu dieser Zeit und aus diesem Grund das Versteck entstanden. Dieses persönliche Schreiben und die Tatsache, dass Adele Süffert viele Jahre hier in dem Hexenhaus gelebt hatte, ließen den Schluss zu, dass sie diejenige gewesen war, die die Unterlagen gesammelt und versteckt hatte. Vielleicht hatte man ihr nach dem Tod des Bruders seine Aufzeichnungen als Hinterlassenschaft ausgehändigt. Und sie hatte dann das Wissen darum mit ins Grab genommen.

Den ersten Morgen im Hexenhaus begannen die beiden Frauen mit einem ausgiebigen Frühstück im Garten. Der Vormieter hatte Mathilde einen runden Tisch aus Metall mit zwei passenden Stühlen überlassen. Neben den ganzen Leckereien fand das Geschirr allerdings kaum noch Platz auf dem kleinen Tisch. Während sie schlemmten, fragte Susan: »Wollen wir gleich eigentlich erst die restlichen Regale aufbauen oder uns mit den Unterlagen beschäftigen?«

»Vernünftig wäre es, die Regale aufzubauen, aber Lust habe ich viel mehr auf ein bisschen Detektivarbeit.«

»Wir haben ja auch gestern schon viel geschafft!«, bestätigte Susan. »Dafür können wir uns heute ruhig belohnen.« Sie brannten beide darauf, den alten Aufzeichnungen ihr Geheimnis zu entlocken. »Gehen wir rein?«

Mit einem frischen Kaffee setzten sie sich wieder in die kleine Sitzecke. Susan nahm eine der Seiten in die Hand und versuchte, sie zu lesen. Mathilde beobachtete ihre Freundin, die die Stirn in Falten gelegt hatte, die Augen zusammenkniff und konzentriert die Seite anstarrte.

»So ging es mir am Anfang auch«, lachte Mathilde. »Lass mich mal versuchen.«

Die Überschrift und das Datum waren zum größten Teil verschmiert. Die Tinte war verlaufen und so gelang es Mathilde lediglich, einige Sätze zu entziffern, die Susan nach ihrer Vorgabe notierte. Mühsam arbeiteten sich Mathilde und Susan durch die Seite. Die Übungen mit dem kleinen Mann halfen Mathilde sehr, die einzelnen Buchstaben zu entziffern. Dennoch musste Mathilde sich sehr konzentrieren. Schließlich wandte sie sich an Susan: »Und, was haben wir? Lies vor!«

»›Endlich war es mir vergönnt, einige Tage in Berlin zu verbringen. Hier kann ich der sein, der ich wirklich bin.‹ Dann konntest du einiges nicht entziffern. Irgendwas mit ›Sorge‹.

Dann etwas zu Bremen: ›In Bremen bin ich allzu bekannt und muss‹. Dann kommen wieder einige Wörter, die verlaufen sind. Weiter geht es mit ›selbst in der eigenen Familie‹. Dann fehlt wieder etwas. ›Bei Martin‹, ein Wort, das wir nicht lesen können, vermutlich aber ein Nachname. Dann: ›finde ich immer noch die beste Auswahl. Er nennt mich inzwischen seinen Stammkunden und so bekomme ich stets das Besondere angeboten. Auch mit den kräftigen Gloriosa‹ oder so ähnlich ›Zigarren habe ich mich eingedeckt‹. Dann fehlt wieder etwas, bis ›fürchte um mein Leben, wenn‹. Dann fehlt der Rest. Viel ist es nicht. Aber es klingt schon geheimnisvoll. Meinst du nicht?«

»Auf jeden Fall! Sehr suspekt. Mist, dass ausgerechnet dieser Text so schlecht lesbar ist. Aber mehr kann ich beim besten Willen nicht entziffern. Was hat ihn veranlasst, um sein Leben zu fürchten? Der Krieg?«

»Nein, da muss mehr hinterstecken! Ich verstehe das so, dass er sich in Bremen verstellt hat, sogar vor seiner Familie. Vielleicht was mit seinem Neffen? Mit dem Sozialisten?«

»Aber Otto Suhr ist aus Berlin geflohen. Nein, da muss es irgendetwas anderes geben.«

»Los, guck den nächsten Eintrag an!«

Wieder mühte sich Mathilde redlich, möglichst viel zu lesen. Wort für Wort hangelte sie sich durch den Absatz, verglich immer wieder Buchstaben mit ihrem Lernpapier.

»Okay, das scheint mir ein ziemlich persönlicher Text zu sein, oder?«, fragte sie Susan nach einer guten Stunde ziemlich erschöpft.

»Aber du hast fast alles lesen können. Ich habe hier notiert: ›Die Einsamkeit nach meiner Zeit mit P. fühlt sich schlimmer an als je zuvor. Ich weiß nicht, wann und ob wir uns wiedersehen können. Ich verbringe meine Tage mit den Gedanken an Berlin und die Nähe, die wir geteilt haben.‹ Danach kam der Satz, den du nicht lesen konntest. Und dann: ›Mein kleines Häuschen hier scheint mir dieser Tage trotz der Idylle des Sees kalt und leer. Doch es ist selbst gewählt. P. kann nicht herkommen. Ich habe einen Ruf zu verlieren. Ich bin der Jagdpächter und sorge im Revier für Ruhe und Ordnung und nicht für Aufruhr. Ich sollte einige Freunde zu mir bitten, eine Gesellschaft und eine gute Jagd versprechen sicherlich Ablenkung.‹ Meinst du, er hatte eine Affäre?«

»Offensichtlich. Aber scheinbar eine sehr unpassende. Ich meine, er schreibt keinen Namen und ist besorgt um seinen Ruf. Eine Jüdin?«, überlegte Mathilde aufgeregt.

»Ja, vielleicht. Allerdings hätten sie ihr dann einfach eine neue Identität verpassen können, anscheinend war sie ja aus Berlin. Oder meinst du, sie war vielleicht bekannt? Irgendetwas stimmt da doch nicht!« Susan seufzte unzufrieden. »P. – er hätte es uns ja wohl ein bisschen leichter machen können!«

Ahausen in den 1990er-Jahren

Während sie die restlichen Regale aufbauten, rätselten sie weiter über Runge und die ominöse »P«. Susan überlegte hin und her. Scotland hatte als überzeugter Nationalsozialist gegolten, insbesondere auch seine Frau hatte mit der ihr eigenen Deutlichkeit die Werte und Einstellungen der NSDAP vertreten. Sollte Alfred Runge eine unpassende Affäre gehabt haben, musste er offensichtlich damit gerechnet haben, dass auch in seinem engsten Freundeskreis Menschen waren, die ihn der höheren Sache wegen verraten hätten. Und dann, überlegte sie weiter, könne man doch davon ausgehen, dass er keineswegs überzeugter Nationalsozialist war.

»Also, bislang haben alle Befragten immer nur ratlos mit den Schultern gezuckt, wenn ich sie um eine politische Einschätzung zu Runge gebeten habe. Das deutet ja auch nicht gerade auf einen überzeugten Parteigenossen hin.«

Gemeinsam diskutierten sie die weitere Vorgehensweise, bevor Susan am frühen Abend wieder zurück nach Bremen fuhr. Ehe sie sich verabschiedeten, warnte Susan Mathilde eindringlich, den Leuten im Dorf zu viel Vertrauen zu schenken. »Du hast selbst gesagt, dass die Menschen in einem Dorf anders agieren als in der Stadt. Du wurdest von irgendwem bedroht. Und gegen einen Angriff von außen schließt man sich auf dem Land doch eher zusammen, selbst wenn man weiß, dass das nicht richtig ist.«

Mathilde versprach, vorsichtig zu sein, und blieb mit einem schlechten Gefühl zurück. Musste sie auch bei dem kleinen Mann vorsichtig sein? Niemand war völlig ohne Altlasten. Vielleicht schuldete er einer Person aus dem Ort einen Gefallen. Immerhin wusste der Unbekannte ziemlich genau, wann sie Fortschritte machte. Allerdings war seit dem letzten Treffen, bei dem sie ihm die Seite gezeigt und mit ihm die Schreibübungen gemacht hatte, nichts passiert.

Sie wanderte durch das Haus. Die Umgebung war ihr noch fremd, aber sie spürte, dass sie sich hier wohlfühlen würde. Wieder dachte sie über die merkwürdige Verbindung nach, die sie offensichtlich zu Runge hatte. Immer wieder tauchten neue Informationen auf, manchmal wie aus dem Nichts. Kurz überlegte sie, noch eine Seite aus den Unterlagen zu entziffern, doch nach wenigen Worten legte sie das Papier wieder weg. Obwohl sie recht säuberlich geschrieben waren, verspürte sie einen leichten Kopfschmerz von der Anstrengung. Außerdem war sie schrecklich müde und der Text schien lediglich nach einem Spaziergang entstanden zu sein. Er beschrieb jedenfalls die Umgebung des Sees. Von der mysteriösen P. war nicht mehr die Rede.

Also räumte sie die Papiere zusammen und überlegte, wo sie sie verstauen konnte. Kurz dachte sie daran, das Versteck hinter der Fußleiste zu benutzen. Allerdings erschien ihr das dann doch nicht nötig und allzu aufwendig. So verstaute sie die Papiere kurzerhand in ihrem Kleiderschrank. Schon kurz danach fiel sie in einen traumlosen Schlaf.

Am nächsten Tag erwachte sie voller Energie. Im Dorfladen wollte sie frische Brötchen holen und sich ein ausgiebiges Frühstück gönnen und anschließend einige Erledigungen im Baumarkt machen. Doch dann erfuhr sie im Dorfladen, dass der kleine Mann am Tag zuvor mit dem Rad gestürzt war und sich am Knie verletzt hatte. Er dürfe nun mindestens zwei Wochen nicht Rad fahren, berichtete die Ladenbesitzerin. Sobald Mathilde wieder zu Hause war, rief sie ihn an, um sich nach seinem Befinden zu erkundigen. Sie befürchtete, dass ihm der Verzicht auf das Rad ziemlich viel ausmachen musste.

Der kleine Mann freute sich aufrichtig über ihren Anruf und lud sie sofort für den Nachmittag zum Kaffeetrinken ein. Also verwarf Mathilde ihre Baumarktpläne. Auf dem Weg besorgte sie im Dorfladen noch einen großen bunten Blumenstrauß.

Es dauerte eine Weile, bis die Tür geöffnet wurde, der kleine Mann war tatsächlich arg beeinträchtigt. Trotzdem strahlte er sie an und bat sie in die gute Stube, wo Kaffee und Kekse bereitstanden. Die mitgebrachten Blumen stellte er mittig auf den Stubentisch. Die Einrichtung war alt, wirkte auf Mathilde aber sehr gut gepflegt. Auf dem Wohnzimmerschrank standen einige Familienfotos. Sie zeigten den kleinen Mann in jüngeren Jahren gemeinsam mit einer Frau und mehreren Kindern. Mathilde war erstaunt, von einer Familie hatte sie bislang nichts gewusst.

Nachdem sie ein wenig über den kleinen Fahrradunfall, die Gesundheit des kleinen Mannes und Mathildes Umzug gesprochen hatten, entstand eine kurze Gesprächspause.

»Und was machen Ihre Recherchen im Fall Runge?«, fragte der kleine Mann sie.

Mathilde zögerte. Dann beschloss sie, dass sie ihm vertrauen wollte. Und außerdem würde sie seine Hilfe benötigen. Sie konnte das immer noch überdenken, wenn sich nach ihrem Gespräch wieder jemand bei ihr melden und seine Meinung dazu kundtun sollte.

»Ach, es scheint, dass sich einige neue Aspekte ergeben. Ich wollte Ihnen davon heute sowieso noch berichten. Aber bevor ich Ihnen zeige, was ich entdeckt habe, möchte ich Sie etwas fragen.« Der kleine Mann sah sie gespannt an und nickte kurz, damit sie fortfuhr. »Sagt Ihnen der Name Otto Suhr etwas?«

»Otto Suhr, natürlich. Er war der Neffe von Alfred Runge, der Sohn von Clara Suhr. In dem Haus, in dem Sie nun wohnen, fand sie im Krieg Unterschlupf bei ihrer Schwester, Frau

Süffert. Otto Suhr wurde später Bürgermeister in Berlin. Habe ich Ihnen das noch gar nicht erzählt? Hin und wieder besuchte er seine Mutter Clara hier.«

»Meinen Sie die Zeit nach dem Krieg?«

»Ja, das ist richtig«, erwiderte der kleine Mann und bot Mathilde erneut Kaffee und Kekse an. »Er wurde während des Krieges gesucht, von der Gestapo. Tatsächlich hat es während der Kriegszeit einmal Gerede gegeben, dass Otto Suhr sich in Ahausen aufgehalten haben soll. Gesehen hatte ihn niemand, aber die Gestapo machte bei den Runge-Schwestern einen Hausbesuch, was sich natürlich wie ein Lauffeuer im Dorf herumsprach. Da keine der beiden Frauen mitgenommen wurde, gingen wir hier davon aus, dass alles in Ordnung war. Auch bei Runge sollen sie danach noch gewesen sein. Näheres kann ich dazu aber nicht sagen.« Mathilde nickte stumm, griff in ihre Handtasche und zog den Brief von Runge an seine Schwester aus der Tasche. Einem Bauchgefühl folgend, hatte sie ihn vor ihrem Aufbruch noch eingesteckt.

Zügig überflog der kleine Mann den Text. »Gehe ich recht in der Annahme, dass Sie diesen Brief wieder in Ihrem Briefkasten vorgefunden haben?«, erkundigte er sich. Mathilde schluckte. Sie fühlte sich schrecklich, ihr Gegenüber schon wieder anzulügen. Statt einer Antwort zuckte sie nur die Schultern. Doch der kleine Mann schien nicht böse zu sein. Er nickte ihr verständnisvoll zu und überging ihr Schweigen.

»Hören Sie, ich möchte gerne einen Bekannten anrufen und ihn zu unserem Gespräch dazubitten«, erklärte er der überraschten Mathilde. »Oder ist Ihnen nicht recht, wenn noch jemand von diesem Brief erfährt?« Mathilde zögerte unsicher.

»Keine Sorge, Sie können mir vertrauen! Und ich verspreche Ihnen, dass er nichts über das Gespräch erzählen wird. Ich bin mit ihm seit Kindertagen befreundet und wir teilen die

Leidenschaft für die jüngere deutsche Geschichte. Wir diskutieren immer noch regelmäßig über die politischen Ereignisse von damals und ich glaube, dass er Ihnen vieles berichten kann.« Als Mathilde nickte, griff der kleine Mann zum Telefon und wählte die Nummer aus dem Kopf.

Eine Viertelstunde später saßen sie zu dritt am Kaffeetisch.

»Wissen Sie, ich bin in meiner Kindheit häufig in Ahausen gewesen, obwohl meine Eltern und ich in Bremen lebten«, berichtete der drahtige Mann. »Während der letzten Kriegsjahre siedelten wir dann ganz nach Ahausen über. Wir waren ausgebombt worden und hatten nichts mehr. Meine Eltern mieteten ein Zimmer hier. Nach dem Krieg bauten sie hier ein Haus und ich bin bis zum heutigen Tage in Ahausen geblieben.«

Mathilde mochte den Mann sofort. Er war freundlich, offen und gebildet. Die Zeit des Dritten Reiches hatte er noch deutlich vor Augen. Er erzählte ausgesprochen lebendig von seinen Erinnerungen und den Geschehnissen im Dorf. Als der kleine Mann ihn schließlich auf Otto Suhr ansprach, war Mathilde zunächst enttäuscht.

»Otto Suhr? Nein, den habe ich nie kennengelernt. Er war ja nach dem Krieg häufiger bei seiner Mutter zu Besuch. Aber wir haben uns nie getroffen. Während des Kriegs wurde er verfolgt und soll sich sogar in Ahausen versteckt haben. Die Gestapo war damals tatsächlich hier im Dorf und hat alles durchsucht. Allerdings ohne Erfolg. Ich habe mich schon häufiger gefragt, ob sie ihn damals verpasst haben oder ob er ein sehr, sehr gutes Versteckt hatte. Was meinst du?« Fragend sah er den kleinen Mann an. Der wiegte mit dem Kopf, kam aber gar nicht erst zu Wort.

»Sie sind ja offenbar sehr sicher, dass er damals wirklich hier war. Wie kommt das? Hat Runge Ihnen etwas erzählt?«, mischte sich Mathilde ein.

»Nein, Alfred Runge hat darüber niemals gesprochen. Aber ich weiß, dass er gut im Verstecken war. Und ich will Ihnen auch verraten, wieso ich das weiß. Ich muss allerdings ein wenig ausholen. Alfred Runge besaß in den Dreißigern ein Automobil, einen Wanderer W24, den er für seine geschäftlichen Aktivitäten nutzte. Aber er kam damit auch hierher. Einmal durfte ich sogar mit nach Bremen fahren. Das war schon etwas! Damals hatten die wenigsten Familien ein Auto. Und schon gar nicht so ein schickes. Ich glaube, dass auch Runge sehr stolz auf seinen Wagen war. Aber dann musste er ihn für Kriegszwecke abgeben. Ich erinnere mich noch, wie sehr er darüber erzürnt war. Ihn behinderte das auch sehr, was seine Bautätigkeit betraf. In der Zeit danach kam er regelmäßig mit dem Fahrrad nach Ahausen. Und die letzten Kriegsjahre verbrachte er dann ja fast gänzlich hier. Als endlich Frieden war und sich die Lage allmählich beruhigt hatte, sprach mich Runge eines Tages an. Er sagte, er benötige Hilfe bei etwas, und bat mich, ihm zur Hand zu gehen. Außerdem sollte ich einen kräftigen Freund mitbringen.« Er wandte sich seinem Freund zu und zwinkerte ihm zu. »Ich denke, dass ich deswegen nicht dich gefragt habe.«

»Ha«, machte der kleine Mann in gespielter Empörung.

»Jedenfalls sind wir natürlich sehr pünktlich zu Runge. Er legte sehr viel Wert auf die Tugend der Pünktlichkeit! Und er erwartete uns auch tatsächlich schon. Er hatte einen großen Hammer und einen Kuhfuß bereitgelegt. Damit sollten wir eine Bretterwand im Pferdestall der Remise einreißen. Zunächst konnten wir uns keinen Reim auf diese unsinnig wirkende Tätigkeit machen. Und so staunten wir dann nicht schlecht, als wir Stück für Stück einen gut erhaltenen Mercedes V 170 freilegten. Er sagte nichts dazu und auch wir haben nicht gefragt, aber ich bin sicher, dass Runge den

Wagen dort im Krieg versteckt hatte. Augenscheinlich war er nicht bereit gewesen, auch dieses Automobil der Wehrmacht zu übereignen, dabei galt gerade dieses Modell als eines der begehrtesten Kriegsfahrzeuge. Das war im Grunde genommen ziemlich gefährlich gewesen. Für so ein Verhalten konnte man damals schnell verhaftet werden. Aber die Bretterwand war so geschickt in den Stall hineingebaut worden, dass das Versteck annähernd unsichtbar war. Nachdem wir die Wand vollständig entfernt hatten, haben wir den Wagen gründlich gesäubert. Wir haben den schwarzen Lack so richtig poliert, bis er im Sonnenlicht wieder ordentlich glänzte. Ein wirkliches Prachtstück war das! Und ich meine übrigens, dass der Wagen nach dem Tod von Alfred Runge in den Besitz von Otto Suhr gelangt ist.«

»Wahnsinn, das ist eine tolle Geschichte«, lachte Mathilde. Nun war sie wirklich froh, dass der kleine Mann seinen Freund angerufen hatte. Es war nicht nur spannend, den beiden Männern zuzuhören, ihr Gegenüber hatte ihr auch einen weiteren Eindruck von Runges Charakter vermittelt. Die Frage nach seiner politischen Gesinnung konnte sie nun endgültig ablegen. Otto Suhr hatte zur Familie gehört, aber das versteckte Auto zeigte klar, dass Runge nicht im Geringsten daran gedacht hatte, die Nationalsozialisten über das nach außen hin nötige Maß zu unterstützen.

Trotzdem bat Mathilde die beiden Männer noch um eine politische Einschätzung des Architekten, um ihre Vermutungen zu prüfen. Hatte er an anderer Stelle vielleicht mit den Nationalsozialisten sympathisiert oder ihre Ziele unterstützt?

Beide verneinten das. Soweit sie es beurteilen konnten, hatte Alfred Runge sich politisch nicht engagiert.

»Zumindest soweit ich das aus heutiger Sicht beurteilen kann. Wir waren damals noch jung und haben sicherlich auch nicht alles verstanden. Was ich aber mit Sicherheit sagen kann«, meinte der Freund des kleinen Mannes, »ist, dass er zwar eine Menge Jagdtrophäen in seiner Hütte hängen hatte, aber kein Bild des Führers. Überzeugte Anhänger hatten das schon häufiger, auch hier im Dorf. Und auch seine Bekannte, die Frau Buchholz, mit der er gerade zum Kriegsende hin sehr viel Zeit verbrachte, war wohl nicht sehr linientreu. Als wir damals das Versteck des Wagens geöffnet haben, kam sie mit einem jungen Mann dazu. Sie hatten einen Spaziergang gemacht und kehrten zurück, als wir den Wagen schon ordentlich poliert hatten. Ich hatte ihn vorher noch nie gesehen und später stellte sich heraus, dass er ein Deserteur war, den Frau Buchholz in der Jagdhütte aufgenommen hatte. Er war untröstlich, als diese furchtbare Sache mit Runge und Frau Buchholz geschah. Sie hatten ihm in den letzten Kriegswochen das Leben gerettet. Er wäre wegen Fahnenflucht auf jeden Fall zum Tode verurteilt worden, wenn man ihn aufgegriffen hätte. Alfred Runge soll davon zunächst nichts gewusst haben, aber ganz offensichtlich hatte er es schließlich mitgetragen. Eine ausgesprochen mildtätige Geste von Frau Buchholz und Herrn Runge, aber auch sehr gefährlich. Die Uniform des Mannes sollen sie mit Steinen beschwert in den See hinter der Jagdhütte geworfen haben. Das waren wirklich furchtbare Zeiten. Heute kann man sich vieles gar nicht mehr vorstellen. Zum Glück! Ich erinnere mich noch ganz genau daran, dass die Bombardierungen 1944 immer heftiger und häufiger wurden. Alle im Dorf hatten Angst. Auch Alfred Runge übrigens. Er fürchtete, dass auch seine Jagdhütte Ziel von feindlichen Bomben- oder Tieffliegerangriffen werden könnte. Deshalb grub er eines Nachts einen Graben um die Jagdhütte. Dort hinein stellte er die langen Spitzen von abgeholzten Nadelbäumen, die die Reflektion von Lichtern auf den Fensterscheiben verhindern und die Hütte weitgehend unsichtbar machen sollten. Das war bei einem ganzen Dorf natürlich nicht möglich. Die Ahauser verließen in dieser Zeit bei Angriffen immer den Ort und versteckten sich in der näheren Umgebung. Teilweise gruben sie Erdbunker im Wald. Das waren kleine Höhlen, deren Seiten und Decke notdürftig mit Holz abgestützt wurden, dann warfen sie Erde darüber.«

»War das nicht sogar richtiges Grubenholz, das eigentlich für die Kohlegruben im Ruhrgebiet bestimmt war und hier unterschlagen wurde?«, unterbrach ihn der kleine Mann.

»Ja, du hast recht! Das hatte ich gar nicht mehr vor Augen. Ich erinnere mich aber noch an die Sandsäcke, die vor jeder Grube standen, um das Versteck auch vor Maschinengewehrkugeln zu sichern. Im Frühjahr 1945 wurde Ahausen evakuiert, da der Ort verteidigt werden sollte. Nur die Hitler-Anni in der Birkenstraße weigerte sich zu gehen. Sie wollte siegen oder untergehen. Beides ist ihr nicht gelungen. Die Engländer kamen stündlich näher und nahmen Ortschaft für Ortschaft ein. Das war eine wirklich schwierige Situation, durch die endlosen Flüchtlingstrecks aus dem Osten waren enorm viele Menschen im Ort. In der Schule hatte sich die Anzahl der Kinder fast verdreifacht. Die Kühe wurden in die Wümmewiesen getrieben und dort verteilt, um sie zu schützen. So hatte man wenigstens frische Milch. Und dann gab es diesen furchtbaren Tieffliegerangriff ...«

»Ja, das war am 19. April, oder? In den Morgenstunden. Die Flugzeuge hörte man, bevor man sie am Himmel sah. Ich werde dieses singende Geräusch der Motoren niemals vergessen«, ergänzte der kleine Mann. Mathilde erschrak über seinen Gesichtsausdruck. In seinen Augen spiegelte sich das Grauen des Tages wider, als er sich daran erinnerte.

»Viele haben auf dem Friedhof Schutz zwischen den Gräbern gesucht. Der Angriff kam überraschend, es blieb keine Zeit mehr, in den Wald zu gelangen. Die Einschusslöcher in der Kirchenmauer sind noch immer gut sichtbar. Wir Kinder wurden kurz vorher aus der Schule geholt und mussten in den Kriechkeller der dodenhofschen Schmiede, die genau gegenüberlag. Das Schulgebäude hatte so viele große Fenster zur Dorfstraße hin. Der Rundfunk meldete feindliche Fliegerverbände im Anflug auf Bremen und Hamburg. Aber die Engländer warfen auch hier Zielbomben ab, mitten in den Ort, direkt vor den Ahauser Hof. Einige Häuser brannten nieder und es kamen auch Menschen zu Schaden.«

»Wir Kinder mussten nach den Angriffen immer die Wälder durchkämmen und nach Toten und Verletzten Ausschau halten. Das war schrecklich«, sagte der kleine Mann.

»Daran erinnere ich mich auch noch gut. Wer könnte das vergessen?«, stimmte der Bekannte des kleinen Mannes zu. »Die Verletzten wurden auf strohgepolsterten Pferdekarren ins Rotenburger Krankenhaus transportiert. Viele überlebten den Weg nicht. Und für einige Kinder endete diese Suche schlimm. Einmal fanden wir bei unserer Suche den Zünder eines Flammenwerfers. Zwei von uns erlitten schwerste Verbrennungen, eines der Kinder starb wenige Tage später.«

Mathilde schluckte schwer. Sie war unsicher, wie sie darauf reagieren sollte und was sie angesichts des Schreckens sagen konnte. Wieder einmal half ihr der kleine Mann.

»In dieser Zeit sind die Menschen hier eng zusammengerückt. Man unterstützte sich, wo es nur ging. Das müssen Sie verstehen, für alles, was hier passiert ist. Eine Dorfgemeinschaft ist wohl meist ein eingeschworener Kreis, das spürt man als Zugezogene mitunter heute noch, oder nicht?« Er zwinkerte ihr zu und die Anspannung des Moments und das bedrückende Gefühl verflogen.

»Alfred Runges Jagdhütte war damals übrigens auch mehr als voll besetzt. Seine Schwestern hatten ihr Haus im Dorf verlassen und sich bei ihm einquartiert, weil es sicherer erschien. Dazu kamen Frau Buchholz und ihre beiden Kinder, die Bremen verlassen hatten, sowie ein Direktor von Kaffee HAG mit seiner Gattin. Sie hatten den Feuersturm in Hamburg überlebt, aber ihre gesamte Habe verloren. Und auch die Wirtsfamilie vom Ahauser Hof fand hier in den letzten Kriegstagen Unterschlupf. Nicht zu vergessen, dass ein Deserteur versteckt wurde.«

»Wissen Sie, was aus dem Mann geworden ist?«, fragte Mathilde nach.

Die Männer sahen sich an und schüttelten dann beide den Kopf. Sie hatten in dieser Sache nichts weiter gehört, gingen aber davon aus, dass er nach Kriegsende in seine Heimat zurückgekehrt sein müsste. Eine Verhaftung oder Ähnliches hatte es jedenfalls nicht gegeben. Allerdings wussten sie zu berichten, dass sich ab Herbst 1944 einige Fahnenflüchtige in der Umgebung von Ahausen versteckt hatten. Manche wurden von ihren Familien unterstützt und konnten so überleben.

»Es gab hier bis zum Schluss einige Menschen, die jeden Verräter gnadenlos denunzierten oder verfolgten. Es ist eine Ironie des Schicksals, dass genau diese Menschen sich nach Kriegsende genauso verstecken mussten wie ihre einstigen Opfer. Im Zuge der Entnazifizierung wurden die Männer der SS und SA gesucht und verurteilt. Einige entzogen sich dem und hielten sich zwischen Ahausen und Hellwege im sogenannten Poleneck auf, wo sich auch ehemalige Kriegsgefangene, hauptsächlich aus Osteuropa, herumtrieben, die nicht zurück nach Hause konnten oder wollten. Einige Male gab es Überfälle auf die einheimische Bevölkerung, bis die Engländer massiv die Sicherheitsvorkehrungen verstärkten.

Das waren dann natürlich immer die Polen«, berichtete der Freund des kleinen Mannes sachlich.

Eine weitere Idee kam Mathilde in den Kopf. »Was ist mit der Sanderburg? Waren dort damals auch Flüchtlinge einquartiert?« Immerhin hatte man von dort einen guten Blick auf Runges Hütte gehabt.

Wieder sahen sich die Männer fragend an.

»Nein, ich denke, dort war niemand untergebracht«, sagte der kleine Mann zögernd. »Eigentlich erstaunlich, schließlich war es ein großes Haus und Wohnraum mehr als knapp.«

»Na ja«, unterbrach ihn sein Freund, »vor Kriegsende wäre es einfach zu gefährlich gewesen. Das Haus war weithin gut sichtbar und ist verschiedene Male beschossen worden. Erinnerst du dich nicht mehr, wie es im Sommer 1945 aussah? Wir waren einmal dort oben, da hätte niemand mehr wohnen können. Und für Renovierungen fehlten die Mittel.«

Während die beiden Männer sich in den Erinnerungen an die Renovierung und den Einbau des Schwimmbads verloren, genoss Mathilde einfach nur noch die Atmosphäre. Sie kannte diese Geschichten schon vom kleinen Mann. Sie hatte an diesem Tag einige neue Eindrücke gewonnen und war zugegebenermaßen ein wenig froh darüber, dass die Männer sich vom dunklen Kapitel der Kriegserlebnisse lösten. Es schien fast etwas heller im Raum zu werden.

Als sie sich schließlich verabschiedete, stand die Sonne schon tief. Doch der Abend zeigte sich von seiner besten Seite. Milde Temperaturen und ein glutroter Himmel lockten Mathilde, sich noch einmal aufs Rad zu schwingen. Sie hatten den ganzen Nachmittag gesessen und in einem doch recht stickigen Zimmer zugebracht. Ohne Ziel fuhr sie durch die Felder und gelangte zu einem Acker an dem kleinen Heidesee, an dem Runges Hütte gestanden hatte.

Sie lehnte das Fahrrad an eine schlanke Kiefer, überquerte den Acker zu Fuß und setzte sich für einen Moment an den Rand des verlandeten Sees.

Ob Alfred Runge diese abendliche Stimmung am See auch so fasziniert hatte? Mathilde fühlte jedenfalls den Zauber der Natur, sie spürte eine Leichtigkeit und Zufriedenheit wie schon lange nicht mehr. Erst jetzt bemerkte sie, dass sie seit Wochen nicht mehr an Thomas gedacht hatte, und jetzt, wo es ihr bewusst wurde, war sie erfreut darüber. Anscheinend hatte er schließlich wirklich alle Macht über sie, ihre Gefühle und Gedanken verloren. Sie atmete tief ein und stieß dann ein triumphierendes »Ja« heraus. Die Magie von Ahausen und seiner Umgebung war stärker als ihre alten negativen Erlebnisse. Mathilde fühlte sich pudelwohl hier draußen.

Sie ließ den Blick schweifen. Niemand sonst war zu sehen. Die letzten Sonnenstrahlen drangen nur noch vereinzelt durch die Baumwipfel zu ihr herüber und es wurde merklich kühler. Sie rieb sich die Arme, stand seufzend auf und schaute auf die Ackerfläche vor sich.

Irgendetwas auf dem Boden blitzte auf. Sie sah sich um. Wieder das Blitzen. Offenbar reflektierte etwas die Sonne. Sie ging darauf zu, obwohl sie sicher war, gleich vor einer alten Cola-Flasche oder etwas Vergleichbarem zu stehen. Als sie den ungefähren Punkt erreicht hatte, sah sie sich suchend um, wühlte mit der Fußspitze leicht die oberste Erdschicht auf. Im Sandboden steckte eine Scherbe. Das Glasstück löste sich aus dem Sand. Es war viel größer, als sie zunächst vermutet hatte. Mathilde bückte sich und nahm die Scherbe in die Hand. Es war kein gewöhnliches Glas, sondern wies Lufteinschlüsse und eine unebene Oberfläche auf. Außerdem war es kein Stück einer Flasche, es hatte keinerlei Rundungen.

Mit der Fußspitze wühlte sie den Boden in der Umgebung

auf. Immer mehr Scherben kamen an die Oberfläche. Dann stieß sie auf ein Stückchen Metall. Es war flach und biegsam. An einer Stelle hing ein bunter Glassplitter daran.

»Eine Bleiverglasung«, schoss es Mathilde durch den Kopf. Konnte es sich tatsächlich um Teile der alten Fenster von Runges Jagdhaus handeln? Gespannt erweiterte Mathilde ihren Radius. Am Ende hielt sie einige unterschiedlich große Scherben in Händen und fragte sich, ob sie sich womöglich völlig lächerlich machte. Dennoch steckte sie sie ein.

Ahausen in den 1990er-Jahren

Gleich am nächsten Tag wollte Mathilde zum Acker zurückkehren, doch unterwegs begegnete sie zwei Männern und kehrte wieder um. Sollte jemand sie dabei beobachten, wie sie hier im Boden wühlte, würde das eventuell die gerade eingekehrte Ruhe gefährden. Sie konnte nicht sicher sein, dass der Unbekannte, der ihr gedroht hatte, sie nicht dabei beobachten oder davon erfahren würde. Trotzdem wollte sie unbedingt weitergraben. Sie hatte das Gefühl, dass es sich lohnen würde. Kurz überlegte sie, sich nachts auf den Weg zu machen, verwarf diesen Gedanken aber schnell wieder. Sie glaubte zwar nicht daran, dass die Seelen der Verstorbenen dort umherirrten und sie diese fürchten müsste, aber eine nächtliche Begegnung mit einem lebendigen Herumtreiber war ihr mindestens genauso unheimlich. In der letzten Zeit wurde im Wochenendgebiet häufiger eingebrochen und auf eine Begegnung mit Einbrechern legte Mathilde wirklich keinen gesteigerten Wert.

Die Natur brachte sie schließlich auf eine Idee. Nachdem sie ihr Vorhaben zunächst verschoben hatte, war sie zum Baumarkt gefahren und hatte die Zeit dort völlig aus den Augen verloren. Sie hatte viele Ideen für die Gestaltung ihres neuen Heims und bekam hier noch mehr Anregungen dazu. Als sie das Gebäude mit seinem elektrischen Licht schließlich verließ, musste sie erstaunt feststellen, dass die eben noch spätsommerliche Atmosphäre einer trüben Herbststimmung gewichen war. Feine Tröpfchen hingen in der Luft und sorgten für eine graue Stimmung. Langsam fuhr sie über die Landstraße und fluchte über den immer dichter werdenden Nebel: »Was für eine verdammte Suppe. Man kann ja keine zwanzig Meter weit gucken.«

Nebel! Das war die Lösung. Gerade an einer Stelle wie einem moorigen See bildete sich oft Nebel, der ihr guten Sichtschutz geben würde. Und wenn das Wetter so blieb, würde es sicher häufiger nebelig werden. So schwer es ihr auch fiel, sie musste sich in Geduld üben!

Jeden Morgen galt ihr erster Blick dem Wetter, doch obwohl es trüber wurde, kam nicht der erhoffte Nebel. Mathilde arbeitete weiter an ihrem Heim und lernte nach und nach die Eigenarten des Hexenhäuschens kennen. Der Wind pfiff laut heulend um die Hausecken und einige der Fensterklappen schlugen dabei laut gegen die Metallhalterungen. Außerdem führte die Heizung ein eigenwilliges Regiment und scherte sich dabei selten um die Außentemperaturen. Doch ihr Vermieter bemühte sich, die kleinen Mängel abzustellen. Ihre Nachbarn waren offen und freundlich, zudem wurde sie oft auf das Haus angesprochen, sodass ihr Bekanntenkreis sich schnell vergrößerte. Dies war ein unbezahlbarer Vorteil im Gegensatz zur einsam gelegenen Waldhütte. In Gesprächen mit ihren Nachbarn formulierte Mathilde immer wieder sehr deutlich, dass sie es durchaus zu schätzen wisse, wenn ihre Umgebung ein wachsames Auge auf ihr Haus hätte.

Sintflutartige Regenfälle bescherten Mathilde ruhige Tage zu Hause. Sie verspürte keinerlei Bedürfnis, dem Wetter zu trotzen, auch wenn sie an diesen Tagen bestimmt sicher vor möglichen Beobachtern gewesen wäre. Der Bachlauf am Ende des Grundstückes stieg immer höher und bald näherte sich das Wasser beängstigend ihrem Häuschen. Es war allerdings auf einer Anhöhe errichtet worden und blieb vorerst von einer Überflutung verschont. Dennoch schaute Mathilde anfangs stündlich nach dem Wasserpegel. Doch irgendwann schien der Wasserstand nur noch langsam an Höhe zu gewinnen, obwohl es weiter regnete. Am Ende des zweiten Regentages konnte Mathilde den Briefkasten am Gartenzaun nur noch mit Gummistiefeln erreichen. Am Ende des Regens watete sie in kurzen Hosen den Weg entlang, um die Post zu holen, da das Wasser so hoch im Garten stand, dass es in die Stiefel hineinlief.

Der Postzusteller schien sich von den Wetterkapriolen in keiner Weise abschrecken zu lassen. Langsam steuerte er das gelbe Auto entlang der überfluteten Straße – und blieb am dritten Tag stecken. Mit einem Seil zog der benachbarte Bauer das liegen gebliebene Postfahrzeug von der Straße in einen trockenen Bereich. Niemand im Ort konnte sich an solche Wassermassen erinnern. Mathilde nutzte die trüben Tage, um sich endlich wieder mit den Schriftstücken aus der Ledermappe zu beschäftigen. Sie wählte eine gut lesbare Eintragung aus, die sich über mehrere Seiten erstreckte. Wieder schrieb sie die Teile nieder, die sie mehr oder weniger zweifelsfrei lesen konnte, dazwischen blieben vereinzelte Lücken. Oberhalb des Textes fand sie eine Datierung von 1943.

Es kommen immer mehr Flüchtlinge. Aus Hamburg und Bremen haben sich viele Menschen hier eingefunden, die den Bombenangriffen … wollen oder bereits ausgebombt sind. Ihre letzte Habe bringen sie mit und ich weiß nicht, wie wir hier noch helfen können. Gemeinsam mit den Wirtsleuten vom Ahauser Hof habe ich den … Saal zum Lagerraum …. Bis unter die Decke stapelt sich die Habe der armen Flüchtlinge. Man kann den Saal kaum mehr betreten. Mehrere Familien müßen sich die Zimmer teilen und sind … …, nicht im Freien nächtigen zu müßen. Der Sommer ist heiß und trocken. Die Felder drohen zu …, was … knapper Lebensmittel eine Katastrophe wäre. Welch ein Luxus ist mir beschieden in meiner … Hütte? Noch nehme ich nur Gäste auf, die meiner Einladung dorthin folgen. An Fleisch mangelt es uns dank meiner Jagd nicht. Doch gibt es auch ein …

Hier verschwammen die Wörter. Sosehr sich Mathilde anstrengte, sie konnte nichts weiter entziffern. Der nachfolgende Text war besser erhalten.

In den letzten Tagen kam noch ein LKW mit Papierrollen vom Bremer … hier her. Das Papier mußte … … … …. Jetzt ist der Saal zum Bersten voll. In Bremen sind die Verhältnisse … schwierig. Auch in den Kellern ist vor den Luftangriffen nichts sicher. Mein Haus steht nicht mehr. Mit ihm … nicht nur meine Habe, auch die von … Bekannten, das ich für sie … hatte. Doch ich will nicht klagen, bin ich doch am Leben. In Berlin steht es schlechter, viele meiner Freunde dort … verhaftet, mancher verschwand …, wie mir P. berichtete.

Da war »P.« wieder. Würde Mathilde nun mehr erfahren?

Beim zweiten großen Angriff der … … … in der Nacht vom 27. auf den 28. Juli wurden mehr als 700 Bomber gemeldet. Im Osten … der Horizont in tiefem Rot. Der Schwerpunkt der Abwürfe lag in den Hamburger Stadtteilen östlich der Innenstadt. Es gab einen Feuersturm. Die … Winde, die am Boden auftraten, fachten die umliegenden Brände weiter an. Die Stadtteile …, Hammerbrook und Borgfelde wurden fast völlig zerstört, auch in Hamm, Eilbek, Hohenfelde, Barmbek und Wandsbek gab es größere Zerstörungen. Tausende ließen ihr Leben. Dr. … und seine Frau berichteten uns von der … Tragödie, die sich dort abspielte. Auch sie haben in Wandsbek alles verloren, dennoch sind sie froh, mit dem Leben davongekommen zu sein. Sie bleiben nun hier.

Aber auch hier gibt es ständige Luftwarnungen aus dem …. Ich werde meine Jagdhütte … müßen. Die … der … kann uns verraten, sobald ein Licht darauf fällt. Ich denke darum, daß es auch für mich an der Zeit ist, … in Sicherheit zu brin-

gen. Ich glaube nicht an ein ruhmreiches Ende des Krieges. Mein geliebtes Deutschland, noch liegt es nicht … am Boden, aber ich fürchte darum. Vier Kisten mit edlem Wein und ebensoviele Kisten mit Tafelsilber, Geschirr und anderen … konnte ich im Mondschein vergraben. Der Boden ist leicht und sandig. Dies erleichtert das Graben ungemein. Nach knapp einem Meter Tiefe stößt man auf eine … …, die das …wasser fernhält. So werden die Kisten hoffentlich trocken bleiben, bis das Schlimmste vorbei ist.

Mathilde wendete das Blatt Papier und hoffte, dort womöglich weitere Angaben über das Versteck zu finden. Enttäuscht stellte sie fest, dass auf der nächsten Seite nur ein belangloser Bericht zu seinen Besuchern folgte. Aus den Zeilen konnte Mathilde nichts über das Versteck herauslesen und auch sonst nichts Neues für ihre Recherche ziehen.

Sie griff nach ihren Papieren und blätterte in ihren Notizen. Da war es: Der Wirt des Ahauser Hofs hatte berichtet, dass die Flüchtlinge, die in Runges Hütte einquartiert worden waren, eine Kiste mit bestem Wein gefunden hatten. Konnte es sein, dass Runge die Kisten nicht wieder aus der Erde geholt hatte? War ihm die Lage auch nach Kriegsende noch so unsicher erschienen, dass er meinte, die Wertsachen seien versteckt am besten aufgehoben? Waren sie also vielleicht noch da? Immerhin war der Fund der Weinkiste bekannt geworden, wieso hätten die anderen Kisten verschwiegen werden sollen?

Um die Hütte herum war inzwischen jedoch viel Ackerland. Wäre das Versteck dann nicht beim Pflügen zerstört worden? Vielleicht erklärte das auch die Scherben. Doch all dieses Überlegen brachte sie nicht weiter. Sie musste sich vor Ort umschauen. Vielleicht hatte sie rein zufällig die Stelle gefunden, die Runge als Versteck gewählt hatte. Und bei dem Regen war es durchaus möglich, dass mehr freigespült worden war.

Kurz überlegte sie, sich einfach trotz des Regens auf den Weg zu machen, doch der Blick aus dem Fenster überzeugte sie vom Gegenteil. Stattdessen machte sie sich noch einen Tee und betrachtete die Glasscherben, die sie abgewaschen und säuberlich auf den Tisch gelegt hatte. Es waren eindeutig Teile einer Bleiverglasung und kein Gebrauchsglas. Sie versuchte, sich selbst zu bremsen. »Es ist absolut unwahrscheinlich, dass dort nach so langer Zeit noch etwas verborgen liegt«, sagte sie laut in den Raum hinein. Doch ihr Herz pochte erwartungsvoll. Ein Besuch an Runges See, wie sie ihn für sich manchmal genannt hatte, würde auf jeden Fall nicht schaden.

»Blöder Regen!«, schimpfte sie in den grauen Tag hinaus.

Nach vier Tagen hörte es endlich ganz auf zu regnen und die Sonne zeigte sich hin und wieder am wolkenverhangenen Himmel. Es dauerte eine ganze Woche, bis das Wasser restlos ablief und den Boden auf ihrem Grundstück wieder freigab. Zurück blieb eine schmierige braune Masse, die alles überdeckte. Wehmütig dachte sie an den Garten bei ihrem Waldhäuschen zurück. Im nächsten Sommer würde sie sich hier einen Garten nach ihren Vorstellungen anlegen. Für Gartenarbeiten war es nun schon zu spät, außerdem hatte sie den Job bei der Werbeagentur in Rotenburg tatsächlich bekommen und war nun abends oft erschöpft von den vielen neuen Eindrücken und Anforderungen. Aber es machte ihr großen Spaß und das Team war ausgesprochen nett.

Das Wochenende brachte strahlenden Herbstsonnenschein und Mathilde entschloss sich, ihrem alten Heim einen Besuch abzustatten. Dick eingemummelt schwang sie sich auf ihr Fahrrad. Die frische Luft tat ihr gut, sie war in der letzten Zeit viel zu selten draußen gewesen, nicht nur wegen des Wetters. Kräftig trat sie in die Pedale und radelte zügig ihren alten

Weg entlang. Der Herrenschneider und seine Frau standen an ihrem angestammten Platz am Zaun. Sie hielt kurz an, berichtete von ihrem neuen Job und ihrer Absicht, der Waldhütte einen Besuch abzustatten. Das Paar konnte ihr auch nicht sagen, ob dort in nächster Zeit jemand einziehen oder das Haus vielleicht sogar verkauft werden sollte.

Das Holzhäuschen wirkte verlassen. Zögernd ging sie die Einfahrt entlang. Es versetzte ihr einen kleinen Stich ins Herz, dass das Waldhaus sich nun selbst überlassen war. Ratlos sah sie sich um und gestand sich schließlich ein, dass dieser Besuch nur ein Vorwand gewesen war. Sie ging zurück zu ihrem Rad, das am Ende der Auffahrt stand, und fuhr weiter Richtung See.

Die Sonne lockte viele Spaziergänger in die Natur. Dennoch lehnte Mathilde das Fahrrad an eine der Kiefern und lief in einer Ackerfurche in Richtung See. Sämtliche Spuren ihrer letzten Grabung waren weggewaschen und sie versuchte, sich an den genauen Ort zu erinnern, aber je länger sie sich umschaute, desto unsicherer wurde sie. Sie ging auf dem Acker hin und her, den Blick konzentriert auf den Boden gerichtet. Und tatsächlich entdeckte sie das Schimmern einer weißen Scherbe im Sonnenlicht. Mathilde bückte sich und befreite sie vom Erdreich. Es waren offenbar die Überreste einer feinen Teeschale. Das Porzellan war sehr dünn und wohl ursprünglich schneeweiß gewesen. Es musste einmal ein sehr edles Stück gewesen sein, überlegte sie.

Sie hockte sich hin und grub mit den Händen weiter in der Erde, arbeitete sich langsam etwa einen halben Meter vorwärts. Vielleicht musste sie eine andere Richtung einschlagen. Sie erhob sich und sah einige Spaziergänger, die auf der Straße stehen geblieben waren und aufmerksam zu ihr herübersahen. Genau das hatte sie eigentlich vermeiden wollen.

Sie musste sich weiter gedulden und zu einem anderen Zeitpunkt noch einmal zurückkehren.

Damit sie die Stelle wiederfand, ging sie möglichst gerade auf eine Birke am See zu. 24 große Schritte. Sie hoffte, dass sie auch wirklich geradeaus gelaufen war. Als sie sicher war, dass sie vom Weg aus nicht mehr beobachtet wurde, markierte sie den Baum in Brusthöhe mit einem Stein. So gut es ging, ritzte sie zwei Kreuze in die Rinde.

Rechts neben der Birke, im Morast des Ufers, hatte Mathilde beim Umsehen weitere Scherben bemerkt. Da sie weit und breit niemanden sehen konnte, bückte sie sich hinunter. Teilweise handelte es sich um große Stücke, Gefäß- und Tellerscherben, aber auch Teile von Gläsern. Jemand hatte sie dort zu einem Haufen aufgeschichtet. Waren das nur Überreste einer Party am See? Oder vielleicht doch Teile der vergrabenen Kisten? Irgendjemand war hier auf jeden Fall noch tätig. Unbehaglich schaute sie sich noch einmal um und kehrte dann zu ihrem Rad zurück.

Als sie nach Hause kam, hing am Griff ihrer Haustür eine Plastiktüte. Neugierig schaute sie hinein und entdeckte eine Packung mit Pralinen. Erstaunt untersuchte sie die Tüte, aber es gab keinen Zettel. Trotzdem hatte sie einen Verdacht, den sie drei Tage später bestätigt fand. Nach Feierabend war sie noch kurz in Rotenburg unterwegs gewesen und kam später als sonst nach Hause. Wieder hing eine Plastiktüte an ihrer Tür, dieses Mal mit Keksen, einer Packung mildem Kaffee und einem Zettel: »Ich habe kein Glück und verpasse Sie immer. Ich wollte mich noch einmal für Ihren Besuch bedanken. Kommen Sie doch wieder einmal vorbei. Ich würde mich freuen.«

Sie lächelte und beschloss, den kleinen Mann zu einem Kaffeekränzchen ins Hexenhaus einzuladen, schließlich hatte er ihr alles dafür bereits gebracht.

Schon am nächsten Samstag trafen sie sich und hatten einen gemütlichen Nachmittag wie alte Freunde.

»Ich wollte Ihnen übrigens noch sagen«, der kleine Mann sah auf den Tisch, wo er mit dem Finger Kreise zeichnete, »dass Sie sich wegen der Eingriffe in Ihre Privatsphäre keine Sorgen machen müssen. So etwas wird nie wieder vorkommen!« Er atmete tief ein, eher er ihr wieder in die Augen sah.

Mathilde war völlig perplex. »Sie wissen, wer es war?«

Beschwichtigend hob er die Hände. »Bitte«, sagte er, »lassen Sie mich kurz erläutern: Es gibt hier, wie wahrscheinlich in jeder Gemeinschaft, Dinge, die man einem Außenstehenden nicht einfach erklären kann, weil sie im Grunde nicht nachvollziehbar sind. Seien Sie sicher, dass Sie zu keinem Zeitpunkt ernsthaft in Gefahr waren. Und ich verspreche Ihnen, dass Sie keine weiteren Belästigungen mehr fürchten müssen. Aber halten Sie sich in der Öffentlichkeit etwas zurück, das beruhigt die Gemüter. Der Mord an Alfred Runge ist hier ein heikles Thema, das wissen Sie selbst. Es tut mir jedenfalls furchtbar leid, dass Sie Angst haben mussten.«

Mathilde verstand sehr wohl, dass er nicht mehr sagen würde. Also ließ sie von dem Thema ab. Es beruhigte sie immerhin, dass sie keine Angst mehr haben musste.

Der kleine Mann erzählte ihr weiter von früher, von der Entwicklung im Dorf und von seiner Familie. Mathilde berichtete von ihrem Leben in Bremen, der Trennung und der neuen Arbeit in Rotenburg. Schließlich aßen sie sogar noch gemeinsam zu Abend.

Als sie am Sonntagmorgen erwachte, sah sie aus dem Fenster eine schemenhafte graue Welt. Der Nebel war da.

In Windeseile packte sie einen Spaten, eine Schaufel, einen Besen, Handschuhe und einen Eimer in ihren Wagen, zog eine Regenjacke und Gummistiefel über und fuhr langsam durch den alles verschluckenden Nebel zum See. Ihre Aufregung stieg von Minute zu Minute. Ob sie die Stelle wiederfinden würde? Sie suchte nach dem markierten Baum. Es war allerdings mühsam, da die Sicht nicht einmal fünf Meter betrug. Alles wirkte fremd und sie hatte Angst, völlig die Orientierung zu verlieren. Als sie ihn schließlich gefunden hatte, ging sie langsam in die Richtung, aus der sie letztes Mal gekommen war. Es dauerte eine gefühlte Ewigkeit, bis sie die 24 Schritte gemacht hatte. Ob sie wirklich an der richtigen Stelle angekommen war, konnte sie beim besten Willen nicht sagen, sie hoffte es einfach.

Der Spaten glitt ohne größeren Widerstand in den leichten Sandboden. Jeden Aushub untersuchte sie genauestens. Doch zunächst fand sie nur nicht zersetzte Pflanzenteile. Sie erweiterte den Radius und grub gleichzeitig auch etwas tiefer. Die Arbeit war anstrengend und Mathilde ärgerte sich darüber, dass sie alleine war. Sie hätte gut Hilfe gebrauchen können. Nach einer Stunde schmerzten ihre Hände und Schultern, ihre Kleidung war kalt und klamm vom Nebel. Inzwischen war sie auf eine helle Bodenschicht gestoßen, die wesentlich fester war. Gefunden hatte sie noch immer nichts. Und sie hatte Hunger. Frustriert schulterte sie den Spaten und kehrte zum Auto zurück. Sie musste die Straße ein ganzes Stück zurückgehen, weil sie ihren Parkplatz weit verfehlt hatte.

Gerade als sie sich einen Kaffee aufgesetzt hatte, klingelte es. Sie sah auf die Uhr: zwanzig vor elf. Erstaunt zog sie die Augenbraue hoch, dann fiel ihr mit Schrecken ein, dass sie für zehn mit Susan zum Frühstück verabredet gewesen war.

»Ich hoffe, du bist noch nicht verhungert!«, sagte Susan, sobald Mathilde die Tür öffnete, und hielt ihr eine Tüte mit Brötchen entgegen. »Aber dieser Nebel … Ich schwöre, dass in Bremen die Sonne scheint!«

Kleinlaut musste Mathilde gestehen, dass sie ihr Treffen völlig verschwitzt hatte. Doch Susan war nicht böse, sondern selbst total aufgeregt, als Mathilde ihr während des Frühstücks von den neuesten Entwicklungen berichtete.

»Prima, dann ist es ja umso besser, dass ich da bin! Hast du noch ein zweites paar Gummistiefel oder so? Jetzt sind wir beide gestärkt und zu zweit ist das doch eh viel einfacher.«

Der Nebel hatte sich noch immer nicht gelichtet und verschluckte die beiden Frauen auf der Stelle. Susan war ziemlich beeindruckt. Mathilde hatte ein wirklich großes Loch ausgehoben.

»Schade nur, dass deine ganze Arbeit umsonst war.«

Sie beschlossen, nicht weiter zu graben, sondern erst einmal die Oberfläche zu untersuchen. Vielleicht fanden sie so eine bessere Stelle, wo es mehr zu entdecken gab. Tatsächlich stieß Susan nach wenigen Metern auf einen metallenen Gegenstand, der sicherlich auch vom Regen freigespült worden war. Es war eindeutig einmal ein Türschloss gewesen. Sie verlagerten ihre Grabung um drei Meter nach rechts an diese Stelle und versuchten erneut ihr Glück. Mathilde war gerade dabei, den Spaten erneut anzusetzen, als Susan ihre Hand ergriff und den Zeigefinger an den Mund legte. Erstaunt sah Mathilde sie an, doch Susan duckte sich und wies mit einem Kopfnicken in eine Richtung. Gemeinsam horchten sie in die dichte Nebelwand hinein. Dann vernahm auch Mathilde die Laute. Irgendjemand näherte sich. Es waren mindestens zwei männliche Stimmen zu hören, die dumpf aus dem Nebel herausklangen. Verschwommene Silhouetten von zwei Gestalten bewegten sich auf sie zu. Einige Meter vor ihnen blieben die beiden abrupt stehen. Auch Susan und Mathilde bewegten sich nicht. Mathilde umklammerte den Spaten, ihr Herz hämmerte heftig gegen die Rippen.

»Hallo? Ist da jemand?«, fragte einer der Männer. Die Frauen sahen sich an und schwiegen.

Die nebelhaften Figuren setzten sich wieder in Bewegung. Sie kamen genau auf Susan und Mathilde zu und nach wenigen Schritten standen sie sich gegenüber. Die Männer hatten ebenfalls Schaufeln dabei und sahen sie erstaunt an.

»Was machen Sie hier?«, erkundigte sich der größere der beiden Männer irritiert. Es war eine surreale Situation. Vier Erwachsene standen mit Spaten und Schaufeln im Nebel auf einem Acker, offensichtlich auf der Suche nach irgendetwas.

Waren die Männer für die geheimnisvollen Spuren hier am See verantwortlich? Mathilde blieb auf der Hut. Sie hatte keinen der beiden jemals zuvor gesehen.

»Und Sie?«, fragte Susan patzig. »Was geht Sie an, was wir hier machen? Ist das Ihr Feld?«

»Nun mal ganz ruhig«, sagte der andere Mann. Mathilde atmete auf, soweit sie sich an die Stimme erinnern konnte, war keiner der beiden ihr Anrufer. Nun musste sie über die Absurdität des Moments doch lachen. Sofort verflog die angespannte Stimmung.

Schließlich stellte sich schnell heraus, dass sie alle nach Überresten der vergrabenen Wertsachen suchten. Seit seiner Kindheit war einer der beiden Männer auf der Suche. Damals hatte er seine Schulferien mit der Familie hier im Wochenendhaus verbracht. An einem Sommerabend hatte er am Rand des Sees gesessen und mit einem Fernglas abwechselnd die Tiere im See und einen Trecker mit Pflug auf dem Acker beobachtet. Es dämmerte bereits und der Bauer beeilte sich, mit der Arbeit fertig zu werden. »Anders kann ich es mir bis heute nicht erklären, dass er nicht bemerkte, was sein Pflug nach oben beförderte«, erklärte der Mann. »Ich fand Silberleuchter, Teile von großen Vasen, Gläser und Geschirr. Manches war sogar noch heile und ich habe es schnell eingesammelt. Es waren fünf Körbe voll. Den ganzen Abend habe ich mit meinen Eltern die Fundsachen mit warmem Seifenwasser gereinigt. Meine Eltern waren zunächst irritiert, woher die Dinge stammten, aber dann gingen wir noch mal gemeinsam zu der Stelle am See und leuchteten alles mit Taschenlampen ab. Teile von Holzkisten lagen zerbrochen im Sand. Es müssen mehrere Kisten gewesen sein, zumindest fanden wir mehrere Schlösser und Scharniere. Außerdem sammelten wir Zeitungsabschnitte ein, die ebenfalls dort herumlagen. In einigen waren noch weiße Teeschalen eingepackt, richtig edel: Meißner Porzellan.«

»Können Sie sich erinnern, von wann die Zeitungen waren?«

»Nicht genau, als Kind haben mich die anderen Dinge wesentlich mehr interessiert. Aber wenn wir in der Familie davon sprachen, gab es jedes Mal Streit. Die einen beharren auf dem Jahr 1943 und die anderen behaupten 1944 gelesen zu haben. Letztendlich wäre beides möglich.«

Mathilde und Susan waren fasziniert. Diese Geschichte nahm immer skurrilere Züge an. Mathilde überlegte, wie viel sie von ihrem Wissen preisgeben sollte.

»Ist Ihnen der Name Alfred Runge ein Begriff?«, fragte Susan die beiden Männer. Sie nickten und erklärten, schon einige Nachforschungen zu seiner Person betrieben zu haben.

»Ist Ihnen auch bekannt, was sich hier in der Hütte abgespielt hat?«

»Ja, Alfred Runge wurde 1946 von marodierenden Polen erschlagen, als er den Diebstahl seines Fahrrades verhindern wollte. So zumindest steht es in der Familienchronik der Firma Runge geschrieben.«

Das war für Mathilde neu. Selbst die Familie hatte die Todesursache also so übernommen, wie sie im Dorf erzählt wurde. Und das warf neue Fragen auf. Wer nämlich hatte die Runge-Schwestern nach dem Mord informiert? Dies musste die Aufgabe der Polizei gewesen sein, überlegte Mathilde weiter. Und was hatten die Polizisten ihnen erzählt? Es war jedenfalls kaum vorstellbar, dass die Schwestern an den Unglücksort gerufen worden waren, um die Toten zu identifizieren. Von ihnen wiederum hatte sicherlich der Rest der zerstrittenen Familie vom Ableben Alfred Runges erfahren. Hatte die Polizei ihnen falsche Informationen gegeben? Wer log hier und warum?

Diese Gedanken wollte Mathilde aber nicht vor den beiden Männern diskutieren. Sie versuchte, sich eine gedankliche Notiz zu machen, um Susan später darauf anzusprechen. Vorerst beschlossen die vier, dass sie ein gemeinsames Ziel hatten und es darum sinnvoll sei, gemeinsam zu graben. So kamen sie wesentlich schneller voran.

Die Männer verfügten über mehr Kraft und Ausdauer und sie hatten zusätzlich zu den Grabungswerkzeugen noch einen Metalldetektor dabei. Bis zu einem Meter tief drangen die Strahlen in die Erde ein und signalisierten, wo metallische Gegenstände zu finden waren. Die beiden Frauen durchsuchten den Aushub und legten die nun zahlreicher werdenden Fundstücke in einen Eimer. Sie förderten hauptsächlich Keramikscherben ans Tageslicht, seltener Metallteile. Zwischendurch plauderten sie, als ein weiteres metallisches Geräusch erklang. Die Männer waren in der Grube bis auf die helle Ortsteinschicht vorgedrungen, als ein Spaten auf ein rostiges Teil stieß. Es ließ sich nicht verschieben und so versuchten sie, es freizulegen. Die Männer schaufelten die Erde entlang des Metalls aus der Grube heraus. Es sah aus wie ein stark verrostetes Rohr, direkt daneben ein zweites, wesentlich dickeres und runderes.

»Blindgänger«, rief einer der Männer erschrocken und sprang aus der Grube hinaus. Sein Freund folgte ihm. Die beiden Frauen blickten ungläubig von dem Erdaushub auf und auf die rostigen Rundungen unten in der Grube. Waren sie wirklich auf eine Bombe des Zweiten Weltkriegs gestoßen? Möglich war es. Mathilde wurde ganz flau im Magen. Sie entfernte sich einige Schritte von der Grube und blickte ratlos in die Runde. Doch Susan blieb am Rand stehen, dann kletterte sie sogar hinein und begann, weiterzubuddeln.

»Susan, komm sofort da weg!«, schrie Mathilde zu ihr rüber.

Ihre Freundin blieb jedoch ganz gelassen und machte weiter. »Das ist kein Blindgänger!«, beruhigte sie die anderen. »Ich denke, wir haben die Wasserleitungen der alten Hütte gefunden, die in den Brunnen führten. Ich habe ähnliche Leitungen schon bei einigen Altbau-Sanierungen gesehen.«

Tatsächlich hatte das Rohr kein sichtbares Ende. Allgemeines Gelächter löste die Anspannung und alle traten wieder an die Grube heran.

»Dann wird Runge hier nichts versteckt haben«, meinte einer der Männer. Sie entschieden sich, die Suche für diesen Tag aufzugeben. Gemeinsam schaufelten sie die Erde wieder in das Loch. »Beim nächsten Mal müssen wir von dieser Stelle weiter entfernt graben, sonst werden wir nichts finden!«

Mathilde und Susan schätzten das genauso ein.

»Wieso glauben Sie eigentlich, dass hier noch mehr versteckt liegt?«, fragte Mathilde. »Sie haben offenbar doch schon einiges gefunden.«

»Es hat sich inzwischen einfach zu einem Hobby entwickelt. Ich gucke zum Beispiel auch, wenn ich im Urlaub bin und weiß, dass an einer Stelle zum Beispiel mal eine Schlacht stattgefunden hat oder rund um alte Ruinen. Das lohnt sich oft. Und hier habe ich bislang immer noch was gefunden.

Solange es mir also noch ergiebig erscheint, suche ich weiter. Wenn Sie möchten, zeige ich Ihnen, was ich bislang alles gefunden habe«, bot der größere der beiden Männer an.

Begeistert stimmten Mathilde und Susan zu und folgten den beiden Männern zu einem Wochenendhaus ganz in der Nähe. Es stand am Fuß der Sanddüne, allerdings auf der Wümmeseite. Hier war der Nebel gefühlt noch dichter.

Mit heißem Tee vertrieben sie die Kälte aus ihren Knochen. Dann nahm der Hausherr ein Album mit alten Fotografien aus einem Regal. Als Kind hatte er alles, was er gefunden hatte, genau dokumentiert. Die Fotos zeigten verschiedene Gegenstände, später auch die Fundorte und die Grabungsarbeiten. Mathilde und Susan blätterten aufgeregt in dem Album. Hin und wieder merkte der Mann an, wenn etwas nicht aus Ahausen stammte oder es etwas Besonderes zum Fund zu berichten gab. Die Aufnahmen zeigten Teller, Tassen, Untertassen und einige kostbare Silberleuchter, edle Salz- und Pfefferstreuer und einige Scherben großer Gefäße, vermutlich Vasen. Als Mathilde wieder umblätterte, entdeckte sie ein Foto mit einer Bleiverglasung. Ihre Scherben passten haargenau zu dieser Abbildung. Sie stieß einen erstaunten Laut aus.

»Ja, ein schönes Stück, nicht wahr? Ich habe die Bleieinfassung erneuern lassen, ansonsten habe ich es aber genau so gefunden.«

Das Rechteck bestand aus unterschiedlichen Gläsern mit und ohne Schriftzug sowie zwei bunten Glasbildern. »Dieses Haus wurde erbaut A.D.1914/1915 von Runge & Scotland, Architekten Bremen, Bauherr Oberinspektor Wilh. Schmölder«, verkündete das Glas. Die Bilder zeigten links einen Zirkel, der mit den Spitzen zu beiden Seiten je ein rotes Herz durchstach, aus dem eine Blume rankte, und rechts einen Anker, um den sich eine Art Tentakel wand.

»Ist der Zirkel nicht ein Symbol der Freimaurer?«, fragte Mathilde in die Runde.

»Ja, schon«, antwortete Susan. »Aber meist kommen noch ein Winkel und ein Buch dazu. Es könnte hier auch ein Zunft-Zeichen sein.«

»Diese Frage haben wir uns auch schon oft gestellt«, schaltete sich ihr Gastgeber ein. »Eindeutig klären konnten wir es bislang aber nicht. Viele Zünfte benutzen Zirkel, darum wird meist noch mehr Werkzeug abgebildet. Aber die Herzen und Blumen konnten wir nicht zuordnen. Wir haben auch versucht, Wilhelm Schmölder oder seine Nachkommen zu finden, allerdings ohne Erfolg.«

»Und der Anker?«, fragte Mathilde in die Runde. Doch niemand hatte eine Idee. Eigentlich gab es keinen Bezug zur Seefahrt, zumindest nicht soweit sie wussten. Dass es ein Symbol der Verankerung oder Hoffnung sein sollte, erschien ihnen durch die Tentakel eher unwahrscheinlich. Beide Bilder waren ausgesprochen rätselhaft.

Nachdem sie noch eine Weile die Fundstücke begutachtet hatten, brachen Mathilde und Susan schließlich auf. Sie bedankten sich herzlich für die Einblicke und den Tee.

»Melden Sie sich doch mal bei mir, wenn Sie wieder losziehen oder etwas Neues gefunden haben«, sagte Mathilde und gab den Männern ihre Telefonnummer. Das Angebot, sie noch zu begleiten, lehnten die Frauen ab. Der Nebel war inzwischen nicht mehr ganz so dicht und sie waren sicher, den Weg problemlos zu finden. Unterwegs planten sie, sich zum Abendbrot eine Pizza zu bestellen.

»Sag, Susan, willst du nicht einfach erst morgen früh zurückfahren? Dann können wir uns eine Flasche Wein aufmachen und ich müsste mich auch nicht sorgen, ob du bei dem Nebel heil zu Hause ankommst …«

Susan prüfte im Hexenhaus kurz ihre Termine für den nächsten Tag, hörte ihren Anrufbeantworter über Mathildes Telefon ab und stimmte dann zu.

Bis das Essen kam, dauerte es dann allerdings noch eine ganze Weile. Der Lieferant konnte das Hexenhäuschen nicht sofort finden. Es war ohnehin gut versteckt hinter den dichten Büschen und Dunkelheit und Nebel machten es von der Straße aus fast unsichtbar. Doch die Pizza schmeckte ihnen auch lauwarm noch. Nach dem Essen öffneten sie noch eine zweite Flasche Rotwein – die letzte aus Mathildes Vorrat. Sie war eine lausige Hausfrau und die Vorratshaltung denkbar schlecht. Zur zweiten Flasche Wein breiteten sie die Runge-Unterlagen um sich herum aus. Aus dem Ordner entnahm Mathilde den Lageplan von Runges Jagdhütte und legte ihn vor Susan.

»Lass uns hiermit weitermachen! Mit dem, was wir heute entdeckt haben, können wir vielleicht noch neue Rückschlüsse ziehen, welche Stellen besonders geeignet wären, um Wertsachen zu vergraben.«

Gemeinsam beugten sie sich über den Lageplan und überlegten, für welche Stelle sich Runge wohl entschieden hatte. Nicht zu nah am Haus und nicht zu weit entfernt, außerdem so, dass er nicht dabei hätte beobachtet werden können

»Wenn wir bedenken, dass man ihn von der Sandburg hier überall gut hätte sehen können, erscheint es mir sinnvoll, die Möglichkeiten auf die Bereiche einzugrenzen, die von dort oben aus nicht einsehbar waren. Und dann würde ich wertvolle Sachen hier verstecken«, erklärte Susan und tippte mit dem Finger auf die von ihr in Betracht gezogene Stelle.

»Was ist mit der Remise?«, überlegte Mathilde. »Dort hatte er ja auch das Auto versteckt. Und wenn sie keinen befestigten Boden hatte …«

»Ob das eine gute Idee gewesen wäre, bezweifle ich aber doch sehr. Man hätte einen überschaubaren Raum, der schnell zu durchsuchen ist. Würdest du das riskieren, wenn du etwas verstecken willst? Ich meine, viele Hofbesitzer haben in Krisenzeiten ihre Wertsachen zu dicht am Hofgebäude versteckt. Diese wurden daher oft aufgefunden. Das wusste bestimmt auch Runge. Und dann hat er doch sicherlich einen Ort gewählt, der unabhängig von den Wohngebäuden war, oder?«, argumentierte Susan.

Jede neue Idee führte zu weiteren Spekulationen. Die Anzahl der Möglichkeiten war einfach sehr groß. So verbrachten sie den gesamten Abend.

Als Susan sich am Morgen in aller Frühe verabschiedete, war der Nebel verschwunden.

»Du, ich komme am nächsten Samstag auf jeden Fall wieder, wenn du nichts vorhast, einverstanden?«

»Auf jeden Fall, ich freue mich schon auf dich!«

Unter der Woche war Mathilde abends immer erst recht spät zu Hause. Es wurde nun schon früh dunkel und sie kam nicht dazu, einen Gedanken zu überprüfen, den sie am Montag auf dem Weg zur Arbeit gehabt hatte. Umso mehr freute sie sich auf Susans Besuch. Als ihre Freundin am Samstagnachmittag bei ihr klingelte, bat Mathilde sie gar nicht erst rein.

»Wir gehen einen Kaffee trinken, mit Torte«, kündigte sie nur an und zog die Haustür hinter sich ins Schloss. »Hast du Lust auf einen kleinen Gang?«

Gemütlich schlenderten sie zur Ahauser Mühle. Das Herbstwetter lockte viele Spaziergänger an den idyllischen Mühlenteich und die beiden Frauen fielen nicht weiter auf, als Mathilde Susan zum alten Turbinengebäude zog.

»Bitte schau dir mal die Fassade an!«

Eine alte eingelassene Steinplatte erinnerte an die Errichtung der Mühle: »Erbaut im Jahre 1901 von Steffen Heinrich Kothe u. Ehefrau Trina Margarethe gb. Benecke zu Ahauser=Mühle Psalm 90 v. 17«

Über der Inschrift befand sich ein Symbol, bestehend aus Zirkel und Winkel, umgeben von einem Mäanderkreis.

»Erinnert dich das an etwas?«, fragte Mathilde aufgeregt.

»Ich weiß, was du denkst. Und ich finde auch, dass das sehr wie ein Freimaurer-Symbol aussieht. Ich weiß nicht mal, ob Zirkel und Winkel in dieser Kombination überhaupt für eine Zunft stehen. Meinst du, es gibt einen Zusammenhang mit der Abbildung in dem Fensterglas von Runges Hütte?«

Mathilde zuckte mit den Schultern und sah ihre Freundin erwartungsvoll an. »Was meinst du?«

»Also, wenn es wirklich eine Verbindung zu den Freimaurern gab, dann wird es schwierig werden, Spuren zu finden. Du weißt doch, dass die als äußerst verschwiegen gelten und im Dritten Reich auch verfolgt wurden? Ich wüsste zumindest nicht, wie man da etwas herausfinden könnte.«

»Dass sie verfolgt wurden, wusste ich nicht. Woher weißt du immer all diese Dinge?«

»Ach, ich lese halt viel und kann mir Dinge gut merken. Irgendwann war da auch mal was über die Freimaurer dabei. Aber auch da wurde kaum etwas gesagt. Um die Logen ranken sich unglaublich viele Mythen und Verschwörungstheorien. Wusstest du zum Beispiel, dass manche Menschen meinen, das Auge auf der Ein-Dollar-Note würde auf eine Durchdringung der Wirtschaft und der USA durch die Freimaurer hindeuten, weil es ein bei Freimaurern beliebtes Symbol ist?«

»Du meinst also, dass ich mich hier in etwas reinsteigere und uns diese Richtung nicht weiterbringt?«, fragte Mathilde enttäuscht.

»Das nun auch nicht. Gerade die Symbole bei Runge sind ja schon außergewöhnlich. Und wenn dein Verdacht zutrifft, dann müssten wir alles noch mal neu bewerten. Ich denke, wir sollten es im Auge behalten und wenn sich weitere Aspekte in dieser Richtung ergeben, forschen wir nach!«

»Einverstanden«, sagte Mathilde. »Und jetzt lade ich dich auf ein Stück Torte ein. Das Café in der Mühle ist toll!«

Nach der Stärkung schlug Susan vor, noch einmal zum See zu gehen. Über Schleichwege kamen sie an die Stelle, an der sie gegraben hatten. Obwohl sie die Erde wieder zurückgeschoben hatten, sah die Grabungsstelle aus, als ob dort eine Rotte Wildschweine gehaust hätte.

»Hoffentlich wird der Bauer nicht ärgerlich, dass alles so zerwühlt ist«, sorgte sich Mathilde. Susan zuckte mit den Schultern, es war nicht mehr zu ändern. Sie wollte prüfen, was man von der Sanderburg aus alles überblicken konnte und ob ihre Annahmen von der letzten Woche richtig waren.

Das Tor der Auffahrt war wie beim letzten Mal verschlossen und Mathilde öffnete es einfach. Oben angekommen, schauten sie sich nach allen Seiten um. Man hatte eine gute Übersicht, obwohl die Bäume inzwischen hoch gewachsen waren. Heute standen viele Birken am See, die den Blick einschränkten und die es dem kleinen Mann zufolge damals nicht gegeben hatte. Das Jagdhaus war mit Sicherheit deutlich sichtbar gewesen. Wenn man die Vorgänge rund um die Jagdhütte hatte beobachten wollen, dann war dieser Platz ideal dafür geeignet gewesen. Sie versuchten, sich vorzustellen, welche Bereiche durch Gebäudeteile verdeckt und somit nicht einsehbar gewesen waren. Sie machten kleine Skizzen von dem, was sie sahen, und hielten direkt vor Ort ihre Eindrücke fest.

»Nehmen wir einmal an, jemand hat Alfred Runge dabei beobachtet, wie er die Kisten vergrub. Dieser jemand merkt sich die Stelle, um den Schatz später heimlich auszugraben. Deswegen kehrt er nach Kriegsende dorthin zurück. Lange kann er nichts machen, da im Jagdhaus viele Menschen einquartiert sind und immer die Gefahr besteht, dass er gesehen wird. Dann kommt der Winter und der Boden ist gefroren. Also muss dieser Mensch weiter warten. Im April 1946 kehrt er noch einmal zum Jagdhaus am See zurück. Er hofft, endlich die Kisten ausgraben zu können, zumal der Jagdpächter sich nur noch selten dort draußen aufhält. Bei der Suche wird er überrascht und zur Rede gestellt. Doch der Täter ist vorbereitet und bewaffnet. Er drängt Alfred Runge und seine Begleitung in das Jagdhaus, um sie besser unter Kontrolle zu halten und dort einzusperren.«

»Warum hat er dann beide getötet und letztendlich nichts gestohlen? Und woher wusste er, dass Runge die Kisten noch nicht selbst wieder zurückgeholt hat? Das …« Das Geräusch eines laufenden Motors unterbrach Susans Gedanken.

Durch die nicht mehr voll belaubten Büsche sahen sie einen roten Wagen, der vor der Auffahrt angehalten hatte. Eine Person machte sich an dem Tor zu schaffen, um es zu öffnen. Hastig schauten sich die beiden Frauen um. Sie wollten hier oben nicht unbedingt entdeckt werden. Sie huschten in den hinteren Teil des Grundstücks, um erst einmal aus dem Sichtfeld zu verschwinden. Dort entdeckten sie einen schmalen Pfad, der sich auf der Rückseite der Düne zum See hinunterschlängelte. Es war ein alter Weg, der direkt am Seeufer endete. Wenn es diesen Weg schon damals gegeben hatte, dann erreichte man die Jagdhütte innerhalb von wenigen Minuten. Ein hervorragendes Versteck, von dem aus man sich der Jagdhütte recht unbemerkt hatte nähern und ebenso schnell wieder verschwinden können.

1942

Feindliche Fliegerverbände überquerten immer öfter die norddeutsche Tiefebene. Auf dem Fliegerhorst in Rotenburg herrschte Hochbetrieb. Tag und Nacht war die Luftwaffe einsatzbereit. Für die Kinder war es ein tolles Spektakel, sie kamen immer häufiger zu meinem Turm. Mich hatten sie bislang immer noch nicht bemerkt und ihre Versuche, in das Gebäude einzudringen, waren Gott sei Dank erfolglos geblieben. Ich sicherte die Türen und Fenster umso sorgfältiger. Allerdings nervten mich die Jungs damit, dass sie wieder und wieder die große Glocke am Turm läuteten. Also stieg ich mit der Leiter hinauf und entfernte das Seil. Es lag nun im Holzschuppen.

Ich berichtete dem Hausherren vom See davon und er drohte den Kindern, ihren Eltern zu verraten, was sie hier draußen trieben. Es war gefährlich für mich und für sie. Der Krieg nahm auch an der Heimatfront einen immer bedrohlicheren Verlauf. Nur die Kinder sahen alles als ein großes Abenteuer an.

Bei starkem Westwind vernahm man sogar hier noch die Sirenen aus Bremen. Und auch, wenn bislang nur die großen Städte Ziel waren, war ich sicher, dass es nur eine Frage der Zeit war, bis der Krieg auch nach Ahausen kommen würde. Dennoch hatte sich meine persönliche Situation in den letzten Monaten zum Positiven verändert. Nach der Zerstörung seines Stadthauses durch Brandbomben bewohnte der Jagdpächter seine Hütte nun dauerhaft. Ich hatte meinen Schutz aufgegeben und ihm auch meinen Namen verraten. Wir redeten ganz vertraulich miteinander und ich genoss seine Anwesenheit. Es war wunderbar, einen Menschen zum Reden zu haben, und es zog mich oft in die heimelige Atmosphäre der Hütte, wenn dort keine weiteren Gäste waren. Aber auch dann unterstützte mich mein Freund, denn so sah ich ihn inzwischen, mit Lebensmitteln und vielen anderen kleinen Dingen des täglichen Bedarfs. Unser gemeinsames Geheimnis sorgte für eine aufregende Verbundenheit und Vertrautheit. An einem Abend hatte er mich zu einem Wein am See eingeladen. Von außen war die Hütte kaum zu erkennen, da er die Fensterklappen sorgsam geschlossen hatte, um der Verdunklungspflicht nachzukommen. Doch innen erwartete mich ein wunderbarer Anblick. Zwei Weingläser standen auf dem Esstisch, einige Kerzen erhellten den Raum gemütlich. Der Rotwein war von ausgezeichneter Qualität, niemals zuvor war ich in den Genuss eines so edlen Tropfens gekommen. Ich spürte die Wirkung alsbald und fühlte mich stark angetrunken. Dennoch tranken wir weiter. Am nächsten Morgen fehlte mir die Erinnerung an viele Momente des letzten Abends. Offensichtlich hatte ich in der Jagdhütte übernachtet. Mein Kopf hämmerte, dennoch streckte ich mich genüsslich in den weichen und sauberen Laken. Beim Blick durch den Raum stellte ich fest, dass meine Kleidung ordentlich zusammengelegt auf einem Stuhl am Fußende des Bettes lag. Ich konnte mich nicht daran erinnern, wie ich in dieses Zimmer und ins Bett gekommen war, aber im Grunde war es mir auch nicht wirklich wichtig. Ich horchte ins Haus hinein, konnte jedoch nichts vernehmen. Während ich überlegte, ob ich aufstehen oder den Moment in diesem himmlischen Bett noch etwas hinauszögern sollte, ließ mich ein lautes Klopfen an der Haustüre erstarren. Wenn mich jemand hier entdeckte, noch dazu in diesem Zustand! Verschämt griff ich nach meiner Unterhose und zog auch die übrigen Sachen über. Einiges davon war offenbar wieder eine Gabe meines Gastgebers, mein altes Hemd und auch meine löchrigen Socken waren ausgetauscht worden. Leise verharrte ich hinter der Tür und lauschte. Es war der Schneider, der eine geflickte Weste zurückbrachte, die der Jagdpächter vor einiger Zeit bei ihm zur Reparatur abgegeben hatte. Nach einer Weile fiel die Haustür laut ins Schloss. Ich ent-

spannte mich und trat auf die Wohndiele. Er empfing mich mit einem Lächeln und der Bitte, die Jagdhütte möglichst schnell zu verlassen. Er erwartete Gäste und musste noch die Kammer herrichten. Bevor ich ging, überreichte er mir noch eine Schachtel mit Gloriosa-Zigarren, die er aus Berlin mitgebracht hatte. Wir hatten sie am Abend zuvor geraucht und ich versuchte, die Erinnerung daran wiederzuerlangen. Doch vor meinem inneren Auge verschwamm alles und ein stechender Schmerz machte sich in meinem Kopf bemerkbar. Ohnehin fühlte ich mich seltsam wackelig und staksig.

Zurück in meinem Versteck zündete ich mir eine der Zigarren an, die anderen verstaute ich ordentlich. Ich wollte sie aufsparen, um mir die einsamen Stunden in meiner kargen Unterkunft angenehmer zu machen. Mit dem Rauch drangen jedoch verwirrende Bilder in meinen Kopf. Vielleicht lag es an den Nachwirkungen des Alkohols, vielleicht daran, dass ich das Rauchen nicht gewohnt war, aber ich hatte einen ausgesprochen eigenartigen Tagtraum, in dem ich den vergangenen Abend noch einmal erlebte. Ich erwachte mit Kopfschmerzen, Übelkeit und voller Scham. Mein Herz und meine Lenden pochten heftig.

Ich beschloss, eine Weile in meinem Versteck zu bleiben, doch immer wieder trieb es mich zum See. Wie besessen beobachtete ich alles, was dort vor sich ging, beschaute seine Gäste aufs Genaueste. Es ging zu wie in einem Taubenschlag. Immer neue Gäste gingen ein und aus, blieben mal über Nacht, gingen, wenn andere kamen. Es waren Männer und Frauen jeden Alters, manchmal Kinder.

Ich spürte eine Art Eifersucht und redete mir ein, das liege an meiner Einsamkeit und meinem Elend, die dort unten aufgehoben worden waren. Ich musste etwas tun, sonst würde ich verrückt werden. Schließlich packte ich das Nötigste zusammen und verstaute alles andere sorgsam in meinem Versteck. Ich musste auf andere Gedanken kommen, musste vor mir selbst fliehen. Vorübergehend würde ich wieder durch die Lande ziehen, auf Nebenwegen, im Dunklen und mit falschen Papieren. Spätestens zum Winter wollte ich zurückkehren. Auch einen kleinen Abstecher nach Borchel zog ich in Erwägung. Immerhin kannte ich mich dort fast noch besser aus als in Ahausen. Ich gedachte, mir von meinen ehemaligen Wirtsleuten eine kleine Entschädigung für die zurückgelassenen Sachen zu holen. In ihrem Haus kannte ich mich bestens aus und wusste, wie ich ungesehen hinein- und wieder hinauskam. Das Tingeln, davon war ich überzeugt, würde mich auf andere Gedanken bringen und mich von meinen absurden Träumereien ablenken.

Ahausen in den 1990er-Jahren

Die Sonntage auf dem Land waren eher ruhig, manchmal geradezu langweilig. Susan war noch am Samstag wieder nach Bremen gefahren und so hatte Mathilde den ganzen grauen Tag für sich. Sonntage luden hier dazu ein, den Gedanken nachzuhängen und sich im Haus einzuigeln. In solchen Momenten spürte sie deutlich, dass das Alleinsein auf Dauer nichts für sie war, sosehr sie es auch genoss, auf eigenen Beinen zu stehen und sich nur um sich selbst zu kümmern.

Sie nutzte den Vormittag, um sich weiter mit Runges Unterlagen zu beschäftigen. Bei erneuter Betrachtung stellte sie fest, dass die Aufzeichnungen wesentlich mehr Seiten umfasst haben mussten. Legte man die vorhandenen Seiten in den Einband, blieb reichlich Platz für weitere Seiten. Außerdem waren die zeitlichen Sprünge und auch die teilweise völlig unnachvollziehbaren Themenwechsel auffällig. Was sie entziffern und lesen konnte, hatte sie bis zum frühen Nachmittag abgeschrieben. Sie war selbst erstaunt, wie schnell sie nun, da sie sich eingelesen hatte, vorankam. Allerdings blieben auch noch einige stark beschädigte oder für sie einfach unlesbare Blätter übrig. Sie legte die Seiten in einen Schuhkarton und überlegte, ob sie damit zum kleinen Mann gehen sollte, als es an der Haustür klingelte. Sie erwartete keinen weiteren Besuch und war eigentlich auch froh darüber. Kurz dachte sie darüber nach, einfach nicht zu reagieren, ging dann aber doch zur Haustür.

Der kleine Mann hielt eine Plastiktüte in Händen, die er offensichtlich bereits häufig genutzt hatte. Erfreut bat sie ihn einzutreten, aber er meinte, er wolle sie nicht aufhalten.

»Es ist Sonntag«, meinte er. »Ich möchte Ihnen nur kurz etwas bringen und dann verschwinde ich auch schon wieder.

Es ist eine Zeitung aus dem Jahr 1946. Ich habe sie in einem meiner Fotoalben gefunden, als ich mir Bilder von früher angeschaut habe. Die Zeitungen waren damals alle nicht besonders umfangreich. Diese Ausgabe ist vollständig und, denke ich, auch interessant für Sie.«

Mit ausgestrecktem Arm hielt er Mathilde die Tüte entgegen. Sie bedankte sich, während sie die Tasche annahm, und wiederholte ihre Einladung auf einen Kaffee. Doch er schüttelte den Kopf und wandte sich schon wieder zum Gehen. »Ich bin auch noch verabredet.«

»Warten Sie, ich habe auch noch etwas Spannendes für Sie zum Lesen!« Schnell lief sie ins Obergeschoss und holte den Schuhkarton. Ohne hineinzugucken, klemmte der kleine Mann sich den Karton unter den Arm und humpelte davon. Mathilde sah ihm kurz nach, ehe sie gespannt den Inhalt der Tüte auf den Küchentisch legte. Es waren mehrere Zeitungsblätter aus den Nachkriegsjahren, die Zeitung war vom Oktober 1945. Mit Textmarker hatte der kleine Mann ein Kreuz neben einem der Artikel gemacht. »Todesurteil für Plünderer« lautete die Überschrift.

Ein oberstes Militärgericht verurteilte in Rotenburg den 23 jährigen Jersy Wawrzyncak aus dem Polenlager Wolterdingen wegen Plünderungen, unbefugten Waffenbesitzes und Fluchtversuch zum Tode. Der Tatbestand, der zu diesem Urteil führte ist folgender: Am 25. Oktober 1945 gegen Mitternacht klopften zwei Männer bei einer Besitzung in Dreessel an und baten als deutsche Soldaten um etwas Trinkbares.

Mathilde stutzte. Es erschien ihr absurd, dass Menschen mit polnischer Identität als deutsche Soldaten verkleidet nach dem verlorenen Krieg durch die Lande vagabundierten. Doch in der Zeitung stand es so beschrieben. Sie las es erneut, bevor sie den Rest des Artikels anschaute.

Als die Besitzerin den vermeintlichen Soldaten zwei Gefäße mit Milch reichen wollte bemerkte sie, dass sich die Zahl der Außenstehenden vergrößert hatte. Die nun als Polen erkannten Einlass Fordernden erzwangen gewaltsam den Eintritt in das Wohnhaus und nötigten die ganze Familie unter Vorhaltung von Schusswaffen sich fast anderthalb Stunden flach unter einen Tisch zu legen. Die acht Eindringlinge, die mit Pistolen, Gewehren und Handgranaten bewaffnet waren, plünderten das Anwesen und raubten unter anderem einen großen Teil der Wäsche und vorhandene Lebensmittel. Mehrere Schüsse wurden abgegeben, wobei der Besitzer des Anwesens einen Streifschuss erhielt. Er entzog sich der Verfolgung, indem er sich auf dem Boden versteckte. Der Angeklagte Wawrzyncak, der als einziger der Plünderer gefasst wurde, bestritt die Tat und gab an, sich in dieser Nacht in Bremen aufgehalten zu haben. Der Staatsanwalt hob in seiner Zusammenfassung hervor, dass im Kreis Rotenburg die Plünderungsfälle zahlreich sind. In der Urteilsbegründung führte der Präsident aus, dass die Verbrechen der bewaffneten Plünderung jetzt vorherrschend sind und diesem mit drastischen Maßnahmen entgegengetreten wird. Auch jeder Ausländer wusste bereits im Oktober vorigen Jahres, dass auf Waffenbesitz die Todesstrafe steht und es sind bisher außer deutschen Staatsangehörigen auch britische Offiziere erschossen worden. Die Militärregierung wird es in Zukunft zu verhindern wissen, dass solche Verbrechen vorkommen.

Nachdenklich ließ Mathilde die Hand mit dem Zeitungsartikel darin auf den Tisch sinken. Warum brachte der kleine Mann ihr diesen Artikel? Zudem ausgerechnet heute, wo er eigentlich keine Zeit hatte? Die beschriebene Tat war kurze Zeit vor Runges Tod geahndet worden. Demnach hatte es offensichtlich ein verstärktes Plünderungsproblem durch Polen im Landkreis Rotenburg gegeben. Die Strafen dafür waren drakonisch. Man musste hart durchgreifen, um Anarchie zu verhindern. Mathilde erinnerte sich an den Waffenerlass vom Januar 1946, der das Tragen von Schusswaffen unter Todesstrafe stellte. Das war sicherlich eine Reaktion auf derartige Ereignisse gewesen. Betrachtete man nun die Tat in der Jagdhütte ohne nähere Kenntnisse der Einzelheiten, konnte man natürlich schnell der Auffassung sein, dass es sich hierbei um eine typische Plünderungsaktion herumstreifender Polen gehandelt haben könnte. Mathilde wurde in ihrem Zweifel durch den Zeitungsartikel jedoch eher bestärkt. Bei Runge wurde, wie man sich erzählte, nichts gestohlen. Auch war die Jagdhütte nicht verwüstet oder anderweitig beschädigt worden. Im Gegenteil, der Mörder hatte die Tür wieder sorgsam verschlossen. Von außen hatte alles völlig normal und friedlich gewirkt. Die Jagdhütte hatte auf den Herrenschneider wie immer gewirkt. Lediglich die geschlossenen Fensterklappen hatte er erwähnt. Seine Frau und er hatten eine ganze Weile arglos auf der Bank vor der Hütte gesessen und gewartet. Trotzdem beschrieben weder der Herrenschneider noch seine Frau in ihren Erzählungen Auffälligkeiten rund um die Jagdhütte. Sogar das Fahrrad hatte bepackt und nicht abgeschlossen unter der Remise gestanden, obwohl einige Zeit zuvor bei Runge Fahrräder abhandengekommen waren. Sicherlich wäre er nicht leichtfertig mit seinen Sachen umgegangen. Der Mord hatte vielleicht kurze Zeit nach seiner Rückkehr in das Jagdhaus stattgefunden, sodass er das Fahrrad noch nicht sicher weggestellt hatte. Für eine Bande marodierender Polen wäre das leichte Beute gewesen, zumal Mathilde sich vorstellte, dass sie auch sonst deutliche Spuren hinterlassen hätten, die dem Schneiderpaar sofort aufgefallen wären.

Vielleicht durchmischten sich hier verschiedene Ereignisse,

spekulierte Mathilde. Offensichtlich waren Runge während des Krieges tatsächlich Fahrräder abhandengekommen, nur eben nicht am Mordtag. Und vielleicht waren die Täter eben auch keine Polen gewesen.

Ein kalter Schauer lief Mathilde den Rücken hinunter. Da war wieder dieses Gefühl, das sie schon die gesamte Zeit hatte. Es musste einen Grund für diese Verdrehungen im Dorf geben. Und sie wurde immer überzeugter, dass der Grund ebenfalls im Dorf lag. Schicht für Schicht legte sie eine Wahrheit frei, von der sie sicher war, dass sie vertuscht worden war. Über Jahre und Jahrzehnte.

Sie überlegte weiter, ließ die Gedanken, angestoßen durch den Artikel, der eigentlich ein ganz anderes Thema hatte, frei schweifen. Warum verheimlichte man etwas? Hatte es am Tatort vielleicht eindeutige Hinweise auf einen Täter gegeben? Oder hatte es ausgereicht, dass nichts durchsucht und gestohlen worden war? Weil es zum Beispiel um Rache gegangen war. Hatte man erst einmal die Geschichte von den marodierenden Polen in Umlauf gesetzt, um Zeit zu gewinnen? So stillte man zumindest die Neugier von Außenstehenden mit einer plausiblen Geschichte und konnte den eigenen Verdacht prüfen. Auch wenn Alfred Runge sich im Dorf ausgesprochener Beliebtheit erfreut hatte, man hielt zusammen, gerade in schwierigen Zeiten wie damals. Das hatte auch der kleine Mann mehrfach betont.

Aber was war mit den auswärtigen Ermittlern? Sie hatten sicherlich die tatsächliche Todesursache festgestellt, konnten daraus aber nicht die gleichen Schlüsse ziehen wie die Dorfbewohner, weil ihnen die Hintergründe nicht klar waren. Die Einzelheiten der Tat kamen dann in eine Akte, zu der wiederum nur bestimmte Personen Zugriff hatten.

Je länger sie darüber nachdachte, desto wahrscheinlicher

erschien ihr ein solcher Ablauf. Während sie diese Geschichte weiterspann, wurde ihr erschreckend bewusst, dass über die Unstimmigkeiten viele Leute im Dorf gestolpert sein mussten. Man hatte ihr berichtet, dass Runge aufgebahrt worden war. Diejenigen, die ihn dafür hergerichtet hatten, mussten beispielweise gesehen haben, dass Runge erschossen worden war. Hatten sie es womöglich nur für ein unwichtiges Detail gehalten? Oder hatten sie befürchtet, in ein Wespennest zu stechen, wenn sie der offiziellen Todesursache widersprachen? Oder hatten sich einfach alle wieder einmal herausgehalten und geschwiegen? Das passte auch heute noch zu der Mentalität vieler Menschen. Wie aber ging man damit um, wenn der Täter aus den eigenen Reihen stammte und die Verdachtsmomente sich verdichteten?

»Das ist die eigentliche Frage, die ich beantworten muss!«, überlegte Mathilde. Welches Ansehen genoss der Verdächtige? Wurde er gefürchtet oder geachtet? Hatte er eine wichtige Funktion oder war er ohne Weiteres ersetzbar? Gab es vielleicht ein Geflecht von Abhängigkeiten?

Mathilde versuchte sich vorzustellen, was in einer Frau vorging, die ihren Ehemann des Mordes verdächtigte. Würde sie ihn melden und einer Strafe zuführen? Wäre sie in der Lage zu schweigen, auch gegenüber den Kindern? Fürchtete sie ihn vielleicht, weil er zur Gewalt neigte und sie dies bereits schmerzlich erfahren hatte? Wahrscheinlich wäre ihre Existenz vernichtet gewesen, wenn die Unglückliche den Ernährer der Familie der Obrigkeit ausgeliefert hätte. Möglich war auch, dass der Mörder die Tat für sich behalten und es vollbracht hatte, sich nichts anmerken zu lassen. War es denkbar, dass man im Dorf ahnte, dass der Täter in der Nähe war, aber nicht wusste, wer es war? Immerhin waren viele Männer gerade erst aus dem Krieg zurückgekommen und hatten

Furchtbares erlebt. War es dem Täter also gelungen, in eine Normalität einzutauchen, als ob es die brutale Tat nicht gegeben hätte?

Sie kam nicht weiter mit ihren Spekulationen. Wieder griff sie nach der Zeitung, als ein weiterer Gedanke sie durchzuckte: Bislang hatte niemand ihr einen Artikel über den Mord an Runge zeigen können. Hatten die Zeitungen über den Mord womöglich gar nicht berichtet? Das konnte sie sich kaum vorstellen, immerhin war er eine bedeutende Persönlichkeit gewesen. Im Gegensatz zu den Hofbewohnern in Dreeßel, die man überfallen hatte. Hatte die Presse damals überhaupt von den Ereignissen in Ahausen Kenntnis erhalten? Oder hatte das Schweigen im Dorf auch hier gewirkt? Sie griff nach dem Telefon. Sie musste ihre Gedanken sortieren und mit Susan darüber sprechen.

Als sie aufgelegt hatte, klingelte ihr Telefon sofort wieder. Sie war eigentlich völlig erschöpft, nahm den Anruf aber trotzdem an. Es war der Mann aus dem Wochenendhaus, der ihr berichtete, dass er mit seinem Freund an diesem Tag wieder gegraben und einiges gefunden hatte. Er lud sie ein, sich die Funde anzuschauen. Es war bereits kurz vor acht, dennoch stimmte sie zu und machte sich mit dem Auto auf den Weg.

Es waren keine spektakulären Funde, aber dennoch war Mathilde begeistert. Sie hatte die Karte, die sie mit Susan angefertigt hatte, dabei und legte den beiden Männern ihre Gedanken zu den besten Stellen dar.

Es wurde ein langer und sehr netter Abend. Zum Abschied schenkte ihr der Mann eine Fliese, die er heile am Seeufer geborgen hatte. Sie passte perfekt zu den Fliesen in Mathildes Bad.

1945

Nur wer selbst in einem Lager war, konnte ermessen, was ich durchgemacht hatte. Ich hatte die letzten drei Jahre überlebt, auch wenn ich mir nicht nur einmal den Tod herbeigesehnt hatte.

Gleich nach meinem Aufbruch war ich der Gestapo in die Arme gelaufen. Ich war so sehr mit mir selbst und meinen verwirrenden Gedanken beschäftigt gewesen, dass ich unaufmerksam gewesen war, vergessen hatte, mich auf offener Straße vorsichtig zu bewegen, eine Verletzung oder eine sonstige Beeinträchtigung vorzutäuschen. Das hatte ihre Aufmerksamkeit erregt.

Meine gefälschten Papiere hielten der Überprüfung nicht stand und so inhaftierte man mich zwecks Feststellung meiner Personalien. Mehrere Tage verbrachte ich in Rotenburg auf der Polizeiwache, wo man schnell meine wahre Identität ermittelte. Ich verriet sie ihnen sogar selbst, als die Schläge zu heftig wurden, meine Haut unter der Gewalt aufplatzte.

Man klagte mich als Wehrkraftzersetzer an, da ich mich dem Kriegsdienst feige entzogen hatte, und das Urteil war schnell gefällt. Ich sollte die Möglichkeit erhalten, meine Schuld durch Arbeit wiedergutzumachen und meinen Dienst für das Vaterland auf diesem Wege zu leisten.

Eingepfercht in einen Viehwaggon wurde ich mit 60 anderen Gefangenen zum Lager transportiert. In den Baracken gab es bei Weitem nicht genügend Betten für uns. Dafür gab es Ungeziefer im Überfluss. Läuse, Flöhe und Bettwanzen quälten uns in der Nacht. Trotzdem schlief ich in den Nächten wie ein Stein. Die tägliche Arbeitszeit betrug mindestens 10 Stunden, häufig waren es bis zu 14 Stunden. Neben der anstrengenden Arbeit mussten wir Exerzieren. Immer wieder brachen Gefangene zusammen, wurden weggeschafft. Viele kamen nie wieder.

Wir bekamen täglich zwei bis drei Pellkartoffeln, wenig Brot, manchmal mit etwas Marmelade, dazu dünnen Tee aus Eimern und abends eine wässrige Suppe mit kleinen Brocken Steckrüben. Zu viel zum Sterben und zu wenig zum Leben. Der Hunger machte Bestien aus uns. Mancher quälte andere Gefangene für ein winziges Stückchen Brot. Für einen kleinen Vorteil tat fast jeder alles. In einem eigenen Trakt, abgetrennt von unserem Bereich, gab es einige Baracken mit Männern, die für unzüchtiges Verhalten mit anderen Männern eingesperrt worden waren. Sie bekamen einen rosafarbenen Winkel angesteckt, der sie sofort als Homosexuelle auswies. Immer wieder wurden wir auf diese Männer hingewiesen, die mit ihrer »Seuche« ebenso nutzlos seien wie wir. Um eine Ausbreitung zu verhindern, wurden sie streng von uns getrennt. Dennoch drangen Berichte zu uns herüber, von Folterungen und Morden. Immer häufiger sah man neue Gesichter, einmal und danach nie wieder. Umso mehr war ich darauf bedacht, meine Gedanken und Träume für mich zu behalten. Manchmal fürchtete ich, mich nachts zu verraten, denn trotz aller Erschöpfung ließen mich die Träume nicht los, in denen ich in die Jagdhütte in Ahausen zurückkehrte.

Als es endlich vorbei war, hatte ich kaum genügend Kraft, selbstständig zu gehen. Hitler war tot, der Krieg beendet. Nur mein Leid verfolgte mich, wie der Krieg es einst mit meinen Onkeln gemacht hatte. Ich wollte vergessen, vor allem fliehen. Doch ich kam nur langsam voran. Dennoch hatte ich ein Ziel. Ich würde zurückkehren.

Ahausen in den 1990er-Jahren

Der kleine Mann war tot. Völlig unerwartet war er in der Nacht in seinem Bett verstorben. Ein Buch über Rommel mit dem Titel »Das Ende einer Legende« lag noch aufgeschlagen auf seinem Nachttisch, erzählten die beiden älteren Damen, die in der Reihe im Dorfladen vor Mathilde an der Kasse anstanden.

»Immer diese Kriegsgeschichten«, erklärte eine der Frauen, »das kann ja nicht gesund gewesen sein.«

»Na, aber mit seinem Tod hat er es gut getroffen. Ohne lange zu liegen oder zu leiden«, meinte die andere Frau, »so möchte doch jeder aus dieser Welt gehen.«

Die Mitteilung traf Mathilde wie ein Faustschlag in den Magen. Ihr kleiner Freund war ohne Abschied gegangen. Sie hatte noch Tausende Fragen an ihn gehabt, nicht nur zu Runge, sondern auch zu seiner eigenen Geschichte. Doch das lebendige Geschichtsbuch, wie sie ihn im Spaß für sich genannt hatte, würde für immer schweigen.

Mathilde klammerte sich an den Liter Milch, den sie in Händen hielt. Die Tränen schossen ihr in die Augen. Die anderen Kunden beäugten sie misstrauisch. Sie beherrschte sich, bis sie zu Hause die Tür hinter sich abschloss. Dann weinte sie hemmungslos um den Mann, der ihr unerwartet so sehr ans Herz gewachsen war.

Die Beerdigung war schön, meinten die anderen Trauergäste, und dass es ihn gefreut hätte, dass so viele Menschen Abschied von ihm nehmen wollten. Mathilde teilte diese Empfindung nicht. Egal ob mit oder ohne Butterkuchen, für sie waren Trauerfeiern einfach nur zum Heulen. Sie war unglaublich dankbar, dass Susan sich den Tag freigenommen hatte und an ihrer Seite war. Nach der Beerdigung fuhren sie gemeinsam nach Bremen.

In einem kleinen Karton lagen alle Unterlagen, die sie bislang zum Runge-Fall zusammengetragen hatte. Gemeinsam legten sie sämtliche Papiere auf dem Fußboden aus.

»Das hier«, sagte Mathilde und hielt einige Papiere hoch, »sind die handgeschriebenen Seiten von Alfred Runge, die ich selbst nicht lesen konnte. Ich hatte sie dem kleinen Mann anvertraut und ihn um seine Hilfe gebeten. Er muss sofort mit der Arbeit begonnen haben. Und ich glaube, dass er geahnt hat, dass es sein letzter Abend war. Er hatte alles in einen Umschlag getan, ihn zugeklebt und meinen Namen darauf geschrieben.« Mathilde brach traurig ab. »Ich kann noch gar nicht glauben, dass er nicht mehr da ist.«

Susan drückte sie, dann stand sie auf und kam mit zwei Gläsern Rotwein zurück. »Lass uns einen Toast auf ihn ausbringen und im Gedenken an ihn anstoßen.«

Die Geste tat Mathilde gut. »Ich werde ihn wirklich vermissen, er gehörte für mich zu Ahausen irgendwie dazu.«

»Na los«, ermunterte Susan sie. »Schau nach, was er dir hinterlassen hat!«

Mathilde nickte und überflog die Texte in der sauberen Handschrift des kleinen Mannes.

»Hier ist etwas«, sagte sie schließlich. »Alfred Runge schreibt im März 1946, wie einige junge Polen versuchten, sein Fahrrad zu entwenden. Wo sich das Ganze abgespielt hat, war anscheinend auch für den kleinen Mann unleserlich. Aber der Verlauf der Auseinandersetzung ist interessant. Bislang hieß es doch immer, dass sich eine Gruppe von Polen an Runge rächen wollte, weil er sie beim Diebstahl seines Fahrrads überrascht und ordentlich verdroschen haben soll. Er selbst schildert in seinen Aufzeichnungen das Geschehen anders.«

Später am Tage hatte ich eine unschöne Begegnung mit zwei ehemaligen polnischen Zwangsarbeitern, die sich herumtrieben und sich allzu sehr für mein Fahrrad interessierten. Energisch forderte ich die beiden armseligen Gestalten auf, das Weite zu suchen und die Finger von meinem Eigentum zu lassen. Doch anstatt der Aufforderung Folge zu leisten, schlug mir der eine mit der Faust an den Kopf, während der andere versuchte, das Rad davonzuschieben. Dank meiner kräftigen Kette gelang es ihm aber nicht. Es folgten weitere Schläge gegen meinen Körper, die sehr schmerzhaft waren. Sie ließen erst von mir ab, als sich aus der Ferne andere Personen näherten. Ihnen verdanke ich, daß nicht alles noch schlimmer gekommen ist.

»Das heißt also«, sagte Susan aufgeregt, »der versuchte Fahrraddiebstahl hat sich ganz anders abgespielt. Nicht die Polen mussten wegen der Misshandlung einen Groll gegen Alfred Runge hegen, sondern er war das Opfer.«

»Diese Polen-Geschichte wird wirklich immer unlogischer.«

»Hast du noch weitere Hinweise?«, erkundigte sich Susan und schenkte großzügig Rotwein nach.

»Ja, es gibt noch einen Hinweis, dass Runge sein gutes Jagdgewehr irgendwo in der Umgebung versteckt hat. Er erwähnt, dass er es nur wenige Schritte entfernt und doch an einem sicheren Ort am See vergraben hat. Er schützte die Waffe vor Feuchtigkeit, indem er sie in einen aufgeschnittenen Autoreifen legte. Die anderen Waffen hat er ordnungsgemäß abgegeben. Allerdings ist der Text so lückenhaft, dass man den Inhalt mehr erraten muss. Der Rest scheint eher belanglos zu sein. Warte, ich schaue noch mal.« Sie las weiter. »Nein, nicht wirklich etwas. Hier ist noch ein Text, der mir ungewöhnlich erscheint, aber auch der ist sehr lückenhaft. Runge beschreibt, dass er eine Falle entfernt hat. Mir wurde mehrfach von einem Wilderer berichtet.«

Susan sah sie entschlossen an. »Ich habe das Gefühl, dass wir nicht mehr erfahren werden. Aber ich glaube auch, dass wir den Schlüssel vielleicht schon haben. Wir können es nur nicht erkennen. Lass uns alles noch einmal genau durchgehen. Womit wollen wir anfangen, Mathilde?«

»Okay, fangen wir damit an, wie ich von der Geschichte erfahren habe.« Mathilde ordnete die Notizen und legte die Fotos und ihre Zeichnung an den Rand. »Also, es begann damit, dass der Herrenschneider und seine Frau am 27. April 1946 den langen und einsamen Weg zur Wümme entlangliefen, um ihr Vieh zum Hirten zu bringen, und weil sie eine Verabredung mit Alfred Runge hatten. Erst nach einer Weile stutzten sie über die geschlossenen Fensterklappen und begannen, sich deshalb Sorgen zu machen. Als ebenfalls merkwürdig stuften sie das mit Lebensmitteln bepackte Fahrrad ein, das unverschlossen unter der Remise abgestellt worden war. Offensichtlich hatte jemand vergessen, die kostbaren Lebensmittel herunterzunehmen.«

»Weißt du eigentlich, was mit dem Fahrrad von der Frau geschah? Es wird nirgends erwähnt.«

»Angeblich stand es mit einer Kette gesichert im Pferdestall. Mehr weiß ich auch nicht«, zuckte Mathilde die Schultern.

»Weiter!«, forderte Susan sie auf.

»Die Haustür des Jagdhauses war ordentlich ge- aber nicht verschlossen. Die Umgebung zeigte keinerlei Anzeichen von Vandalismus. Als sie die Tür schließlich öffneten, fanden sie Alfred Runge mit herabgelassener Hose tot auf der Hausschwelle liegend. Seine Begleiterin lag bäuchlings auf einem Bett der hinteren Kammer. Der Herrenschneider und seine Frau entdeckten die Leichen. Laut ihrer Schilderung war überall Blut und die Toten boten einen schrecklichen Anblick. Die verstörte Frau rannte, so schnell sie konnte, in den Ort zurück, um die Obrigkeit von dem Verbrechen in Kenntnis zu setzen. Der im Ort ansässige Polizist begab sich zum Tatort, später informierte er oder jemand sonst noch die Bremer Kollegen. Warum nicht die Verdener eingeschaltet wurden, bleibt ungeklärt. Es gibt dort zumindest keine Akte über Runge.

Im Dorf machte das Gerücht die Runde, dass plündernde Polen die Täter seien, die sich an Runge rächen wollten, weil er sie beim Diebstahl seines Fahrrades überrascht und in die Flucht geschlagen hatte. Außerdem gibt es zwei Angaben zur Todesursache. Ich denke, dass wir nach unserem Kenntnisstand annehmen können, dass die beiden wirklich erschossen wurden. Ganz unabhängig davon ist es aber unverständlich, dass nichts gestohlen oder zerstört wurde. Also können wir Habgier als Motiv ausschließen, oder?«

»Das sehe ich genauso«, stimmte Susan zu. »Und auch die vergrabenen Wertgegenstände scheiden als Motiv aus, sie wurden erst später wiederentdeckt. Und ich denke, wir können den Gedanken noch weiterspinnen. Wenn keinerlei Interesse an den Wertgegenständen dort draußen gezeigt wurde, dann muss es um die Personen gegangen sein.«

»Ja. Und wenn es wirklich um Runge oder Buchholz ging, dann wäre ein klassisches Motiv Eifersucht oder Rache.«

»Aber im Fall der Frau gab es keinen Ehemann mehr, der auf die Bekanntschaft mit Alfred Runge eifersüchtig reagieren konnte. Zumal wir ja nicht einmal wissen, wie das Verhältnis zwischen den beiden tatsächlich gewesen ist. Dass eine andere Frau aus Eifersucht den Anschlag dort draußen verübte, halte ich ebenfalls für wenig glaubwürdig, oder? Wie denkst du darüber?«

»Warum schließt du eine Frau als Täterin aus?«, hakte Mathilde nach. Sie wollte wirklich alles noch einmal neu durchdenken und besprechen. »Es kann doch sein, dass eine verschmähte Frau Rache nahm, oder nicht?«

»Denk mal an die Erzählungen vom Poleneck, das ja ganz in

der Nähe war. Hätte sich eine Frau da wirklich nach Anbruch der Dämmerung alleine auf den Weg gemacht? Es geschahen einfach zu viele Überfälle und Vergewaltigungen.«

»Das stimmt wahrscheinlich. Außerdem hätte es dann doch klarere Hinweise auf eine bestimmte Frau in Runges Leben geben müssen, oder? Wir wissen nur von P. und die scheint nie dort gewesen zu sein. Ansonsten gab es nie die geringste Andeutung einer Beziehung.«

»Dann schließen wir das aus, ich finde eh, dass die ganze Tat nicht zu einer Frau passt. Bleibt noch zu klären, warum im Dorf erzählt wird, dass Runge erschlagen wurde. Wir haben viele Hinweise dafür, dass die beiden durch Schüsse starben.«

»Es muss um die Waffe gehen.«

»Aber wieso die zwei Versionen? Warum hat niemand das je richtiggestellt? Und wieso kommt jetzt doch die Wahrheit ans Licht?«

»Vielleicht gab es etwas, das die Leute damals zum Schweigen gebracht hat. Etwas, das jetzt keinen Bestand mehr hat und sie nicht weiter hindert, es jemandem von außen zu erzählen, der ein bisschen Interesse zeigt.«

»Ja, etwas hat sie zum Schweigen gebracht. Etwas oder jemand«, sagte Susan nachdrücklich.

»Was auch immer es war«, versuchte Mathilde den Gedanken nicht zum ersten Mal abzuschütteln, »wir sind uns also einig, dass es ein starkes Motiv geben muss. Wenn wir Eifersucht aber für unwahrscheinlich halten, was war es dann? Rache? Hass? Immerhin gibt es Hinweise darauf, dass Alfred Runge vor oder nach seinem Tod gedemütigt wurde.«

»Und wenn man die Persönlichkeit Alfred Runges genauer betrachtet, zeigt sich ja auch, dass er ein ziemlich vielschichtiger Mensch war. Ein Mann mit guten Manieren und ausgeprägtem Gerechtigkeitssinn, der sich durch seine Großzügigkeit und Hilfsbereitschaft viele Freunde gemacht hatte. Seine deutsch-nationale Gesinnung scheint mit einer gehörigen Portion gesunden Menschenverstands und Pragmatismus gepaart gewesen zu sein und nicht dogmatisch. Immerhin riskierte er sein eigenes Leben, als er politisch Verfolgten Unterschlupf gewährte. Aber es scheint ja auch Punkte gegeben zu haben, an denen er unnachgiebig war und sehr aufbrausend werden konnte, zumindest so wie ich das verstanden habe.«

»Ich denke, dass wir einen Racheakt aus politischen Gründen ausschließen können. Die überzeugten Nationalsozialisten mussten nach dem Krieg erst einmal ihre eigene Haut retten. Es muss einen anderen Konflikt gegeben haben.«

Sie waren hellwach und an Schlaf war nicht zu denken. Aber Rotwein und Käsehäppchen reichten nicht aus, um satt zu werden. Aus dem Gefrierschrank wählten sie zwei Tiefkühlpizzen mit Spinat, Rucola und Mozzarella, heizten den Backofen vor und legten die Pizzen auf das Backblech. Susan deckte den Tisch und Mathilde holte eine Flasche Mineralwasser aus Susans Speisekammer.

»Lass uns noch mal die letzten Tage von Alfred Runge rekapitulieren«, bat Susan, während sie sich ein großes Stück Pizza in den Mund schob. »Vielleicht kommen wir dem Täter auf diesem Wege näher.«

»Also gut. Beginnen wir am besten mit dem 25. April 1946, das war Runges 65. Geburtstag. Gemeinsam mit Freunden kam er mit einem Auto aus Bremen zur Jagdhütte gefahren. Die vier feierten dort draußen bei herrlichem Sommerwetter und fuhren am Abend wieder zurück nach Bremen. Davon hatte er in einem seiner Tagebucheinträge geschrieben. Vielleicht sogar in seinem letzten.« Kurz hielt sie inne.

»Weiter«, sagte Susan.

»Okay. Zwei Tage später beschlossen Alfred Runge und

seine Bekannte, erneut nach Ahausen zu fahren, allerdings diesmal mit dem Fahrrad. Es war ein Samstagmorgen, als die beiden sich mit dem Fahrrad auf den Weg von Bremen nach Ahausen machten. Entgegen ihrer sonstigen Gewohnheit waren die Buchholz-Kinder nicht dabei. Die Radfahrer erreichten Ahausen über die Autobahn gegen Mittag. Sofort nach seiner Ankunft nahm Alfred Runge im Dorf Kontakt auf und fragte nach Lebensmitteln. Die waren zwar knapp, doch er war bekannt und beliebt, darum bekam er Wurst, Brot und Kartoffeln. Jagen konnte er nicht, denn er hatte seine Waffen bei Kriegsende abgegeben beziehungsweise vergraben, wie wir aus seinen Aufzeichnungen ja nun wissen. Am späten Nachmittag radelte Alfred Runge noch einmal in den Ort und kehrte mit weiteren Lebensmitteln zu seiner Jagdhütte zurück. Aber er kam nicht mehr dazu, alle Sachen von seinem Fahrrad herunterzunehmen. Seine Begleiterin hatte während seiner Abwesenheit das Abendbrot vorbereitet. Der Tisch war gedeckt, Brot, Butter und Wurstwaren standen zum Verzehr bereit. Das bedeutet, dass der Mörder am frühen Abend bewaffnet zu der Hütte gekommen sein muss. Es war bestimmt schon dämmerig, also muss er die Hütte und den Weg dorthin gekannt haben. Und wenn wir von einem persönlichen Motiv ausgehen, muss er auch gewusst haben, dass Alfred Runge an diesem Abend anwesend war. Denn der hielt sich nur noch gelegentlich dort draußen auf. Und wäre der Täter zufällig auf Alfred Runge getroffen, hätte er sicherlich auch keine Waffe dabeigehabt, das war schließlich ziemlich gefährlich. Wir haben hier also zwei Hinweise, die auf einen Täter hindeuten, der sich auskannte. Siehst du das auch so?«

»Ich denke schon«, erwiderte Susan. »Wenn man jetzt noch berücksichtigt, dass das Tragen von Waffen mit der Todesstrafe geahndet wurde und überall Kontrollen der Siegermächte durchgeführt wurden, um eine gewisse Ordnung wiederherzustellen … Was denkst du dann über diese Sache?«

»Man musste schon einen triftigen Grund haben, um deshalb sein Leben zu riskieren.«

»Oder sich gut genug auskennen, um Kontrollen zu meiden.«

Für einen zähen Augenblick hörten sie nur das Ticken der großen Wanduhr. Dann sprach Susan aus, was sie beide ohnehin schon wussten, bislang aber nie gesagt hatten: »Der Mörder kann nur aus dem Dorf gekommen sein. Es ist einer von den Menschen aus Ahausen gewesen. Und wenn ich die Angriffe auf dich richtig deute, dann leben noch Nachfahren von ihm, die auch Bescheid wissen.«

Die Erkenntnis erschütterte Mathilde und Susan mehr, als sie es sich eingestehen wollten. Natürlich konnten sie einen Zufall nicht ganz ausschließen, aber so, wie sich der Fall nun darstellte, hätte es einer ganzen Reihe von Zufällen bedurft. Das war äußerst unwahrscheinlich. Der Täter kam aus der näheren Umgebung und kannte sich aus. Er hatte Alfred Runge am gleichen Tag im Dorf gesehen und er verfügte offenbar über eine Waffe.

»Für all diese Kriterien kommt bestimmt kein allzu großer Personenkreis infrage«, stellte Susan sachlich fest.

»Du meinst, dass jemand am Tatort erkannt oder zumindest befürchtet hat, dass der Täter einer der Dorfbewohner war? Möglich. Vielleicht wollte man ihn schützen oder er war wichtig und einflussreich. Vielleicht jemand, den man fürchtete.«

Dass der Täter die Haustür wieder hinter sich zugezogen hatte, als er den Tatort verließ, fanden die beiden Frauen ebenfalls interessant. Er musste beim Verlassen der Jagdhütte über die Leiche von Runge gestiegen sein, da der zweite Mord in einer der hinteren Kammern geschehen war.

»Es wirkt schon kaltblütig, oder nicht?«, meinte Mathilde.

»Doch, finde ich auch. Aber habe ich dich richtig verstanden? Du meinst, dass die Behauptung mit den Polen eine bewusste Fehlinformation war und das Dorf dazu schwieg, weil man in der schwierigen Zeit keine weitere Unruhe auslösen wollte?«, fasste Susan Mathildes Gedankengang zusammen.

»Das haben zumindest die alten Leute immer betont.«

»Dann kann man also sagen, dass die beiden Opfer nun einmal tot waren, daran ließ sich nichts mehr ändern. Und pragmatisch betrachtet, nützte es im Dorf niemandem, wenn man den Täter überführte. Im Gegenteil, es wäre eine dringend benötigte Arbeitskraft verloren gewesen. Außerdem waren die Möglichkeiten der Polizei sehr viel eingeschränkter als heute. Ohne Zeugen und Geständnis war eine Aufklärung schwer möglich.« Susan stieß einen Seufzer aus. »Puh, das klingt hart, aber ehrlich gesagt auch ziemlich plausibel.«

Mathilde überflog ihre Aufzeichnungen erneut. Sie suchte nach weiteren Anhaltspunkten, die sie bislang vielleicht nicht berücksichtigt hatten. Doch das meiste war gesagt.

»Die Presse …«, sagte sie zögernd.

»Ach, das wollte ich dir schon die ganze Zeit erzählen. Ich habe ein paar Kontakte genutzt und mich bei verschiedenen Zeitungen erkundigt. Es gibt keinen einzigen Artikel dazu.«

Das ließ auch darauf schließen, dass der Fall nicht an die große Glocke gehängt worden war. Die Zeitungen hätten wohl darüber geschrieben, wenn sie davon erfahren hätten.

Wieder stellte sich Schweigen ein. Beide betrachteten die Bilder, die Notizen, die gemeinsamen Entdeckungen.

»Das war es also?«, fragte Susan schließlich. Mathilde schluckte. Sie waren so nah dran gewesen, das spürte sie. Doch bei allen Andeutungen waren die Informationen meistens vage geblieben. Man konnte das Gehörte so oder so interpretieren, eine Strategie, die Mathilde hasste. Sich nicht konkret zu äußern, hieß auch immer, sich der Verantwortung für das Gesagte zu entziehen. Und ohne den kleinen Mann würde sie kaum noch mehr erfahren.

Sie saßen bis zum Morgen zusammen. Ein Gefühl der Leere stellte sich ein. Das gemeinsame Recherchieren und Analysieren hatte Mathilde über eine schwierige Zeit hinweggeholfen und viel Raum eingenommen. Immerhin bestand dadurch inzwischen eine noch viel stärkere Bindung zwischen ihnen.

Mathilde fragte sich, ob sie trotz ihrer letzten Erkenntnisse den Menschen in Ahausen weiter unbefangen gegenübertreten konnte. Die heutige Generation hatte mit den Geschehnissen von damals nichts zu tun. Der eine oder andere kannte sicherlich Geschichten aus der Kriegszeit von seinen Vorfahren, doch diese bezogen sich in der Regel auf das Schicksal der eigenen Familie. Die Menschen, die den Krieg erlebt hatten, starben. Einer nach dem anderen nahm seinen persönlichen Wissensschatz mit ins Grab. Zurück blieben die, die sich glücklich schätzen konnten, in Friedenszeiten aufgewachsen zu sein. So wie sie selbst dankbar war, eine neue Heimat gefunden zu haben, in der sie neu beginnen konnte.

Am nächsten Tag standen sie erst gegen Mittag auf. Trotzdem waren sie übermüdet und ein wenig wehmütig. Susan klagte über furchtbare Kopfschmerzen, deren Ursache eindeutig der viele Rotwein war. Schnell nahm sie zwei Aspirin, während Mathilde die Rechercheunterlagen sorgfältig ordnete. Gemeinsam schauten sie noch einmal auf die Fotografien und die Zeichnung, dann legten sie alles zurück in den Karton und verschlossen ihn ordentlich. Was damit geschehen sollte, war noch unklar. Bis auf Weiteres würde Susan die Sachen in ihrer Wohnung auf dem Dachboden aufbewahren. Dort waren sie sicher und störten nicht.

Mit ihren Gedanken kehrten sie aus der Vergangenheit in

die Gegenwart zurück. »Susan, es ist vorbei! Im Moment kommen wir nicht weiter. Uns fehlt der entscheidende Hinweis.«

»Glaubst du, dass der kleine Mann mehr wusste, als er preisgegeben hat, und sein Wissen mit ins Grab genommen hat?«

Mathilde zuckte mit den Schultern. »Er hat viel mehr gewusst, als er erzählt hat. Und ich glaube, dass er einen Namen hätte nennen können. Aber über das Motiv wusste er nichts, darum hat er uns unterstützt. Und wahrscheinlich hatte er recht damit, denn was würde uns nur ein Name bringen?«

»Okay, keine Fragen mehr. Frieden für alle.«

»Das hört sich gut an. Und nächste Woche komme ich wieder zu dir und wir bummeln durch die Boutiquen anstatt in staubigen Unterlagen zu wühlen«, lachte Mathilde.

Nachdem sie am Nachmittag nach Ahausen zurückgekehrt war, machte sie einen Gang zum nahe gelegenen Friedhof. Das Grab des kleinen Mannes war voller Blumenkränze und Gestecke. Einem Impuls folgend, zog sie eine Blume aus dem Strauß, den sie unterwegs noch an einer Tankstelle gekauft hatte. Sie legte sie neben das Holzkreuz, das bald durch den richtigen Grabstein ersetzt werden würde. Dann ging sie zum Grab von Alfred Runge. Mit den Händen fegte sie das Laub von der Grabplatte. Anschließend lieh sie sich bei einer anderen Friedhofsbesucherin eine Gartenschere und schnitt die überhängenden Äste über der Grabstelle ab. Es war ihnen nicht gelungen, die Tat aufzuklären. Dennoch wollte Mathilde wenigstens die Grabstelle von Runge so freilegen, dass alle Passanten seinen Namen im Vorbeigehen lesen konnten.

Nur wer vergessen wird, ist wirklich tot, dachte sie und legte den Strauß nieder.

April 1946

Endlich hatte ich es geschafft, ich war zurück. Ich hatte mich nach diesem Moment gesehnt, mir immer wieder ausgemalt, was passieren würde. Doch nun überkam mich eine tiefe Unruhe. Ich verzögerte meinen Schritt. Würde er mich nach all der Zeit überhaupt noch erkennen? Ich hatte mich sehr verändert und zwar, wie ich zugeben musste, nicht zu meinem Vorteil. Und würde er mich bei sich aufnehmen? Oder waren die Bande, die ich zwischen uns glaubte, nur ein Produkt meiner Fantasie gewesen?

Dennoch trugen mich meine Füße wie von selbst zur Hütte am See. Dort musste ich jedoch enttäuscht feststellen, dass die Tür fest verschlossen war. Es machte allerdings den Anschein, als habe sich noch vor Kurzem jemand hier aufgehalten. Zumindest war alles ordentlich gepflegt und Autospuren deuteten darauf hin, dass jemand hier gewesen war.

Ratlos drehte ich mich um meine eigene Achse. Ob mein alter Unterschlupf noch intakt war? Womöglich waren dort Flüchtlinge untergebracht. Überall im ganzen Land war Wohnraum knapp und jeder verfügbare Raum wurde genutzt. Dennoch wandte ich mich der Düne zu, ich hatte ja kaum etwas Besseres zu tun. Ich folgte dem zugewucherten Pfad zum Haus hinauf. Büsche und Bäume waren mächtig gewachsen.

Tatsächlich sah das alte Gebäude noch heruntergekommener aus als bei meinem Weggang. Niemand war dort untergebracht und als ich das Gebäude betrat, erkannte ich den Grund. Beim Weg die Treppe hinauf brach eine Stufe unter mir ein und auch sonst befand sich alles in einem erbärmlichen Zustand. Es würde einigen Aufwand erfordern, das Haus wieder instand zu setzen. Aufwand und Material, das jetzt niemand aufbringen konnte.

Ich öffnete die Luke zu meinem Versteck und ein schimmeliger Geruch schlug mir entgegen. Von den zurückgelassenen Dingen war nichts meht brauchbar. Hier würde ich nicht bleiben können. Aber ich hoffte ohnehin auf Aufnahme in seinem Haus. Immerhin hatte ich vorerst Schutz vor dem einsetzenden Regen.

Als das Wetter aufklarte, zog es mich ins Freie. Ich schlenderte mehrere Stunden ziellos durch den Wald, überlegte mir, wie ich weiter vorgehen sollte. Dann stand er plötzlich vor mir.

Ich war so vertieft gewesen, dass ich meine Umgebung völlig vernachlässigt hatte. Woher er gekommen war, wohin er wollte – ich wusste es nicht.

Und auch er hatte mich entdeckt, sah mich ungläubig an. Doch an seinen Augen sah ich, dass er mich erkannte. Es waren nur ein paar große Schritte, dann standen wir vor einander. Wie in meinen Träumen öffnete er seine Arme.

»Mein Freund, was ist dir passiert?«, fragte er mit rauer Stimme, während ich in seine Umarmung fiel, seine Wärme spürte. Er hielt mich fest. Fester sogar, als ich es gehofft hatte, und länger, als es nötig und schicklich war. Ich drückte mich gegen ihn und fühlte meine Geste bestätigt. Ja, so hatte ich es mir erträumt.

Als er mich aus seiner Umarmung entließ, blieb ich dicht bei ihm stehen. Er hielt noch immer meinen Arm mit seiner Hand.

Die Welle der Zuneigung übermannte mich. Ohne darüber nachzudenken, beugte ich mich vor und küsste ihn. Er zuckte ein wenig zusammen, schien überrascht. Aber, wie ich mir sagte, nicht erschrocken. Die Sekunden dehnten sich in meinem Kopf aus, doch ehe er reagieren konnte, zerriss ein Knacken im Unterholz die Stille. Wir zuckten auseinander, ich sah den Schrecken in seinen Augen und wusste, dass mein Ausdruck den seinen spiegelte. Hinter den Ästen tauchte eine Gestalt auf. Jemand beobachtete uns.

Bilder aus dem Lager blitzten vor meinem inneren Auge auf. Panik durchfuhr mich. Kopflos stürzte ich davon, ließ ihn alleine im Wald zurück. Ich rannte, so schnell es mir in meinem Zu-

stand möglich war. Äste schlugen mir ins Gesicht, zerkratzten meine Haut. Dann blieb ich mit dem Fuß in einem Loch hängen, schlug der Länge nach hin. Mein Kopf prallte an einen Stamm.

Als ich wieder zu Bewusstsein kam, war es dunkel. Mein Körper schmerzte. Doch die Zeit der Lager war vorbei. Auch wenn ich mich und ihn womöglich gleichermaßen in Verruf gebracht hatte, niemand würde uns internieren. Ich musste zurückkehren und mit ihm sprechen. Ich musste herausfinden, ob ich mir die Erwiderung meiner Zuneigung nur eingebildet hatte oder ob sie Wirklichkeit war. Doch ich war völlig orientierungslos, bis ich auf die Wümme stieß. Ich folgte ihrem Lauf, bis mir die Umgebung wieder vertraut erschien.

Die Hütte lag in tiefer Dunkelheit. Ich zögerte, hämmerte dann aber doch gegen die Tür. Niemand antwortete. Die Fensterläden waren verschlossen. War er abgereist?

Bis zum Morgen saß ich auf der Bank neben dem Eingang. Als ich den Kuhhirten näher kommen hörte, folgte ich meiner alten Gewohnheit und versteckte mich in der Nähe der Sanderburg im Gebüsch. Von hier oben hatte ich alles gut im Blick. Kurz danach folgte das Schneider-Ehepaar, auf deren Klopfen ebenfalls nicht reagiert wurde. Nach einer längeren Wartezeit wurden sie unruhig und begannen, sich umzusehen. Dann rüttelten sie an der Tür und verschafften sich Eintritt.

Ich hörte ein entsetztes Schreien, sah die Frau panisch davonlaufen und den Mann erschrocken aus dem Haus stolpern. Er sah sich verstohlen um, doch ich war gut verborgen. Er wirkte völlig verwirrt und entfernte sich ebenfalls in Richtung Dorf.

Was war geschehen? Ich ließ alle Vorsicht fahren und schlich zum Haus. Die Tür stand noch immer offen.

Er lag auf der Schwelle, die Hose heruntergezogen und blutüberströmt. Er war tot. Ermordet, wie die Männer im Lager.

Ich bekam keine Luft mehr, mir wurde schwarz vor Augen.

Nur für ihn hatte ich alle Qualen überstanden und mich immer wieder aufgerafft. Nur für ihn hatte ich überlebt. Um zurückzukehren und ihm meine Gefühle zu gestehen. Die Hoffnung hatte mich am Leben gehalten, mich angetrieben. Nun sah ich nur noch Leere und Einsamkeit, keine Zukunft. Mein Herz starb neben seinem. Dann zerbrach es in Tausend Stücke.

Stimmen kündigten die Rückkehr des Schneiders und seiner Frau an, die Hilfe geholt hatten. Es gab nichts, was ich tun konnte.

Mir war klar, dass man mich verdächtigen würde, wenn der Unbekannte von unserer Begegnung im Wald berichtete oder man mich hier am Tatort vorfand. Man würde mich einsperren. Und ich wollte nie wieder eingesperrt sein.

Ich lief bis zum Abend, kreuz und quer durch die Landschaft, zwang mich vorwärts. Zwang mich, das Bild von ihm aus meinem Kopf zu verbannen. Doch es gelang mir nicht. In Rotenburg stahl ich ein Stück einer gespannten Wäscheleine aus einem Garten. Als die Sonne unterging, war ich irgendwo zwischen Rotenburg und Hamburg. Um mich herum war keine Menschenseele. Schließlich fand ich einen großen, starken Baum. Während ich das Seil knüpfte, sah ich die letzten Strahlen der untergehenden Sonne. Ich fragte mich, ob er mich auf der anderen Seite erwarten und wieder in seine Arme schließen würde.

Epilog

Ahausen im Mai 1946

In der Schankstube von Meyers Gasthaus

Der betrunkene Gast grinste boshaft in die Runde. Rein äußerlich unterschied er sich nicht von den übrigen Anwesenden. Die meisten Besucher, die nach der harten Landarbeit direkt auf ein Bier in die Schankwirtschaft einkehrten, drehten dem Saufbold den Rücken zu.

Es war ein offenes Geheimnis, dass er nicht nur wilderte, sondern auch mit seinen Mitmenschen übel verfuhr.

Mit entgleisten Gesichtszügen forderte der unangenehme Mensch lautstark einen weiteren Schnaps, die Augen starr auf den Wirt gerichtet. Solche Stammgäste zu haben, war mehr Fluch als Segen und irgendwann würde der Alkohol diese elende Kreatur zur Strecke bringen, hoffte der Wirt. Nicht wenige in der Wirtschaft würden das begrüßen. Mit beschwichtigenden Worten griff der Wirt nach einer halb leeren Flasche Korn und schenkte dem Angetrunkenen das Glas zum wiederholten Male randvoll. Der Schnaps schwappte über den Rand und lief am Glas hinunter auf die glatt polierte Holzfläche des Tresens. Mit weniger gab sich der unangenehme Stammgast nicht zufrieden. Hielt sich der Wirt an den Maßstrich, warf der Kerl das Glas regelmäßig an eine der Wände in der Schankstube, um im gleichen Atemzug dem Wirt unbotmäßigen Geiz vorzuwerfen. Überhaupt hatte er eine sehr eigene Vorstellung von dem, was ihm zustand. In seinen Augen war er das Gesetz und die Welt hatte sich seinen Vorstellungen zu beugen. Aber immerhin bezahlte er seine Zeche meistens und die Rechnung war oft nicht unerheblich.

»Zum Wohle«, sagte der Wirt grimmig, während sein Gegenüber mehrfach nach dem Glas greifen musste, bevor er es mit der rechten Hand zu fassen bekam. Mit einem Zuge leerte er es und stellte es auffordernd wieder vor dem Wirt ab. Die Augäpfel des Gastes waren gelblich verfärbt. Der exzessive Alkoholkonsum hinterließ seine Spuren. Doch der auffordernde Blick war unmissverständlich. »Mehr Schnaps!«

Eine Weile später zog der inzwischen Volltrunkene mit äußerster Konzentration beide Hände vom Tresen herunter. Er musste sich an einigen Stühlen abstützen, um nicht zu Boden zu gleiten. Dann stolperte er schwankend einige unsichere Schritte in die Mitte der Schankstube hinein, als ob er sich auf eine Bühne begab. Die anderen Männer wichen ihm angewidert aus. Langsam drehte er sich um die eigene Achse, um zu prüfen, ob ihm die Anwesenden auch ihre Aufmerksamkeit schenkten. Die Missachtung der übrigen Gäste schien ihn zu ärgern. Er streckte den linken Arm lang in ihre Richtung aus, winkelte den rechten Arm daneben an und tat so, als ob er ein Gewehr in Händen hielt, das er gegen die Schulter drückte. Der Wirt fürchtete, dass der Gast den Halt bei dieser Übung verlieren und umstürzen könnte. Doch er hielt sich mühsam auf den Beinen. Mit seiner Geste zielte er auf die Gruppe Gäste, die ihm eine Reaktion demonstrativ verweigerte. Dann fing er lauthals an zu lachen und lallte: »Ein Schuss, ein Knall und dann fiel er zu Boden.« Während er die Worte nuschelte, zog er mit dem rechten Zeigefinger den vermeintlichen Abzug des Gewehres, gefolgt von einem lauten »Peng!« aus seinem Mund.

Er ließ beide Arme sinken, schaute mit starrem Blick ins Nichts und übergab sich dann in einem heftigen Schwall auf den Holzfußboden der Schankstube. Gelblich blasser Schleim rann in die Spalten zwischen den alten Dielen. Verschlagen grinsend wankte er zur Tür hinaus, ohne die übrigen Anwesenden eines Blickes zu würdigen. Schweigen folgte seinem ungehörigen Auftritt. Dann forderte einer der Gäste den Wirt laut auf, endlich von seinem Hausrecht Gebrauch zu machen und diesem Menschen endgültig den Eintritt zu verwehren. Man dürfe sich von diesem Saufbold doch nicht alles bieten lassen, herrschte die einhellige Meinung. Der Wirt wiegelte jedoch ab.

»Sagt ihr mir nicht, wie ich meine Schankstube zu führen habe. Manche Menschen muss man bedienen und wenn es nur ist, weil du sonst einen wirklich unangenehmen Feind auf der Nachbarschaft hast. Und das kann in manchen Fällen aller Stolz nicht wert sein.«

Anmerkungen der Autorin

Die Ausflüge zur Ahauser Mühle zählen zu den Ereignissen meiner Kindheit, an die ich mich auch heute noch sehr gerne zurückerinnere. Der Ort strahlte eine besondere Faszination auf meine Familie aus. Friedvoll, warm und entspannt; wie ein Mini-Urlaub – so fühlte es sich an. Stets kehrten wir in die Gaststätte der Ahauser Mühle ein und hofften auf ein freies Plätzchen im verwunschenen Garten. Davon, dass ein wichtiger Bremer Architekt, nämlich Alfred Runge, mit seinen Gästen viele Jahre zuvor in eben diesem Garten gesessen hatte, ahnte ich damals natürlich nichts. Ebenso wenig wie davon, dass genau dieser Mensch mich nachhaltig fesseln würde.

Als ich nach Abschluss meines Studiums Ahausen als meinen neuen Wohnort wählte, tat ich dies auch in Erinnerung an meine Kinderzeit. Und sofort stellte sich das altbekannte heimelige Gefühl ein. Dass hier ein Verbrechen begangen worden war, das im Laufe der nächsten Jahre meine Neugier so sehr erregte, dass ich mit gezielten Nachforschungen begann, hätte ich niemals erwartet.

Was mit einer kleinen Bemerkung eines älteren Ahausers begann, entwickelte sich zu einer wahren »Forschungsreise« durch die Geschichte. Obwohl die Tat bereits viele Jahrzehnte zurücklag, ging mir diese Sache nicht mehr aus dem Kopf. Das Ergebnis liegt nun vor Ihnen. Dabei erscheint es mir wichtig, darauf hinzuweisen, dass es sich nicht um ein Sachbuch handelt, sondern um einen Roman, der den »Fall Alfred Runge« nacherzählt und in dem meine tatsächlichen Erkenntnisse verarbeitet sind, in dem ich mir aber auch erlaubt habe, hinzuzufügen, wegzulassen, anzupassen und zu assoziieren.

Meine Recherchen begannen mit der Frage, wer Alfred Runge eigentlich war.

Im Dorf erzählt man bis in die heutige Zeit von dem Bremer Architekten, der sich allgemeiner Beliebtheit erfreute und viele freundschaftliche Kontakte in Ahausen unterhielt. Immer wieder gelang es mir, Zeitzeugen zu befragen, die mir von der damaligen Zeit und der Person Alfred Runge bzw. ihren Erlebnissen mit ihm berichten konnten. Mit der Zeit sprach es sich in Ahausen herum, dass ich an dem alten Fall interessiert war, und so mancher Einwohner bot mir Informationen oder Material an. Dafür bin ich sehr dankbar.

Die im Buch beschriebenen Drohungen, das sei hier ganz deutlich gesagt, hat es nie gegeben.

Intensives Forschen in Archiven und später selbstverständlich im Internet sowie wortwörtliches Graben nach Neuem und nach Fundstücken brachten ebenfalls immer wieder neue Erkenntnisse und Einsichten, auch wenn nicht alle Ideen endgültig bewiesen werden können. Sie sind zum Teil trotzdem in diesen Roman eingeflossen und bereichern die Geschichte um eine Möglichkeit.

Mein Respekt vor Alfred Runge, der auch für Bremen eine große Bedeutung hatte, wuchs in der ganzen Zeit stetig. Jahr für Jahr sammelte ich Geschichten und geschichtliches Wissen. Alfred Runge ist mir dabei so vertraut geworden, als ob ich ihn persönlich gekannte hätte.

Natürlich musste ich mich vielfach auf das Erinnerungsvermögen der Zeitzeugen verlassen. Alles hat seine Zeit und eine ganze Weile lang kamen immer wieder neue Fakten und spannende Details ans Licht. Jedes Mal, wenn ich davon überzeugt war, dass alle Quellen erschöpft seien, gelangten weitere Einzelheiten in meine Hände. So manche Information wurde mir allerdings unter der Maßgabe, sie erst nach dem Tod des Informanten für ein Projekt wie das vorliegende zu verwenden, anvertraut. Daran habe ich mich gehalten.

Nun, 70 Jahre nach Kriegsende, leben kaum noch Zeitzeugen. 20 Jahre lang habe ich kleinere und größere Puzzleteile gesammelt, aufbewahrt, verglichen und in Zusammenhang gebracht. Jetzt lässt die Auswertung des Materials eine ziemlich genaue Rekonstruktion der Ereignisse zu.

Klar ist inzwischen, dass in Ahausen zwei parallele Geschichten zum Mord an Alfred Runge erzählt werden. Es gibt eine offizielle Variante, die Fremden gegenüber berichtet wird, und es gibt eine weniger bekannte Version, die man hinter vorgehaltener Hand erzählt.

Bis heute wird im Dorf verbreitet, dass Runge von marodierenden Polen ermordet wurde, nachdem er den Diebstahl seines Fahrrades verhindern wollte. Ohnehin werden die Polen aus dem »Poleneck« häufig in Zusammenhang mit den unterschiedlichsten Vergehen als Täter genannt. Dies liegt sicherlich auch in der politischen Umerziehung begründet, die während des Dritten Reiches durch die Nationalsozialisten nachhaltig stattgefunden hat. Eine solche Aussage galt als glaubwürdig, niemand würde Verdacht schöpfen, dass die Tat sich völlig anders abgespielt haben könnte. Aus sicherer Quelle wird jedoch berichtet, dass einige Fahrräder bereits zu einem früheren Zeitpunkt entwendet wurden. Kurz nach dem Diebstahl tauschte Alfred Runge Wertgegenstände gegen andere Fahrräder ein, die dann allerdings am Tatort zurückblieben. Es ist wohl wie mit so vielen Geschichten. Einige wenige kennen die Wahrheit, aber viele erzählen das weiter, was sie erzählt bekommen haben, und schmücken die Ereignisse dabei immer noch ein bisschen aus.

Weniger bekannt ist die andere Version, bei der Runge und seine Begleiterin in der Jagdhütte während der frühen Abendstunden erschossen wurden.

Es ist mir durch viele kleine Fragmente, Indizien und Informationen aus polizeinahen Kreisen gelungen, die letzten Tage und Stunden von Alfred Runge fast vollständig zu rekonstruieren, und ich halte die zweite Version für die richtige. Dadurch drängt sich die Frage auf, wozu die falsche Darstellung diente. Gab es Menschen, die den Täter kannten und schützten? Oder meinten die Beteiligten damals, das Dorf vor weiterer Unruhe schützen zu müssen?

Betrachtet man die familiären Verflechtungen innerhalb eines Dorfes, so erscheint es richtig und notwendig, dass eine außenstehende Person objektiv auf das Geschehen schaut. »Wer im Glashaus sitzt, sollte nicht mit Steinen werfen« – diese alte Weisheit gilt allerorten.

Dabei geht es nicht um Genugtuung oder rückwirkendes Richten über Beteiligte. Ich bin weder Richter noch Ankläger in dieser Sache. Ich ziehe nur meine Schlüsse aus den vorhandenen Informationen. Zumal trotz allem natürlich noch die Möglichkeit besteht, dass alles ganz anders war und völlig fremde Personen ihre Hände im Spiel hatten.

Interessanterweise hat es keine offizielle Untersuchung vonseiten der Staatsanwaltschaft gegeben und auch in den Zeitungen findet man nichts zu dem Verbrechen – dabei war doch anzunehmen, dass die Öffentlichkeit Interesse am Schicksal des bekannten Bremer Architekten haben würde.

Mir, wie vielen anderen Neubürgern im Dorf, bleibt die Rolle der Zugezogenen. Wir können freier entscheiden, was und wie wir Dinge angehen, welche Position wir vertreten und wie wir uns äußern. Wer keine angestammten Privilegien hat, kann diese auch nicht verlieren, muss keine Rücksichten auf familiäre Empfindlichkeiten nehmen und ist somit schwerer zu beeinflussen. Und auch unbequeme Tatsachen gehören für mich nun einmal in die Öffentlichkeit.

Dass dieses Buch in einem Haus geschrieben wurde, das Alfred Runge selbst als Jagdhaus entworfen hat und im Jahr 1943 für seine Schwestern in Ahausen aufbauen ließ, ist nur ein weiterer unglaublicher Aspekt in meiner Verflechtung mit Alfred Runge. Beim Kauf ahnte ich nicht, dass mein kleines Holzhaus von Runge entworfen und unter den Nationalsozialisten mit einem Preis ausgezeichnet worden war. Es scheint, als wären wir vom Schicksal verbunden worden.

Ahausen im Juli 2015
Jutta Michels

Auf einmal wäre noch so viel zu sagen
Auf einmal wäre noch so viel zu fragen
Auf einmal ist es zu spät dafür.

(unbekannter Autor)

Danksagung

Dieses Buch konnte nur entstehen, weil viele Menschen aus Ahausen sich geöffnet haben, ihre persönlichen Erinnerungen mit mir geteilt, mir von ihrem Leben und ihren Erlebnissen erzählt und sich mir anvertraut haben. Dafür danke ich den Lebenden und den bereits Verstorbenen von ganzem Herzen. Ebenso danke ich meiner Lektorin für die einfühlsame und kompetente Betreuung.

Jutta Michels

wurde in Düsseldorf geboren und studierte in Hannover. Seit mehr als 20 Jahren lebt und arbeitet sie in Ahausen. Neben ihrer Tätigkeit als freischaffende Künstlerin hat sie sich der Geschichte des kleinen Ortes bei Rotenburg/Wümme verschrieben. Nach verschiedenen historischen Kurzkrimis und ihrem Debütroman »Pfingstfeuer« ist »Spurensuche« ihr zweites Buch nach einer wahren Begebenheit aus Ahausen.

Die Deutsche Nationalbibliothek verzeichnet diese Publikation in der Deutschen Nationalbibliografie; detaillierte bibliografische Daten sind im Internet über http://dnb.dnb.de abrufbar.

IMPRESSUM

www.schuenemann-verlag.de

1. Auflage 2015

Text: Jutta Michels
Lektorat: Caroline Simonis
Satz und Buchgestaltung: Karin Hannemann

Printed in EU 2015 | ISBN 978-3-944552-64-4